사라 더 포스의 마지막 그림

사라 더 포스의
마지막 그림

도미닉 스미스

허진 옮김

청미래

THE LAST PAINTING OF SARA DE VOS

by Dominic Smith

역자 허진(許辰)
서강대학교 영어영문학과와 이화여자대학교 통번역대학원 번역학과를 졸
업했다. 옮긴 책으로는『작은 친구들』,『황금방울새』,『아침은 초콜릿』,
『런던 필즈』,『택시』,『미라마르』,『체 게바라, 혁명적 인간』(공역),『빌라
도의 아내』,『지하실의 검은 표범』,『델프트 이야기』,『레니 리펜슈탈, 금
지된 열정』,『우리는 어떻게 포스트 휴먼이 되었는가』등이 있다.

편집_교정　박후영(朴厚映)

사라 더 포스의 마지막 그림

저자 / 도미닉 스미스
역자 / 허진
발행처 / 도서출판 청미래
발행인 / 김실
주소 / 서울시 용산구 서빙고로 67, 파크타워 103동 1003호
전화 / 02 · 739 · 1661
팩시밀리 / 02 · 723 · 4591
홈페이지 / www.cheongmirae.co.kr
전자우편 / cheongmirae@hotmail.com
등록번호 / 1-2623
등록일 / 2000. 1. 18
초판 1쇄 발행일 / 2017. 10. 30

값 / 뒤표지에 쓰여 있음

ISBN 978-89-86836-67-7　03840

이 도서의 국립중앙도서관 출판시도서목록(CIP)은 서지정보유통지원시스템 홈페이지(http://
seoji.nl.go.kr)와 국가자료공동목록시스템(http://www.nl.go.kr/kolisnet)에서 이용하실 수 있습니다.
(CIP 제어번호 : CIP2017026592)

한국출판문화산업진흥원의 출판콘텐츠 창작자금을 지원받아 제작되었습니다.

사랑하는 누이이자 충실한 친구,

개척자 태머라 스미스 의원을 위해서

차례

작가의 말

17세기에 네덜란드의 화가 조합 성 루가 길드는 그림에 서명을 하고 날짜를 기록하는 등 모든 면에서 전업 화가들의 삶을 통제했다. 길드 조합원 중에는 렘브란트, 베르메르, 프란스 할스, 얀 판 호이엔도 있었다. 역사적 기록에 따르면, 17세기에 성 루가 길드의 여성 조합원은 스물다섯 명이나 되었다고 한다. 그러나 그중에서 확실한 작품이나 추정 작품이 현재까지 남아 있는 화가는 극소수에 불과하다. 유디트 레이스터의 작품은 한 세기가 넘도록 프란스 할스의 작품으로 오해받았다.

역사적 기록의 빈틈 속에 여성으로서 하를럼의 성 루가 길드에 최초로 가입한 화가인 사라 판 발베르헌이 있다. 발베르헌은 유디트 레이스터보다 2년 앞선 1631년에 길드에 가입했다. 판 발베르헌의 작품은 현재 남아 있지 않다.

이 책은 소설이지만 그런 역사의 틈을 창작의 발판으로 이용했다. 이야기를 매끄럽게 엮기 위해서 네덜란드 황금기를 살았던 여러 여성의 삶에서 전기적인 내용을 가져와서 섞었음을 밝힌다.

숲의 가장자리에서(**At the Edge of a Wood**)

1636년, 캔버스에 유화

30" × 24"

사라 더 포스(Sara de Vos)

네덜란드, 1607-16??

해 질 녘의 겨울 풍경을 그린 그림. 전경의 백자작나무 앞에 한 소녀가

서 있다. 소녀는 나무껍질에 창백한 손을 얹고 얼어붙은 강에서 스케이

트 타는 사람들을 바라보고 있다. 추위 때문에 옷을 든든하게 껴입은

여섯 명의 사람들이 스케이트를 타고 있는데, 마치 얼음 위를 떠다니는

갈색과 노란색 천 조각처럼 보인다. 스케이트를 타고 크게 원을 그리며

도는 소년 뒤로 얼룩무늬 개가 종종거리며 쫓아간다. 소년은 소녀를 향

해서, 그림을 보는 사람을 향해서 장갑을 낀 한 손을 들어 흔든다. 불을

밝히고 연기를 내뿜는 고요한 강둑 마을은 점차 넓어지는 백랍(白鑞)

빛깔의 하늘과 대조를 이루며 붉게 물든다. 지평선에서 한 줄기의 폭포

처럼 쏟아지는 햇빛, 구름 틈새 밑에서 밝게 빛나는 초원, 눈밭에 선 소

녀의 맨발. 까마귀 한 마리―깃털이 보라색과 엷은 무지갯빛으로 반짝인

다―가 소녀 옆 나뭇가지에 앉아서 까옥까옥 울고 있다. 소녀의 가느다

란 손가락에는 다 해진 검정 리본이 감겨 있고, 기다란 회색 솔 아래로

보이는 치맛단은 찢어져 있다. 옆모습에 가까운 소녀의 얼굴로 느슨하게

내려온 검은 머리카락이 어깨 근처에서 출렁인다. 시선은 먼 곳에 고정

되어 있다. 소녀를 그 자리에 멈추게 만든 것은 두려움일까, 겨울 황혼의

낯선 후광일까? 소녀는 얼어붙은 강둑에 다가갈 수 없거나 다가갈 생각

이 없는 것처럼 보인다. 눈에 찍힌 소녀의 발자국은 숲 속으로 이어져 액자 너머로 사라진다. 소녀는 그림 밖 세상에서, 그녀의 세상이 아닌 우리가 사는 이 세상에서 캔버스 안으로 걸어 들어간 것 같다.

제1부

어퍼 이스트 사이드
1957년 11월

.

그림은 러시아 사람들이 개를 우주로 쏘아올렸던 그 주일에 도난당했다. 고아를 위한 자선만찬이 한창일 때, 누군가가 부부의 침대 위에 걸린 그림을 떼어간 것이다. 그후 수년 동안 마티 드 그루트는 그렇게 말할 것이다. 그는 법률회사의 파트너들에게도 그렇게 이야기할 것이며, 만찬에 참석하거나 라켓 클럽에서 술을 마실 때면 삶이 얼마나 희극적인지 아느냐면서 그 사연을 풀어놓을 것이다. 우리는 칵테일 소스에 새우를 재워두고, 레이철은 가장 좋은 그릇들을 테라스에 꺼내놓았지. 11월 초순치고는 날씨가 따뜻했거든. 그때 도둑놈 두 명이—말하자면 출장 요리사로 위장한 중개인이—잘 만든 가짜랑 진짜를 바꿔치기했어. 마티는 **꼼꼼하게 만든 가짜**라는 표현을 특히 자랑스러워한다. 그는 친구들에게, 보험회사 직원에게, 사립 탐정에게 이 사건을 설명할 때마다 언제나 그 표현을 쓴다. 그러면 사건의 시작을 설명하는 동시에 러시아가 성층권을 차지하기 위해 몇 년 동안 음모를 꾸며온 것처럼 어떤 천재나 장인이 마티에게서 그림을 훔치려고 끈질기게 계략을 짰다는 느낌이 들기 때문이다. 또한 이 표현은 마티가 그 아름다운 그림이 위작이라는 것을 몇 달 동안이나 눈치를 채지 못했다는 사실을 감추는 데에도 도움을 준다.

마티는 대부분의 사람들에게 이야기를 할 때, 「숲의 가장자리에서」는 300년 넘게 집안 대대로 전해 내려오는 작품이며 아버지가 세상을 떠나기 전에 자신에게 물려주었다는 사실을 일부러 빼먹고 말한다. 그 작품은 1631년에 네덜란드의 성 루가 길드에 가입한 최초의 여성화가 사라 더 포스의 것으로, 현재까지 전해지는 그녀의 유일한 그림이라는 말도 하지 않는다. 두 번째 유산 이후 몇 년째 우울함에서 빠져나오지 못하고 있는 아내와 천천히 명상을 하듯이 사랑을 나눌 때 소녀의 창백하고 수수께끼 같은 얼굴을 올려다보는 것을 좋아한다는 말을 누구에게 할 수 있겠는가? 아니, 마티는 변덕스러운 신을 향한 믿음을 비밀리에 간직하듯이 그 사실을 누구에게도 알리지 않을 것이다. 그는 무신론자면서 말도 안 되는 미신에 약하고, 이 유난스러운 성격을 다른 사람에게 숨기려고 애쓴다. 마티는 그림이 사라진 덕분에 레이철의 오랜 우울증이 끝나고 자신도 마침내 파트너 자리에 오른 것이 아닐까 생각해본다. 혹은 300년 동안 선조들이 통풍, 류머티즘, 심장마비에 걸리고 이따금 불임이나 발작에 시달린 것이 이 저주받은 그림 때문이 아닐까 생각한다. 마티는 그림이 런던, 암스테르담, 뉴욕 어디에 걸려 있었든지 전(前) 소유자들 모두가 예순 살을 넘기지 못했다는 사실을 깨닫는다.

'비트족을 빌려가세요'는 레이철이 다시 힘을 내서 일상으로 돌아가는 수단이다. 술에 살짝 취한, 커프스 셔츠 차림의 특허 변호사들과 나누는 부동산 이야기나 매사추세츠 주 낸터킷 섬에서의 요트에 대한 대화가 지겨워지면 레이철은 동문회지에서 오려둔 광고를 기억해내고 요리법 상자에서 꺼내보곤 한다. 턱시도 파크의 파티에 흥취를 더할 수 있어요⋯⋯. 비트족을 빌려가세요. 수염, 아이셔도, 낡은 군복 재킷, 리바이스, 해진 셔츠, 스니커즈나 샌들(선택 사항)이 완비되어 있습니다. 수염, 목욕, 신발, 이발을 요구하지 않을 경우에는 공제 가능합니다. 여성 비트족도 있습니다.

　매년 뉴욕 시의 고아를 위해서 개최하는 모금 행사에―이것은 레이철의 귀에도 약간 디킨슨의 소설처럼 들렸다―뉴욕 시 로워 이스트 사이드와 그리니치 빌리지의 기개와 다채로움을 빌려오면 좋지 않을까? 광고지에 적힌 번호로 전화를 걸자 어떤 여자가 비음 섞인 목소리로 원고를 보며 읽는 것처럼 대답했다. 여자는 균일 요금 250달러를 지불하면 약속한 시간에 화가 두 명, 시인 두 명, 지식인 두 명이 찾아간다고 억양 없는 목소리로 말했다. 레이철은 퀸스의 지하실 형광등 밑에서 마이크 달린 헤드폰 쓰고 아프리카 제비꽃처럼 앉아 있는 이혼녀들을 상상했다. 그리고 종이 성냥에 적은 주소를 들고 호보컨에서부터 찾아오는, 일 없는 배우들을 상상했다. 여자가 물었다. "몇 명이나 보내드릴까요, 부인?" 그리고 "멕시코 숄을 걸치는 게 좋을까요, 볼레로 재킷을 입는 게 좋을까요?"라고도 물었다. 통화를 마쳤을 때 레이철은 발레화 같은 굽 없는 신발, 베레모, 선글라스, 은 귀걸이까지 복장을 모두 선택한 후였다. 그것이 몇 주일 전의 일이었고, 이제―행사 당일―레이철은 비트족을 부른다는 생각 자체가 지나친 악취미는 아니었을까 하는 생각이 든다. 그녀는 러시아의 개가 행성 주위를 돌고 있는데 이런 사소한 장난을 치다니 천박하고 비애국적이라고 비난을 받을까봐 걱정한다. 레이철은 아침 내내 이런 생각을 하느라, 저녁 식사를 마치고 칵테일을 마실 때 아홉 시 정각에 보헤미안들이 올 것이라는 말을 마티에게 차마 하지 못한다.

마티도 나름의 유흥을, 손님과 동료들을 위한 작은 작전을 세웠다. 레이철이 출장 요리사들 사이를 부산하게 돌아다니고, 마티는 자기 계획을 그녀에게 이야기하지 않는다. 다섯 시가 되자 전쟁 전에 지은 3층짜리 펜트하우스에 백합 향기와 빵 냄새가 맴돌고, 마티의 감각도 깨어난다. 그는 파티 준비에 방해가 되지 않도록 꼭대기 층의 유리 여닫이문 옆에 서서, 늦은 오후 햇살을 받아 반들거리는 집 안을 바라본다. 황혼이 쏟아져 들어올 때면 향수(鄉愁)와 만족감이 동시에 밀려든다. 이 계절의 이 시간이 되면 모든 것이 불가능할 만큼 단단하고 현실적으로 느껴지고, 모든 물체가 붉은빛으로 의미심장하게 빛난다. 어렸을 때부터 마티에게 이 방은 항상 미술관 같고 거리감이 느껴지는 곳이었다. 그때는 17세기 네덜란드 초상화의 목조 가옥과 땅거미 지는 배경이 우울하게 보이고 옻칠을 한 동양풍 상자들은 엄숙하고 초연한 느낌이었지만, 자기 소유가 된 지금은 불을 켜기 직전에 그것들을 바라보고 있노라면 마음이 편안해진다. 조각조각 나뉘어 물건 속에 담긴 삶. 눈을 감으면 바다 풍경화의 아마인유 냄새나 터키산 기도용 양탄자의 따뜻한 건초 냄새가 난다. 마티는 싱글 몰트 위스키를 손가락 두 마디만큼 따르고 덴마크산 가죽 리클라이너 의자에 자리를 잡는다. 레이철은 이것을 햄릿 의자라고 부른다. 열 살 먹은 비글 종(種) 캐러웨이가 복도에서 총총거리며 걸어오더니 나무 바닥에서 날쌔게 달리면서 목에 건 금속 이름표가 짤랑거린다. 마티는 한 손을 내려 개가 손끝을 핥게 해준다. 바로 그때 배의 주방처럼 길쭉한 주방으로 이어지는 문 너머로 빳빳한 흰색 앞치마를 두른 출장 요리사들 사이를 비집고 다니는 레이철이 보인다. 고개를 숙이고 한 손으로 진주 목걸이를 만지작거리는 레이철의 외교관과 같은 엄숙한 표정을 보니 필라프와 자연산 연어가 아니라 국가 안보 문제를 논의하는 것 같다. 마티는 레이철이 여행, 저녁 식사, 파티, 무엇을 준비하든 항상 필사적으로 고민하며 최선을 다한다는 생각이 문득 든다. 최근에는 고요한 피로감이 느껴지지만 두 사람 모두 무시한다. 레이철은 항상 금방이라도 숨을 크게 들이마시려는 사람 같고, 방으로 들어올 때마다 무대로 나가기 직전의 배우처럼 복도에 멈춰서서 태도를 가다듬는다. 가끔 마티가 느지막이 퇴근해서 돌아와보면 레이철은 불을 다 끈 채로 거실에 잠들어 있고 캐러웨이가 레이철 옆에 몸을 웅크리고 있다. 혹은 집 여기저기에 서재와 침대 맡에 빈 와인 잔들이 놓여 있고 러시아 소설이 쿠션 사이에 끼워져 있거나 햇볕에 바래고 바람에 해진 채 테라스에 놓여 있다.

마티와 눈이 마주치자 레이철이 다가온다. 마티는 캐러웨이의 귀 뒤를 긁으면서 레이철을 올려다보고 미소를 짓는다. 그는 지난 5년 동안 수명이 20년은 줄어든 것 같다고 생각한다. 이번 봄에 마티는 마흔 살이 되었는데, 직장에서의 경력은 막다른 골목에 다다랐고 아직도 아이를 낳지 못했다. 마티는 법대 진학이든 직장 생활이든 가정을 꾸리려는 노력이든, 뭐든 항상 늦게 시작했다는 생각이 든다. 30대 초반까지는 물려받은 유산(遺産)이 마티의 발목을 잡았다. 법률회사의 파트너를 꿈꾸는 사람들에게는 입사하고 7년이 지나면 승진을 하거나 퇴사해야 한다는 통념이 있었는데, 마티는 이제 7년차이다. 그를 향해 다가오는 레이철의 눈빛은 마티에게 우린 왜 그렇게 오래 기다렸을까요?라고 말하는 듯하다. 레이철은 마티보다 여덟 살 어리지만 마티만큼 빨리 회복하지 못한다. 약하지는 않지만 조심스럽고, 쉽게 상처를 받는다. 마티는 레이철이 다가와서 차분하고 아내다운 입맞춤을 하려는 줄 알았다. 가끔 첩첩이 쌓인 우울함의 틈새에서 뽑아내는, 수없이 많이 연습한 제스처였다. 그러나 레이철은 정장 바지에 개털을 묻히지 말라고 말할 뿐이다. 스치듯 지나가는 레이철의 숨결에서 부르고뉴 와인 냄새가 나서 마티는 출장 요리사들이 레이철을 어떻게 여길까 하는 생각이 들지만, 곧 그런 것에 신경을 쓰는 스스로에게 경멸을 느낀다. 침실 쪽으로 사라지는 레이철을 마티가 지켜본다. 그는 방이 어둠으로 부풀어오를 때까지 가만히 앉아 있다가 자리에서 일어나 이 방 저 방을 돌아다니며 불을 켠다.

일곱 시가 되기 조금 전에 건물의 경비원 하트 하노버가 드 그루트 부부에게 첫 손님인 클레이와 실리아 토머스 부부가 올라갔다고 인터폰으로 알린다. 마티는 고맙다고 말한 다음에 그에게 어머니는 괜찮으신지 잊지 않고 안부를 묻는다. 하트의 어머니는 퀸스에서 암으로 조용히 죽어가고 있다. "어머니는 군인처럼 용감하게 싸우고 계십니다. 드 그루트 씨, 물어봐주셔서 감사합니다." 마티의 아버지가 1920년대 후반에 펜트하우스를 사기 전부터 하트는 이스트 80번가와 5번가의 모퉁이에 위치한 이 건물의 경비원이었다. 14층 높이의 좁은 건물에 총 여섯 집이 살고 있는데 주민들은 하트를 경제적으로 힘든 시기를 겪고 있는 친절한 삼촌처럼 대한다. 마티는 하트에게 요리를 좀 내려보내겠다고 말한 다음 인터폰을 끊는다. 마티와 레이철이 계단을 내려가 아래층에서 엘리베이터를 기다린다. 경영권을 가진 파트너 클레이와 그의 아내 실리아는 항상 파티에 가장 먼저 왔다가 가장 먼저 가고, 여름이면 저녁 식사 모임을 열어서 해가 지기도 전에 끝내는 60대의 부부였다.

엘리베이터 문이 열리고 토머스 부부가 검정 대리석 현관에 나타난다. 레이철은 항상 외투와 모자를 고집스레 직접 받는데, 이렇게 스스로를 낮추는 그녀를 보면 마티는 심란하다. 가정부 헤스터는 자기 방에서 텔레비전을 보고 있을 것이다. 레이철이 가정부에게 오늘 밤은 쉬라고 보란 듯이 말했기 때문이다. 마티는 가만히 서서 아내가 상사의 낙타털 외투—그런 외투를 입기에는 너무 따뜻한 날씨였다—와 실리아의 캐시미어 솔을 받아드는 모습을 바라본다. 두 사람이 도착한 직후 마티는 클레이가 이 집에 올 때마다 너무 불편해 보인다는 사실을 기억해낸다. 클레이는 파란

석판에서 잘라낸 조각처럼 파란 혈통,* 독실한 뉴잉글랜드 상류층 혈통이다. 그에게는 성직자, 지식인, 과묵한 기득권자의 피가 흐른다. 클레이는 아무 말도 하지 않지만 마티의 물려받은 재산을 못마땅하게 여기는 듯하고, 마티의 집에 올 때마다 쇠 맛이 난다는 듯이 턱을 움직인다. 마티는 그래서 자신이 파트너가 되지 못하는 것이 아닐까 생각한다. 메트로폴리탄 미술관과 센트럴 파크가 훤히 내려다보이는 3층짜리 아파트가 검소한 귀족 같은 상사의 기분을 거스르고 있기 때문에 말이다.

클레이는 턱시도 바지에 양손을 찔러넣고 뒤꿈치를 약간 들고서 억지로 쥐어짠 활기로 얼굴을 밝힌다. 그는 디너 재킷을 입고 장작을 패다 온 사람처럼, 자연과의 상쾌한 만남으로 활기가 솟은 표정으로 마티를 본다.

클레이가 말한다. "집을 한 층 늘렸나, 마티? 올 때마다 점점 더 커진다니깐!"

마티는 껄껄 웃지만 대답은 하지 않는다. 그는 클레이와 악수를 하고—사무실에서는 절대 하지 않을 제스처였다—실리아의 뺨에 입을 맞춘다. 레이철이 손님들 뒤에 있는 옷장 그림자에 반쯤 삼켜진 채 실리아의 숄을 쓰다듬는 모습이 보인다. 마티는 레이철이 옷장 안으로 들어가서 다시는 돌아오지 않을 것 같다고 생각이 든다.

"그이 때문에 공원을 따라서 북쪽으로 걸어왔지 뭐예요." 실리

---

* 귀족 혈통을 가리킨다.

아가 말한다.

"위층으로 올라가세요, 마실 걸 드릴게요." 레이철이 두 사람을 충계로 인도하며 말한다.

클레이가 묵직한 안경을 벗고 손수건으로 렌즈를 문질러 닦는다. 마티는 복도의 조명 속에서 클레이의 콧잔등에 빨갛게 성난 자국을 보자 열정적인 설교를 시작하기 직전의 시골 목사가 떠오른다.

클레이가 말한다. "고아들을 위해서 기부를 해야 하니까 걸어와야겠다고 생각했지. 게다가 아름다운 밤이잖아. 갈 때는 택시를 탈 거니까 걱정 말아요, 여보. 마티, 미리 경고하지만 걸어왔더니 무척 배가 고프다네. 바이킹처럼 잔뜩 먹을 거야."

"운이 좋으시네요." 마티가 말한다. "레이철이 이 나라에 있는 출장 요리사를 전부 고용했거든요."

네 사람은 14층으로 올라가서 여러 개의 닫힌 문을 지나 테라스로 향한다. 세상을 떠난 아버지는 공적 영역과 사적 영역을 엄격히 나누기 좋아하는 네덜란드 은행가였고, 마티는 아버지로부터 이런 기벽을 물려받았다. 심지어 좋아하는 책을 서재에 두면 취향을 내보이는 것 같아서 서재가 아닌 침실에 두었다. 부엌을 지나 거실로 쓰는 커다란 방으로 들어가자 현악 4중주단이 밖에서 연주를 시작하는 소리가 들리고, 테라스 벽 위로 공원 건너편 높다란 아파트 건물들이 원양 정기선처럼 하나 둘 불을 켜면서 나무 꼭대기 위 어둠을 점점이 밝힌다. 마티는 실리아의 입에서 새어나오는 희미한 한숨 소리를 들으면서 그것이 시샘의 소리임을 느낀다. 그는 창이 좁고 목사관처럼 석회질 냄새가 나는 토머스 부부의 수수한 석조 주택을 떠올린다. 네 사람은 오르되브르가, 번쩍이는 피라미드 모양의 얼음과 새우가 쌓여 있는 테라스의 식탁들을 살펴보고, 클레이가 목을 가다듬는다.

실리아가 침을 삼키며 말한다. "늘 그렇듯이 정말 멋지군요, 레이철."

"저야 전화 몇 통 한 거밖에 없어요."

"그럴 리가." 마티가 말한다. "몇 주 동안 노르망디 침략 작전이라도 짜는 것 같았잖아요. 아무튼, 날씨가 좋으니 그걸 이용하자 싶었죠. 안이든 밖이든 편한 곳으로 가시죠."

"땅콩을 먹으면서 김릿을 마실 수 있는 곳으로 안내해주게." 클레이가 말한다.

마티는 클레이가 주머니의 잔돈을 짤랑거리는 소리를 들으며 그가 근엄한 책상이나 비서 앞에 서서 주머니에 든 25센트나 10센트짜리 동전들을 짤그랑거리는 모습을 그려본다. 한쪽 바지 주머니에는 분명 접이식 칼이 들어 있을 것이다. 마티가 말한다. "미안하지만 클레이 씨, 브리 치즈와 새우로 만족하셔야 할 것 같네요." 그가 테라스 쪽으로 한 팔을 뻗는다. 초인종이 울리자 마티가 말리기도 전에 레이철이 얼른 복도로 나간다.

1인당 200달러나 하는 자선협회의 저녁 식사에는 매년 똑같은 사람—업타운의 변호사, 의사, CEO, 자선활동을 하는 아내들, 은퇴한 외교관—이 60명 정도 참석한다. 정장을 입어야 하고 좌석이

정해져 있는 파티이다. 원탁 열 개의 자리마다 달필로 쓴 작은 카드가 놓여 있다. 1년에 한 번, 레이철은 손님 명단을 정한 다음 첼시 지역의 일본인 미술가에게 전화를 건다. 사흘 뒤면 질 좋은 종이봉투에 담긴 좌석 카드가 도착한다. 마티는 소더비에서 유럽 미술품 경매사로 일하는 친구에게서 배운 방법에 따라 좌석을 배치한다. 입찰식 자선 경매에서는 돈 많은 손님을 가장 가까운 자리에 앉히고 출장 서비스 직원들에게 15분마다 와인 잔을 채우라고 지시한다고 들었다. 이 전략 덕분에 마티는 10년 동안 자선만찬을 개최하면서 기록적인 금액을 모금할 수 있었다. 손님들은 카리브 해 크루즈 여행, 오페라 티켓, 만년필, 「요팅」 잡지 정기 구독이 걸린 경매에 말도 안 될 정도로 열심히 입찰한다. 마티가 계산을 해보니 요트도 없는 정형외과 의사 랜스 코빈은 요트 잡지 값으로 한 달에 120달러나 내고 있다.

테라스가 내다보이는 거실에 차려진 저녁 식탁에는 백합과 고풍스러운 은 식기가 놓여 있다. 날씨가 따뜻하므로 칵테일과 샴페인, 디저트는 밖에서 대접해도 되지만 식사는 실내에서 해야 한다고 마티가 고집한다. 그래야 조명이 밝아서 사람들이 수표에 서명하기 편하고, 고아는 아니더라도 적어도 가난한 사람들의 분위기를 풍기는 네덜란드와 플랑드르의 풍속화와 풍경화—궂은 날씨에 석조 지하저장고로 가축을 힘겹게 끌고 들어가는 농부, 술집에서 술에 취해 고양이에게 숟가락을 던지는 난봉꾼들, 얼굴이 빨개진 농부들이 얼어붙은 운하에서 스케이트를 타는 아베르캄프의 풍경화—에 둘러싸일 수 있기 때문이다.

레이철이 식사를 하러 들어가자고 손님들을 부르자 로시니의 소나타를 연주하던 현악 4중주단이 바흐의 콘체르토와 아다지오로 곡을 바꾼다. 레이철과 마티는 늘 그렇듯 손님들과 최대한 어울리기 위해서 각자 다른 테이블에 앉지만, 마티는 식사를 하는 동안 아내가 와인 잔을 멍하니 바라보는 모습을 여러 번 목격한다. 클레이 토머스는 매년 그렇듯이 의무병으로 제1차 세계대전에 참전했던 이야기, 진흙탕에서 이탈리아인들과 축구를 했던 이야기를 늘어놓는다. 마티는 매번 자기 테이블에 다른 손님을 앉히지만 클레이 토머스는 항상 그의 옆자리에 앉힌다. 마티는 파트너가 될 때까지는 매년 클레이의 전쟁 경험담을 처음 듣는 척할 것이다.

저녁 식사와 경매가 끝나자 손님들이 테라스로 다시 나간다. 긴 테이블에 샴페인 잔과 층층이 쌓인 작은 슈크림 빵, 작은 그릇에 든 크림 브륄레, 벨기에 초콜릿이 놓여 있다. 지난 몇 년 동안 늘 그랬듯이 레이철은 손님들과 어울리는 중요한 일을 마티에게 맡긴다. 남자들의 농담에, 또는 아이들을 같은 학교와 대학에 보내는 법률회사 파트너 부인들의 이야기에 잘 끼어들지 못하는 레이철은 사람들 틈에 잘 섞이지 못하는 손님을 상대하는 것에 만족한다. 그녀는 사교계 명사의 여동생이나 시골에서 온 자선 단체 회원의 사촌 같은 사람들, 레이철에게 슬슬 아기를 낳고 싶지 않냐고 물어보지 않는 사람들과 있을 때 가장 편하다. 마티는 레이철이 자기 집에서 도망 다니며 숨는다고, 전혀 모르는 사람들과 어색한 대화를 나눈다고 비난한다. 파트너들이 그녀를 수줍음이 많고 몸이 약한 사람이 아니라 무관심한 사람이라고 생각한다는 것이다. 레이철은 테라스 구석에서 러시아 과학자들이 모스크바 길거리에서 발견한 길 잃은 잡종견에 대한 이야기를 나누다가 거실 벽에 걸린 화려한 시계를 보고 비트족이 도착할 때까지 30분도 남지 않았음을 깨닫는다. 레이철은 손님들을 살펴보며 비트족을 어떻게 받아들일지 계산해본다. 그녀는 자기가 오늘 저녁 모임에 가벼운 여흥을 더하고 싶은 것인지 행사 자체를 망치고 싶은 것인지 갈피를 잡지 못한다. 레이철이 잘못 생각한 것이라면 현관에서 보헤미안들에게 현금을 주고 돌려보내면 된다.

기온이 5도 정도 떨어지자 외투를 찾는 손님이 많아진다. 마티는 아까 칵테일을 마실 때 야외 벽돌 난로에 불을 피웠고, 레이철은 마실 것을 든 클레이와 파트너들이 돌아가며 조언하는 모습을 지켜보았다. 클레이는 석면 장갑을 끼고 주철 부지깽이를 들더니 통나무 조각을 다시 배치하면서 자기보다 젊은 사람들에게 불꽃이 파란색이어야 한다고, 아래쪽에 공기가 더 필요하다고 말하고 있다. 불을 다시 피운 난롯가에 사람들이 모여든다. 시가를 피우는 변호사들이 부정확한 은유를 곁들이면서 철학에 대해서, 도시의 쇠퇴에 대해서, 의뢰인에게 청구서를 발송하는 문제에 대해서 이야기한다. 레이철은 출장 요리사들이 유리문을 통해서 식사가 끝난 접시를 침실 뒤쪽 복도에 있는 그릇 치우는 곳으로 옮기는 모습을 지켜본다. 그곳은 예전에 하인들의 통로로 쓰던 복도로, 마티는 "요강 골목"이라고 부르면서 망령이 난 자신의 네덜란드인

할머니—진을 많이 마셨다—가 요강을 거기에 두면 하인들이 치우던 기억이 있다고 주장하곤 했다. 하지만 사실은 하인이 아니고 과로에 시달리는 가정부밖에 없었고, 그녀도 한참 전부터 뒤쪽 복도에 잘 가지 않았기 때문에 냄새가 벽을 넘어 퍼진 뒤에야 요강을 발견했다. 지금 그 복도에 출장 요리사가 열두 명 쯤 있을 것이다. 레이철이 가서 상황을 살펴야 한다고, 깨진 잔은 없는지, 병째 술을 마시는 웨이터는 없는지 확인해야 한다고 생각하는 와중에 헤스터와 이야기를 나누는 마티가 눈에 들어온다. 레이철은 꽃 장식이 끝난 후 나이 많은 헤스터에게 오늘 밤은 쉬어도 좋다고 말했기 때문에 마티가 불쌍한 가정부를 침대에서 끌어낸 것일까 생각한다.

헤스터가 서재로 가더니 바퀴 달린 금속 탁자를 밀며 돌아온다. 탁자 위에는 천이 씌워져 있고 아래로 늘어진 연장선이 질질 끌려온다. 마티가 캐러웨이를 안고 손님들에게 몇 마디를 하려는 듯하다. 그는 와인 몇 잔에 자기 아버지처럼 변해서 아주 작은 도발에도 열변을 토할 준비가 되어 있다. 그의 연설은 잘못 삐끗하면 단조롭고 지나치게 감상적으로 되어버린다. 고아 이야기를 꺼내기도 전에 눈물을 그렁거린 적도 있었다. 그래서 손님들이 모여들자 레이철은 최악의 상황이 펼쳐질까봐 걱정한다. 테라스 구석에서 바흐의 아다지오가 점차 조용해지더니 갑자기 멈춘다.

마티가 아랫입술을 경직시킨 채 불빛이 비추는 손님들의 얼굴을 잠시 바라본다. "음, 제가 몇 마디 할까 하는데요⋯⋯. 이 자리에 참석하여 좋은 뜻에 힘을 모아주신 여러분께 감사드립니다.

늘 그렇듯이 오늘 밤에도 상당한 액수가 모였습니다."

마티는 한 손에 시가를 들고 한 손으로는 캐러웨이를 안아 뒷다리를 톡톡 치고 있다.

"다들 아시겠지만, 이번 주에 사상 최초로 살아 있는 생명체를 우주 궤도로 쏘아올렸습니다, 편도 여행이지요……."

출장 요리사가 쟁반을 들고 지나가자 레이철이 샴페인 한 잔을 집어든다. 그녀가 생각한다. 정말 우주 궤도로 시작해서 고아 이야기로 넘어가려는 거야?

"제가 듣기로는, 며칠 후에 개가 먹을 마지막 사료에 독이 들어 있거나 혹은 가스를 방출시켜서 안락사를 시킨다고 하더군요. 러시아인들은 우주를 탐험하는 견공을 그렇게 취급하나 봅니다……."

말꼬리를 흐리는 마티의 목소리가 떨린다. 파트너 몇 명이 술을 홀짝이면서 난로의 잔불을 바라본다. 레이철은 파트너들이 시선을 피하는 이유가 당황스러움일까, 벅차오르는 애국심일까 생각한다.

"자, 그래서 저는 우리 귀여운 비글 캐러웨이를 생각하지 않을 수가 없습니다. 이 역사적인 순간에 캐러웨이를 끼워주자고 생각했지요."

헤스터가 부엌 의자를 가지고 나오자 마티가 거기에 캐러웨이를 조심스럽게 앉힌다. 그가 이동식 탁자의 천을 걷자 서재에서 꺼내온 아마추어 무선 통신 세트와 헤드폰, 크롬 마이크가 모습을 나타낸다.

"사실 스푸트니크 2호는 1호와 똑같은 신호를 방출하기 때문에 주파수만 잘 잡으면 저 위에서 궤도를 따라 도는 러스키* 잡종견의 소리를 들을 수 있을 겁니다. 시카고에 사는 아마추어 무선 통신 동지들의 말에 따르면 지금쯤 신호를 잡을 수 있다는군요……."

마티가 손목시계를 보더니 캐러웨이가 앉아 있는 의자를 마이크 가까이로 당긴다. "저는 캐러웨이에게 경쟁자의 소리를 들려줄 생각입니다, 자극을 좀 받게 말이죠. 솔직히 말해서 캐러웨이는 12월이면 공원에 데리고 나가기도 힘들거든요."

고상한 웃음소리가 흘러나온다.

레이철이 손님들을 훑어본다. 여자들은 마이크 철망에 코를 비비는 캐러웨이를 보며 미소를 짓고 있다. 남자들은 그보다 열의 없는 표정으로 서로 속삭인다. 마티가 기계를 켜고 버튼을 이것저것 누르더니 중앙의 커다란 다이얼을 돌린다. 지지직거리는 소리가 나오다가 캐나다의 뉴스 방송, 시끌벅적한 폴카 음악이 차례로 들리고 마침내 신호음이 흘러나온다. 수중 신호처럼 삑삑거리는 소리이다. 핑 하는 소리는 듣기 괴로울 정도이다. 달에서 들려오는 듯한 그 소리에는 소비에트의 고요한 위협이 담겨 있다.

"들리세요?" 마티가 말한다. "그들입니다."

손님들이 조금 더 가까이 모여들고, 레이철이 보니 남자들은 시가를 쥔 손을 늘어뜨린 채 움직이지 않는다. 사람들은 1분 내내 신호에 귀를 기울인다. 마티가 헤드폰을 꽂고 캐러웨이의 귀에

---

* 러시아를 경멸적으로 부르는 말.

씌운 다음 음량을 낮춘다. 비글이 움찔거리며 짖는다. 마티가 손님들에게 마이크는 꺼진 상태라고, 개 짖는 소리를 보내면 안 된다고, 그러면 아마추어 무선 통신 동호회에서 쫓겨날 거라고 말하지만 손님들은 캐러웨이를 보고 러스키 개에게 본때를 보여주라며 부추긴다. "우리가 쫓아간다고 말해." 파트너 한 명이 소리친다. 마티가 마이크를 켜는 척하고, 소동에 놀란 개가 다시 깽깽거리며 짖기 시작한다. 결국 마티가 가까운 테이블에서 껍질 벗긴 새우를 집어서 캐러웨이에게 준 다음 집 안으로 달아나게 놔두고, 다들 꼬마 애국자에게 박수를 치며 환호를 보낸다. 마티가 우주 탐험과 미국의 떠오르는 별을 위하여 건배를 한다. 레이철이 뒤로 돌자 샴페인 잔 테두리 너머로 유리문을 통해 테라스로 나오는 비트족들이 보인다. 지쳐 보이는 헤스터가 뒤따르고 있다. 레이철은 로비에서 하트 하노버가 얼마나 당황했을까 생각하고 헤스터가 인터폰을 받아버렸구나 짐작하면서 다가오는 비트족들을, 러시아의 우주 열망에 대한 미국의 대답을 바라본다. 수염을 기르고, 브래지어를 하지 않고, 맨발로 걸어다니는 자유. 남자 셋 여자 셋, 총 여섯 명이다. 남자들 중 하나—마르크스주의 시인 아니면 채식주의 철학자이다—는 옥상 광경에 정말로 화가 난 것처럼 보인다.

비트족들이 손님들 사이로 섞여들어간다. 버려진 변전소에서 열리는 전시회, 소호의 톰슨 스트리트의 뜨거운 물이 나오지 않는 다락방에서 저녁 식사로 팬케이크를 먹는 것에 대한 대화들. 처음에는 다들 친근해했기 때문에 마티도 비트족을 부른 것이 좋은 생각이었다고 인정하지 않을 수 없다. 샌들을 신은 여자들이 난롯가에서 와인을 홀짝이면서 이국적인 춤을 춘다. 그중 한 명이 어느 파트너의 부인에게 판당고 추는 법을 가르쳐주고, 4중주단이 다시 테라스로 나와서 즉흥곡을 연주한다. 수염을 기르고 코듀로이 재킷이나 짤막한 피코트를 입은 남자들이 교외 주택지구에 사는 부유한 사람들과 대화를 나누면서 인류학적인 관심을 가지고 무명의 유복한 북부인들의 의례를 관찰한다. 그들은 듣기 좋은 말을 하고, 다른 사람들의 말을 얌전히 듣고, 치과 의사의 소심한 농담에 껄껄 웃는다. 용 귀걸이를 한 여자가 투자 은행가와 명함을 교환하지만 그녀의 명함 앞면에는 "비통"이라는 단어가 볼록하게 새겨져 있을 뿐이다. 15분 동안 모두들 이 교묘한 장난에 압도당하고, 마티는 레이철에게 비트족을 초대한 덕분에 파티가 더욱 활기차졌다고 말할 생각으로 그녀의 뒤로 다가간다. 하지만 그때 남자들 중 한 명—빨간 베레모와 군복 재킷 차림이다—이 거실에서 몇몇 손님을 인질처럼 잡고 있는 모습이 마티의 눈에 들어온다. 남자가 약간 겁먹은 듯한 사람들 앞에 있는 골동품 의자에 서서 드 그루트 집안의 과일 접시를 들고 있는 모습이 테라스에서도 보인다. 마티가 안으로 들어가려고 하는데 "비통" 양이 새우 접시를 들고 다가와서 갑자기 말을 붙인다. 마티는 출장 요리사들이 왜 전채 요리를 치우지 않았을까 생각한다. 이 보헤미안들이 마티의 옥상에서 식중독에라도 걸리는 것이 아닐까? "제 본명은 허니예요." 여자가 말한다. "갑각류를 제 몸무게만큼 먹어치

울 생각이에요. 당신이 집주인인가 보군요. 만나서 반가워요, 집주인 씨." 여자는 취했고, 맨발이고, 낡은 아미시 퀼트로 만든 치렁치렁한 치마를 입고 있다. 마티는 여자를 향해 생기 없는 미소를 지으며 아파트 안에서 무슨 일이 벌어지는지 보려고 애쓴다.

"당신 친구는 도대체 왜 의자에 서 있는 겁니까?" 마티가 묻는다.

"벤지 말이에요? 아, 각성제에 완전히 취했어요. 조심하지 않으면 저 과일 그릇을 깨뜨릴걸요."

마티는 소동을 향해 고개를 돌리면서 주먹에 힘이 들어가는 것을 느낀다. 스페인 음악에 깔깔거리는 웃음소리와 "올레"라고 외치는 소리가 더해지고, 마티가 유리문 안으로 서둘러 들어가 오른쪽으로 꺾는다.

"이 바틀릿 품종의 배를 보세요, 수컷 벌과 숙녀 여러분, 즙이 많고 관능적일 만큼 지나치게 익었죠, 레드딜리셔스 품종 사과 옆에서 몸을 낮추고 있지만……. 높으신 부르심에 응답하여 저 높이 올라가기를 기다리고 있습니다." 남자가 과일 그릇에서 배를 꺼내서 너무 세게 깨무는 바람에 즙이 사방으로 튄다.

"실례지만 이제 그만하시죠." 마티가 말한다.

남자가 수염에 배 과육을 묻힌 채 의자 위에서 당당하게 내려다본다. 마티는 각성제에 대해서 전혀 모르지만 미친 사람은 알아볼 줄 안다. 이 남자는 동공이 1센트 동전만 하게 확장되어 빛나고 있다.

"아, 이분이 꽉 막힌 여러분의 대장입니까?" 남자가 사람들에게 묻는다.

"경찰에 전화를 하는 게 좋겠군요." 마티가 말한다. 테라스에서 들어온 손님들이 뒤에서 손부채질을 하며 조용히 지켜보는 것이 느껴진다.

남자가 믿을 수 없다는 듯 고개를 젓는다. "나한테 이러라고 돈을 주는 거잖아, 친구. 분위기 띄우는 애들이 와서 당신 샴페인이나 홀짝거리다가 히치하이킹과 숲에서 자는 것에 대한 시나 읊고 조용히 빠져나갈 거라고 생각했겠지. 잘못된 생각이야, 친구. 허점이 있는 이론이라고, 동지. 우리는 상류 사회의 박물관 같은 이 집에 찾아온 손님이고 대본도 없지……. 당신 내면의 그림자와 악령이 당신의 한심한 인생을 졸졸 쫓아다녔겠지, 형제. 우리가 바로 당신 그림자야. 만나서 반가워."

허니가 마티 곁에 서서 화난 말을 달래듯 정신 나간 남자에게 "진정해"라고 말한다.

"돌아가는 택시비도 이미 지불했어요." 사람들 틈 어딘가에서 레이철이 말한다. "남은 음식을 싸서 택시에 태워드릴게요."

레이철이 저자세를 취하자 남자는 의자 위에서 몸을 기울이더니 길모퉁이에서 세계 종말이 임박했다고 부르짖는 전도사처럼 손짓한다. "아, 미치겠군. 은박지에 싸 주는 빌어먹을 도시락 따위 필요 없어, 맥베스 부인. 음식이나 와인 때문에 여기 온 게 아니야……. 우리는 파쇼적인 미국이 러스키 삼촌의 남근을 빨아주려고 하니까 빨갱이 자지를 가까이에서 보면 어떤가 보여주러 온 거라고…."

그 순간, 클레이 토머스가 부스럭거리며 사람들을 제치고 나온다. 나중에 마티는 클레이가 고작 낮잠을 방해받은 정도로밖에 화가 나 보이지 않았다고 생각한다. 클레이는 불쾌해 보였지만 그의 태도는 전혀 폭력적이지 않다. 그가 걸어가면서 재킷을 벗고, 커프스 단추를 떼고, 설거지를 하려는 것처럼 소매를 걷어올린다. 하지만 클레이는 프린스턴 대학 웰터급 선수 출신이다. 발놀림이 유연하고 절도 있다. 마티는 경찰을 불러야 할까 물어보려고 했지만 어느새 상사의 디너 재킷을 들고 있다. 클레이가 남자를 올려다보지도 않고 의자 뒤에 서서 다리를 잡아당기자 비트족 청년이 바닥으로 떨어져 쪼그려 앉는다. 떨어지면서 과일 그릇을 놓치는 바람에 녹색 사과와 배가 가구 밑으로 굴러 들어간다.

"뭐야, 이 노친네가!"

클레이가 청년의 가슴을 세게 민다. "이제 자네는 돌아갈 시간이군."

베레모를 쓴 남자가 손을 늘어뜨린 채 눈알을 굴리며 잠시 버틴다. 그는 골동품 꽃병을 들어 클레이의 머리를 내려칠 것 같기도 하고 약에 취하고 겁에 질린 채 밖으로 달아날 것 같기도 하다. 허니와 비트족들이 복도로 모여들어서 애원하듯 동료를 부른다.

레이철이 말한다. "경찰이 오고 있어요."

남자는 이 말을 듣고 흐리멍덩한 머리로 곰곰이 생각한다. 결국 그는 발뒤꿈치에 체중을 실으며 물러서더니 친구들을 따라 복도를 걸어간다. 클레이가 계단을 내려가는 비트족들을 따라간다. 마티가 하트 하노버에게 인터폰을 연결해서 침입자들이 로비에 도착하면 반드시 건물 밖으로 내보내라고 말한다. 클레이가 12층에서 비트족들을 전용 엘리베이터에 모두 태운 다음 다시 위층으로 올라오자 진심 어린 갈채가 쏟아진다. 마티도 같이 박수를 치지만 당황스럽고 무시당한 기분이다. 그는 방금 예순 살의 상사가 비트족 청년들을 낮 시간의 영화관에서 소동피우는 못된 십대들처럼 쫓아내는 모습을 똑똑히 보았다. 게다가 레이철은 돈까지 내고 이런 모욕을 당했다. 룸서비스를 부탁하듯이 전화를 걸어서 망신을 불렀다.

클레이가 마티 옆에 서서 커프스 단추를 다시 채우고 디너 재킷을 돌려받아 입는다. 그가 말한다. "저녁 식사에 사자를 초대하면 물릴 때도 있는 법이지."

마티는 클레이에게 상황을 정리해줘서 고맙다고 인사하는 것이 예의바른 행동이라는 것을 알지만 그렇게 할 수가 없다. 그는 복도를 걸어가는 토머스 부부를 지켜본다. 다른 손님들도 고개를 끄덕여 작별 인사를 하고 뒤따라 빠져나가기 시작한다. 레이철은 어디에도 보이지 않고, 퉁명한 헤스터가 옷장 앞에 서서 시선을 피하며 손님들을 맞는다. 마지막 손님까지 떠난 후 마티는 잠시 엘리베이터 문에 등을 기대고 선다. 헤스터가 잘 자라고 인사하자 마티는 계단을 올라 어둠 속에서 더듬거리며 침실을 향해 걸어간다. 그는 옷을 벗고 알몸으로 욕실을 향하면서 참 잔인한 하루였다고 생각한다. 레이철은 벽을 보면서 자는 척한다. 마티는 손등뼈와 치아 사이에서 박동하는 곤혹스러움이 아직도 느껴진다. 그는 얼어붙은 정적이 자장가를 들려주기 바라면서 그림을 올려다본다. 소녀는 너무 연약하고, 숲과 언 강 사이에서 꼼짝도 하지 못한다. 스케이트를 타는 사람들의 얼굴과 손은 추위 때문에 분홍색으로 물들었다. 마티는 얼음 위에서 종종걸음으로 소년을 쫓아가는 개를 바라보면서 우주에서 빙빙 돌고 있는 러시아 잡종 개를 생각한다. 그는 여러 해가 지난 후에야 개가 대기권을 벗어나자마자 죽었음을, 압력과 온도가 너무 높아서 견딜 수 없었음을 알게될 것이다. 마티는 한참 후에야 죽은 우주 탐험가 개와 당당하게 걸려 있는 위작을 떠올리며 자신이 어처구니없을 만큼 순진했음을 깨달을 것이다. 그러나 지금은 액자가 약간 비뚤어져서 5센티미터 정도 기울어진 것을 알아차릴 뿐이다. 마티는 액자를 바로잡은 다음 욕실 불을 끄고 침대로 들어간다.

암스테르담 / 베르크헤이

1635년 봄

사라는 기나긴 삶을 살아가면서 거대한 바다짐승을 항상 떠올릴
것이다. 바다짐승이 카트레인의 죽음과 그후에 일어난 일의 원인
은 아니었지만 그들의 삶을 암울하게 만든 저주임에는 틀림없었
다. 봄날의 어느 일요일, 푸르고 구름 한 점 없는 날이었다. 스헤
베닝언 근처 어촌 베르크헤이의 모래톱에 거두고래가 올라왔다는
이야기가 돌았다. 마을 사람들이 밧줄에 묶어서 끌어올리자, 고래
는 가죽처럼 생긴 숨구멍을 통해 신음을 내며 이틀 동안 그곳에
누워 있었다. 과학자와 학자들이 충분한 조사를 마칠 때까지 생명
을 연장시키기 위해서 양동이에 바닷물을 담아 고래의 몸에 끼얹
었다. 풍경화가인 사라의 남편에게 이번 일은 이런 장관을 포착하
여 정확히 그려볼 수 있는 기회이다. 봄 시장에서는 유화가 잘
팔리므로 분명 큰 이득을 볼 것이다. 그러나 해안으로 향하는 길
에서, 사라는 암스테르담 인구의 절반이 심해에서 올라온 이 불길
한 전조를 보러 길을 나섰음을 깨닫는다. 소묘화가부터 유화가,

판화가에 이르기까지 바렌트의 경쟁자가 수없이 많을 것이다. 사라 역시 성 루가 길드에 소속된 화가이지만 풍경화를 그리는 바렌트를 가끔 도와 안료를 갈고 밑그림을 그린다. 바렌트가 그리는 바다 풍경과 운하 풍경은 시장(市長)과 상인들에게 인기가 많다. 바렌트는 사라가 정물화로 버는 돈의 두 배를 번다.

세 식구는 등나무 바구니에 야외용 화구와 샌드위치를 넣어서 이웃 사람의 짐마차 뒤에 얻어 탄다. 일곱 살인 카트레인은 바다에 놀러 가는 복장이다. 단단히 맨 보닛,* 튼튼한 장화, 줄에 매달아 목에 건 나침반. 마차와 말의 행렬을 따라서 간척지를 지나 풀이 뒤덮인 모래 언덕을 향해 나아가면서 사라는 딸의 얼굴을 본다. 바렌트가 술집에서 들은 바다짐승 이야기를 두 사람에게 들려주며 뭍으로 밀려올라온 그 동물을 그리러 가고 싶다고 말하자 카트레인은 무척 심각한 표정을 지었다. 그것은 두려움이 아니라 강철 같은 결의였다. 카트레인은 몇 달째 새벽에 무서운 환영을 보고 악몽에 시달리며 침대에 오줌을 쌌다. "저도 그걸 봐야겠어요, 아버지." 카트레인이 엄숙하게 말했다. 바렌트는 화제를 돌리려고 애쓰며 아이들 소풍 같은 것이 아니라고 설명했다. 그러면서 그 이야기는 끝난 것 같았다. 그러나 30분쯤 뒤 저녁 식사를 할 때 카트레인이 사라를 향해 몸을 기울이고 귓가에 속삭였다. "무엇보다도 괴물이 죽는 걸 보고 싶어요." 사라는 딸의 자그마한 입에서 섬뜩한 말이 흘러나와서 약간 놀랐지만 이해가 되기도 했다. 북해 깊은 곳에서 해변으로 밀려올라온 괴물이 밧줄과 닻줄로

---

* 턱 밑에서 끈을 묶는 여자들의 모자로 뒤에서부터 머리 전체를 싸듯이 쓴다.

묶인 채 눈앞에서 죽는 것이다. 밤의 온갖 고난을, 몇 달 동안이나 카트레인을 잠 못 이루게 만든 악령과 유령들을 하룻밤 만에 무찌를 수 있을지도 모른다. 사라는 딸의 손을 톡톡 다독인 다음 스튜를 먹었다. 그녀는 잠자리에 들 때까지 기다렸다가 바렌트에게 이야기했고, 결국 그가 마음을 돌렸다.

해안이 내려다보이는 언덕 꼭대기에 도착하자 사라는 여기 오기로 한 것이 끔찍한 실수라는 확신이 든다. 멀리서 보니 짐승은 햇빛 속에 버려져 시커멓게 번득이는 생가죽 같다. 수많은 사람들이 짐승을 둘러싸고 있는데, 괴물 때문에 다들 난쟁이처럼 작아 보인다. 남자 몇 명이 크기를 재는 작대기와 나무 들통을 가지고 괴물의 거대한 옆구리를 기어오른다. 돛처럼 크고 꿈틀거리는 지느러미 옆에 사다리가 세워져 있다. 이웃 사람 클라우스가 해변을 향해 마차를 몰면서 예전에 자신이 배를 탔을 때 브랜디에 절인 고래 눈알을 본 적 있다고 말한다. "사람 머리만 한 것이 유리병 안에 절여져 있었지. 선장이 남쪽 지방에서 모은 다른 표본들도 많았어." 사라는 카트레인의 눈이 휘둥그레지는 것을 보고 딸의 머리카락을 귀 뒤로 넘겨준다. "아빠가 그림 그리는 동안에 우리는 소풍 갈까?" 사라가 말한다. 카트레인은 엄마의 말을 무시하고 마부석에 앉은 클라우스를 향해 몸을 내민다. "고래는 왜 뭍으로 밀려와요?" 클라우스가 고삐를 고쳐 쥐고 잠시 생각한다. "신이 보내신 전령이라고, 신탁이라고 말하는 사람들도 있지. 내 생각에는 그냥 길을 잃은 것 같아. 배도 길을 잃는데 요나를 통째로 삼킨 물고기라고 해서 길을 잃지 말라는 법이 어디 있겠어?"

그들은 모래 평지로 가서 나무 그루터기에 말을 묶어둔 다음 물건을 실은 마차를 밀며 소란스러운 쪽으로 간다. 그런 다음 담요와 바구니로 자리를 만든다. 바렌트는 이젤과 여과기를 조립한 다음 사라에게 옆에서 안료를 갈아달라고 한다. 또 사라가 스케치도 몇 장 그리면 나중에 작업실에서 참고할 수 있을 것이라고 말한다. "바닷가 장면을 그릴 생각이야, 괴물 머리가 전경에 나오게 말이야." 사라는 멋진 그림이 되겠다고 말하지만 위에서 내려다보는 구도가 훨씬 더 극적이라고 생각한다. 유리처럼 잔잔한 바다의 거대함을 척도로 삼아서 개미처럼 작은 도시인들에게 둘러싸인 바다짐승과 정오의 태양 때문에 짧아진 그림자를 그리는 것이다. 바렌트는 해 질 녘까지 스케치를 하고 나서 스러지는 빛 속에서 마무리를 할 수도 있을 것이다. 그러나 사라는 요즘 바렌트가 자기 생각을 버리고 그녀의 생각을 따른다는 사실을 알기 때문에 아무 말도 하지 않는다.

바렌트가 그림 그릴 지점을 찾는 동안—가장 가까운 화가와 겨우 3미터쯤 떨어진 곳이었다—사라와 카트레인은 고래 주변을 둘러싼 사람들과 합류한다. 생선 썩는 냄새와 달콤하면서도 역겨운 용연향에 취할 것만 같다. 카트레인이 코를 틀어막고 사라의 손을 잡는다. 가죽 앞치마를 두르고 측량 막대와 향료알로 뭔가를 하던 남자들이 경고의 시선을 보낸다. 사라는 위에서 들려오는 대화를 통해서 레켕카머르에서 온 관리가 이 짐승을 가지고 가겠다고 했고 사체를 경매에 내놓을 것이라는 정보를 얻는다. 이런 말도 들린다. "햇볕을 너무 오래 받아서 내일 정오쯤 되면 창자가 터질 거야, 끔찍한 악취가 떠돌겠지." 해수유는 비누 가게에 팔리고, 이빨은 조각 장식에 쓰고, 내장연고는 파리로 수출되어 사향 향수의 재료로 쓰일 것이다. 공책을 든 붉은 얼굴의 청년이 악마 같은 짐승의 "입에 담을 수 없는 그것"의 길이를 두고 동료와 옥신각신하고 있다. 약 90센티미터로 확인되었지만 5센티미터 정도 차이가 있다는 것이다. 두 사람은 그것을 장대 혹은 작대기라고 지칭하면서 과학적이고 솔직한 논의를 이어간다. 사라는 카트레인이 보닛 밑에서 짐승의 커다란 몸집을 살펴보느라, 혹은 밤마다 보이는 환영의 소용돌이에 푹 빠져서 남자들의 대화를 못 들어서 다행이라고 생각한다.

어선만 한 꼬리에는 파리와 따개비, 푸릇푸릇한 기생 식물이 드문드문 붙어 있다. 고래는 잠자는 고양이처럼 몸을 살짝 말고 있었는데, 어쩌다 보니 사라와 카트레인은 심한 악취가 고인 오목한 곳으로, 열띤 논쟁을 일으킨 90센티미터짜리 남근 쪽으로 다가간다. 카트레인이 새된 목소리로 말한다. "보세요, 배에 커다란 빨판이 붙어 있어요." 근처의 남자들이 시끌벅적한 웃음을 터뜨린다. 사라는 카트레인의 어깨를 잡고서 짐승의 머리 쪽으로 데리고 간다. 한 마을 사람이 일인당 3스타이버*를 내면 짐승의 눈을 보게 해주겠다고 말한다. 그는 사다리를 모래밭에 단단히 묻은 다음 턱뼈에 기대어놓았다. 카트레인이 애원하는 눈빛으로 엄마를 올려다본다. "넌 올라가도 돼. 엄마는 여기서 보는 게 더 좋아." 사라가 말한다. 그녀는 남자에게 돈을 낸 다음, 사다리를 천천히 올라

---

* 네덜란드의 옛 화폐.

가는 카트레인을 바라본다. 사라는 당황함에 반짝이는 짐승의 눈을, 같은 자기 머릿속에 갇혀 어리둥절하게 바깥을 내다보는 포식 동물을 상상한다. 카트레인이 경이에 찬 눈으로 심연 같은 짐승의 눈을 바라보면서 자꾸 쫓아오는 악몽을 무찌르고 돌아오는 모습을 상상한다. 그러나 천천히 사다리를 올라 짐승의 눈 근처에 뻣뻣하게 기대는 카트레인은 고행자처럼 보인다. 카트레인은 손으로 차양을 만들어 고래의 눈을 오랫동안 바라본 다음 해변으로 천천히 내려오지만, 위에서 무엇을 보았는지 말하려 하지 않는다.

남은 오후 동안 사라는 스케치를 하고 그림을 그린다. 그녀는 담요 위 바렌트의 옆자리에 앉아서 붓과 안료를 준비하고, 바렌트가 반투명한 초록색과 회색을 칠한 다음 빛의 변화에 따라 황토색 점을 콕콕 찍는 모습을 바라본다. 그의 작품에는 신비하고 당당한 분위기가, 사라의 제한적인 정물화에는 없는 강렬한 느낌이 있다. 두 사람은 몇 시간에 걸쳐 작업을 하고, 카트레인은 옆에서 자기 스케치북을 들고 앉아 있다. 나뭇잎과 조개껍데기와 말을 잔뜩 그렸다. 바렌트와 사라는 짐승이 죽거나 내장이 파열되는 모습을 목격할 생각이 전혀 없기 때문에 클라우스와 함께 해가 지기 훨씬 전에 출발하기로 한다. 바렌트는 풍경과 빛을 최대한 포착한다. 그는 작업실로 돌아간 후 고래의 복잡하고 세밀한 부분을 그린 사라의 스케치를 참고해서 그림을 그릴 것이다. 카트레인은 몇 번이나 물가로 달려가서 나무 막대와 들꽃을 들고 돌아온다. 잠시 후 사라는 그녀의 딸이 작은 뗏목을 만들고 꽃다발을 조심스럽게 올려두었음을 깨닫는다. 엄밀히 말해서 장례식용 장작은 아니지만 고래를 추도하거나 밤마다 쫓아오는 환영을 떠내려 보내기 위함이었다. 사라는 일곱 살짜리 아이의 진지한 믿음이 놀라웠다. 9미터도 떨어지지 않은 곳에서 마을 사람들은 고래가 뭍으로 올라온 깊은 의미가 무엇인지에 대해서 토론하고 있다. 홍수나 기근이 곧 닥치거나 베르크헤이가 불탄다는 뜻이라고 한다. "주님, 사랑하는 조국에서 악을 쫓아내소서." 한 어부가 계속 중얼거린다.

도시로 돌아오는 길은 덜 붐빈다. 암스테르담까지 한 시간 정도 남았을 때 간단한 요기를 위해 작은 마을 외곽에 멈춘다. 한 농부 가족이 소금에 절인 대구, 사과, 치즈가 가득한 좌판을 길가에 차려 놓았다. 카트레인 또래 정도 되는 허름해 보이는 소년이 부모를 돕고 있다. 해변에 다녀와서 어딘가 용감해진 카트레인이 자기가 사와도 되냐고 묻는다. 바렌트가 돈을 주자 카트레인이 동인도 상인처럼 자금을 들고 마차에서 내린다. 카트레인은 돈을 들고 사과와 치즈를 신중하게 고른다. 농부 가족은 카트레인의 태도가 너무 귀여워서 아들을 보낸다. 일곱 살짜리 아이 두 명이 길가에서 거래하는 모습을 보며 다들 즐거워한다. 아이들은 어떤 사과가 잘 익었는지를 두고 흥정까지 한다. 사라는 그 모습을 마차에서 지켜본다. 유일한 불협화음은 소년의 아픈 듯한 눈빛, 약간 누렇고 졸린 눈이다. 소년은 손을 깨끗하게 씻은 듯하고 옷도 깨끗하다. 그렇지만 사라는 아이의 눈을 결코 잊지 못한다.

사흘 후 카트레인이 고열에 시달리기 시작하면 사라는 이 순간을 계속 떠올리게 될 것이다. 그때쯤이면 바렌트는 괴물의 상아색 이빨부터 어부가 입은 조끼의 가죽 끈에 이르기까지 고래 그림을 세세하고 꼼꼼하게 완성시켰을 것이다. 나흘째 밤이 되면 손끝이 새까매지고 피부에 채찍 자국 같은 것이 난 카트레인은 세상을 떠날 것이다. 사라는 하나님이 주신 외동딸이 시들며 멀어지는 모습을 지켜볼 것이다. 바렌트는 죽음의 고통과도 같은 슬픔 속에서 몇 달 동안 쉬지 않고 그림을 고치면서 자신이 목격하지 않은 인물들과 행동들을 덧붙인다. 그림은 암울한 조짐으로 너무 가득하기 때문에 시장에서 구매자를 찾지 못한다. 두건을 쓴 인물이 짐승의 거대한 머리 위에서 화가에게 등을 돌리고 서서 시커멓게 변한 괴물의 살에 도끼를 내리찍는다. 하늘에는 납과 스몰트*를 잔뜩 칠했다. 사라는 겨울이 와서 운하가 얼 때까지 그림을 한 점도 그리지 않는다. 그녀는 어느 푸른 오후에 얼어붙은 암스텔 지류 위쪽에서 어린 소녀가 눈 쌓인 잡목림을 터벅터벅 걸어가는 모습을 본다. 빛의 분위기가, 숲에서 홀로 나타난 소녀의 뭔가가 사라를 일으켜서 캔버스 앞으로 데려간다. 정물화를 그리는 것은 갑자기 상상도 할 수 없는 일이 된다.

---

* 코발트유리를 갈아서 만든 안료. 화려하고 짙은 감청색을 낸다.

브루클린
1957년 11월

새벽에 한 여자가 작업복을 입고 서서 안료를 갈고 가스레인지에 아교풀을 끓인다. 엘리 시플리가 아는 이것은 1630년대의 그림이다. 당시에는 네덜란드 베틀 너비—1.4미터 정도—만 한 캔버스밖에 살 수 없었다. 엘리는 메소드 연기를 하는 배우처럼 촛불에 의지해서 글을 읽고, 보존 전문가에게든 모작 화가에게든 똑같이 필요한 물품을 구하려고 눈에 띄지 않게 나갔다가 들어온다. 얼룩이 생기지 않는 냉압 아마인유, 라벤더유, 시에나 흙,* 한 달 동안 식초에 담가서 만드는 연백(鉛白).** 엘리는 간이 부엌에서 그림을 그린다. 지저분한 창문을 통해서 빛이 들어오고, 고와너스 고속도로를 흐르듯이 달리는 자동차들이 보인다. 그녀는 도심으로 들어가는 버스를 타고 통근하는 사람들, 여러 개의 얼굴이 점점이 새겨진 금속 띠 같은 버스들을 본다. 엘리는 저 흐릿하게

---

* 산화철과 산화망간이 포함된 흙으로, 노란 빛이 도는 갈색의 안료를 만들 때 쓴다.
** 납으로 만드는 인공적인 백색 안료로, 역사는 깊지만 독성이 강한 편이다.

보이는 승객들에게 자신의 어설픈 작업실이 잔상으로 남을까 가끔 궁금하다. 가스레인지 위로 몸을 숙인 그녀를 마음의 눈으로 보면 동물 가죽을 녹이고 있는 것이 아니라 죽을 젓고 있다고 생각할까.

냄새—산화물과 사향 냄새—때문에 엘리는 사회생활을 제대로 할 수가 없다. 셀프서비스 세탁소 위층에 자리 잡은 그녀의 아파트에는 이곳만의 독특한 기후가 있다. 세탁소 영업시간에는 열대 몬순 기후지만 밤이면 더 시원하고 건조한 기후로 변한다. 천장에는 물 자국이 나 있고 침대 위 모서리에는 형광빛 곰팡이가 브로케이드처럼 섬세한 무늬를 이루고 있다. 컬럼비아 대학교 미술사 박사 과정 졸업반인 엘리는 이 아파트에 사는 동안 아무도 집으로 데리고 오지 않았다. 그녀는 학교 근처에 살고 있어야 했지만, 브루클린에서 자란 어느 학생에게서 말도 안 될 정도로 집세가 싼 임대차 계약을 물려받았다. 학교는 맨해튼에 있었지만 엘리는 맨해튼에 집을 얻지 못했다. 그래서 시드니에 사는 부모님에게는 맨해튼의 그리니치 빌리지에 살고 있다고 말하고, 근황을 알리는 편지를 쓰면 꼭 학교 가는 길에 부친다. 편지에는 가 보지도 않은 전시회와 레스토랑과 클럽에 대해서 쓴다. 엘리는 「뉴요커」의 기사를 열심히 읽으면서 어렴풋이 등장하는 그런 곳들을 자세히 파악한다. 엘리의 아버지는 시드니의 페리 선장이고 어머니는 학교 비서이다. 엘리는 이런 편지를 쓰는 것이 부모님에게 앙심을 품고 그들이 얼마나 하찮은 삶을 살고 있는지를 상기시켜 주기 위해서인지 아니면 엘리 자신도 얻지 못한 삶에 대한 상상을 하고 싶어서인지, 자기 자신도 알지 못한다. 그녀는 고작 누추하게 살면서 힘들게 공부하려고 지구 반 바퀴를 돌아 여기까지 온 것 같다. 마무리되지 않은 네덜란드 황금기 여성화가들에 대한 논문이 자리를 차지하고 있고, 레밍턴 타자기에는 반쯤 타자를 친 종이가 곰팡이 핀 채 끼워져 있다. 논문에서 손을 뗀 지 벌써 몇 달이나 되었다. 엘리는 가끔 주먹코처럼 생긴 타자기의 옆모습과 크롬 줄바꾸개를 멍하니 바라보며 이렇게 생각한다. 레밍턴에서 소총도 만들지.

엘리는 몇 년 전에 부업 삼아서 미술품 복원 및 보존 컨설팅을 시작했다. 항상 기술적인 면에 뛰어났던 그녀는 그 기술을 이용해서 쉽게 돈을 벌 수 있었다. 엘리는 원래 미술사를 공부하기 전에 런던의 코톨드 미술학교를 다니면서 보존 기술을 배웠다. 그러나 미술 복원을 배우는 학생들 중에서 엘리가 가장 어리고 재능이 가장 뛰어났음에도 불구하고 좋은 미술관의 일자리는 항상 나이 많은 남자 졸업생에게, 굵은 꽈배기 무늬 니트 카디건을 입고 옥스브리지 억양을 쓰는 남자들에게 돌아가는 것 같았다. 오스트레일리아 출신이라는 것도 도움이 되지 않았다. 미술관 큐레이터들은 엘리를 초보자로, 잘 하면 개인 교사나 작은 지역 미술관의 복원가로 일할 가능성을 가진 식민지 출신의 영리한 학생으로만 취급했다. 그래서 엘리는 스물한 살 무렵 미국으로, 미술사 분야로, 여자 교수가 두 명 있는 과로 옮겼다. 박사과정 3년차 시험을 치른 후, 엘리의 지도교수—네덜란드 황금기를 전공한 미술사학자 메러디스 혼스비—는 그녀에게 복원 일을 소개하기 시작했다.

혼스비는 엘리가 박사과정 학생들 중에서 이탈리아 르네상스에 대한 논문을 쓰지 않는 유일한 학생이었기 때문에 그녀를 좋아했다. 게이브리얼 로지라는 영국인 미술상은 옛날 명작을 감정하고 손볼 사람을 구하고 있었다.

게이브리얼 로지는 엘리를 몇 번 데리고 나가서 차를 사주면서 그녀가 복원한 작품 사진을 보여달라고 했다. 런던에서 온 외국인이자 크리스티 경매 회사에서 잘 나가는 게이브리얼은 구깃구깃하고 나방 같은 색깔의 정장 차림에 외교관이 쓰던 것처럼 보이는 낡은 서류가방을 가지고 다녔다. 그는 우물쭈물하고 산만했지만 어떤 질문이나 생각이 떠오르면 재빨리 엘리의 얼굴을 흘끔 보았다. 게이브리얼은 얼그레이를 마시면서 바탕칠이나 광택제, 바로크 캔버스의 올 세는 법에 대해서 질문을 던졌다. 그런 다음 흐음 소리를 내거나 고개를 끄덕였고, 돋보기로 엘리가 가져온 사진을 자세히 보았다. 찻집 오디션은 통과한 것 같았다. 몇 주일이 지나지 않아서 손상된 17세기 그림이 엘리의 집 앞에 나타나기 시작했다.

가끔은 그림이 엘리를 찾아왔고 가끔은 엘리가 그림을 찾아갔다. 엘리는 비밀 유지 서약서에 서명을 한 다음 운전사 딸린 차를 타고 시내로, 롱아일랜드로, 코네티컷에 사는 개인 수집가의 집으로 갔다. 그녀는 안료, 기름, 여러 개의 붓이 꽂힌 나무통과 함께 지나치게 화려한 방에 갇혀서 각 화가의 양식과 색조에 따라 가로세로 2.5센티미터 정도 되는 부분을 고치면서 오후를 보냈다. 제대로 관리하지 않은 17세기 플랑드르나 네덜란드 초상화가 아파트로 배달되기도 했다. 엘리는 몇 주일에 걸쳐서 그림을 고치거나, 낡은 캔버스에 안감을 대거나, 바탕칠이나 광택제 층을 복원했다. 가끔은 하루 작업에 수백 달러를 받을 때도 있었지만 엘리는 왠지 그 돈을 쓸 수가 없었다. 돈 한 푼도 받지 않고도 기꺼이 할 수 있는 일이기 때문에 부정하게 얻은 돈 같이 느껴졌다. 또한 코톨드에서 남자 교수들에게 무시당한 세월에 대한 확실한 보상 같기도 했다. 돈을 쓰면 그 힘이 희석될 것이다.

게이브리얼이 「숲의 가장자리에서」를 의뢰했을 때 엘리는 이미 만 달러 가까운 돈을 모았기 때문에 엄밀히 말하면 돈이 필요한 것은 아니었다. 게이브리얼은 그림의 현재 주인이 똑같은 복제품을 원하지만 원작을 떼어놓고 싶어하지 않는다고 말했다. 엘리는 모사와 복원은 전혀 다르다고 회의적으로 말했다. 그러나 게이브리얼이 액자에 걸린 그림을 찍은 고화질의 컬러 사진을 세 장 꺼냈을 때 엘리는 숨이 멎을 것 같았다. 바로크 시대의 여류 화가가 그린 어떤 그림과도 달랐다. 그것은 아베르캄프류의 겨울 풍경화로, 섬세한 회색과 파란색, 황갈색이 섞여 있었다. 농부들이 얼음 위에서 황혼의 공기를 가로지르며 스케이트를 타고 있고, 나무 옆에는 황량하고 쓸쓸한 소녀가 서 있다. 소녀는 구경꾼이지만 초점, 즉 중력의 중심이기도 했다. 이것은 밤이 몰려오기 전에 놀이를 즐기는 마을 사람들—아베르캄프가 흔히 쓰던 모티프—의 그림이 아니라 정지된 순간, 영원한 황혼에 갇힌 소녀의 그림이었다. 소녀는 아주 섬세한 붓질로 세심하게 그려져 있었다. 치맛단은 누군가를 애도하듯이 각각 머리카락 두께의 반밖에 되지 않는 수백 번의 붓질로 그려져 있었다. 사진으로 봐도 눈부시면서 고요한 작품이었다. 수도사의 초상화처럼 헌신적이고 종교적인 분위기와 이탈리아 알레고리화의 우울함이 조화를 이루고 있었다.

게이브리얼이 이야기를 하는 동안 엘리는 사진을 열심히 관찰하면서 눈으로 작은 원을 그리며 표면을 꼼꼼히 살폈다. 마치 아는 그림처럼 느껴졌다. 열두 살 때 전시회 견학을 갔다가 베르메르의 그림을 처음 본 순간과 똑같은 기분이 들었다. 고향에서 영국으로, 또 미국으로 옮겨다니는 내내 척추 아래 똘똘 뭉쳐 있던 아름답고 우울한 빛이 반짝 번득였다. 게이브리얼은 사라 더 포스가 성 루가 길드에 가입한 최초의 여성이며 이 그림이 현재까지 남아 있는 그녀의 유일한 작품이라고 말했다. 너무나 오랫동안 개인 소장품이었기 때문에 미술계에서 작지만 컬트적인 위치를 차지하는 그림이었다. 수백 년 동안 이 그림을 실제로 보거나 이 그림에 대해서 들어본 미술사가는 거의 없었다. 그런데 엘리가 그 그림을 사진으로나마 분에 넘칠 만큼 세밀하게 관찰하고 모사할 수 있게 된 것이다. "믿기 힘든 영광이죠." 게이브리얼이 말했다. 17세기 네덜란드 여성화가는 풍경화를 그리지 않았다는 것이 통념이었다. 풍경화를 그리려면 바깥에서 오랜 시간을 혼자 보내야 하는데, 이것이 황금기 네덜란드의 주부에게는 분명 장애였을 것이다. 그러나 사라 더 포스는 유일한 예외 같았다. 그녀는 정물화 전문이었지만 이 가슴 아픈 풍경화만이 유일하게 남았다. 아버지와 남편이 모두 풍경화가였던 더 포스는 평생 풍경화를 가까이에서 접했다. 게이브리얼은 연구를 많이 한 것이 분명했다. 브루클린으로 오는 지하철에서 혼자 중얼거리며 여기서 할 독백을 연습했을지도 모른다. 이것은 기념비적인 그림, 역사적으로 드문 예였고, 엘리는 적법한 소유자로부터 충실한 모작을 그려달라는 요청을 받은 것이다. 엘리는 게이브리얼의 말 중에서 그 부분이 오래 기억에 남았다. 그녀는 생각해보겠다고 말했지만 사실은 거의 사진을 보자마자 하겠다고 결심한 상태였다.

사진 한 장은 약 2.5미터 떨어진 정면에서 찍은 것이고, 한 장은 측면이지만 더 가까운 거리에서 찍은 것, 마지막 한 장은 나무에 기대 선 소녀를 가까이에서 찍은 것이었다. 분명 숙련된 사진사가 찍은 사진이었다. 또렷하고 초점이 잘 맞는 것을 보면 삼각대를 이용한 듯했고, 컬러 필름은 비싸기 때문에 아마추어 사진가들은 구하기 힘들었다. 퍼지는 빛 속에서 그림을 측면에서 찍으면 질감이 잘 드러난다는 사실을 아는 사람이 사진을 어떻게 찍을지 명확하게 지시한 것이 분명했다.

정면 사진 뒷장에 액자와 캔버스의 정확한 크기가 연필로 적혀 있었다. 이상적으로는 그림이 사진을 꽉 채워야 했지만 무슨 이유에서인지 사진사가 줌을 완전히 당기지 않았기 때문에 침대의 마호가니 머리판과 색이 연한 면 베개 두 개가 보였다. 엘리가 보기에는 정오가 되기 전에 아직 정리하지 않은 킹사이즈 침대 끝부분에서 찍은 사진 같았고 그림자를 보면 비스듬한 겨울 햇빛 같았다. 엘리는 구도, 질감, 색깔에 집중해야 했지만 먼저 그림 주인에 대해서 짐작할 수 있는 것을 전부 생각해보았다. 이 아름답고 황량한 그림을 침대 머리맡에 걸다니 도대체 어떤 사람일까? 엘리는 베이지색 면 베개의 푹 꺼진 부분으로 시선이 자꾸 갔다. 오른쪽 베개가 더 깊이 꺼진 것을 보면 남편이 침대 오른편에서 잔다는 사실을 알 수 있었다. 이 일이 관음증처럼 느껴진 것은 예상치 못한 인간적인 요소 때문이었다. 엘리는 사적 영역인 집 안을 불법으로 점유하고 있었다.

첫 주일에 엘리는 적도 기후 같은 아파트를 맨발로 서성이면서 마음속으로 자신을 합리화했다. 엘리는 돈을 받고 그림을 모사할 뿐이지 게이브리얼이 하는 거래의 자세한 내용에는 관심이 없었고, 게다가 세상에는 보안 문제 때문에 자신이 가진 명작을 복제하는 수집가들이 아주 많았다. 토스카나의 빌라나 파리의 아파트에 전시된 작품 중 다수는 모작이었다. 어떤 상황이든 엘리는 한발 물러난 입장이었고 가장 바깥쪽에 있는 사람이었다. 돈을 받고 고용된 보존 처리 전문가. 그것이 엘리의 위치였다. 그러던 어느날 밤, 엘리는 두근거리는 두통 때문에 잠에서 깨서 어두운 간이 주방에 알몸으로 서서 물을 한 잔 마셨다. 방 저편에서 사진의 존재가 느껴졌다. 엘리는 욕실로 가서 실내복을 입고 돌아와 작업 등을 켰다. 그녀는 이젤에 클립으로 고정시켜 둔 정면 사진을 떼서 제도대에 놓고 이그잭토 칼과 곧은 자를 들고 사진 아래쪽을, 죄의 증거가 될 만한 베갯잇과 침대 머리판과 플러시 천으로 만든 벽지 부분을 잘라냈다. 작업이 시작되었다.

모작을 그릴 때 작품의 오래된 느낌을 살리는 방법은 복도가 많은 집과 같은 문제이다. 어떤 복도는 조명이 밝고 어떤 복도는 말도 안 되게 어둡다. 엘리는 미술상에게서 더 크고 심하게 손상된 17세기 네덜란드 유화를 구해서 알맞은 크기로 자른 다음 물감을 전부 긁어낼 계획이었다. 바로크 시대에 동물 가죽에 사이즈*를 바르는 법을 익히는 데에 수많은 시간을 투자했던 그녀는 결국 가장 좋은 방법은 대략 비슷한 시대의 캔버스를 구해서 바탕칠을 그대로 살리는 것임을 깨달았다.

엘리는 렉싱턴의 솜씨 좋은 골동품 액자 세공인과 무척 친했는데, 그는 유명한 미술상이 액자 교체를 맡기면 종종 엘리에게 전화를 했다. 이번에는 그녀는 복원 작업 때문이라고, 대중에게 공개되지 않은 작품을 연구 중이라고 핑계를 미리 댔지만, 액자 스케치를 가지고 가자 모리스가 이상하게 여기는 것을 느낄 수 있었다. "그림은 어디에 있지?" 그가 물었다. 엘리는 치수와 손으로 그린 단면도가 정확하다고, 캔버스 나무틀을 액자에 끼우고 직접 뒷면을 대겠다고 말했다. 모리스가 엘리를 빤히 보자 그녀가 정면 사진 사본을 꺼냈는데, 액자 안 그림 부분을 칼로 오려내고 액자 부분만 남긴 상태였다. 모리스가 사진을 집어들자 안경 너머 그의 한쪽 눈이 그림을 오려낸 자리에서 깜빡거렸다. "아무한테도 그림을 보여주지 말라는 게 고객의 조건이에요. 계약서에 서명했어요." 엘리가 말했다. 프랑스인 모리스가 사진을 내려놓으며 배신당한 사람 같은 표정을 지었지만, 결국 금빛 나뭇잎과 전체적인 윤곽을 똑같이 만들 수 있을 것 같다고 말했다. "그림은 1630년대

---

* 종이가 액체를 흡수하는 성질을 억누르기 위해서 첨가하는 물질.

네덜란드 건데, 나중에 액자를 바꾼 것 같아요. 18세기 액자인가요?" 모리스가 창문 쪽으로 사진을 구부리더니 이렇게 말했다. "1790년대 파리 스타일이군. 황금 잎이 너무 적은 것 같지만."

17세기 네덜란드인들은 그림을 그릴 때 배를 건조하는 것처럼 한 단계 한 단계 조심스럽게 그렸다. 사이즈 바르기, 기본 바탕칠, 스케치, 유화 바탕칠, 그림, 광택제. 오소리털 붓으로 층을 고르고 형태를 섞는다. 유화가 마를 때까지 1년 동안 기다린 다음 수지 바니시를 칠하는 사람도 있었다. 네덜란드 화가들을 괴롭히던 문제들은 이제 엘리의 문제가 되었다. 어떻게 하면 주황색과 초록색을 안정적으로 표현할 수 있을까, 어떻게 하면 붉은 칠 위에 푸른색을 덧발라서 보라색을 낼 수 있을까? 사라 더 포스가 쓴 기법 중에서 모르는 부분은 자신이 아는 네덜란드 동시대 화가의 기법을 바탕으로 고안해낼 것이다.

엘리는 신중을 기하기 위해서 순수미술 위조를 다루는 얼마 안 되지만 신랄한 문헌들을 샅샅이 뒤졌다. 그녀는 논문 조사를 미루고 프릭 컬렉션의 참고 도서관에서 네덜란드 회화를 찍은 가로 3인치 세로 5인치 흑백 사진을 몇 달 동안 열심히 연구했다. 또한 컬럼비아 도서관의 개인열람실에 앉아서 미술 작품 위조에 대한 회고록과 선언문을, 미술계의 속물들을 공격하는 짧은 글들을 읽었다. 엘리는 그런 글에 푹 빠졌고, 가끔 경매 회사를 속이는 법과 옛날식 제소를 만들던 비율을 적는 것이 아니라 『카마수트라』라도 번역하는 듯이 얼굴을 붉히기도 했다.

경매 회사에서 버린 손상된 액자를 찾아서 제품 번호나 그밖에 식별할 수 있는 표시를 추적한다. 경매 회사에 전화를 걸어서 액자에 어떤 그림이 끼워져 있었는지, 무엇이 그려져 있었는지 물어본다. 그놈들은 꼼꼼한 기록을 가지고 있다.

판 메이헤런은 안료에 베이클라이트를 섞어서 오래된 느낌을 낸 다음 베르메르의 위작을 괴링에게 팔았다.

뛰어난 기술을 가졌지만 종종 무시당했던 미술가들의 글을 읽자 엘리가 과거에 무시당하면서 느꼈던 분노가 되살아나는 것 같았다. 엘리의 부모님은 아들을 하나 잃은 후에 두 딸을 낳았고, 엘리는 둘째 딸이었다. 엘리는 코톨드 미술학교에서도 무시당했었고 미술 장학금을 받고 들어간 가톨릭 기숙학교에서도 외톨이였지만, 그보다 오래 전 침묵이 가득한 집을 기억한다. 엘리의 아버지는 페리를 몰지 않을 때면 패러매타 강에 정박시켜 둔 작은 쌍돛대 범선에 숨어 지냈다. 매일 밤 저녁 식사가 끝나면 아버지는 숙제를 하는 딸들과 날씨 때문에 편두통에 시달리는 어머니를 두고 발메인의 물막이를 댄 집 뒤쪽의 부두로 걸어갔다. 거의 매일 밤, 아빠는 배에서 잤다. 엘리가 자기 방에서 창밖을 내다보면 물결에 따라 흔들리는 자그마한 선실 불빛이 보였다. 그러고 보면 엘리가 기숙학교에서 수녀님들이 아닌 신부님들의 관심을 끌려고 무엇이든지 했던 것도 놀랄 일이 아니었다. 엘리는 미술교사인 배리 신부님을 위해서 정말 복잡하고 신화적인 풍경화들을, 산꼭대기의 노을과 목가적인 숲과 물이 불어난 강이 잔뜩 들어간 풍경을 그렸다. 그녀가 어렸을 때 그린 풍경들은 전혀 오스트레일리아 같지 않았다. 엘리는 오스트레일리아를 떠난 적이 없었지만 그녀가 그린 빛과 잎사귀들은 분명히 유럽의 것이었다. 전부 컬러 슬라이드와 미술책을 보면서 흡수한 것이었다. "제 피에는 우리 선조의 고향이 있어요." 엘리는 배리 신부님에게 이렇게 말하곤 했다. 주말이 오면 엘리는 울워스 근처 가게에서 립스틱과 건전지 따위를 슬쩍 훔쳐 스타킹 허리 밴드에 숨겼다. 마지막 해에 학교 미술상을 타게 된 엘리는 연단을 가로질러 가서 고요하지만 보란듯한 표정으로 배리 신부님과 악수를 했다. 그런 다음 객석을 바라보는 실수를 저질렀고, 자리에는 엄마가 혼자 앉아 있었다.

엘리는 희석한 용제를 이용해서 한 번에 조금씩, 작은 원을 그리며 낡은 캔버스의 그림을 벗겨냈다. 그녀는 면봉으로 바니시를 닦아내고 주둥이가 넓은 유리병에 짜서 모았다. 그런 다음 칠이 다 벗겨진 캔버스에 새 바탕칠을 얇게 입혔지만, 원작 표면의 특징을 살리려고 애썼다. 그리고 나서 흐릿한 분필로 밑그림을 그린 다음 갈색 안료에 검은색을 섞었다. 그림을 그리는 과정은 느리고 고통스러웠다. 일주일은 숲, 일주일은 하늘을 그렸고, 얼어붙은 강과 스케이트 타는 사람들은 2주일에 걸쳐서 그렸다. 각 단계마다 기술적인 의문점이 있었다. 스케이트 타는 사람들의 목도리에 칠한 밝은 노랑은 질감이 특이해서 결국 엘리는 짙은 노랑에 모래를 약간 섞기로 했다. 투명한 광택제를 바른 다음 그림에 일주일 동안 자외선을 쬐었고 아파트 건물 지하의 보일러실에 한 달 동안 놔두었다. 그리고 부드러운 고무공으로 캔버스 뒷면을 쳐서 그림이 거미줄처럼 갈라지게 만들었다. 그런 다음 스프레이건을 이용해서 미리 모아 놓았던 옛날 바니시를 그림에 뿌렸다. 마음에 들었던 전문 기법은 캔버스에 자외선을 쬐어 옛날 바니시를 산화시켜서 형광 현상을 만드는 것이었다. 유령처럼 푸른빛을 띤 흰색은 세월의 직접적인 산물이었다.

11월의 어느 날 밤 게이브리얼이 아파트에 나타났을 때 엘리는 자신이 위작을 그렸다는 사실을 결국 인정한다. 그는 일을 맡기고 한 달 뒤부터 그림 바꿔치기와 일을 꾸민 사람에 대해 슬슬 말을 꺼내며 엘리가 자연스러운 결말에 다다를 수 있도록 길을 만들어 주었다. 엘리는 게이브리얼이 합법적인 거래도 하지만, 이런 일을 짭짤한 부업 삼아하고 있음이 틀림없다고 생각한다. 그녀는 자기 자신이 무슨 일을 맡았는지 처음부터 알고 있었던 것이 아닐까 의심이 들지만, 어쨌든 사진의 아랫부분을 잘라내면서 마음속의 도덕적인 반발도 잘라낸 셈이었다. 모든 세부적인 부분을 정확하게 그려내고, 계속 떠오르는 환영 뒤의 소녀를 만나고 싶다는 그녀의 불타는 욕망이 드러난 것이다.

게이브리얼이 갈색 종이에 싼 캔버스처럼 보이는 꾸러미를 들고 아파트 앞에 서 있다. 다른 손에는 낡은 서류 가방이 들려 있다. 엘리는 저 가방 안에 여분의 손수건, 노랗게 변한 사과, 싸구려 소설, 잉크가 새는 만년필, 금이 간 돋보기가 아니라 중요한 서류와 비망록이 들어 있다고 생각한 적도 있었다.

"말[馬]들은 어디에 있지요?" 게이브리얼이 묻는다.

"이해를 못하겠네요."

"아교 공장 냄새가 나네. 들어가도 돼요? 당신이 보고 싶을 만한 것을 가지고 왔어요."

엘리가 비켜서자 게이브리얼이 아파트 안으로 들어온다. 입구는 간이 주방과 생활공간으로 이어지고, 게이브리얼이 두 방 사이를 서성인다. 그가 한쪽 벽에 높다랗게 쌓인 책과 신문들을 주의 깊게 바라본 다음 잉크와 유화 물감이 든 유리병과 제빙기가 놓인 간이 주방을 들여다본다.

"차를 끓일까요?" 엘리가 코에 걸쳐진 안경을 고쳐 쓰며 묻는다.

"독을 넣지 않겠다고 약속하면."

"절대 안 그래요."

"얼 그레이 있어요?"

"얼마 전에 당신을 위해 특별히 샀어요. 티백인데, 괜찮아요?" 게이브리얼이 미소를 지으며 말한다. "이번에만 양보하죠." 그가 액자와 서류 가방을 탁자 옆에 내려놓는다.

고속도로에서 버스 세 대가 지나가면서 커튼 뒤에 흐릿하고 네모난 빛을 비춘다. 버스 엔진 소리는 귀가 멀 듯이 시끄럽고, 엘리는 게이브리얼이 양손을 동그랗게 말아서 귓가에 가져다 대는 모습을 바라본다. 게이브리얼에게는 사람의 마음을 풀리게 하는 아이 같은 면이, 까다로운 삼촌의 옷과 부자연스러운 태도를 빌려온 소년 같은 분위기가 있다. 엘리는 가스레인지 앞에 서서 갈색 종이로 싼 직사각형을 바라본다. 뒤쪽의 화구는 요리를 하거나 차를 끓일 때 쓰고 앞쪽의 화구는 화학약품과 풀을 데울 때 쓴다. "어떻게 됐어요?" 엘리가 묻는다. 하지만 곧 차를 다 마실 때까지 기다릴걸 그랬다고 생각한다. 엘리는 교묘하게 돌려 말하는 소질이 없다.

게이브리얼이 엘리를 무시한다. "각설탕 하나 넣어줘요."

"나도 알아요."

엘리가 짝이 맞지 않는 머그컵 두 잔에 김이 오르는 물을 붓고 게이브리얼의 잔에만 각설탕을 넣는다. 예전에 차분한 색을 칠할 때 차를 이용했는데, 차를 저어 설탕을 녹이다 보니 그녀는 어느새 타닌에 대해 생각하고 있다. 엘리가 거실로 쓰는 공간으로 가자 게이브리얼이 작은 포마이카 탁자 앞에 앉는다. 그가 서류가방과 갈색 종이로 싼 액자를 자신의 발쪽으로 옮긴다.

엘리는 차가 우러나도록 잠시 둔다. "어떻게 됐어요?"

"난 거래에는 끼어들지 않아요. 주동자에게 맡기지." 게이브리얼이 잔을 들고 후후 분다. "하지만 잘된 것 같아요."

"다행이네요." 엘리는 게이브리얼에게서 판매자니 주동자니 하는 말을 들은 적이 있었는데, 판매자가 주동자 밑에서 일하는 것이 아닐까 싶다.

게이브리얼이 주머니에서 손수건을 꺼내 눈썹을 톡톡 닦는다. "난초를 좀 키워봐요. 잠깐 앉아 있는데도 신발에서 열대 곰팡이가 자라는 것 같네."

"이상적인 집은 아니죠."

두 사람이 차를 홀짝홀짝 마신다.

"갈색 종이 안에 뭐가 들었는지 보여줄 거예요?"

"그림 한 점에 1,000시간씩 들이는 사람이 차 한 잔을 느긋하게 못 마시는군요."

"복원할 그림이에요?" 이제 복원이라는 말에 다른 뜻이 있는 것처럼 느껴진다.

"당분간 복원 일은 없을 겁니다." 게이브리얼이 포장한 캔버스를 내려다본다. "우리 생각에는 이걸 며칠 동안 여기에 보관해줬으면 해요. 첼시에 보관할 곳을 곧 찾을 건데, 지금은 중간에 좀 떠 있는 상태에요. 이야기가 길어요. 아무튼 유명하지도 않은 네덜란드 명화를 찾아서 이 브루클린까지 샅샅이 뒤질 사람은 없을 테니."

엘리의 입을 향하던 잔이 3센티미터 앞에서 멈춘다. 그녀는 게이브리얼에게 우리라니 누구를 말하는 거냐고, 말없는 동업자든지 라틴아메리카나 유럽에 돈줄이라도 있느냐고, 아니면 싸구려 탐정 소설에서 배운 허세냐고 묻고 싶다. 그러나 다른 뭔가가 밀려오면서 그 생각은 흐릿해진다. "봐도 될까요?" 애원하는 듯한 말투가 나오는 바람에 갑자기 자기 자신에게 짜증이 난 엘리는 탁자 밑으로 손을 뻗어 액자를 탁자 위로 올린다.

게이브리얼이 차를 한 모금 더 마신다. "메리 크리스마스."

"습기 때문에 걱정이에요. 이 집은 너무 더워서."

"여기 오래 두진 않을 겁니다. 종이에 싼 채로 옷장에 넣어놔도 되고."

엘리가 그림을 세워서 갈색 종이가 찢어지지 않도록 조심조심 테이프를 뗀다. 그림 뒤에 댄 첫 번째 종이를 벗기자 송진과 낡은 목재가 바다 같은 냄새를 풍긴다. 게이브리얼이 탁자 위의 머그잔과 미술사 학술지를 치우고 엘리 옆에 선다. 엘리는 그림이 위로 오도록 액자를 눕힌 다음 벽으로 걸어가서 천장 조명을 켠다. 방이 환해지고 요란하게 눈을 깜빡거리는 게이브리얼이 보인다. 엘리가 탁자로 돌아와 그림 위로 몸을 숙인다. 그녀의 얼굴이 캔버스에서 겨우 몇 센티미터 떨어진 지점까지 내려간다. 엘리는 새로운 작품을 이런 식으로 흡수한다. 3미터, 6미터 떨어진 곳에서 구도를 살피는 것에는 관심이 없었다. 그건 나중의 일이다. 엘리가 원하는 것은 자세한 부분, 두껍게 덧칠하는 기법, 담비 털이 볼록 짠 물감 위를 지나가면서 고랑을 만들어 빛이 고이게 만든 부분이다. 혹은 300년 된 광택제 밑에서 언뜻 보이는 목탄이나 분필이 빗나간 자국. 엘리는 옷핀을 찔러서 물감의 다공성을 시험하고 그것을 혀에 가져다 대는 방법도 안다. 옛날식의 바탕칠에는 석고, 풀, 그리고 먹을 수 있는 것—꿀, 우유, 치즈—이 들어가기 때문에 황금기의 그림은 달콤한 맛이나 응고한 우유의 맛이 난다. 엘리는 납과 코발트를 입에 대지 않으려고 항상 조심한다.

다음으로 엘리가 한 일은 머릿속으로 자신이 그린 그림의 층과 선을 눈앞의 구도와 비교하는 것이다. 엘리는 열심히 생각하면서 그림을 그린 과정을 거꾸로 되짚는다. 수많은 레이스를 겹겹이 감싼 귀부인의 옷을 벗기는 것과 비슷하다는 생각이 든다. 사진으로는 파악할 수 없어서 엘리가 즉흥적으로 그린 부분도 약간 있다. 하늘의 경우는 엘리의 생각보다 렘브란트 작품과 더 비슷하다. 그리고 예상하지 못한 부분에서 물감이 덩어리지거나 부풀어 올랐다.

"당신 그림이랑 비교해서 어때요?" 게이브리얼이 뒤에서 조용히 묻는다.

엘리는 몸을 펴면서 자신이 지금까지 숨을 참고 있었음을 깨닫는다. "같은 방에 두 그림을 놓고 1미터도 안 되는 거리에서 비교해 보지 않는 한, 아주 똑같아요." 엘리는 스케이트 타는 사람들의 목에 감긴 거칠고 밝은 노란색을 바라본다. 그 부분이 왠지 마음에 걸린다.

게이브리얼이 소매의 주름을 편다. "흐음, 두 연인을 남겨두고 이만 가야겠군."

그가 서류가방을 탁자 위에 올리고 잠금장치를 딸깍 풀더니 가방을 연다. 오늘은 상태가 좋지 않은 사과와 KGB 소설 대신 접혀 있는 종이봉투가 들어 있고, 게이브리얼이 그것을 엘리에게 내민다.

엘리는 돈을 받으려고 하지 않는다. 그러자 게이브리얼이 탁자에 봉투를 조심스럽게 올려놓고 문 쪽으로 향한다. 엘리는 조명이 거의 없는 복도에 울리는 그의 조심스러운 발소리를 들으며 자신의 목소리가 들리지 않는 곳으로 멀어질 때까지 기다린다. 그녀는 오랫동안 그림을 내려다보다가 침실로 가져가서 화장대에 기대어 놓는다. 엘리는 최면에 걸린 듯이 몇 시간 동안 그림을 보면서 황혼의 소녀에게, 고속도로의 자동차가 지나갈 때마다 은색과 흰색으로 번쩍이는 얼어붙은 강에 매료되어서 잠이 든다.

암스테르담

1636년 겨울

사라는 튤립을 그려야 한다. 그러나 매일 아침 바렌트가 식사를 마치고 나가면 사라는 계단을 올라 다락방 작업실로 가서 다른 그림을 벽장에서 꺼내온다. 이 방은 카트레인이 숨을 거둔 방, 카트레인의 손끝이 검게 변하고 눈빛이 약해지더니 완전히 사라진 곳이다. 카트레인의 작은 몸은 겨우 나흘 만에 리넨에 싸인 텅 빈 껍데기가 되었다. 밧줄로 카트레인의 시체를 침대에 고정시킨 다음 도르래로 침대째 내려 지붕 씌운 짐마차에 실어서 옮겼다. 벌써 1년이 다 되었지만 사라는 여전히 다락방에 들어가면 슬픔으로 목이 부어오른다. 30분 정도 그림을 바라보며 생각을 가라앉히는 이 시간만큼은 어디에도 매이지 않은 기분이다. 처마 밑에서 서성이는 여자, 신에게 분노하며 등 뒤로 양손을 꽉 맞잡은 여자.

이제 사라는 눈앞의 일을 억지로 시작한다. 오늘은 쫙 펼쳐진 캔버스를 창가의 이젤에 올린다. 꽃 스케치가 옆에 있다. 사라는 커다란 이중창을 등지고 등받이 없는 의자에 앉아서 얼어붙은 풍경을 훑어본다. 언 강과 하늘이 너무 창백해 보인다. 더 짙은 명암과 색채의 변화를, 새하얀 색 아래에 어떤 강렬한 것을 넣고 싶다. 바탕칠을 할 때 가공하지 않은 갈색 안료와 검은색을 섞어서 캔버스 전체에 칠했는데, 이제 보니 너무 적게 칠한 게 아닌가 걱정된다. 연백으로 칠한 눈[雪]이 차갑고 생기 없어 보인다. 사라는 자작나무에 기대 선 소녀 주변을 유심히 관찰한다. 그녀는 눈 속에서 영원히 터벅터벅 걸어다니는 소녀를 통해서 산 자와 죽은 자 사이를 헤매는 딸에 대한 알레고리를 그리고 있는 것은 아닐까 가끔 생각한다. 사라가 생각하기에도 너무 감상적이지만, 매일 밤 그녀는 잠을 못 이룬 채 누워서 낡은 목조 주택이 움직이며 신음하는 소리에 귀를 기울이고, 섬세하고 불가사의한 동양 철학의 가르침처럼 자신의 붓질을 하나하나 되새긴다. 붓질과 변화하는 빛의 수수께끼는 정말 놀랍다. 그러나 불경한 고뇌를 전달하는 것 같기도 하다. 사라는 며칠 동안 이 그림밖에 생각하지 못한다.

창유리를 통해 들어오는 냉기가 등에서 느껴진다. 사라는 의자에서 일어나 그릇에 안료와 기름을 섞고 돌절구를 꺼내 오늘 쓸 팔레트를 준비한다. 연백, 스몰트, 노란 오커*, 남동석** 살짝. 빛을 머금은 구름—태양은 어둑한 복도 끝의 촛불 같다—이 전체 풍경 위에 둥근 지붕처럼 펼쳐져 있다. 사라는 오전에 하늘과 눈을 다시 칠할 생각이지만 소녀의 얼굴에 자꾸 시선이 간다. 튀어나온 광대뼈와 이마, 초록색 눈은 카트레인을 닮았지만 다른 점도

---

* 갈색 안료용 흙으로, 약간 노란빛을 띤다.
** 짙은 청색을 띠는 안료의 재료.

많다. 사라는 딸이 어떻게 생겼었는지 잊을까봐 걱정한다. 어떻게 카트레인의 초상화가 하나도 없을까? 카트레인의 본질을 전혀 잡아내지 못한 목탄 스케치 하나밖에 없었다. 사라는 정물화를 수없이 많이 그렸고 견습생 시절에는 엄숙한 결혼식 초상에도 손을 댔지만, 시선과 붓이 카트레인을 향한 적은 한번도 없었다. 사라는 친구에게 딸의 초상화를 맡길 생각도 하지 못했다. 그녀는 캔버스 앞에 서서 침을 삼키고 한참동안 눈을 감는다. 대여섯 살 때의 카트레인이, 운하에 나막신을 띄울 때마다 떠올리던 진지하게 집중한 표정이, 인형을 재울 때 짓던 애정 넘치는 미소가 어른거린다. 사라는 그런 기억이 줄어들고 흐릿해질까봐, 언젠가 잠에서 깨면 바닷가에 갔을 때 카트레인의 머리에서 나던 축축하고 짭짤한 냄새밖에 떠오르지 않을까봐 무섭다.

사라는 몇 시간 동안 다른 캔버스에 눈을 이렇게 저렇게 그려보며 실험한다. 아버지와 친했던 초상화가는 빛을 비치는 눈꺼풀을 어떻게 그릴까 생각하느라 밤새 잠을 이루지 못했다고 말하곤 했다. 이제 사라는 그 이유를 안다. 그러나 눈동자에 비친 반사광을 그리는 것보다 안구와 콧부리에 반사된 미묘한 빛을 그리는 것이 훨씬 더 어렵게 느껴진다. 사라는 가끔 이 초록색 눈에 자기가 잃어버린 모든 것이 담겨 있다는 느낌이 든다. 이 작은 눈동자에 카트레인의 덧없는 삶을 그려넣는 기분이다.

바렌트는 튤립 광풍*을 이용해서, 입술을 파랗게 만드는 열병처

---

* 네덜란드 황금기에 튤립 열풍이 불어 구근 값이 치솟았던 시기.

럼 네덜란드를 휩쓰는 광기로 한몫 잡아서 빚을 청산하려고 한다. 그는 사라가 똑같은 구도—얼룩덜룩한 빛 속에 튤립이 잔뜩 꽂힌 꽃병—의 그림을 세 장 그리면 풀밭에서 노란 꽃이 비죽비죽 솟기 시작하는 봄에 팔 생각이다. 몇 달 동안 몰두한 바다짐승 그림의 구매자를 찾는 데에 실패한 바렌트는 풍경화를 대충 그려 서명도 없이 술집에서 팔기 시작했다. 결국 불법 판매가 길드에 발각되면서 두 사람 모두 벌금 처분을 받았고, 벌금을 내지 못해서 조합원 자격이 정지되었다. 추문은 독처럼 퍼져서 수업료를 내는 학생들이 전부 끊겼다. 절박해진 바렌트는 제본소에 일자리를 얻어 촛불 밑에서 열심히 일하고 돌아와 밤에는 그림을 그린다. 그는 매일 풀과 종이 냄새를 풍기며 새로운 계획을 안고 집으로 돌아온다. 저녁을 먹으면서 튤립 투기꾼들에 대해 이야기하는 바렌트의 목소리에는 새로운 말투가, 크게 소리를 치는 행상 같은 느낌이 자리 잡았다. 바렌트는 튤립 구근이 하루에 열 번 되팔렸다든지 모슬린에 싼 셈퍼르 아우휘스튀스(*Semper Augustus*) 구근 하나가 땅 12에이커와 황소 4마리에 팔렸다는 전설 같은 이야기를 되풀이한다. 또는 화대 대신 구근이나 씨, 꽃을 받는 플랑드르의 창녀 이야기도 한다. 바렌트의 말에 따르면 현재 네덜란드 연합 주는 그 어느 때보다 많은 튤립을 출하 중이라서 진, 청어, 치즈 다음으로 많다. 그리고 꽃 시장에서 큰돈을 벌어 해안가에 석조 저택을 사서 은퇴한 하를럼의 세탁부나 동인도 상인에 대한 이야기도 있다.

바렌트는 이야기를 끝낸 다음 사라에게 튤립 그림은 어떻게 되어 가는지를 묻고, 사라는 진척 상황을 과장해서 이야기한다. 사라는 두 사람의 상황이 얼마나 심각한지 알지만, 사실 꽃을 그릴 기분이 아니다. 게다가 사라는 네덜란드의 배를 만드는 대목(大木)이든 굴뚝청소부든 모두 튤립을 거래하거나 그림을 사고 싶어 한다는 사실에 화가 난다. 꽃은 그들을 부자로 만들어줄 것이고 그림은 그들에게 아름다움을 보는 감식안이 있다고 말해줄 것이다. 대부분의 사람들이 탁자와 의자를 사듯이 그림을 산다. 작품을 보는 안목을 가진 사람은 델프트 출신의 시민과 외교관들밖에 없다.

어느 날 밤 바렌트가 저녁 식사 때 봉투를 하나 꺼내더니 셈퍼르 아우휘스튀스를 그린 채색 스케치를 건넨다. "튤립이 피려면 아직 몇 달이 남아서 레이던의 식물학자한테 편지를 보냈어. 대학 교수야."

바렌트가 교수의 편지를 읽는 동안 사라가 초롱불의 후광 속에서 그림을 찬찬히 살펴본다.

"이거 보고 그릴 수 있겠어?" 바렌트가 묻는다.

"그럴 것 같아."

"이 꽃의 불꽃 비슷한 무늬를 보정(補正)이라고 부른대."

사라가 말한다. "사람들이 말을 지어내는 거야, 신성하고 중요하게 들리도록 말이야." 그녀가 그림을 내려놓고 다시 콩 수프를 먹는다.

"돈을 내면 접붙인 구근을 보내줄 수 있대. 씨앗으로 꽃을 피우려면 보통 7년 정도 걸리는데 이건 몇 년이 지나만 있으면 딸 꽃이

핀대."

사라가 말한다. "그 사람도 튤립으로 돈을 벌려고 하네." 하지만 딸 꽃이라는 말에 마음이 끌린다. 다락방 침대에 누워서 하얗게 질린 입술로 중얼거리는 카트레인이 보인다. 사라는 정신을 차리며 난로 불빛 속에서 편지를 한번 더 읽는 바렌트를 지켜본다. 그는 실내복을 입고 앉아 있고, 화로의 얼룩덜룩한 불빛을 받은 얼굴이 수척해 보인다. 겨울 내내 집 안은 견딜 수 없을 정도로 추웠다. 사라는 바렌트가 조끼 일곱 벌과 바지 아홉 벌을 입고 잔다며, 원래 그의 몸의 형태가 어떠했는지 기억도 나지 않는다고 농담을 한다.

바렌트가 편지를 다 읽고 나서 가죽 장부 사이에 끼운다. 두 사람이 그림을 팔 때마다 바렌트가 장부를 가지고 나와서 적는다. 그는 사라에게 절대로 서명을 하거나 이니셜을 쓰면 안 된다고 매번 상기시킨다. 날이 따뜻해져서 봄 시장이 열리거나 개인 거래가 시작될 때까지 그림은 다락방에 보관한다. 바렌트는 "날이 추우면 네덜란드인은 그림을 사지 않는다"라는 격언을 즐겨 쓴다. 이 그림들—폭풍 속에서 뒤집히는 배들, 황혼의 들판, 사라의 튤립—은 전부 익명으로 판매할 것이다. 펠트나 울 담요에 싸여 가판대나 술집에서 팔릴 것이다. 사라는 발난로에 발을 얹고 앉아서, 급하게 그려 서명도 하지 않은 그림을 얼마나 많이 팔아야 자유로워질 수 있을까 생각한다. 그녀는 바렌트의 장부 뒤쪽에 빚쟁이의 이름이 열두 개는 적혀 있는 것이 아닐까, 적지 않은 빚쟁이도 열두 명은 되는 것이 아닐까 생각한다.

어퍼 이스트 사이드

1958년 5월

이상 고온 현상이 찾아온 봄이다. 금요일 오후, 마티가 셔츠 차림으로 한 팔에 재킷을 걸치고 손에 모자를 든 채 프랑스 요리 레스토랑을 나선다. 그는 약간 취했고, 아니스 향신료와 스테이크의 뒷맛이 입에 진하게 남아 있다. 마티가 커다란 나무문을 밀고 5번가로 나가자 주물 공장에 들어간 것처럼 도시가 그의 가슴을 때린다. 햇빛 때문에 잠시 정신이 멍하다. 금속과 유리와 포장도로가 아세틸렌을 폭발적으로 뿜는다. 경적이 울리고, 택시들은 공회전을 하고, 길모퉁이에서 푹 파인 도로를 메우는 인부들의 타르 태우는 냄새까지 더해져서 더욱 불쾌하다. 고색창연한 보석 가게의 정면 유리에 거리의 모습이 비친다. 검은 벨벳에 다이아몬드가 놓인 진열대에는 체중을 삽에 실은 남자들이 흔들리는 슬라이드처럼 겹쳐진다. 마티는 유리창에서 깜빡이는 자기 얼굴을 바라본다. 레이철에게 줄 기념 선물을 살 수도 있지만 벌써 반 블록이나 지나왔으니 이미 늦었다. 캐노피 밑에 서 있는 경비원 두 명이 더위를 걱정하며 지나가는 마티에게 고개를 끄덕여 인사한다. 마티는 항상 경비원에게 약하다. 아버지는 경비원을 도시 노동자의 제독이라고 부르곤 했다. 가죽 구두 밑창을 통해서 불타는 보도가 느껴지고 바지 다리통으로 뜨거운 바람이 들어와 정강이를 어루만진다. 마티는 공원 쪽으로 길을 건너 돌벽을 따라 드리워진 짙은 그늘 속으로 들어간다. 클레이가 오늘은 그만 쉬라고 고집을 부렸기 때문에 마티는 공원을 따라서 사무실 반대 방향인 북쪽으로 향한다.

마티는 클레이가 발표할 때 정확히 뭐라고 말했는지 기억하려고 애쓴다. 파트너들은 이미 보졸레 와인이 들어가서 온화한 분위기였다. 파트너 승진은 결혼식과 비슷하지만 시간이 더 오래 걸릴 뿐이다. 사장이자 역시 특허 변호사인 로저 배로만이 디저트 메뉴를 열심히 볼 뿐, 다들 고개를 끄덕이거나 살짝 웃거나 멍한 표정으로 손목시계 줄을 느슨하게 풀고 있다. 클레이가 새로 판 돋을 새김 명함과 각인을 넣은 카르티에 펜을 마티에게 주었다. 작은 선물 상자는 회사가 담당 중인 악명 높은 계약 관련 서류로 포장되어 빨간색 테이프로 묶여 있었다. 마티는 무슨 뜻인지 알겠다고 말했고, 다들 그의 앞날을 위해 건배했다. 월요일에 마티는 위층으로, 옆 건물의 뻥 뚫린 공간이 아니라 미드타운이 내려다보이는 사무실로 옮길 것이다. 비서 그레천에게도 창가 자리가 생길 것이고, 마티는 그레천의 새 책상에 놓을 꽃을, 새로운 시작을 알리는 뭔가를 잊지 않고 가져갈 것이다. 그는 이른 더위 때문에 길가의 튤립이 벌써 졌음을 알아차린다.

거리에는 느긋한 점심을 즐기고 돌아가는 사람들, 넥타이를 푼 광고회사 중역들과 체크 무늬 치마에 실크 스카프를 맨 비서들로 가득하다. 마티는 여자들이 지나갈 때 미소를 짓지만 마음속으로 는 그레천에게 줄 플라토닉한 의미의 꽃으로 무엇이 적당할지 생 각 중이다. 그는 노란 장미가 우정을 뜻한다는 사실을 기억해낸 다. 여자들은 주말에 무엇을 할지에 대해서 수다를 떨고, 걷느라 그런 것인지 점심을 먹으며 술을 한 잔 해서인지는 몰라도 뺨이 발그레하다. 마티는 여자들의 귓불 뒤에서 진한 향수 냄새가, 감 귤류와 재스민 향이 난다고 생각한다. 몇몇 여자가 미소로 답하지 만 커다란 그레타 가르보 선글라스 뒤에 숨겨진 그녀들의 얼굴은 보이지 않는다. 마티에게 관심을 보이는 것일까, 아니면 얼룩덜룩 한 느릅나무 그늘에 같이 서 있다는 단순한 동질감 때문에 미소를 짓는 걸까? 마티가 모자를 쓰고 챙을 내리자 시야가 가려지고 여 자들의 모호한 얼굴이 사라진다. 세상이 둘로 갈라져 허리 아래로 만 존재한다. 마티는 이름 없는 신발과 스타킹과 치맛단의 행렬을 보면서 그 주인을 짐작해본다. 그러나 정장의 일부나 구두 가죽을 보고 추측한 다음 고개를 들어 확인하면 그의 생각이 틀린 경우가 많다. 한 쪽 솔기가 뜯어진 낡은 구두의 주인은 부두 노동자가 아니라 귀족 같은 노인이다. 레이철은 마티에게 무슨 인식 장애가 있는 것이 아니냐고, 방에 들어가면 사람이나 가구가 아니라 창문 을 본다고 말한다.

그는 레이철에게 이 좋은 소식을 어떻게 전할까 생각한다. 지난 몇 달 동안 레이철은 더 밝고 행복해졌고, 저녁 식사 때면 재미있는 일화를 곁들이며 그날 무슨 일이 있었는지 마티에게 이야기한다. 마티는 자식이 없다는 고통이 언젠가는 사라질까, 아니면 햇빛을 받아 반짝이는 칼처럼 항상 주변을 떠나지 않을까 생각한다. 그러나 집안 분위기가 새로워졌다는 사실은 부인할 수 없다. 두 사람은 몇 번인가 사랑을 나누었고 그런 다음 과거가 아닌 미래에 대해서 이야기했다. 뭔가가 사라졌다. 마티는 자기 내면에 생긴 새로운 존재를 의식하게 되었다. 정확히 말해서 행운이라기보다는 상승하는 기운에 가까웠다. 무관심하지만 사실은 자비로운 어떤 힘에 의해 끌어올려지는 느낌이었다. 마티는 의뢰인과 회의를 할 때 자신의 말이 더욱 자신감 있고 예리하게 들린다는 사실을 깨달았다. 그는 영리하거나 신중하게 말하고, 예전처럼 불안한 생각은 절대 떠오르지 않는다. 갑자기 나타난 재능. 복잡한 미드타운에서 갑자기 눈앞에 주차 공간이 나타나기도 하고 레스토랑에서 빈자리가 딱 맞춰 생긴다. 마티는 이것이 좋은 징조이며 놀라운 일이라고 생각하고, 이런 일들이 그의 감각을 미세하게 조정해서 자신의 몸이 행운에 반응하도록 만들어지는 것 같다고 느낀다. 그는 걸어가면서 거리의 미묘한 변화를, 손바닥과 목을 감싸는 끈적끈적한 공기를, 가슴을 누르는 넥타이핀의 미묘한 무게를, 지나가는 자동차 라디오에서 흘러나오는 재즈 음악을 느낀다. 마티는 지나가는 두 사람의 늘어지는 대화를 들으면서 한 사람이 어마어마한 죄책감을 느끼고 있음을 감지한다. 30분 동안 그는 직관이 예리해지고 주변의 모든 것이 마음에 든다.

마티는 아파트 로비로 들어가는 대신 거리를 따라 메트로폴리탄 미술관까지 걸어가서 돌계단을 올라간다. 변호사 초기 시절에 그는 마감을 한 후 가끔 택시를 타고 미술관에 와서 점심시간을 보냈었다. 아파트로 돌아가서 레이철과 점심을 먹을 수도 있었지만, 마티는 미술 작품들을 둘러보는 쪽을 택했다. 그의 아버지는 젊은 시절 암스테르담에서 은행가로 일하면서 현대 아파트 건물에 둘러싸인 중세 정원에서 샌드위치를 먹던 이야기를 들려주었다. 아버지는 벤치에 앉아서 한 시간 정도 세상이 나 없이 요란하게 굴러가도록 놔둔 채 자기 생각 속을 혼자 걸어보는 것이 중요하다고 말하는 듯했다. 마티와 레이철은 바로 건너편에 살았고 미술관의 회원이자 기부자였지만, 그는 벌써 몇 년째 미술관에 들어가지 않았다. 마티의 기억으로는 미술관에서 날개 달린 동물이 단순하게 표현된 나무들을 향해 날아가는 모습의 철기 시대 황금 부조를 구입할 때 도움을 준 적이 있다.

마티는 지갑에서 회원 카드를 꺼내 안내 데스크의 여자에게 보여주고 커다란 홀로 들어간다. 아치와 돔 천장 밑에서 관광객들이 지도와 가이드북을 보고 있고, 텍사스 말투를 쓰는 가족이 중세 갑옷과 콜럼버스가 도착하기 이전 시대의 황금 유물 사이의 막힌 공간 깊숙이 들어가 있다. 보통 마티는 1층의 화려한 작품들을 그냥 지나쳐 2층의 벤치로 올라간다. 그는 렘브란트나 베르메르의 그림 앞에 앉으면 섹스 후의 담배로 곧장 넘어간 것 같아서 죄책감이 들었다. 대개 마티는 그림에 대해서 생각하지 않았다. 그는 그림을 올려다보면서 얼기설기 엮인 연상의 틈을 비집고 다니며 신청 중인 새 특허에 대해서 생각하고, 기억의 파편을, 스헤베닝언 근처 바닷가에 조부모님과 놀러 가서 절인 대구를 먹었던 날을, 맨다리에 느껴지던 북해의 차가움을 떠올린다. 생각이 몰려오지만 결국 한 겹 두 겹 모두 벗겨지고 꾸밈없는 감정의 알맹이만이 남는다. 이곳에 오래 앉아 있으면 향수(鄕愁)나 상실감, 고양감 같은 감정의 사나운 힘이 느껴지고, 그 힘은 항상 특정 그림에서 발산되는 것 같았다. 렘브란트는 무엇을 그리든 겨울의 황량함, 푸른 오후의 외로움을 떠오르게 했다. 그렇게 그림을 보고 나면 마티는 두려움에 떨며 사무실로 천천히 걸어가면서 생각에 잠겼고, 의뢰인과 회의를 하는 내내 딴 생각이 들었다. 그래서 미술관에 오지 않게 된 것일지도 모른다.

오늘 마티는 시원하고 넓은 계단을 올라 후기 인상파 그림이 전시된 작은 갤러리로 들어간다. 그는 반 고흐나 고갱을 대단히 좋아하지는 않았지만 오늘 같은 날씨에는 왠지 남국의 남빛 바다와 검은 여자의 가슴을 바라보고 싶다. 마티는 「타히티의 두 여인」 앞에 자리를 잡고 기다란 가죽 의자에 모자와 외투를 내려놓는다. 자신감 넘치는 그림은 너무나 현대적인 느낌이어서 영화, 자동차, 에어컨, 네온사인이 나오기도 전에 그려진 작품이라고 믿기 힘들다. 두 여자는 관객을 바라보고 있고, 뒤쪽 정글에서는 초록색과 노란색 빛무리가 어른거린다. 두 여자 모두 가슴을 드러내고 서 있다. 망고 꽃이 놓인 쟁반을 든 여자는 허리 위로 알몸이고 오른쪽 여자는 대충 걸친 옷 위로 한쪽 가슴을 드러내고 있다. 두 여인은 정면을 향하고 있지만 액자 밖에서 아이나 동물이 시선을 끌고 있다는 듯 관객 너머를 바라보고 있다. 관능적인 시선이지만 뭔가를 아는 듯이 보이고 힐난도 어렴풋이 담겨 있다. 이 그림을 보니 마네의 누드화들이 떠오른다. 낮잠용 침대에 누운 올랭피아는 한 팔로 가슴을 지나 사타구니를 가리면서 관객이 침범할 수 없는 경계를 만들며 다른 세기에서 현재를 바라본다. 고갱의 작품은 보라색과 황갈색 음영이 짙어서 채도가 밤 풍경에 가깝다. 나무 바닥을 걸어가는 몇몇 사람들의 발소리가 들리자 마티는 자신이 여기 얼마나 오래 앉아서 세 명의 드러난 가슴을 바라보고 있었는지 깨닫는다.

커다란 홀이 내려다보이는 발코니로 나간 그는 공중전화를 찾아서 그레천에게 좋은 소식을 알려줘야겠다고 결심한다. 1층 외투 보관소 옆에 전화기가 몇 대 있지만 먼저 기념품 가게에서 1달러 지폐를 잔돈으로 바꿔야 한다. 마티는 주머니에서 민트 캔디를 발견해서 입에 하나 넣고 자기 사무실 전화번호를 기억해내려 애쓴다. 그런 다음 결국 대표번호로 전화를 걸어서 그레천을 바꿔달라고 부탁한다. 두 번째 벨이 울린 다음 그레천이 전화를 받고, 마티는 격식을 차려 발음하는 자기 이름을 듣고 깜짝 놀란다. "마티 드 그루트 사무실입니다."

"마티 드 그루트 당장 바꿔. 그 멍청한 놈한테 한 소리 해야겠으니까." 마티가 최대한 러시아인처럼 발음을 끌면서 보드카를 진탕 마신 잠수함 함장처럼 말한다.

"안 속아요. 러시아 억양도 아니고요. 변호사님이 머리를 다친 것처럼 들릴 뿐이에요."

마티가 민트 향을 풍기며 크게 웃는다. "그렇군. 5년 동안 한번도 안 속았지."

"파트너 오찬 모임은 어떻게 됐어요?"

"알고 있었군?"

"뭘 알아요?"

"월요일에 우리 위층으로 옮기는 거."

"파트너가 됐군요." 진술인 동시에 질문이었다.

"응, 우주여행에 딱 맞춰서 말이지."

그레천이 숨을 쉬는 소리, 전화기에 대고 미소 짓는 소리가 들린다.

"정말 좋은 소식이네요."

"오늘은 사무실에 안 들어갈 거야. 클레이 씨가 억지로 보내더군."

"음, 토머스 씨가 금요일 오후에 스케줄을 잡지 말라고 해서 왠지 의심스럽다고 생각했어요. 그게 벌써 2주일 전이네요!"

"자기들끼리 미리 짰군."

잠시 아무 말도 오가지 않는다. 마티는 길거리에서 잘 통했던 텔레파시를 전화에도 적용하여 그레천이 무슨 생각을 하는지 알아내려고 애쓴다. 그레천은 20대 중반의 뉴욕 대학교 졸업생으로, 여전히 그리니치 빌리지에 산다. 영문학을 전공했지만 법률사무 보조원이 된 그녀의 책상 서랍에는 번역되지 않은 『베오울프』가 들어 있다. 마티는 그레천이 후두음이 강한 앵글로색슨어를 혼자 연습하는 모습을 몇 번 목격했다. 그녀는 점심시간이면 공원에서 별로 유명하지 않은 소설을 읽고 이국적인 식당에 대해서 이야기하지만, 외모는 전혀 보헤미안 같지 않다. 그레천은 흠 잡을 데없이 얌전한 양모 치마에 점잖은 귀걸이를 하고, 삼나무 색 머리는 항상 뒤로 넘겨서 단단하게 땋는다.

마티가 말한다. "당신이 없었으면 불가능했을 거야. 매일 하루가 끝나고 내 책상을 치워줘서 고마워. 또 당신이 만든 색깔 분류 시스템을 파악 못해서 미안하고."

"정말 괜찮아요."

마티는 침묵이 다시 모여들게 두지 않는다. "나랑 축하주 한 잔 할까? 지금 메트로폴리탄 미술관에 숨어 있는데, 고대 이집트 유물을 보러온 관광객들을 최선을 다해서 피하고 있어. 고혈압이 악화되는 건 싫으니까."

"부인께는 알리셨어요?"

마티는 그레천이 레이철을 언급한 것이 우연이 아님을 잘 안다. "어머니가 아프셔서 햄프턴스에 갔어. 난 내일 아침에 차를 몰고 가서 놀래주려고." 빗장이 홈에 미끄러져 들어가듯이 거짓말이 술술 나온다.

그레천이 말을 멈추고 책상에서 부스럭거리는 소리가 들린다.

마티가 말한다. "오후에 쉬고 싶으면 그것도 괜찮고. 난 이 근처를 좀더 돌아다니면 돼."

"좋아요." 그레천이 말한다. "만나요. 타임스 스퀘어 남쪽으로 갈 생각 있어요?"

"42번가 아래쪽은 모르는데."

"한 시간 뒤에 그리니치 빌리지에 있는 클로드 태번에서 만나요."

"별로 안 더우면 걸어갈게."

"거기가 얼마나 먼지 알아요?"

"3킬로미터 정도?"

"최소 6킬로미터예요."

두 사람이 전화를 끊고 마티가 잔돈을 찾아 주머니를 뒤진다. 아파트로 전화를 걸자 헤스터의 걸걸하고 점잖은 목소리가 들려온다. 그레천의 따뜻한 목소리를 듣고 나니 헤스터의 목소리가 너무 무례하게 느껴져서 마티는 전화를 끊을 뻔한다. 그러나 그는 레이철을 바꿔달라고 말하고, 참을 수 없을 정도의 긴 시간이 흐른다. 마티는 자기가 없을 때 레이철이 집에서 어떻게 지낼까, 헤스터와 함께 실내복 차림으로 앉아서 드라마라도 볼까, 생각한다. 헤스터가 매일 저녁 6시 10분 전에, 마티가 집으로 들어가기 직전에야 앞치마를 두르는 건 아닐까? 마티는 온갖 생각이 머리를 스친 다음에야 전화를 받은 레이철에게 파트너들 만찬 모임에 갑자기 초대를 받아서 늦을지도 모른다고, 괜찮은 소식이 있을지도 모르겠다고 말한다. 레이철은 그랬으면 좋겠어요, 그랬으면 좋겠어요, 당신을 위해서라고 계속 말한다. 전화를 끊고 미술관을 나선 마티는 셔츠 소매를 걷고 손목시계를 본 다음 펜트하우스 아파트를 올려다본다. 14층 테라스 벽 위로 레이철이 열심히 가지를 치고 물을 주는 감귤나무가 비죽 보인다. 마티는 그리니치 빌리지까지 6킬로미터를 걸어가기로 한다.

한 시간 뒤, 마티는 약속 시간에 늦었고 땀에 푹 젖었다. 그리니치 빌리지 어딘가에 도착하자 술기운이 사라지고 숙취를 알리는 불쾌한 기운이 덮친다. 그는 몇 번인가 낯선 사람을 불러 세워 클로드 태번의 위치를 묻지만 아무도 그런 곳을 들어본 적이 없는 듯하다. 마티가 뉴욕 대학교 근처에서 학생들이 배식대 사이로 물밀듯 돌아다니는 셀프서비스 식당을 지나치자 세상의 종말처럼 끔찍한 스튜 냄새가 난다. 또 리바이스 청바지를 입은 대학생들이 담배를 피우면서 종이책을 팔락팔락 넘기거나 천장 선풍기 밑에서 카드 게임을 하는 셀프서비스 세탁소들—오토매틱, 슈퍼매틱이라고 써 있다—을 지나친다. 마티는 포마이카 카운터 좌석에 앉아서 하루 종일 판매하는 아침 식사 메뉴를 먹는 덩치 크고 외로운 남자들을 보면서 이곳은 외국이 틀림없다고 생각한다. 상점가의 교회들, 햄과 치즈 등을 파는 가게, 금속 카트에서 파파야 주스를 파는 남자. 상품이 든 플라스틱 상자를 보도 아래 지하 저장실로 끌고 가는 가게 주인들. 어찌나 이국적인지, 이곳이 모잠비크라고 해도 믿을 것 같다.

약속 시간보다 30분 늦게, 마티가 클로드 태번으로 비틀비틀 들어간다. 가게는 벽돌 건물의 지하에 있는데 사람들로 가득 차 있다. 연기 때문에 흐릿한 네온사인 밑에서 재즈 5중주단이 부지런히 연주하고 있고, 재즈 애호가들이 오순절교(五旬節敎) 광신자들처럼 몸을 흔든다. 마티는 사람들을 헤치고 나아가면서 그레천을 찾고, 발밑 어딘가에서 지하철이 덜컹거리며 지나간다. 놀랍게도 그레천은 어둑한 칸막이 좌석에 혼자 앉아서 프랑스 소설을 읽고 있다. 그 모습을 보자 레이철이 잠시 떠오르지만 마티는 그 생각을 억지로 밀어낸다.

그레천이 고개를 든다. "세상에, 걸어왔어요?"

"이렇게 아래쪽인지 몰랐어."

"클로드 태번 말이에요?"

"맨해튼 남부 말이야."

그레천이 미소를 짓는다. 마티가 테이블 모서리에 손을 올리지만 자리에 앉지는 않는다.

그녀가 말한다. "이쪽으로 회의하러 오지 않아요?"

마티가 소리를 쳐야 그레천에게 들린다. "월스트리트 회사들은 여기가 아닌 척하지. 머리에 천을 씌우고 택시에 태워서 오거든." 마티가 주변을 둘러보며 살핀다. "마실 걸 사올게. 사흘 안에 돌아오지 않으면 내 장례식에서 키츠의 시를 읽어줘. 뭐 마실 거야?"

"놀라게 해봐요." 그레천이 말한다. "얼음이 들어간 맑은 걸로요."

마티가 사람들을 팔꿈치로 밀며 바 쪽으로 다가가면서 흰 양복 차림의 흑인 다섯 명이 연주하는 모습을 본다. 그는 고등학교 때 트럼펫을 연주했었는데, 이런 재즈를 들으면 투자 의식이 철저했던 아버지의 반대로 악기를 내려놓아야 했던 어린 자신이 생각나서 슬퍼진다. 트럼펫 주자가 악기를 사람들 쪽으로 향하더니 중절모로 눈을 가린 채 중요한 부분을 멋지게 연주한다. 손이 빠른 피아노 연주자가 의자에서 엉덩이를 떼더니 피아노 건반에 파고들고, 둥글게 구부린 몸을 그늘에 반쯤 가린 드럼 주자의 손등

뼈가 심벌 위에서 번득인다. 마티가 이스트 강에서 건져 올린 바지선처럼 생긴 거대한 바에 마침내 도착한다. 사람들이 바를 세 겹으로 둘러싸고 있기 때문에 마티는 눈길을 끌려고 20달러 지폐를 높이 든다. 그는 자기가 마실 스트레이트 위스키와 그레천이 마실 얼음 넣은 핌스컵 칵테일을 주문한다. 마티가 칸막이 좌석으로 돌아와서 술잔을 내려놓고 그레천의 맞은편에 앉는다. 반대편에서 보니 불빛 때문에 그레천의 얼굴이 부드러워 보인다. 콧잔등과 뺨에 뿌려진 엷은 주근깨 때문에 햇볕에 탄 느낌이 난다.

"옆자리에 앉지 않으면 말소리가 하나도 안 들릴 거예요." 그레천이 말한다. "다른 가게에 갔어야 하는 건데."

마티가 미소를 지으며 움직인다. 그가 무슨 말을 하려고 몸을 숙여 그레천의 귓가로 다가가지만 그녀의 머리에서 갑작스럽게 풍기는 향기 때문에 말을 멈춘다. 그가 침을 삼키며 다시 말한다. "보르네오 정글의 인류학자가 된 기분이야."

"건배." 그레천이 술잔을 들며 말한다. "마티 드 그루트의 파트너 승진을 위하여."

"당신도 건배." 마티가 말한다. "당신이 없었으면 절대 파트너가 되지 못했을 테니까. 클레이 씨가 화났을 때 항상 내가 의뢰인과 회의 중이라고 말해줬지. 고마워!"

두 사람이 술잔을 부딪치고 각자 한 모금씩 마신다.

"핌스를 마시면 테니스를 쳐야 할 것 같아요."

"맛 괜찮아?"

"아주 좋아요."

"내 기억이 맞다면, 당신 이 근처에 사는 것 같은데."

"네, 이게 제 비밀스러운 삶이에요. 낮에는 시내의 법률사무 보조원이지만 주말은 워싱턴 스퀘어 공원에서 보내죠."

"당신한테 어울리는 것 같아." 마티가 말한다.

그레천이 술잔을 보며 미소를 짓자 얼음 때문에 숨결이 입김으로 변한다. 마티는 결혼생활 15년 동안 레이철을 두고 바람을 피운 적이 한번도 없었지만 아슬아슬한 순간은 항상 있었다. 사무실에서 잠깐 반하거나 머리핀을 꽂고 양모 치마를 입은 후배와 점심을 먹는 정도였다. 마티는 몇 년이 걸려서야 자신이 갈망하는 것은 정복이 아니라 같이 시시덕거리거나 멀리서 감탄하는 것임을 깨달았다. 하지만 마티는 그레천과의 사이에서 뭔가가 변하고 있음을 느낀다. 망설임과 초조함은 그가 선을 넘을 준비가 되어 있다는 표시이다. 그레천은 항상 마티에게 상냥했지만 그가 잘못 해석했을 가능성도 있다. 아까 거리에서 신발만 보고 추측했던 그 사람의 얼굴과 인생이 틀렸던 것처럼 그가 잘못된 단서를 쫓았을 가능성도 있다. 마티는 바를 두 번 더 급습하고, 매번 터무니없는 팁을 주겠다는 표시로 20달러 지폐를 높이 든다. 젊은 남자들이 노려보는 시선이 느껴진다. 자리로 돌아온 마티는 의자 가죽에 손바닥을 붙이고 그레천에게 질문을 한다. 두 사람은 그레천의 어린 시절과 가족에 대해서, 몬트리올 장거리 자동차 여행과 외국어를 배우는 어려움에 대해서 이야기한다. 마티는 자기가 아는 네덜란드어 몇 마디를 술 취한 사람이 중얼거리는 중세 영어처럼 내뱉는다. 그레천이 웃는다. "러시아어보다 낫네요." 그레천이 술을 홀짝거리고 얼음에 이를 부딪히며 말한다. 마티는 귀를 열심히 기울이지만 탁자 밑에서 스타킹에 감싸인 그레천의 다리가 풍기는 열기를, 왼쪽 무릎의 움푹하고 따뜻한 부분을 의식한다. 그레천의 허벅지는 겨우 몇 센티미터 떨어져 있고 말을 할 때마다 마티 쪽으로 흔들린다.

마티는 그레천의 다리에 당당하게 손을 얹거나 손등을 건드리는 상상을 하지만, 바로 그때 소동이 벌어진다. 드럼 주자가 솔로 연주를 하다가 마지막에 코만치족 같은 함성을 지르자 술집 분위기가 확 바뀐다. 목소리가 높아지고 누군가 난폭하게 밀쳐진다. 분위기가 고조된다. 마티는 체온과 맥주와 그리고 어떤 원시적인 것으로 술집이 뜨거워지는 냄새를 맡을 수 있다. 소동이 일어나기도 전에 폭력이 형체를 갖추는 냄새가 난다. 번개가 치기 직전 뜨거워지는 분자(分子). 마티가 몸을 숙이고 그레천에게 말한다. "그만 나가지. 싸움이 날 것 같아." 마티는 그레천의 팔꿈치를 잡고 그녀가 가방 지퍼를 잠그는 동안 손을 그대로 둔다. 두 사람이 좌석에서 일어나자 난투가 시작되어 사람들이 서로 주먹을 날리고, 사람들이 빽빽하게 서 있어서 싸우는 광경이 보이지는 않지만 소리는 들린다. 두 사람은 계단으로 다가간다. 마티가 뒤를 돌아보니, 바 너머로 던져지는 남자와 혜성의 얼음 꼬리처럼 그의 궤적을 따라 산산이 깨지는 잔이 보인다. 마티는 그 광경이 너무 아름다워서, 그리고 그 와중에도 밴드가 당김음 리듬을 계속 연주해서, 깜짝 놀란다. 그런 다음 분위기가 바뀌더니 무대 위에서 뭔가가 전해진다. 솔로 연주가 끝나갈 무렵 트럼펫주자의 주의가 흐트러지더니 코감기에라도 걸린 것처럼 갑자기 음을 놓친다. 이것을 신호로 술집 전체가 광란에 빠져든다.

자정이 지난 시각, 두 사람은 길모퉁이에 서 있다. 맥두걸 스트리트의 클럽에서 사람들이 쏟아져나오고, 술에 진탕 취한 연인들이 손을 잡고 속삭인다. 음악가 몇 명이 스테이션왜건과 픽업트럭에 악기를 싣는다. 마티가 핫도그를 두 개 사고, 그레천을 데려다준다는 핑계로 천천히 걸어간다. 클럽의 리듬이 아직도 온몸으로 느껴지고 가로등 밑에서 귀가 웅웅거린다. 두 사람이 그레천의 아파트 앞에 멈춰 선다. 석조 건물 정면에 비상 대피 계단이 지그재그로 나 있다. "예전엔 엘리베이터가 있었는데 요즘은 걸어 올라가야 해요." 그레천이 말한다. "등산도 괜찮다면 술 한 잔 더 해도 좋아요." 그레천이 마티의 신발을 보며 이렇게 말하더니 잠시 후 어깨를 으쓱한다. 마티는 그레천이 새삼 사랑스러워 보인다. 그는 자신이 존경할 만한 사람이며 무슨 일이 있어도 항상 친절하게 대할 것이라고 안심시켜 주고 싶다. 하지만 그 대신 이렇게 말한다. "길을 안내해줘, 귀여운 셰르파." 마티는 그레천을 따라 어둑한 계단을 오르며 니트 치마 안에서 엄숙하게 흔들리는 그녀의 엉덩이를 바라본다. 욕망이 온 몸에 사무치고 500그램짜리 납덩이로 배를 얻어맞은 느낌이다. 그레천의 아파트는 중국식으로 꾸며져 있다. 옅은 색 나무 바닥과 토기 단지, 옻칠한 선반에 꽂힌 책들. 낮은 커피 테이블에 소설책이 쌓여 있다. 희미하게 보이는 침실 벽에는 기타가 걸려 있고 램프에 스카프가 드리워져 있다. 그레천이 술을 만든다며 작은 부엌으로 가서 도기와 유리 그릇이 깔끔하게 쌓인 찬장을 연다. 마티는 그레천이 여기서 만찬 모임을 여는 것이 아닐까, 쾌활한 사람들과 배우와 사진작가 친구들이 있는 것이 아닐까 생각한다. 그레천이 냉장고 문을 열고 파묻힌 얼음통을 찾기 시작한다. 냉동실의 서리를 제거하지 않은 지 한참 된 것 같다. 그레천은 얼음이 녹은 물과 급속 냉동시킨 산더미 같은 고기를 바라보고, 마티는 그레천을 지켜본다. 냉장고가 소리를 내더니 한숨을 쉰다. 마티는 그레천의 머리핀을 빼자 삼나무 색 머리카락이 어깨 밑으로 흘러내리는 모습을 상상한다. 뒤에서 그레천의 치마를 걷어올리고 그녀를 냉장고 문에 밀어붙이는 자신을 그려본다. 그때 냉장고 문에 자석으로 붙여놓은 사진이 마티의 눈에 들어온다. 시골집 현관에 앉아 있는 중년 부부. 오빠로 보이는 제복 차림의 해병. 환한 얼굴의 십대 소녀 그레천과 소아마비로 인해 다리 보조기구를 착용하고 나무에 기대 있는 또다른 소녀. 이 인상적인 사진 때문에, 그레천이 시골에서 어떻게 자랐는지를 비추는 이 불쑥 나타난 창 때문에, 갈망이 더욱 예리해지고 욕망이 더욱 생생하게 부풀어오를 수도 있겠지만, 마티는 오히려 욕망이 흩어지는 것을 느낀다. 그는 그레천이 딸처럼 느껴진 적이 한번도 없었다. 그러나 그녀가 꽁꽁 언 얼음을 한 줌 씻어서 유리잔 두 개에 똑같이 나누어 담는 지금은 다르다.

술이 준비되자 두 사람은 술잔을 들고 거실로 나가고, 그레천이 마티를 위해 재즈 앨범을 튼다. 마일즈 데이비스의 「블루 헤이즈」

이다. 마티는 그레천이 미시간 주에서 보낸 어린 시절 이야기를 듣는다. 소아마비에 걸린 여동생은 루터교를 믿는 부모님과 아직도 같이 살고 있고, 오빠는 한국 전쟁에 참전했다가 지금은 캘러머주에서 가전제품 가게를 운영한다. 자세한 이야기를 듣고 나자 마지막 남은 욕망까지 날아가버린다.

앨범이 끝나갈 때 그레천이 묻는다. "아이를 가지고 싶었던 적 없어요?"

마티는 방심하다가 한 방 먹은 기분이다. 그는 어느새 술잔을 멍하니 바라보고 있다. 그가 말한다. "우린 아이를 정말 원하지만 운이 따라주질 않았어. 두 번 다 이름을 잔뜩 적어서 항상 주머니에 넣고 다녔지." 마티가 술을 한 모금 마시고 벽을 올려다본다.

그레천이 말한다. "아, 세상에. 미안해요, 마티. 전혀 몰랐어요."

성이 아닌 이름을 부르자 무척 친밀하게 느껴진다. 마티는 오늘 밤이—아슬아슬한 순간이—두 사람의 생산적인 업무 관계를 망치지 않기 바란다. 그는 사진으로 뒤덮인 그레천의 냉장고를 한 번 더 보고 자기 집의 텅 빈 냉장고 문을 떠올리며 아이를 가지지 못한 아픔을 접어버린다.

침묵이 흐르자 그레천이 자리에서 일어나 마티가 걸어가야 하니 커피를 만들어주겠다고 한다. 잠시 후 마티는 문 앞에 서서 그레천의 뺨에 입을 맞춘다. "자축을 도와줘서 고마워." 마티가 말한다. 그레천은 문을 닫으면서 아랫입술을 깨물고, 긁힌 마룻바닥을 바라보며 자신이 마티에게 무엇을 떠오르게 했나 싶어서 당황한다.

마티는 고요한 그리니치 빌리지에서 서쪽을 향해 걷다가 허드슨 강을 따라 북쪽으로 걸어간다. 강물에 어선이 점점이 떠 있고 저 지 강변에서 불빛이 종알거린다. 마티는 아주 끔찍한 일을 가까스 로 피한 사람처럼 마음이 가볍다. 이 거리는 다른 사람들의 지도 에 속한 땅이지만 갑자기 마티는 그 사람들이 좋아지는 기분이다. 지나가는 택시가 보이지만 잡지 않는다. 그는 최대한 멀리까지 걸어서 집으로 돌아간 다음 삶의 다음 단계를 시작하고 싶다. 작 업복 차림의 남자들이 트럭 짐칸에서 꽃을 내리고 꽃집 주인들이 영업 준비를 시작하는 꽃집 거리로 들어선다. 마티는 어느 배달원 을 설득해서 신문지에 싼 꽃을 한 다발 사기로 하지만 20달러짜리 지폐밖에 없어서 잔돈을 가지라고 손짓하고, 치자꽃다발 너머로 보이는 6번가의 낯선 풍경을 보며 조금 더 걷는다. 유리창이 깨진 열쇠 가게, 표백한 셔츠 한 장밖에 걸려 있지 않은 세탁소. 그는 잠시 걸음을 멈추고 버림받은 흰 셔츠를 바라보다가 어느새 한때 그것을 소유했을 남자에 대해서 생각한다. 그런 다음 뒤로 돌아 손을 흔들어 북쪽으로 향하는 택시를 잡는다.

마티는 최대한 조용히 로비로 들어가서 야간 경비원에게 고개 를 끄덕여 인사한다. 그는 전용 엘리베이터에서 신발을 벗고, 12 층에 도착하자 신발을 들고 안으로 들어간다. 펜트하우스는 조용 하고, 마티는 양말 신은 발로 계단을 올라간다. 캐러웨이가 짖지 않기에 마티는 아내와 개가 침대에 웅크려 자고 있는 것이 아닐까 생각한다. 계단 꼭대기에 도착한 마티는 복도의 작은 탁자에 꽃을 내려놓고 침실로 걸어간다. 생각했던 대로 레이철이 침대에서 잠들어 있고 개는 그녀의 발치에 엎드려 있다. 침대 맡 램프가 켜져 있고 레이철의 가슴에 펼쳐진 책이 놓여 있다. 레이철이 아주 늦게까지 기다렸음을 짐작할 수 있었기 때문에 마티는 죄책감을 느낀다. 그는 그레천과 자지 않았지만 잠시나마 그럴 생각이었고, 이제 그 사실을 감내해야 한다. 마티가 욕실 문을 열자 레이철이 깜짝 놀라서 무슨 말을 하기 시작하지만, 그는 안다, 레이철은 깬 것이 아니다. 수면제 때문이다, 수면제가 그녀의 몽롱한 꿈에서 말을 끌어낸다. "아무도 이 집을 좋아하지 않아……. 탄 토스트 냄새가 나." 레이철이 말한다. 마티가 욕실 앞에 서서 천장을 향해 말하는 아내의 얼굴을 바라본다. "우선 계단이 어디로도 이어지지 않아……." 마티가 시선을 들어 자작나무 옆에 선 소녀를 바라본다. 겨울의 한순간이 정지되어 있는 저 그림을 보면 항상 생각이 차분해진다. 그때 액자의 바깥쪽 테두리가 약간 이상하다는 느낌이 든다. 마티는 몇 년 동안 나무 액자에 박힌 구리 못이 푸르게 녹슨 것을 보면서 녹이 심해지면 그림이 변색되는 것이 아닐까 걱정했다. 액자를 바꿔야겠다고 항상 생각했다. 그런데 그 못이 보이지 않았다. 액자의 바깥쪽 모서리는 투박한 금색으로 얼룩져 있었지만 못대가리는 보이지 않는다. 마티가 벽에서 그림을 조용히 떼어내 욕실로 조심스럽게 가지고 간다. 그런 다음 문을 닫고 불을 켠다. 그는 욕실 매트에 그림을 세우고 나뭇결을 따라서 손으로 쓸어본다. 레이철이 몰래 그림을 세척하고 액자를 바꾼 것이 아닐까 하는 생각이 들자 미안할 정도로 고마워진다. 그러나 그림은 그 어느 때보다 더럽고 낡은 바니시 때문에 흐릿해 보인다.

시드니
2000년 7월

정말 한심한 파티군. 엘리가 음식이 담긴 쟁반을 들고 부엌에 혼자 서서 생각한다. 올리브와 마르코나 아몬드, 둥글게 늘어놓은 크래커 가운데 숙성된 네덜란드 고다 치즈. 음식은 문제가 없다. 엘리를 화나게 만드는 것은 다섯 사람이 자기 집 베란다에 어색하게 서 있는 광경이다. 이 사람들이 모인 명목은 엘리의 여성 미술 연구회 평생공로상 수상과 『네덜란드 황금기의 여성화가들』 개정판 출간을 축하한다는 것이었다. 시드니 대학교의 동료 여교수 두 명, 블루 마운틴스에서 온 언니 케이트, 미술사 전공 대학원생 한 명, 기숙학교 시절의 친구 한 명. 엘리가 시드니로 돌아온 지 3년이나 되었지만 모을 수 있는 사람은 이 정도뿐이다. 사람들은 와인 잔을 손에 들고 곧 개최될 올림픽에 대해서 이야기하면서 나무 꼭대기에서 높고 날카로운 소리로 우는 장미앵무새들을 보고 있다. 적어도 바깥 풍경만큼은 좋다.

엘리는 음식을 나르며 손님들에게 몇 분만 더 있으면 키쉬가 완성된다고 말한다. 그녀는 키쉬를 좋아하지도 않지만 케이트가 고집을 부리며 전화로 죽은 어머니의 요리법을 불러주었다. 엘리는 어쩌다가 사람들을 억지로 불러서 햄과 치즈가 들어간 키쉬를 대접하는 60대 노인이 되었을까? 모임은 케이트의 생각이었지만 사람들을 초대하고 기획한 것은 엘리였고, 손님들이 확실히 부담스럽겠다는 생각이 이제야 든다. 주말에 한두 시간 차를 몰고 와서 다시 페리를 타고 시드니 북쪽의 스코틀랜드 섬까지 들어와 카베르네 와인을 마시고 우리 집 풍경과 나의 업적을 칭찬해야 한다니. 엘리는 와인을 더 가져온다는 핑계를 대고 안으로 들어간다. 대학원생 마이클이 언니와 대화를 하려고 애쓰는 소리가 들린다. 케이트는 보험계리사로 일하다가 은퇴했고, 브리지 카드 게임을 즐겨하는데 경쟁심이 무척 강하다. 대화는 저, **미술 좋아하세요?**라는 말로 시작해서 그것으로 끝났다. 케이트는 마이클의 말을 못 들었는지 완전히 무시하는지, 나무 꼭대기에 있던 새들이 베란다 난간의 씨앗을 담아둔 쟁반으로 날아오자 장미앵무새에 대한 이야기를 시작했다. 엘리가 미닫이문을 닫을 때 마이클은 거울처럼 잔잔한 만(灣)을 내려다보고 있었다. 미술사학자 두 명은 베란다 반대편 끝을 차지하고서 풍경을 등진 채 각자 팔짱을 끼고 깊은 생각에 잠겨 있다. 캠퍼스에서 일어난 최근 스캔들에 대해서 이야기를 하고 있는 것인지도 모른다.

가끔 엘리는 자신이 유배 생활을 하려고 이 집을 산 것이 아닐까 생각한다. 사암 계곡 꼭대기 파란 고무나무와 웃자란 사초 틈에 자리 잡은 이 집은 피트워터 해변을 내려다보고 있다. 엘리는

3년 전에 런던의 실패한 결혼 생활에서 도망치듯이 시드니 대학교의 교수직을 수락하고 이 집을 샀다. 부동산 중개인을 포함해서 모두가 말렸다. 중개인은 스코틀랜드 섬을 아무도 사려고 하지 않는 낙원의 작은 조각이라고 불렀다. 그러나 엘리는 생활을 바꿔서 페리를 타고 시내까지 한 시간 걸려 통근했고, 수업을 조정해서 일주일에 두 번만 출근했다. 대체적으로 엘리는 고립된 생활이 무척 마음에 든다. 집—대성당처럼 높은 천장과 만이 내려다보이는 유리벽—자체는 항상 엘리의 기분을 들뜨게 만든다. 햇빛 찬란한 아침이면 엘리는 실내복을 걸치고 야전 쌍안경을 들고 베란다에 서서 수로와 해안, 어귀, 톨러스 만에서부터 냇물처럼 이어지는 구릿빛 맹그로브 군락을 관찰한다. 바람이 잘 통하고 절제된 집과 비실용적인 위치는 엘리를 필요로 하는 사람이 아무도 없다는 사실을 매일 상기시켜준다. 엘리는 자유로워졌다. 그런데 이 베란다에서 엘리의 사회생활을 그대로 복제한 듯한 모임이 열리고 있다.

벽에 걸린 전화기가 울리자 엘리가 정신을 차린다. 학장이 사과 전화를 했나 하는 생각이 가장 먼저 들었지만, 뉴 사우스웨일스 주립 미술관 관장 맥스 컬킨스가 공항에서 건 전화이다. 그는 베이징에서 열리는 회의에 참가하러 가는 길이다. 엘리는 미술관에서 다음 달에 개최하는 17세기 네덜란드 여류 화가 전시회의 큐레이터를 맡았지만, 맥스를 이 모임에 초대하지 않았다. 그는 가느다란 줄무늬 정장을 입고 다니는 미술계의 구식 멋쟁이로, 중세 아시아를 전공한 자칭 동양 연구자이다. 맥스와 언니가 같은 방에 있는 모습을 상상해본 엘리는 초대하지 않기로 결정했다. 세상의 충돌을 하나 줄인 것이다.

맥스의 목소리가 약간 숨이 찬 것처럼 들리고, 엘리는 혀로 입술을 축이는 그의 신경질적인 버릇을 떠올린다. 그것은 명나라 왕조의 미술에 대한 강의를 할 때 중간중간 끼어드는 틱 장애이다. "곧 비행기를 타야 하는데, 좋은 소식을 알려드리고 싶어서 전화했어요. 메트로폴리탄 미술관에서 일하는 옛 동료를 통해서 「숲의 가장자리에서」현재 소유자를 찾았거든요. 오늘 아침 일찍 통화하면서 직접 대여해달라고 요청했지요. 맞아요, 택시 요금을 청구하는 것처럼 간단하게 말이죠."

누가 손목뼈로 견갑골을 미는 것처럼 엘리의 가슴이 조여든다. 그녀가 침을 삼키고 몇 초 동안 가만히 있자 침묵이 모여든다. 오븐에서 키쉬가 타고 있다. 냄새가 나지만 엘리는 움직일 수가 없다. 엘리가 말한다. "기적 같은 소식이군요." 이미 긴 침묵이 흐른 후였고, 말투는 이상하다. 머리가 텅 비었다. 바깥에서는 옛날 기숙학교 친구가 쌍안경으로 만을 훑어보고 있다.

엘리는 네덜란드의 작은 사립 미술관이 최근 「숲의 가장자리에서」를 샀고 전시회에 대여할 의향이 있다는 이야기를 한 달 전에 들었다. 이번 주 늦게 그림이 도착하기로 되어 있었다. 엘리는 그것이 마티 드 그루트가 세상을 떠나서 그의 물건들이 팔렸다는 뜻이고, 남편을 잃은 부인이 드디어 그 잔인할 정도로 아름답고 불길한 징조를 침실 벽에서 떼어냈다는 뜻이라고 굳게 믿었다. 한 달 내내 엘리는 마음이 놓이고 고마운 기분이었다. 엘리는 기록 담당자가 똑같은 그림을 네덜란드에서 대여하기 위해서 수많은 서류를 작성했는데 맥스 컬킨스가 어떻게 그 서류를 보지 못했을까 생각한다. 그런 다음 강의록을 빼먹고 연단을 향해 걸어가거나 소매 단추가 떨어진 셔츠를 입은 맥스의 모습이, 그리고 그녀를 엘라라고 불렀던 때가 떠오른다.

맥스가 말한다. "당신과 우리 미술관에 대해서 좀 과장해서 말했더니 그 친구가 수속은 자기가 알아서 하겠다고 하더군요. 미국인의 인류애를 정말 대단하지 않습니까!"

엘리는 수화기를 떼고 기침을 하며 목소리를 가다듬는다. 그녀는 맥스에게 서로 다른 반구(半球)에서 같은 이름을 가진 그림 두 점이 그의 미술관으로 오고 있다는 사실을 알려주려고 한다. 잠시 주저하지만 그렇게 해야 한다고 생각한다. 엘리는 황당한 혼선이 생긴 모양이라고 말할 수도 있을 것이다. 그러나 엘리는 그 대신 이렇게 말한다. "그 관대한 사람이 누구라고요?"

"맨해튼의 마티 드 그루트라는 분이에요."

엘리는 계산을 해본다. 같은 이름을 가진 상속자가 아니라 본인이라면 지금 80대일 것이다. 그녀가 유리문 너머 오후 햇살이 은빛 비늘처럼 반짝이는 만을 바라본다.

"마티로 통한다더군요. 제 생각을 말하자면 성급하지만 아주 관대한 사람 같습니다. 몇백 년 동안 집안에 내려오던 그림이래요. 정말 대단하지 않습니까."

키쉬가 숯처럼 까맣게 타는 냄새 때문에 머리가 약간 어지럽다. 맥스가 뭐라고 말을 하지만 엘리는 듣지 못한다. 웅웅거리는 탑승 안내 방송 때문이다. 맥스가 다시 말하지만 지지직거린다. "……
그림을 이미 메트로폴리탄 미술관에 기증한 것 같더군요. 다들
그 괴짜 노인이 죽기만 기다리고 있어요. 그런데 가장 좋은 부분
이 뭔지 알아요, 엘리? 마티 드 그루트가 그림을 직접 가져오겠답
니다. 전시회가 시작하기 전에 비행기를 타고 오겠다는군요. 정말
대단하지 않습니까?"

엘리는 두려움으로 목이 꽉 막히는 기분이다.

맥스가 말한다. "비행기라는 말이 나와서 말인데, 이제 게이트
로 가야겠군요. 베이징에서 연락하겠습니다."

엘리는 자기 목소리가 어떻게 들릴까 무서워서 작별인사를 대
충 웅얼거리고 전화를 끊는다. 부엌 바닥이 자유 낙하하는 엘리베
이터처럼 몇 초 동안 곤두박질친다. 엘리가 생각한다. 내가 내 인
생으로 재앙을 다시 불러들였어. 엘리는 그렇게 하면 전화가 오기
전으로 되돌릴 수 있다는 듯이 신탁과도 같은 낡은 다이얼 전화기
를 멍하니 바라본다. 엘리가 너무 오래 자리를 비워서 케이트가
도우려고 바쁘게 들어온다. "넌 정말 구제불능이야." 케이트가 밝
고 쾌활한 목소리로 말한다. "와인 가지러 간다더니 왜 전두엽 절
제술을 받은 환자처럼 거기 서 있니? 어머, 이게 무슨 냄새야,
집에 불이라도 났어? 불쌍한 엄마의 키쉬를 어떻게 한 거야?"

엘리가 깜짝 놀라서 오븐 문을 연다. 연기를 풍기는 키쉬는 알
아볼 수 없을 만큼 까맣게 탔다. 케이트가 엘리를 툭툭 쳐서 비켜
서게 한 다음 오븐 장갑을 끼고 키쉬를 꺼낸다. "넌 손님들을 즐겁
게 해주는 방법을 참 잘 아는구나." 케이트가 이렇게 말하더니 연

기를 내보내려고 부엌 창문을 연다. "걱정 마." 케이트가 냉장고로 다가가며 말한다. "여기 훈제 연어 있더라. 그걸 내놓지 뭐." 냉장고에서 포장된 연어를 꺼내고 돌아선 케이트는 이제야 잿빛이 된 엘리의 얼굴을 알아본다. "왜 그래? 식초 냄새라도 맡아야 정신을 차릴 것 같은 표정이야."

엘리가 말한다. "편두통이 너무 심해. 앞도 잘 안 보여."

케이트의 얼굴에 언니다운 애정과 걱정이 밀려든다. 그녀가 열을 재려는 듯 엘리의 이마에 손등을 댄다. 견딜 수 없는 불가항력이었던 엄마의 두통은 어린 케이트와 엘리를 모두 분노케했지만 케이트는 엘리—편두통이 사춘기 때 시작되었다—를 다정하고 확실하게 돌봐주었다. 기숙학교에서 돌아온 엘리가 편두통을 일으키면 케이트는 낡은 집 창문을 담요로 가려 어둡게 만들었다. 또 냉찜질 팩과 차를 만들어서 두 사람이 같이 쓰는 어둑한 침실에 누워 있는 엘리에게 가져다주었다. 케이트가 말한다. "가서 좀 누워, 약 가져다줄게. 손님들은 4시 배에 태워보내면 돼."

엘리는 공황 상태에 빠져서 가슴과 손과 얼굴에 타는 듯한 통증이 느껴진다. 멍하면서도 전기가 오르는 느낌이다. 이에 비하면 편두통 특유의 느낌, 익숙한 그 첫 떨림은 아무것도 아니다. 엘리가 고개를 끄덕이며 말한다. "언니가 항상 날 보살펴줬지. 거의 평생을 지구 반대편에 살아서 미안해." 케이트가 엘리의 뺨에 입을 맞추고 단호한 표정으로 집 안쪽을 가리킨다.

엘리가 침실로 걸어가서 안으로 들어가 문을 닫는다. 그녀는 침대에 앉아서 베란다의 손님들 때문에 가로막힌 창밖을 바라본다. 순풍에 삼각돛을 부풀린 요트 열두 대 정도가 만을 가로질러 팜비치를 향해 달린다. 엘리의 마음이 눈앞의 수수께끼에 저항하는지, 어느새 아버지를 떠올리고 있다. 엘리는 돛을 펼치는 범선이나 야간작업을 마치고 만으로 들어오는 트롤 어선을 볼 때마다 아버지를 생각한다. 아버지는 엘리가 마흔 살 때 세상을 떠났지만 지금까지도, 특히 밤에, 핼러드*가 금속 돛대 꼭대기에 부딪치는 소리를 들으면 아버지가 떠오른다. 아버지는 고작 아내와 두 딸뿐인 가족에 대한 의무를 피하려고 저기서, 패러매타 강에 정박해둔 5.5미터 길이의 쌍돛대 범선에서 자고 있다. 엘리네 집이 있던 발메인의 손도끼 모양 땅에서는 해군 공창과 산업용 부두가 내려다보였고, 엘리는 소형 구축함과 화물선의 커다란 실루엣 틈으로 보이던 아버지의 배를 기억한다. 배에서 돌아가는 발전기 소리 때문에 어둠이 박동했고, 엘리는 아빠가 밤새 끊이지 않는 저 시끄러운 소음 속에서 어떻게 자는 걸까 궁금했다. 발전기 소음이 딸들이 싸우는 소리나 아내가 자다 깨서 부르짖는 소리보다 나았나보다.

엘리는 두 점의 그림이 거의 반세기 동안 공존했다는 사실을 믿을 수 없다. 행성과 그 주변을 도는 위성. 지금까지 사라 더 포스의 작품이 몇 점 더 발견되면서 엘리가 그중 한 점을 진품으로 인증하기도 했지만 왕관의 보석은, 가장 가치 있는 작품은 여전히 「숲의 가장자리에서」이다. 레이던의 사립 미술관은 「숲의 가장자리에서」뿐만 아니라 엘리가 아직 못 본 더 포스의 다른 풍경화도

---

* 활대, 활죽, 돛 등을 고정시키는 밧줄.

빌려주기로 했다. 엘리는 그것 역시 가짜일지 궁금하다. 그녀는 케이트가 넉살과 훈제연어로 손님들을 불러모으는 소리를 들으며 1950년대 후반의 뉴욕을 떠올린다. 허둥지둥 도망쳐서 정도(正 道)로 떠밀려 올라갔던 그때. 박사 논문이 통과되고 여기저기 논 문이 실리기 시작하면서 엘리는 유니버시티 칼리지 런던의 강사 직을 수락했다. 불난 집을 빠져나오듯 밀매인과 배달원과 딜러들 이 가득한 뉴욕의 암흑계에서 놀랍게도 상처 하나 없이 빠져나온 엘리는 30대 초반에 종신 교수가 되었다.

　엘리는 그림 반환을 둘러싼 정황을 확실히 알지 못했지만 1958 년 후반에 게이브리얼이 원작과 위작을 전부 가지고 있었다는 것 은 알았다. 그해 12월에 마티 드 그루트가 아이를 납치당한 거물 처럼 「타임스」 일요판에 전면 호소문을 싣고 7만5,000달러의 보 상금을 내걸면서 대중에게—혹은 위작 작가와 도둑에게—손을 내밀었다. 당시 「숲의 가장자리에서」의 가치가 대략 그 정도였다. 전면 광고가 실렸을 때 엘리는 이미 유럽에 있었기 때문에 몇 달 후에야 그 소식을 들었다. 「숲의 가장자리에서」는 한번도 팔리거 나 전시된 적이 없었기 때문에 엘리는 가짜가 소리 소문 없이 폐 기되었거나 드 그루트 집안의 다락방에 기념품으로 보관되어 있 을 것이라고 생각했다. 그러나 지금 엘리는 거센 바람에 휩쓸리기 직전의 요트를 바라보면서 모든 가능성을 떠올리고 가지처럼 넓 게 퍼지는 가능성들을 따라가 본다.

　구깃구깃한 크림색 리넨 양복 차림의 게이브리얼이 보상금을 들고 모로코나 브라질로 망명하는 장면이 떠오른다. 게이브리얼이 뉴욕 라이커스 섬의 감방으로 끌려가 치욕적인 삶을 살다가 야학에서 연금을 받으며 사는 노인들에게 미술 감상을 가르치는 모습도 떠오른다. 그 사건 이후 10년 동안 엘리는 새로운 삶을 꾸려나가면서, 알 수 없는 게이브리얼의 운명에 자신을 투사하느라 당연하고 명확한 결론을 무시하고 부인했다. 그것은 바로 게이브리얼이 마티 드 그루트에게 원작을 돌려주고 포상금을 받아낸 다음 가짜를 간직해두었다가 42년 후 돈이 궁해지자 그것을 팔려했을 것이라는 사실이다. 마티 드 그루트는 죽고 추문은 잊혔을 것이라고 생각하는 게이브리얼 앞에 레이던의 작은 사립 미술관이 등장한다. 수학적 진실처럼 대담하고 단순한 이야기였다. 일이 정말로 그렇게 된 것이라면 엘리는 이렇게 오랫동안 그림을 가지고 있었던 게이브리얼의 계산적인 인내심에 감탄하지 않을 수 없다.

학교 수업이 있고 레이던의 미술관 직원이 그림을 가져 오기로 한 수요일까지 엘리는 섬을 떠나지 않는다. 이제 그녀가 무엇을 하든 그것으로 그림을 둘러싼 이야기의 결말이 시작될 것이라고 느낀다. 엘리는 음식을 거의 먹지 않고, 와인을 너무 많이 마시고, 베란다 의자에서 잠든다. 엘리의 꿈은 페데리코 펠리니의 영화처럼 째깍거리는 시계, 폐가, 수수께끼 같은 낯선 사람들, 경첩이 느슨해진 문들로 가득하다. 터빈 엔진 소리가, 육지로 향하는 제트기 소리가 끝없이 들려온다.
어느 날 아침, 공포에 질려 잠에서 깬 엘리는 맥스 컬킨스에게 이메일을 보내기로 한다. 그녀는 맥스와 통화할 때 **기적 같은 소식**이라는 말로 자신이 연루되어 있음을 암시하지 말았어야 한다고 후회한다. 맥스는 곧 서류들을—그리고 당연히 그림을—발견할 것이고, 엘리가 왜 사실대로 말하지 않았는지 궁금하게 생각할 것이다.

맥스에게

　중국 회의는 잘되어가고 있겠지요. 부끄러운 말이지만 지난번 전화를 받았을 때 제정신이 아니었어요. 손님들이 와서 정신이 없었거든요. 아무튼, 전시회에 전시할 더 포스의 똑같은 그림이 두 점이나 이쪽으로 오는 중인 것 같아요. 뉴욕 그림의 대역인 셈이에요. 어떻게 된 일인지 전혀 모르겠지만…… 제가 알아낼게요. 레이던에서 잘못 안 건지도 모르겠어요. 참, 레이던 측은 더 포스의 다른 풍경화도 가지고 있다고 하네요. 그림이 오면 알겠죠. 아무튼, 대응 전략을 짜고 싶으면 알려줘요.

그럼 이만,

엘리

엘리는 이메일을 보내고 나서 전략을 짠다는 말이 너무 차갑고 계산적으로 들리지 않을까 하는 생각이 든다. 그러나 기다려보기로 한다. 맥스는 절대 답장을 바로 보내는 법이 없지만 그날 오후에 전시회 직원으로부터 다들 알고 있다는 이메일이 온다. 기록 담당자 맨디가 보낸 메일은 "똑같은 그림이 두 개"라는 제목이다.

내용은 이렇다. 맥스는 전시회가 시작하기 전에 위작 소문이 퍼질까 봐 신중히 처리하고 싶은가 봐요. 게다가 불쌍한 맥스는 내년에 은퇴라서 전부 쉬쉬하는 중이에요. 그림을 대여하는 양측에 대해서 아무 말도 하지 말라는 엄한 지시를 받았어요. 맥스가 중국에서 돌아와서 직접 처리한대요.

엘리는 시간을 좀 벌었고 기적 같다는 어리석은 표현을 썼다는 걱정을 떨쳐냈지만, 마티 드 그루트가 날짜 변경선을 넘어 여기로 온다는 문제가 남아 있다. 엘리는 자신의 존재가 밝혀질 경우 최악의 헤드라인이 뭘까 불안한 마음으로 추측해 본다. 전국지는 "페미니스트 미술학자, 무명 시절 위작을 그리다"처럼 절제된 표현을 쓰겠지만 고향의 타블로이드 「데일리 텔레그래프」는 "미술 전문가 사기꾼으로 밝혀지다"와 같은 제목을 달 것이다.

엘리는 프란스 할스에 대한 강의 중에 연방 경찰―왜 연방인지 알 수 없었다―이 찾아오는 환영을 본다. 경찰은 엘리가 수업을 마칠 때까지 교실 뒤쪽에서 기다리다가 수갑도 채우지 않고 예의 바르게 엘리를 안내하며 안뜰을 가로지를 것이다. 또는 학장과 사복 차림의 형사가 만나는 자리에 불려갈지도 모른다. 그녀는 어느새 모뎀을 연결해서 인터넷 법률 상담 사이트를 찾아보고 한밤중에 공소시효와 국제 범인 인도 조약과 위조 사례의 역사를 검색하고 있다. 형사 사건이 될까봐 걱정할 이유는 없지만 엘리는 유령 같은 마티 드 그루트가 온다는 소식에 속이 텅 빈 느낌이다.

사실이 발각될지도 모른다는 위협에 맞닥뜨리자 엘리는 더 넓은 의미의 속임수는 없었는지 자기 인생을 정밀하게 살피고 구석

구석 들여다보고 싶어진다. 엘리는 근본적으로 결함이 있는 사람인 걸까? 그녀는 작은 잘못이 더 큰 잘못을 비춰줄지도 모른다는 듯 작은 잘못들에 집착한다. 답장을 보내지 않은 이메일, 좀더 관심을 줄 수 있었던 뛰어난 학생, 더 공정하게 쓸 수 있었던 미술 평론. 엘리는 길을 알리는 빵 부스러기를 찾듯이 도덕적 잘못의 흔적을, 위작을 그리면서 혹은 기숙학교 시절 가게에서 물건을 슬쩍하면서 시작되었을 흔적을 발견하려고 애쓴다. 그러나 그 흔적은 1957년 이후 사라진다. 사실 엘리는 학자로서 열심히 연구했고 양심적인 사람이 되었다. 그녀는 돈을 벌기 위해서 위작을 그리기로 결정한 순간 이후 내내 그 결정의 여파를 느꼈고, 잡히지 않았다는 사실이 살아남은 자의 죄책감처럼 사무쳤다. 엘리는 항상 그 보상을 하려고 애썼다. 미술상이었던 전 남편 서배스천은 저녁 식사 모임에서 엘리가 과속을 하거나, 무단횡단을 하거나, 세금을 회피하는 모습을 20년 동안 단 한번도 본 적이 없다며 놀리곤 했다. 그는 당신 집안에 흐르는 죄인의 피는 어떻게 된 거냐고 종알거렸고,* 그러면 엘리는 조심스러운 미소를 지으면서 기념비적인 그림 절도 사건에서 자신이 맡았던, 부인할 수 없는 역할을 떠올리곤 했다.

엘리는 자기 성격에 원래 결함이 있다는 증거를 찾다가 예상치 못한 것을 발견했다. 그녀가 조심스레 살아온 삶의 가장자리에,

---

* 오스트레일리아는 처음 영국의 식민지가 되었을 당시 죄수들의 유배지로 이용되었다.

정말 얼마 안 되는 사회생활의 중심에, 깜짝 놀랄 정도의 외로움이 있었다는 사실이다. 몇 년 동안이나 그랬고, 영국에서도 마찬가지였다. 지금까지 엘리는 고독 속에 자유가 있다고 생각했다. 그녀는 강의가 끝나면 덴디의 영화관에 가서 옛 연인이나 멀어진 친구와 우연히 마주칠지도 모른다는 걱정 따위 없이 평일 낮의 쓸쓸한 상영관에서 커다란 팝콘을 먹으면서 외국 영화를 봤다. 일요일 오후까지만 해도 엘리는 그것이 진정한 자유라고 생각했지만 이제는 편협하고 인색한 생활 방식처럼 느껴진다.

그런 다음 엘리는 지난 3년 동안 예전에 자주 다니던 곳들을 혼자 찾아갔던 기억을 떠올린다. 항상 떨칠 수 없었던 고향으로 돌아와 떠도는 명랑한 여행자. 그걸 어떻게 설명할 수 있을까? 아버지가 재미있는 이야기를 해주던 발메인의 술집, 해군 공창(工廠) 옆에 있던 가족의 땅. 엘리는 오스트레일리아로 돌아온 첫 해에 향수(鄕愁)에 취한 사람처럼 시드니를 정처 없이 돌아다녔다. 그녀는 아버지가 몰던 페리호의 운항 경로를 따라 맨리와 타롱가 동물원에 가보았고 항구를 열 번도 넘게 돌아다녔는데, 그것을 어떻게 설명해야 할지 모르겠다. 어린 시절의 아버지는 엘리가 자신과 같은 공기를 들이마시고 있다는 사실도 모르는 사람이었다. 한 번은 아버지가 사우스 스테인 호 조타실에 엘리를 태워준 적이 있었는데, 엘리는 멀미가 너무 심해서 내내 스케치북을 꽉 붙잡고 있었다. 수녀님과 신부님들을 만나기 전이었고 사춘기의 맹공이 시작되기 전이었다. 여름이면 항구에서 다시마와 요오드 냄새가 났고, 엘리는 빨리 맨리에 도착해서 내리고 싶은 생각밖에 없었다. 배에서 내린 그녀는 터미널 옆 밧줄이 쳐진 구역에서 남몰래 수영을 한 다음, 상어 수족관과 펀피어 놀이공원에 번개처럼 재빨리 다녀왔다. 엄마의 침대 옆 탁자에서 몰래 가져온 돈(도덕적 잘못은 그때부터 시작된 걸까?)을 야무지게 써야겠다고 결심했기 때문이다. 30분 뒤, 엘리는 숨도 못 쉴 정도로 공포에 질려 유령 열차에서 내린 다음 아빠의 배가 출항하는 시간에 늦지 않으려고 달려갔다. 그러나 사우스 스테인 호는 축축한 수영복을 차림의 엘리를 부두에 남겨두고 물을 휘저어 거품을 일으키며 멀어졌다. 아빠의 배가 돌아오려면 두 시간은 있어야 했다. 그동안 엘리는 가만히 앉아서 가슴을 드러낸 남자아이들이 동전을 주우려고 거대한 나무 기둥에서 물속으로 뛰어드는 모습을 바라보았다. 아빠는 이 사건에 대해서 한번도 언급하지 않았지만 엘리는 세상이—그리고 아버지가—자신의 행동과 성향에 무관심하다는 느낌을 절대 잊지 못했다. 엘리가 뭔가에 흥미를 느꼈다고 해서 시계가 멈추는 것은 아니다. 아빠는 두 번 다시 배에 태워주겠다고 하지 않았다.

다른 때, 다른 도시에서도 이런 생각은 엘리의 주변을 떠나지 않는다. 평생이 흘렀지만 바로 여기가 모든 것이 시작된 곳, 불이 켜지고 커튼이 내려진 곳이다. 위작 화가 엘리는 이곳 어딘가에서 시작되었다. 그러나 도대체 **어디**였을까? 베란다 모서리가 둥글고 창틀이 느슨한 발메인의 옛날 집은 몇 년 전에 철거되고 그 자리에 벽돌로 된 아파트가 들어섰고, 그 시절을 떠올리게 하는 것은 외톨이 바나나 나무와 타는 듯한 자카란다 나무밖에 없다. 모든 것이 과거를 떨치고 앞으로 나아갔지만, 엘리는 아세톤 냄새를 풍기며 생각에 잠긴 십대 소녀를 찾아서 돌아왔다. 자신에게는 현재보다 과거가 더 생생하다는 사실을 깨닫자 숨이 막힌다. 엘리는 뉴 사우스 웨일스 미술관 전시회 일을 계기로 과거를 떨치고 전진해야 했다, 더 많은 친구와 지인을 사귀며 다채로운 삶으로 돌아가야 했다. 하지만 그 일은 과거의 파멸로 돌아가는 길이 되고 말았다.

수요일 오후, 유디트 레이스터에 대한 강의를 마친 엘리는 미술관의 전화를 받는다. 네덜란드 미술관 직원이 레이턴의 그림 두 점과 함께 마스코트 공항에 도착했다는 소식이다. 엘리는 이제 포장 상자를 열고 위작을 조심스럽게 꺼낼 때까지 24시간 정도 남았구나 생각한다. 지난 몇 달 동안 전시회에 걸 그림들이 하나둘씩 도착하면서 절차가 자연스럽게 완성되었다. 경비원과 기록 담당자가 미술관 밴을 타고 공항으로 가서 그림을 가지고 오는 운반인을 맞이하고, 안전한 보관을 위해 상자를 미술관으로 옮기고, 운반인을 호텔로 데려다주고, 다음날 모두 다시 모여서 작품을 개봉하는 것이다. 몇 시간 동안 차가운 비행기를 타고 온 작품이 실온에 다시 적응할 시간을 주기 위해서였다. 엘리는 보조 큐레이터에게 네덜란드 미술관 직원을 만나러 곧 가겠다고 말한다. 평소 엘리는 작품을 개봉할 때까지 운반인을 만나지 않는다. 보통 대여기관의 큐레이터나 보존 전문가가 작품을 운반하는데, 그들은 며칠 동안 늦게까지 일한데다가 피로와 시차에 시달리며 도착하기 때문에 서류를 얼른 확인하고 빨리 퇴근하고 싶어한다. 그러나 운반인은 작품 포장도 직접 감독하기 때문에 상자 안에 든 그림을 잘 안다. 엘리는 네덜란드 미술관 직원이 무엇을 알고 있는지 직접 알아보고 싶다.

보통 엘리는 교직원 주차장에 차를 두고 전철로 세인트 제임스 역까지 간 다음 걸어서 도메인 지역을 지나 미술관으로 가지만 오늘은 택시를 잡으려고 킹 스트리트로 서둘러 나간다. 소나기 때문에 도시의 거리는 무기질의 광택을 띠고 있고 사방 모든 것에서 쇠 냄새가 난다. 엘리는 방향이 맞는 택시를 기다리면서 빛을, 서쪽을 물들인 분홍색 노을을 잊지 않고 살펴본다. 그녀는 학생들에게 빛을 살펴보라고 항상 말하지만 벌써 사흘 동안 주변의 그 무엇도 살펴보지 않았다. 엘리가 손을 들어 택시를 잡고 올라탄다.

한동안 시드니의 올림픽 준비 상태에 대한 기사가 신문에 계속 실렸었는데, 택시 기사는 시드니가 큰 창피를 당하게 생겼다고 혼잣말로 중얼거린다. 엘리가 창밖을 내다보니 클리블랜드 스트리트의 일부 구역이 엉망으로 변해 있다. 무너져 가는 테라스의 금속 세공 발코니는 녹이 슬고, 타일이 붙여진 술집 정면은 지저분하고, 레바논 식당 창에는 기름때가 끼었다. 이곳이 아버지가 살던 시드니 구시가지, 모래가 날리고 곰팡이가 핀 마을이다. 미술관에 거의 다 왔을 때 택시 기사는 21세기가 되니 다들 예의가 없어졌다고 말한다. 엘리는 하역장 쪽으로 돌아서 내려달라 말하고 택시비를 낸다.

창고 관리원 몇 명이 작업용 가운을 입고 하역장으로 모여든다. 미술관에는 정규직 포장 전문가 두 명, 설비 기술자 두 명, 목수 한 명이 고용되어 있다. 이 남자들은 모두 자칭 최고 미술품 취급 담당자라고 부르는 꼼꼼한 60대 남자 퀜틴 라 포지 밑에서 일한다. 다들 그를 큐(Q)라고 부른다. 엘리가 미술관으로 들어가보니 큐가 유리 칸막이 사무실에서 이중초점 안경을 머리에 얹고 신문을 읽으며 찻잔에 비스킷을 담그고 있다. 지난해부터 전시회를 서서히 준비하면서 엘리는 교황의 반지에 입을 맞추듯이, 선적 담당자와 미술품 취급 담당자들에게 경의를 표하는 법을 배웠다. 일이 예정에 따라 착착 진행되는지, 설명할 수 없는 이유로 지연되는지는 그들에게 달려 있다. 엘리는 실무자들에게 마스 초콜릿 바를 돌리고 누가 생일이라도 맞이하면 영화표를 나누어준다. 그녀는 다이어리에 실무자들의 이름과 핸드폰 번호, 생일을 적어두었다. 큐의 사무실은 초록색 파일 캐비닛이 늘어서 있고 벽에 동적 완충 곡선이나 다양한 목재와 폴리머의 절연 특성 표가 붙어 있는 일종의 요새이다. 큐는 엘리와 나이가 비슷하지만 다른 시대의 사람 같이, 깔끔하게 다린 손수건을 가져 다니고 머리에 포마드를 바르고 목공용 풀 냄새를 풍긴다. 그가 입고 있는 남색 작업복 주머니에는 이니셜이 수놓여 있고 샤프펜슬이 여러 개 꽂혀 있다.

엘리가 깔끔하게 정리된 책상 앞 망가진 회전의자에 털썩 앉는다. 큐가 고개를 들고 끄덕이더니 차에 담갔던 스코틀랜드 핑거 비스킷을 한 입 베어 문다.

"수송 중이래요?" 엘리가 목소리를 떨지 않으려고 애쓰며 말한다.

"뭘 수송하는 거죠? 비너스라도 되나? 좀 정확히 알아야겠어요, 큐."

엘리는 3분 정도의 잡담이라는 필수 단계도 건너뛰고 배달 스케줄을 캐물을 만큼 어리석지는 않다. 그러나 두 사람이 여기 앉아 있는 동안 그림 두 점이 세관을 통과하거나 도로에서 자동차들을 헤치며 오고 있겠다는 생각이 든다. 엘리는 자기가 그린 위작이 횡령한 다이아몬드처럼 방습막과 글라신지, 합판에 겹겹이 싸여 편안하게 앉아 있는 모습을 그려본다.

엘리가 말한다. "레이던에서 보낸 그림 말이에요."

큐가 비스킷을 씹으며 말한다. "그렇소, 맨디랑 경비원 몇 명이 네덜란드 녀석을 만나러 공항에 갔지." 그가 너무 아무렇지도 않게 말해서 엘리는 화가 난다. 카라바조의 작품이 마스코트 공항으로 들어오고 있다 해도 큐는 차에 비스킷을 담그면서 날씨나 경마, 축구, 뭐든 자기 일과 상관없는 이야기를 하고 싶어할 것이다. 그는 자기가 포장했다 풀렀다 하는 물건이 플라스틱 기념품이라도 되는 것처럼 아무런 호기심도 없다. 일찍이 엘리는 이런 무관심을 일 자체에 대한 무관심으로 해석하는 실수를 저질렀지만, 큐가 맞춤 포장 상자를 만드는 모습을 처음 봤을 때가 기억난다. 정말 아름다웠다. 그는 접합부, 바닥, 모서리 완충 장치까지 모든 것을 완벽하게 만들어서 조립했다. 큐는 헤드램프를 쓰고 황동 부품과 트렁크용 손잡이와 글루건이 올려진 작은 나무 카트를 옆에 놓고 작업했다. 그는 골드베르크 변주곡을 들으면서 몇 시간 동안 열심히 일했고, 조수들이 그에게 끌이나 미세한 줄, 차 따위를 가져다주었다.

흥미가 없는 것을 보니 큐는 하역장으로 들어올 작품이 위작일 가능성도 있다는 사실을 모르는 것이 분명하다. 엘리는 평생을 미술관 주변에서 보냈기 때문에 큐레이터와 포장 전문가가 서로를 약간 미심쩍게 본다는 사실을 잘 안다. 큐레이터들과 맥스 컬킨스가 작업복을 입는 사람들에게는 사실을 알리지 않은 것이다.

엘리는 도착 예정 시간을 묻고 싶지만 대신 이렇게 묻는다. "손자들은 어떻게 지내요?"

"아, 잘 지냅니다. 주말에 온 가족을 데리고 본디에 가서 아이스버그 수영장에서 피시 앤 칩스를 먹고 손자한테 수영도 가르쳤지요."

"그러기엔 좀 춥지 않아요?"

"말도 안 되는 소리. 오히려 심장이 잘 뛰지." 이런 잡담이 몇 분 동안 괴롭게 이어진다. 엘리는 큐가 자기에게 주말을 어떻게 보냈는지, 무슨 계획이 있는지 거의 묻지 않는다는 사실을 깨닫는다. 섬에서 은둔 생활을 하는 자식도 없는 이혼녀라서 수수께끼 같고 보기 흉한 삶을 산다고 생각하는 것 같다. 잠시 후 목수—에드라는 조용한 남자였다—가 사무실로 들어와서 공항에 갔던 밴이 도착했다고 알린다. 큐가 고개를 끄덕이고 책상 위 전화기를 집어 들어 위층의 보존 과장에게 연락을 한다. 그가 말한다. "네덜란드 사람이랑 상자들이 도착했답니다." 큐가 전화를 끊고 찻잔을 비우더니 자리에서 일어서서 작업복 주머니를 더듬다가 이중초점 안경이 머리 위에 있음을 기억해낸다. 그가 안경을 내려 쓰고 가늘게 뜬 눈으로 렌즈 너머를 보자 연갈색 눈이 갑자기 커 보인다. 파일 캐비닛 옆면에 매달린 클립보드에 수령 점검표와 서명해야 할 서류들이 끼워져 있다. 큐가 클립보드를 들고 밖으로 나가고 엘리가 그 뒤를 따른다.

밴이 삑삑 소리를 내며 후진해서 하역장으로 들어오고, 경비원 두 명이 내려서 트렁크 문을 연다. 뒤이어 기록 담당자 맨디가 내리고, 긴 머리에 염소수염을 기르고 한쪽 팔뚝에 문신을 한 초라한 남자가 청바지와 티셔츠 차림으로 작은 배낭과 두둑한 종이 봉투를 들고 내린다. 엘리가 화물 취급 담당자들 옆에 서자 큐가 부하들에게 말하는 소리가 들린다. "우리 운반인은 롱베이 교도소에서 막 나온 사람 같군." 부하들이 조용히 웃는다. 엘리가 더 자세히 보려고 밴 뒤로 가서 여러 가지 언어의 취급주의 스티커가 붙은 똑같은 나무 상자 두 개를 바라본다. 맨디와 운반인이 계단을 올라오더니 맨디가 남자를 헨드릭 클랍이라고 소개한다. 남자가 모두와 악수를 한다.

"비행은 어땠어요?" 엘리가 묻는다.

"여섯 시간만 덜 걸리면 좋겠군요." 남자가 서류 봉투를 열며 말한다.

큐가 자기 영역을 지키려는 듯이 한 발 나선다. "헨드릭, 레이던 사립 미술관에서 무슨 일을 합니까?"

"여러 가지가 있지만, 주로 포장을 감독합니다."

"잘 됐군. 이 상자를 어떻게 조립했는지 알겠군요? 혹시 설계도 있습니까?"

"제가 직접 상자를 만들고 그림을 포장했습니다." 헨드릭이 말한다. "마지막 못 하나까지 말입니다."

큐가 부하들을 보며 일부러 눈을 찡긋 한다. "못은 없으면 좋겠지만요."

"당연합니다. 그냥 표현이 그렇다는 겁니다."

헨드릭과 큐 사이에 적대감이 뚜렷하게 자리잡는다.

헨드릭이 말한다. "상자 하나당 45킬로그램 정도지만, 수동지게차로 내리는 것을 권장합니다. 짐받이대에 고정해뒀으니까요."

배낭과 무뚝뚝한 태도, 창백하고 여윈 얼굴을 가진 헨드릭은 네덜란드인 해커 역을 따려고 영화 오디션을 보러 온 사람 같다. 엘리는 헨드릭이 오만하거나 거들먹거리려는 뜻은 아닐 것이라고 생각한다. 영어가 모국어가 아닌 사람의 저주일 뿐이다. 기계적이고 효율적인 표현은 무례하게 들리는 법이다. 그러나 엘리는 큐와 부하들이 그런 계산을 하거나 너그럽게 봐주지 않는다는 사실도 안다. 수요일 오후인 지금, 헨드릭은 무릎의 딱지 같은 존재였고 그들은 그것을 떼고 싶어서 안달이다.

에드가 손수레를 가지러 가고 포장 전문가와 액자 전문가가 밴으로 들어가 상자를 민다. 트렁크 바닥이 하역장과 완벽한 수평을 이루기 때문에 에드는 상자 밑 짐받이대 사이로 지게발을 쉽게 밀어 넣는다. 에드가 상자를 15센티미터 정도 들어서 플랫폼으로 내린다. 일반적인 관례는 상자를 하룻밤 동안 전시 공간에 놔둔 다음 운반인 입회하에 개봉하여 그림을 거는 것이다. 그러나 천창에 물이 새서 수리 중이기 때문에 전시실을 아직 쓸 수 없다. 전시실이 준비될 때까지 그림은 모두 창고에 걸어둘 것이다. 상자 두 개를 창고로 옮기는 동안 엘리가 헨드릭에게 이 모든 상황을 설명한다. 헨드릭이 이해할 수 없다는 표정으로 엘리를 바라본다.

엘리가 상자 겉면을 살펴보니 신중하게 깎은 모서리와 튀어나오지 않도록 깊이 박은 황동 나사, 바코드 스티커까지 정말 잘 만들었다. 큐는 높은 곳에서 떨어뜨린 것처럼 찌그러진 상자를 받는 일에 익숙하다. 엘리는 큐가 처음 보는 개의 크기를 가늠하는 사람처럼 상자 주변을 신중하게 걸어다니는 모습을 지켜본다. 헨드릭이 서류 뭉치를 들고 뒤로 물러선다. 엘리는 큐가 상자의 만듦새에 큰 인상을 받았지만 화도 약간 났음을 알 수 있다.

헨드릭이 불쑥 말한다. "전시실에 두지 않다니, 정말 드문 일입니다."

"지연 상황에 대해서 그쪽 미술관에 통지했소." 큐가 말한다.

헨드릭이 서류를 내려다본다. "음, 수령자 서명이 필요하고, 하룻밤 동안 보안은 어떻게 되는지 세부사항도 알려주셔야 합니다." 그가 고개를 들어 벽시계를 본다. "저는 내일 이 시간에 다시 오도록 하겠습니다."

엘리는 헨드릭이 본인을 위해서 제2차 세계 대전 영화에 나오는 독일 스파이처럼 말하지 않으면 좋겠다고 생각한다. 큐가 헨드릭에게서 서류와 펜을 받아 들고 불빛 밑에서 수령증을 자세히 읽는다. 잠시 후 그가 말한다. "괜찮으면 이거 좀 고쳐야겠는데.

우선, 내일까지는 이 상자 안에 뭐가 들어 있는지 모르잖소. 돌멩이가 가득 들었는지 알게 뭡니까. 그러니까 여기 그림 사양을 확인하고 서명하는 부분에서 '그림'을 '바코드가 붙은 상자'로 바꿔야겠소. 나머지는 내일 선물을 열어본 다음에 서명하고, 어때요?"

"좋습니다."

큐가 서류를 계속 넘긴다. "좋아요. 우리 쪽에서도 내일 상태 보고서를 써야 합니다. 레이턴 보고서와는 별도로요."

"당연합니다."

엘리는 하역 담당자들 입장에서는 작품 대여가 절대 고마운 일이 아니겠다는 생각이 든다. 포장을 풀어야 하는 또 하나의 상자에 지나지 않는 것이다.

큐가 수령증 두 장의 표현을 약간 바꾸고, 큐와 헨드릭이 바뀐 내용 위에 이니셜을 쓰고, 서류에 서명한다. 맨디가 수령증 한 부를 들고 위층으로 올라가면서, 엘리에게 알 만하다는 시선을 보낸다.

헨드릭이 엘리를 보며 묻는다. "이걸 레이턴에 보내야 하는데, 팩스를 좀 써도 되겠습니까?"

"물론이죠." 엘리가 말한다. "위층 사무실로 안내해드릴게요. 보안 담당자와 이야기도 나누시고요."

"아주 좋습니다." 헨드릭이 상자들을 한 번 더 돌아보더니 큐와 큐의 부하들에게 말한다. "여러분, 내일 뵙겠습니다."

엘리는 하역장에서 걸어 나오면서 자신과 헨드릭을 지켜보는 남자들의 시선을 느낀다. 한두 시간 뒤면 저 사람들이 술집에서 헨드릭을 흉내낼 것이고, 큐는 자신에게 존경을 표하지 않은 외국인 애송이 목록에 헨드릭을 추가할 것이다.

헨드릭이 직원의 도움을 받아 국가 코드를 입력하고 레이던으로 팩스를 보낸다. 그런 다음 엘리가 헨드릭을 보안 담당자에게 데려가고, 보안 담당자는 큐처럼 짜증을 내면서 대화를 나눈다. 헨드릭은 결과에 만족한 표정으로 준비한 목록에서 몇 가지를 확인하더니 이제 호텔로 갈 준비가 되었다며 택시를 불러줄 수 있느냐고 묻는다.

"시드니 구시가지 바닷가의 록스라는 지역에 작은 호텔을 잡아놨어요. 걸어가도 괜찮다면 제가 모셔다드릴게요. 밴에 다른 짐이 있나요?"

"이게 답니다." 헨드릭이 한쪽 어깨에 걸친 배낭을 가리키며 말한다.

엘리는 저 정도 크기라면 갈아입을 옷 정도밖에 없겠다고 생각한다.

"얼마나 오래 계실 거예요?"

"며칠만요. 관광을 할 정도는 아닙니다."

"오스트레일리아에 와본 적 있어요?"

"한번도 없습니다."

"시드니에서 꼭 가봐야 할 곳을 몇 군데 적어 드릴게요."

엘리가 헨드릭을 안내하며 둥근 천장과 천창을 지나 정문으로 나가서 식물원 쪽으로 걸어간다. 이제 네 시가 겨우 지났지만 벌써 황혼 무렵이다. 서쪽에서 짙은 구름층이 피어오른다. 엘리가 나무 사이로 멀리 바라보니 강렬한 햇살이 줄무늬를 만들며 짙은 청회색 항구를 사파이어 같은 초록색으로 물들였다가 본래의 색으로 돌려놓는다. 자신이 이 도시의 겨울을 얼마나 좋아했는지 기억이 난다. 창백한 아침 햇살, 한바탕 쏟아지는 비, 해변을 따라 자라는 고사리와 기이한 사암, 이끼의 냄새. 이끼 냄새를 맡으면 작은 동굴과 그녀가 초기에 그렸던 목가적인 풍경화가 늘 떠오른다. 엘리는 그림을 그리는 것이 그립다. 그림을 그리지 않는 것이 크나큰 상실처럼 느껴진다. 두 사람은 히비스커스 꽃밭과 황금빛 뱅크시아 사이를 걸어가고, 엘리는 사람 손이 닿지 않은 삼림지대에 자리 잡은 찻집과 튤립에 익숙한 헨드릭에게 이 공원이 어떻게 보일까 생각한다. 엘리는 네덜란드에서 학생들을 가르치면서 연구한 적이 있었고, 네덜란드를 떠올리면 기분이 좋다. 네덜란드 사람들의 씩씩하고 차분한 태도와 가끔씩 드러나는 무뚝뚝함도 생각난다.

두 사람이 야자나무 숲을 지난다. 회색 머리의 날여우박쥐가 나뭇잎 밑에 매달려 꼬투리며 열매를 마구 먹으면서 낙엽에 씨앗을 떨어뜨린다. 다른 박쥐들도 야간 먹이 활동을 위해서 나무 위로 날아다니며 가죽 같은 날개를 갑작스럽게 퍼덕인다. 헨드릭이 걸음을 멈추고 목을 길게 빼며 올려다본다. 엘리는 오스트레일리아를 오랫동안 떠나 있었기 때문에 헨드릭의 눈에 이곳이 어떻게 비칠지 잘 안다. 나무 꼭대기를 습격하는 남부의 뱀파이어 무리. 엘리는 미술관에서 박쥐 이주 프로그램에 대해 들어본 적이 있다. 동이 트기 전에 소음을 내서 박쥐의 잠을 방해한다고 했다. 두 사람은 남양삼나무와 유칼립투스로부스타 나무를 지나 계속 걷는다. 1800년대 초에 심은 나무들인데, 엘리는 그 사실을 유럽에서 온 사람에게는 절대 알려주지 않는다. 엘리가 어느 해 여름에 사라 더 포스를 연구하느라 머물렀던 암스테르담의 집은 400년이나 된 건물이었는데, 집을 지을 때 박공에 설치한 시계가 여전히 잘 작동하고 있었다.

두 사람은 네덜란드의 도시와 미술관에 대해서 이야기를 나누지만 엘리는 헨드릭이 자세히 물어볼까봐 한때 암스테르담에 살았다는 이야기를 하지 않는다. 그들이 키 낮은 나무들 사이를 지날 때 황혼이 내려 거대한 사무실 건물들의 그림자가 더 짙어지고 일을 마친 사람들이 물밀듯 밀려나와 서큘러 선착장으로 향한다. 헨드릭은 배낭을 메고 성큼성큼 걸어간다. 시드니의 보석들—항구, 오페라 하우스, 다리—이 한 줄로 늘어서 있어서 잘 보인다.

엘리가 말한다. "그림을 대여해주다니 참 관대한 미술관이로군요."

"호퍼 판 포르트가 명성을 쌓으려 하고 있거든요."

네덜란드 이름을 발음하는 목소리가 힘차다. 자기 모국어에 대한 권위를 보여주는 것 같다. 아니면 엘리가 발음을 중요하게 여긴다고 생각하는 건지도 모른다. 엘리가 아는 네덜란드어는 학술 논문을 해석하기 위한 학술적인 것밖에 없다. 엘리는 네덜란드에서 지낼 때에도 자신과 네덜란드어로 말하려는 사람을 찾기가 어려웠다. 동료들은 네덜란드 택시 운전사들이—대부분 대사관 운전기사처럼 검은 정장을 입고 검은 메르세데스를 운전했다―외국에 사는 오스트레일리아인보다 영어를 더 잘 한다는 농담을 했다.

헨드릭이 말한다. "우리에겐 좋은 기삿거리죠. 프로그램에 우리가 협력 기관으로 실리겠지요?"

"눈에 띄게 할 거예요." 엘리가 말한다. 그런 다음 한 박자 쉬고 덧붙인다. "그쪽 미술관에서는 그림을 언제 입수하셨죠?"

"저희 관장님이 몇 년 전에 장례식 풍경화를 구매했지만 비밀로 했습니다. 판 포르트 씨는 더 포스의 작품을 하나 더 사서 한 쌍으로 공개하고 싶어 했어요. 부부가 저녁 파티에 같이 나타나주기를 바라는 것처럼 말이죠."

"낭만적이군요." 엘리가 말한다. "「숲의 가장자리에서」는 언제 구매하셨죠?"

"최근에 시장에 나왔습니다." 헨드릭이 갑자기 말을 회피하듯 발을 내려다본다.

엘리는 초라한 레인코트 차림의 폭삭 늙은 게이브리얼이 누렇게 변한 스파이 소설과 갈색 종이로 싼 위작을 들고 레이던의 카페에 앉아서 사립 미술관 측과의 약속 시간까지 시간을 죽이는 모습을 그려 본다. 그녀는 꼬치꼬치 캐묻는 것처럼 보이고 싶지 않아서 전술을 바꾼다. 엘리가 아무렇지도 않게 말한다. "그림이 새로 발견되어서 정말 놀랐어요……. 장례식 풍경이라고 했죠?"

"네." 헨드릭이 말한다. "「아이의 장례식 행렬이 있는 겨울 풍경」입니다. 야외 풍경화이고, 1637년 작품이지요."

"또다른 야외 풍경이라고요? 전 1636년 이후의 더 포스 작품은 하나도 몰라요."

"아, 맞아요. 음, 책을 수정하셔야 할지도 모르겠네요."

비꼬는 말처럼 들리지만, 확신하기는 힘들다. 엘리 자신이 쓴 17세기 네덜란드 여류 화가에 대한 책을 읽었는지 물어보면 허영심이 많은 사람처럼 보일 위험이 있다. 그 대신 엘리는 이렇게 묻는다. "어디서 발견되었죠?"

"판 포르트 씨는 자세한 이야기를 하지 않아요. 거래상의 비밀이죠. 저는 파리의 리츠 호텔에서 코코 샤넬의 낡은 정장이 발견된 것과 비슷한 사연이라고 생각하고 싶습니다. 디즈니 영화에서 튀어나온 이야기 같으니까요!" 헨드릭이 갑자기 즐거워하면서, 엘리에게도 통하는 농담을 생각해냈다는 듯이 말한다. 엘리가 네덜란드 친구들에 대해서 기억하는 또 한 가지는 유행이 십 년은 지난 팝음악을 듣는다는 것이다.

엘리가 말한다. "음, 더 포스의 작품 두 점이 발견된 신시내티보다 파리가 더 그럴듯하네요."

헨드릭이 무표정한 얼굴로 말한다. "당신은 더 포스가 1636년 이후로 그림을 그리지 않았다고 생각하죠." 질문이라기보다는 엘리가 틀렸다는 선언이다.

두 사람은 퇴근 시간대의 북적거리는 서큘러 선착장을 가로질러 걷는다. 페리가 줄지어 기다리고 있고, 엘리는 밀려오는 사람들을 거스르며 헨드릭을 안내한다. 몇몇 사람이 바닷가 난간 앞에 서서 즉흥 공연을 하고 있고, 얼굴에 칠을 하고 춤을 추는 원주민들도 있다. 엘리는 시드니가 관광객을 위해 만들어진 도시라고 생각한다. 공터가 나오자 엘리가 말한다. "편지 몇 통과 남아 있는 문서를 통해서 우리는 사라 더 포스가 암스테르담에서 자랐고, 풍경화가의 딸이었지만 정물화를 배웠다는 사실을 알 수 있어요. 하를럼 출신의 풍경화가와 결혼했고, 몇 년 동안 칼베르스트라트 근처에서 남편과 아이와 함께 살았죠. 딸은 어렸을 때, 아마도 전염병으로 죽었어요. 사라도 남편도 사망기록은 없어요. 그 시기 길드의 기록은 대부분 유실되었지만 재판회록과 경매 영수증을 통해서 딸의 죽음 이후 부부가 파산했다는 사실을 알 수 있죠. 딸의 이름은 카트레인이었어요. 암스테르담 어느 교회 뒤 빈민 무덤에 묻혔죠. 미안해요, 제가 너무 말이 많네요……."

헨드릭이 몇 분만에 처음으로 엘리를 바라본다. "하지만 부모의 무덤은 발견되지 않았으니…… 더 포스가 그 뒤로 20년 넘게 살면서 작품을 더 많이 그렸을지도 모르잖아요?" 어둠이 차츰 내려앉고 있어서 엘리는 헨드릭이 잘난 척을 하는 것인지 그녀의 생각을 이해하는 것인지 분간할 수 없다.

"엄밀히 말하면 맞아요. 하지만 저는 「숲의 가장자리에서」가 정점이었을 거라고 항상 생각했어요. 그 뒤로는 실력이 점점 떨어졌을지도 몰라요."

"새로운 그림이 그런 견해에 의문을 제기할지도 모릅니다."

"정말 더 포스의 작품이라면 말이죠."

"음, 당신이 전문가니까 직접 보고 판단하면 되겠지요. 하지만 당신 이론을 조금 고쳐야 할지도 모릅니다."

엘리는 차오르는 원한을 느끼면서, 참, 새로 발견된 풍경화가 다른 사람 작품일지도 모를 뿐 아니라 전 당신네가 가지고 있는 「숲의 가장자리에서」가 제가 20대 중반에 그린 가짜라고 확신한답니다라고 덧붙이는 상상을 한다.

그러나 그들은 이미 록스 외곽에 도착했고, 엘리는 회사원들로 넘쳐나는 술집의 소란스러운 분위기 때문에 정신이 흐트러진다. 몇몇 회사원들이 거리로 나온다. 엘리는 작은 탑이 있는 석조 건물 러셀 호텔을 가리킨다. 어떻게 보아도 화려하지는 않지만 안락하고, 예산 범위 안이고, 위치가 좋다. 미술관 측은 그림을 가지고 오는 모든 운반인에게 이 호텔을 잡아 준다. VIP들은 부두 반대편 끝의 5성급 호텔에 묵는다. 두 사람은 호텔로 들어가서 고풍스럽고 낡은 빅토리아식 로비에 잠시 선다.

엘리가 말한다. "계산은 미술관 앞으로 되어 있을 거예요." 그녀가 지갑에서 명함을 꺼낸다. "필요한 게 있으면 전화하세요."

"감사합니다." 헨드릭이 말한다.

"푹 쉬세요. 아침에 택시를 보내드릴게요. 열한 시로 할까요?"

헨드릭이 손목시계를 보고 고개를 젓는다. "시계 맞추는 걸 깜빡했네요. 전 아직도 네덜란드에 있군요. 네, 열한 시 좋습니다."

엘리는 잘 자라고 인사한 다음 거리로 다시 나온다. 택시나 전철을 타고 학교로 돌아간 다음 차를 한참 몰아 피트워터로 가야 한다는 생각만으로도 벌써 지친다. 엘리는 부두를 따라 걸으며 어떤 선택안이 있는지 생각한다. 그녀는 충동적으로 인터콘티넨탈 호텔에 들어가서 둥근 천장의 아트리움 라운지에, 옛날 재무부 건물이었던 내부를 가로질러 안내 데스크 앞에 선다. 너무 충동적이라서 엘리 자신도 놀란다. 전망 좋은 모퉁이 방이 400달러 가까이 하겠지만 엘리는 꿈쩍도 하지 않고 신용카드를 꺼낸다. 데스크 직원은 젊고 아름다운 아시아인이고, 엘리는 거짓말이 너무 쉽게 나와서 깜짝 놀란다. 그녀는 방금 런던에서 왔는데, 짐이 아직 도착하지 않았다고 말한다. 여직원은 전화로 사이즈를 알려주면 컨시어지에서 옷을 구매하여 전달하겠다고 말한다. 엘리는 고맙다고 인사한 다음 방 열쇠를 받는다. 그녀는 자신이 룸서비스를 주문하고 상자를 개봉하러 미술관으로 돌아가기 전에 새 블라우스를 요청할 것을 이미 알고 있다.

다음날, 헨드릭은 나무 상자 두 개가 아니라 미니어처 주택 두 개를 만든 사람처럼 청사진까지 들고 와서 상자 개봉을 감독한다. 그는 포장을 풀기 전에 먼저 상대습도를 알려달라고 요청한다. 큐가 습도를 알려주고 스패너로 볼트를 풀기 시작한다. 그는 수동 스패너와 드릴에 대해서 까다롭게 굴면서 곤란한 상황이 되어야만 전동 기구를 쓴다. 새 블라우스를 입은 엘리는 반신반의하는 큐레이터들, 보존 전문가들과 함께 노란 선 뒤에 서서 포장을 푸는 작업을 지켜본다. 「숲의 가장자리에서」가 모작일지도 모른다는 이야기 때문에 장례식 그림이 새로 발견된 더 포스의 작품일지도 모른다는 희망이 깨졌다. 중국에 간 맥스 컬킨스는 이 미묘한 상황을 어떻게 해결할 생각인지 아직 공식적인 연락이 없었다.
　큐가 첫 번째 상자 해체를 시작하자 상자 자체가 예술 작품이라는 사실이 분명해진다. 완충재를 댄 정면 판이 제거되자 상자의 단면이 엘리의 눈에 들어온다. 모서리 패드, 바닥에 깐 두꺼운 완충재, 1센티미터가 조금 넘는 합판으로 만든 내부 상자. 큐가 내부 상자를 꺼내 스테인리스강 테이블에 놓는다. 그가 헨드릭을 부른다. 큐는 드물게 겸손한 태도로 헨드릭에게 첫 번째 내부 상자를 개봉하는 영광을 누리고 싶은지 묻는다. 이것은 발을 씻어주는 것과 마찬가지이다. 헨드릭은 5분만에 존경스러운 동료의 위치로 올라간 것 같다. 그는 큐의 제안을 받아들이고, 탑승 규정 때문에 자기 도구를 가지고 오지 못한 것을 한탄한다. 헨드릭이 큐의 작업대로 가서 작은 망치, 끌, 특수 제작한 커터를 고른다. 큐가 작업대를 적절한 높이로 올리자 헨드릭이 풀로 붙인 내부 상자의 솔기를 끌로 해체하기 시작한다. 그가 합판 모퉁이를 가볍게 톡톡 쳐서 상자를 열자 폴리에틸렌 층이 하나 더 나온다. 헨드릭은 잘 포장된 그림—액자를 빼고 가로 세로 약 60센티미터—을 꺼내서 내려놓는다.

완충재와 나무, 테이프를 전부 벗겨내자 엘리는 뺨이 달아오른다. 그녀는 위작을 어떻게 그렸는지, 한 번에 한 층씩 어떻게 만들어냈는지 생생히 기억한다. 바로 어제 그린 것처럼 색조와 질감이 뚜렷하게 떠오른다. 두껍게 칠한 나무껍질, 언 강 아래 번쩍이는 빛, 눈의 푸르스름한 흰색과 달리 연한 다갈색이 섞인 흰색으로 칠한 소녀의 왼손. 엘리는 스케이트 타는 사람들의 목도리에 밝은 노란색을 잘못 썼던 것도 기억한다. 1950년대 말에는 네덜란드 거장들이 즐겨 썼던 납과 주석을 섞어 만든 노란색 안료에 대해서 아는 보존 전문가들이 거의 없었다. 그 안료는 세월이 흐르면 금속염을 만들어낸다. 엘리는 밝은 색과 꺼끌꺼끌한 질감을 표현하기 위해서 합성 크롬을 이용한 노란색 물감에 모래를 섞어서 썼는데, 이 실수는 보존학 저널에서 납-주석 안료가 재발견된 후 항상 그녀의 마음을 짓눌렀다.

마침내 헨드릭이 「숲의 가장자리에서」를 높이 들어 모두에게 보여준다. 엘리가 노란 선 앞으로 나가고, 큐도 그것을 허락한다. 그림을 약간 기울여 세운 다음 잘 보이도록 조명을 어둡게 하고, 모두 그림 앞으로 다가간다. 엘리는 1미터가 조금 안 되는 거리에서 그림을 감상한다. 냄새를 풍기는 표면에 바짝 다가가서 그림을 감상하던 젊은 시절의 버릇은 오래 전에 사라졌다. 처음 데이트를 할 무렵 서배스천이 그런 버릇을 허세라고 했기 때문에 엘리는 두번 다시 그렇게 감상할 수 없었다. 그 퉁명스러운 말은 그가 얼마나 잔인한 사람인지, 얼마나 완벽한 기준을 가지고 있는지 알려주는 분명한 조짐이었지만 엘리는 서배스천의 평가에 금방 동의했고 그의 솔직함을 고맙게 여겼다. 그녀는 가까이 다가가기가 두려워 그 자리에 못 박힌 듯 서서 캔버스를 바라본다. 이렇게 오랜 세월이 지난 후에 보니 원작에 생동감과 생기를 주는 모든 요소를 충실하게 따라했다는 생각이 든다. 엘리는 옛날 바니시를 칠해서 그림을 흐릿하게 만들어 낡은 느낌을 냈지만 그래도 사라의 존재가 생생하게 남아 있었다.

그림에 전혀 흥미가 없는 큐는 이미 다른 상자로 옮겨갔다. 정확한 이유는 모르겠지만 그는 큐레이터들에게 노란 선 뒤로 다시 물러나라고 재촉한다. 감히 큐의 말을 거역할 수 없기 때문에 다

섯 명—그중 세 명은 박사 학위를 가지고 있다—은 선 뒤로 물러
나 다시 앞으로 나오라고 할 때까지 기다린다. 이제 큐와 헨드릭
이 협력해서 포장을 푼다. 알 수 없는 포장 전문가들만의 의식처
럼 젊은이가 나이든 이를 따르고, 빌리는 사람이 빌려주는 자의
의견을 따른다. 두 사람이 내부 상자를 빼고—「숲의 가장자리에
서」와 크기가 비슷해 보인다—불빛 아래에서 그림을 꺼낸다. 완
충 패드와 글라신지를 제거하자 액자 모서리가 모습을 드러낸다.
금박을 입힌 물결무늬 액자로, 18세기에 피렌체에서 바꿔 끼운
것이다. 큐가 직원들을 올려다보며 다가와도 좋다고 고개를 끄덕
인다. 여기 있는 사람들은 모두 나름대로 미술 전문가들이다. 엘
리의 생각에는, 그림을 완전히 받아들여서 모작이라는 의심이나
새로 발견된 그림이라는 의견을 확실히 말할 수 있을 때까지, 아
무도 자기가 본 것에 대해서 이야기하지 않을 것이다. 그들이 아
는 한 모작을 가져오는 사람은 마티 드 그루트이다.

　그림 가까이 다가가던 엘리는 자신을 바라보는 헨드릭의 시선
을 눈치 챈다. 슬레이트 지붕의 교회에서 나온 조문객 열두 명이
언덕을 내려간다. 한겨울의 관 뒤로 어둑한 교회 유리창이 보인
다. 마을 아이들은 부모와 떨어져 얼어붙은 강둑을 기어내려가고,
장례 행렬 주변에서 개 몇 마리가 뛰어다닌다. 아이의 관이 다가
오는 것을 보고 마을 사람 몇몇이 얼음 위에 가만히 멈춰 선다.
강과 숲과 구름은 분명히 사라의 것이었지만 전체적으로 위에서,
첨탑이나 나무 꼭대기에서 내려다보며 그린 장면 같다. 엘리가
보기에 사라는 높은 곳에서 이 장면을 바라보고 있는 듯하고, 따

라서 거리감이, 무관심한 신의 관점이 느껴진다. 엘리가 그림을
완전히 흡수하기도 전에 헨드릭이 옆으로 와서 만족스러운 듯이
말한다. "날짜는 1637년이고 왼쪽 아래에 서명이 있어요."

제2부

암스테르담
1637년 봄

2월 초에 튤립 시장이 붕괴하는 바람에 바렌트는 사라가 그린 정물화를 팔지 못했다. 귀한 꽃의 화관과 꽃받침에 모든 것을 잃은 네덜란드 사람들은 자신의 어리석음을 떠올리고 싶어하지 않았다. 빚은 점점 불어났고, 사라는 돈을 내고 자신에게 그림을 배울 도제를 찾으려고 했지만 길드의 승인을 받지 못한 화실에는 어떤 학생도 오지 않았기 때문에 헛수고였다. 결국 사라는 종자와 구근을 수출하는 회사에 일자리를 얻어서 카탈로그에 들어갈 작은 꽃 그림을 그렸다. 수입이 조금 늘어나자 사라는 바렌트의 생일 케이크를 만들어서 기분을 풀어주려고 매주 케이크 재료를 조금씩 모으고 있다. 그녀는 한 번에 재료를 하나씩 사서 단지 안에 숨겨둔다. 그러던 어느 봄날의 밤에 사라는 커다란 운하 주택에서 열린 이탈리아 화가의 강연에 참석했다가, 설탕에 절인 아몬드를 주머니 가득 채우고 그 집을 나선다. 아몬드로 케이크를 장식해야겠다는 생각을 언제 했는지 정확히 기억은 나지 않지만, 아무튼 사라는 손가락 끝으로 아몬드를 스치며, 죄책감과 활기를 느끼며 걸어간다.

추위와 안개 때문에 옷을 껴입은 사라는 비를 맞으며 집까지 걸어간다. 부유한 동네의 바로크 양식 주택에는 정면에 옅은 색의 사암 벽돌이 붙어 있고, 격자창에 밝은 녹색 덧문이 달려 있다. 보도에는 작고 붉은 벽돌이 헤링본 무늬로 놓여 있고, 길가에는 보리수와 느릅나무가 늘어서 있다. 여닫이창의 창턱은 꽃과 사티로스를 새긴 돌로 장식되어 있다. 사라는 마음을 다잡고 칼베르스트라트 근처의 동네로, 보도에는 널빤지가 깔려 있고 병원 앞에는 소변기가 놓여 있고 채소 가게 차양 밑에서는 가게의 양배추가 비 때문에 조금씩 썩어 들어가는 자기 동네로 걸어 돌아간다.

온종일 서서 작은 꽃을 그리다가 호화로운 운하 주택에 앉아 있었더니 반가운 안도감이 밀려왔다. 강연을 주최한 파리의 와인 상인 두 명이 옆에 서 있고, 대부분 화가인 손님들을 대상으로 삼류 풍경화가가 잘난 척을 하며 지평선을 낮게 잡아 스케일과 드라마를 끌어내야 한다고 말한다. 사라는 난방이 강한 뒷자리에 앉아서 솔기가 뜯어진 신발을 신은 채 최대한 많이, 조용히 먹었다. 사순절이 끝날 무렵인데 단식을 하지 않아서 죄책감이 든다. 강연을 개최한 프랑스인들은 신을 믿지 않고 사순절이라는 사실을 모르는 듯했다. 테이블에 대구 조각과 아몬드와 건포도가 잔뜩 놓여 있었다. 사라는 주머니에 다시 손을 넣어 손가락으로 설탕과 마른 나무 같은 아몬드를 만져본다.

동네가 가까워질수록 사순절을 끝낼 준비를 하는 사람들이 보인다. 길모퉁이에서 대장간과 구두 수선집 아이들이 며칠 후에나 불을 붙일 모닥불 장작을 쌓고 있다. 지저분한 지하실에 불과한 술집과 여관 입구에서 가게 주인들이 와인과 맥주를 배달받아 돌 저장고를 채우고 있다. 가죽 앞치마를 두른 우람한 남자들이 자갈 위로 맥주통을 굴려 운반한다. 시간이 늦어서 평소보다 더 어둡다. 야경꾼이 나오기 한 시간 전이다. 운하는 검고 매끈하고, 사라는 달을 찾아 하늘을 올려다본다. 사순절이라서 결핍이 도시를 장악했다. 신에 대한 갈망의 표현으로 여러 다리의 등이 꺼져 있다.

사라는 이 시간에 혼자 나오면 안 되기 때문에 후드를 푹 눌러 쓴다. 바렌트는 강연에 가지 말라고 했다. 사실상 그는 간청했지만 결국 체념하고 집을 나섰다. 몇 달째 바렌트는 시무룩하고 예측하기 힘들었다. 이제 그는 저녁 식사가 끝나도 장부를 들고 나오지 않고 사라에게 그림이 어떻게 되어 가는지 묻지도 않는다. 사라는 바렌트가 이웃—초상화 화가와 자수를 놓는 아내—에게 돈을 빌렸다는 사실을 알지만 그는 말하려고 하지 않는다.

저녁이면 바렌트가 제본소에서 돌아와 가운을 입고 이탄(泥炭) 상자 옆에 앉는다. 저녁 식사 시간이 되면 두 사람은 일어서서 저녁 기도를 한 다음 창가의 못생긴 목제 탁자 앞에 앉아 아무 억양도 없이 식전 기도를 드리고 서로 한없는 침묵을 주고받으며 콩가루로 만든 맛없는 빵과 프라이한 달걀을 먹는다. 바렌트와 눈이 마주치면 패배의 모습이, 삶이 그에게 어떤 굴욕을 주었는지가 보인다. 가끔 사라가 한밤중에 일어나 보면 바렌트가 난롯가에 앉아서 혼자 중얼거리고 있다. 사라가 끼어들면 바렌트는 기분 나빠한다. 하지만 곧 사라는 케이크를 만들 것이고, 그러면 잠시나마 우울함에서 벗어날 수 있을 것이다. 사라는 흰 아이싱의 가장자리에 아몬드를 박을 것이다.

사라는 자기가 사는 거리로 이어지는 좁은 골목이 덮쳐오기 전에 최신 프랑스식의 가구를 만드는 가구제작소에 들른다. 사라네 집 탁자와 의자는 무딘 도끼로 나무를 쪼개서 만든 것 이 같이 보이는데, 여기 가구제작소 창가에 진열된 가구는 길고 유연하다. 호두나무와 마호가니 바니시, 철목나무 상감. 사라는 걸음을 멈추고 가게에 진열된 가구를 몇 분 동안이나 감탄하며 바라보고, 그녀의 발은 차갑고 젖어서 감각이 느껴지지 않는다. 목재 패널을 댄 가게에 정교하게 만든 책상이 비스듬히 놓여 있고 그 앞에 가죽 의자가 있다. 책상 위에는 종이가 펼쳐져 있고 거위 깃털 펜이 그 위에 놓여 있다. 중요한 편지를 쓰려던 참인 듯하다. 은으로 만든 잉크병이 기다리고 있다. 사라는 날씬한 책상과 의자 다리의 채문(彩紋)을 보면서 어두운 나무 재질과 상반되는 반짝이는 옻칠에 감탄한다. 때로 사라는 단단하고 실용적인 것을 만드는 것에 매력을 느낀다. 안료나 빛을 처리하는 문제로 씨름할 필요가 없는 것이다. 하지만 사라는 그러면 연기처럼 덧없는 인간의 감정을 표현할 수도 없겠다고 생각한다.

사라는 어둑한 집을 보고 처음에는 바렌트가 얼마나 화났을까 생각한다. 창문 뒤의 밝게 빛나는 조명이 전혀 없다. 사라는 목에 걸고 있던 열쇠를 빼서 어둠 속에서 자물쇠를 연다. 최근에 발표

된 포고령에 따라 열두 집 중에서 한 집은 밤 10시까지 집 바깥에 등을 밝혀야 한다. 그렇지만 실외등을 밝힌 가장 가까운 집도 사라의 집에서 아홉 채는 떨어져 있다. 사라가 문을 닫고 좁은 현관으로 들어간다. 바렌트가 담요를 둘둘 말고 난롯가에 앉아 있다. 그가 고개를 들어 사라를 본다. 그녀의 왼쪽 2미터쯤에 있는 유령이라도 보는 듯 멍한 시선이다. "너무 늦어서 미안해. 저녁 먹었어?" 바렌트가 대답하지 않자 사라가 말한다. "집이 칠흑 같이 어두워." 사라가 분주히 가서 지푸라기를 화로에 넣었다가 꺼내서 등에 불을 붙인다. 부엌이 밝아지자 탁자에 놓인 편지 한 통과 빈 맥주병이 보인다. "30일." 바렌트가 멍하니 말한다. "30일 뒤면 채무자 감옥에서 영장을 가지고 올 거야." 사라는 이 순간이 오리라는 것을 알고 있었지만 그래도 이해가 되지 않는다. 그녀가 바렌트 옆에 무릎을 꿇고 그의 차갑고 메마른 손을 잡아 손등 뼈에 입을 맞춘다. 그의 시선은 타다 남은 불을 하염없이 바라보며 사라의 눈에는 보이지 않는 풍경을 헤맨다.

일주일 후, 사라는 길드에 탄원하려고 암스테르담 길드 감독관과 만날 약속을 잡는다. 길드는 바렌트에게 냉담하지만 사라에게는 기회가 있을지도 모른다. 사라와 바렌트가 벌금을 부과받고 자격을 정지당한 지 1년이 넘었다. 여러 주의 길드들이 불법 활동을 엄중 단속하면서 수입을 속이거나 허가 없이 그림을 매매한 주민과 길드 조합원에게 벌금을 매겨 왔다. 안트베르펜에서 들여온 싸구려 패널—붉은 헛간과 하늘을 뒤덮은 구름을 재빨리 그린,

이름 없는 수채 풍경화—이 시장에 넘쳐났다. 구두수선공의 저장실에 들어가보면 엉성한 풍경화가 벽 하나당 열두 점씩 걸려 있을 때도 있다.

사라는 마차 삯이 없기 때문에 세차게 몰아치는 봄바람 속에서 니우마르크트를 향해 걸어간다. 길드는 암스테르담 성문의 일부였던, 벽돌과 탑으로 이루어진 바헤바우 계량소에서 회의를 하고 그곳에 기록을 보관한다. 25년 전 암스테르담의 성벽을 허물고 확장할 때 바헤바우는 상업 계량소가 되었고 꼭대기 층에 대장장이, 화가, 석공, 외과의사 등 다양한 길드가 들어갔다. 암스테르담 성 루가 길드의 주감독관인 요스트 블림은 정치적 야망이 크고 2년 임기가 거의 끝난 가옥 도장업자이다. 그는 사라의 조합원 자격이 정지된 직후에 감독관이 되었기 때문에 사라가 블림을 만나는 것은 이번이 처음이다. 그는 편지를 보내 만나주겠다고 했지만 길드 집회소가 수리 중이니 그 옆방인, "우리의 저명한 친구들인 외과의사들의 널찍한 회합실"에서 만나자고 했다.

"회합실"은 알고 보니 외과의사 길드의 해부 극장이고, 렘브란트의 「니콜라스 튈프 박사의 해부학 강의」가 걸려 있는 곳이다. 사라는 이것이 우연이 아니라고, 살아 있는 성 루가 조합원 중 가장 유명한 화가의 제단에서 감독관이 그녀에게 징계를 내리려는 것이라고 생각할 수밖에 없다. 렘브란트는 6년 전 레이던에서 암스테르담으로 이주한 후 주로 초상화를 그려왔다. 이주하고 몇 년 후, 그는 시민 자격을 획득했고 길드에 가입했다.

길드 봉사자 테오필뤼스 트롬프는 더블릿* 차림의 팔팔하고 새처럼 경쾌한 조판공이다. 그가 석조 계단 꼭대기에서 사라를 맞이한 다음 감독관을 데리러 가자 사라는 해부 극장에 혼자 남겨진다. 그녀는 기다란 나무 탁자 끝에 앉는다. 해부용 시체를 눕혔던 탁자일지도 모른다. 외과의사 길드는 니콜라스 튈프의 감독하에 매년 입장료를 내고 들어온 의사와 일반인들 앞에서 해부를 실시한다. 공개 해부는 교수형 당한 범죄자의 시체를 더 오래 보존할 수 있는 추운 겨울에 열린다. 튈프는 한창 잘 나가는 사람이다. 그는 시(市)의 해부학자로, 북아메리카 뉴 네덜란드 최초 정착민들의 적합성 보고서에 직접 서명을 했다고 한다. 튈프는 시장이 되겠다는 야망을 품고 약방 개혁과 전염병과 혈액 순환에 대한 평론을 신문에 정기적으로 발표한다.

사라는 이 그림에 대해서 이야기를 많이 들었지만 직접 본 적은 한번도 없기 때문에 냉정한 시선으로 찬찬히 관찰한다. 처형된 남자의 이름은 아리스 킨트이다. 이름을 들은 기억이 난다. 이 좀도둑은 편리하게도 예정된 해부 한 시간 전에 처형당했고, 사람들은 예정에 따라 초상화를 제작하기 위해서 포즈를 취했다. 구경꾼들 틈 어딘가에 데카르트가 분명히 있었는데, 이 초상화에는 없다. 사라는 데카르트가 렘브란트에게 외과의사들 사이에 자신을 그려넣어달라고 주문하지 않았기 때문이라고 냉소적으로 생각한다. 철학자 겸 수학자인 데카르트는 저 나무 의자에 앉아서 무슨 생각을 했을까? 육체란 영혼이라는 개념을 넣는 수납장이라고?

사라가 그림을 보니 외과의사들은 시체는 중요하지 않다는 듯

---

* 15세기부터 17세기까지 남자가 입던 짧은 상의.

펼쳐진 해부학 교과서를 바라보거나 감상자를 정면으로 보고 있다. 화가는 대부분 실물과 똑같이 그렸지만—흐릿하게 비친 얼굴들, 반투명한 눈들—교수형을 당한 남자의 해부된 왼손과 팔은 합리적인 비율에서 크게 벗어난다. 위를 향한 가슴은 사후경직으로 부풀어 있고 반쯤 벌어진 입 속은 시커멓다. 처음에 사라는 렘브란트가 외과의사들의 뛰어난 지식을 칭송하고 있다고 생각했지만, 이내 확대된 손과 시체의 괴물 같은 얼굴이 비난을 나타내는 건 아닐까, 육체를 강탈한 것에 대한 항변은 아닐까 라는 궁금함이 든다. 사라는 그림이 아니라 화가를 향한 마음이 누그러지는 것을 느낀다.

트롬프 씨가 새끼 염소 가죽으로 싼 장부를 들고 들어온다. 몇 발짝 뒤에서 뚱뚱하고 무뚝뚝한 얼굴의 요스트 블림이 고개를 숙이고 육중한 배에 손을 얹고 걸어온다. 블림은 도장업자가 아니라 귀족이라도 되는 듯한 옷차림이다. 리본이 달린 긴 바지, 장미 매듭으로 묶은 신발, 검을 넣을 수 있는 약간 트인 짧은 튜닉. 사라는 요스트 블림이 매년 뇌물과 벌금으로 얼마나 챙기고 있을까 라는 생각이 가장 먼저 든다. 블림이 자신을 소개하고, 두 남자가 테이블 반대쪽 끝에 앉는다.

"만나주셔서 감사합니다." 사라가 말한다.

"기꺼이 만나드려야죠." 블림이 말한다. "늦어져서 죄송합니다. 고아원 측과의 회의에서 이제 막 돌아와서요. 불쾌한 일이지요. 아시죠, 시립 고아원 이사들이 길드에서 후원금을 속이고 있다고 시장에게 불평을 했거든요. 이제 우리 조합원들에 대해서 감사를 실시할 겁니다. 우리 화가나 도예가나 제판공이 작품 하나를 팔 생각만 해도 고아한테 5퍼센트가 가요. 우리를 그 부랑자 놈들의 부모를 죽인 살인자처럼 취급한다니까요."

사라는 그의 솔직함과 오래 참았다는 듯 거칠게 숨을 내쉬는 태도에 깜짝 놀란다. 사라가 상냥하게 말한다. "길드 수입의 일부가 고아에게 가는지 몰랐어요."

"아, 분명히 말씀드리지만 부인, 고아들은 우리 주머니에 양손을 깊숙이 넣고 있습니다. 엎친 데 덮친 격으로 제본업자들이 성루가 길드에서 나가려 하고 있어요. 길드가 둘로 쪼개지는 거죠. 그러니까 아시겠지요, 제가 감독관 자리에서 물러날 때가 되니 내전이 터진 겁니다. 이제 유리 직공을 감독관으로 삼아야 할 판이에요. 폐활량이 압도적인 사람을 말입니다!"

"세상에." 사라는 달리 무슨 말을 해야 할지 모른다.

블림은 등받이가 뻣뻣한 의자에 힘들게 앉아 있다. 그가 입술을 오므리고 신중하게 말을 고른다. "조합원들 말로는 상황이 나빠지기 전에는 꽤 괜찮은 정물화를 그리셨다더군요."

사라가 말한다. "어쩌다 이렇게 되었는지, 정말 유감스러워요."

"당신 남편이 어떤 행동을 했고 그로 인해 당신 집안에 어떤 그림자가 드리워졌는지 모르는 척할 필요는 없겠지요. 그로 인해서 오늘 우리가 만났고, 고로 이런 논의를 하는 것 아니겠습니까."

사라는 도장업자가 어려운 어휘를 주워섬기느라 애쓰는 것을 알 수 있다. 그녀는 길드 이사회에서 블림이 대학을 나온 조합원 몇몇에게 깊은 인상을 주려고 "금명간에"라든지 "그런 연유로 말

미안아" 같은 말을 토해내는 모습을 그려본다. 사라가 말한다. "바로 요점으로 들어가죠. 저에게는 이 세상에서 그림이 가장 소중합니다. 저를 길드에 다시 받아주시면 정말 영광이겠습니다."

트롬프가 눈을 가늘게 뜨고 고개를 갸웃한다. "공식적으로 당신은 아직 길드 조합원입니다, 지위는 높지 않지만요." 블림이 길드 봉사자를 향해 고개를 돌린다. "현재 여성 조합원이 두 명이지요, 안 그렇습니까, 트롬프 씨?"

"네, 맞습니다."

"말해보세요, 트롬프 씨. 여성화가들은 자기 일을 잘 하고 있습니까? 고아들이 우리에게 접근하지 못하도록 도움이 되고 있습니까?"

사라는 이 남자가 캔버스에 한번도 그림을 그려본 적이 없는 사람이라고, 주택을 도장하는 일에는 사다리에 올라갈 능력과 좋은 시력 이상의 전문성이 필요하다고 길드와 세상을 설득하는 데에 성공한 사람이라고 생각한다. 트롬프 씨가 장부를 뒤적이는 동안 사라는 긴장한다.

트롬프가 말한다. "두 사람 모두 몇 년 전에 결혼한 이후로 작품의 양이 점점 줄었다고 말할 수 있겠군요. 몇 년 전에 초상화를 주문 받았습니다. 그 이후로는 아무것도 없고요."

사라는 아직 아기였던 카트레인을 이젤 옆 작은 나무 요람을 뉘여놓고 그림을 그리던 자기 모습이 눈에 선하다. 아기가 짜증을 내면 한 발로 요람을 흔들었고, 배앓이 때문에 울던 아기가 설핏 잠에 들면 사라는 그림에 푹 빠졌다. 카트레인은 늘 불안정한 아이였다. 사라는 멍청한 두 사람을 말없이 번갈아 바라보며 그들의 생각이 끝나기를 기다렸다.

"아, 알겠습니다. 트롬프 씨, 이왕 장부를 보고 있으니 작년에 불법 복권, 경품, 시장 판매에 부과했던 벌금이 얼마인지 알려주시죠. 예를 들어서 불법 경매를 개최한 여관 주인이라든가……."

트롬프가 당황한 듯 책장을 앞뒤로 넘긴다. "너무 많은데요."

블림이 다시 사라를 본다. "유쾌한 상황은 아니군요. 진부한 표현이지만, 그게 상황을 가장 잘 요약하는 말이겠지요. 제가 왜 감독관에 선출되었는지 아십니까, 부인?"

"잘 모르겠어요."

"저는 주택을 도장할 때 붓자국을 전혀 남기지 않는 것으로 유명했지요. 판자와 틈막이재, 창틀 모서리까지 일일이 신경 씁니다. 조합원들은 제가 당면한 문제를 똑같이 꼼꼼한 자세로 해결할 거라고 생각한 겁니다. 하지만 저는 지금 완전히 파묻힐 지경이에요. 2년마다 다른 사람이 이 자리를 맡아서 휘갈겨 쓴 숫자와 판매량이 적힌 장부를 물려받죠. 유리 제작공이나 화가가 아니라 회계사를 감독관에 앉혀야 해요. 길드에서 석공을 빼지 말았어야 하는 건데. 그 사람들이 이 일에 딱 맞았는데 말입니다."

사라는 이 혼란스러운 대화가 온종일 지속될까봐 몸을 숙이고 목소리를 약간 높인다. "분명히 말씀드리지만, 저는 빠른 시간 내에 안정적으로 길드에 기여할 거예요."

블림은 몽상에서 깨어난 사람처럼 무자비한 빛 속에서 사라를 바라본다. "그렇습니까? 말해보세요, 메브라우*, 이번 해에 남편과 당신은 그림을 그렸습니까?"

사라는 이것이 독이 든 질문이라는 사실을 잘 안다. "아닙니다. 남편은 제본소에서 일했고 저는 최근에 카탈로그 회사에서 일했습니다. 하지만 우리 둘 다 그림을 다시 그리고 싶습니다, 진심으로요."

"구상 중인 작품 가운데 길드의 엄격한 기준을 충족시킬 만한 것이 있습니까?" 블림이 몸을 뒤로 기대자 그의 뒤에 놓인 그림이 한눈에 들어온다. 사라는 숲 가장자리의 소녀 그림을 설명하는 상상을 한다. 나무 뒤에 서 있는 유령 같은 환상이라니, 갑자기 말도 안 되게 느껴진다. 순간 사라는 자신이 그 그림을 누구에게도 보여주지 않을 것임을 깨닫는다. 사라는 무릎에 양손을 올리면서 감독관에게 그가 원하던 대답을 준다. "정물화를 다시 그릴까 생각하고 있었습니다." 블림이 트롬프를 본 다음 천장을 바라본다. 천장에는 외과의사들의 문장이 그려져 있다. 그가 고개를 끄덕이며 생각에 빠져든다. "물론 당신이 벌금 대신 그림을 제출하면 이사회 전원이 만나서 그것을 보고 승인해야 할 겁니다. 정물화는 여자가 그리기 적절한 작품이지요. 뛰어난 정물화를 가지고 오시면 그걸 팔아서 장부를 정리하기로 하지요. 가능할 겁니다. 그렇지요, 트롬프 씨?"

"그렇습니다."

"그럼 다 되었군요."

사라는 눈 안쪽에서 엄청난 압력을 느끼고 침착함을 되찾으려

---

* 네덜란드어로 "부인"이라는 뜻.

고 몇 초 동안 눈을 감는다.

"자, 아쉽지만 급히 써야할 편지가 있어서 일찍 끝내야겠군요. 트롬프 씨가 나가는 길을 안내할 겁니다. 다음 해부 수업 때 오셔도 되겠군요. 요즘은 그쪽도 나쁘지 않아요." 블림이 휙 돌아서더니 방을 나간다.

트롬프가 만족스러운 얼굴로 그녀를 보면서 달력에 기입한 오늘 약속에 가위표를 친다.

사라가 의자를 뒤로 밀자 큰 소리로 바닥이 끼익 긁힌다. 그녀가 자리에서 일어나서 「해부학 수업」을 올려다보며 말한다. "몸이 저 만한데 손이 저렇게 큰 그림은 처음 봐요."

트롬프가 문을 잡아주기도 전에 사라가 뒤돌아나간다.

수출이 많은 봄은 카탈로그 회사의 대목이다. 감독관을 만난 날, 사라는 열 시간 동안 교대 근무를 하면서 가만히 서서 눈을 가늘게 뜨고 기다란 담비털 붓과 종이가 만나는 지점을 한없이 바라본다. 저녁이 되어 집으로 돌아가는 사라는 몸이 피곤하지만 바렌트에게 길드에 다시 들어갈 수 있다는 소식을 전할 생각에 기분이 좋다. 두 사람에게 가장 좋은 기회일지도 모른다. 사라는 바렌트의 기분을 북돋워주고 싶다. 생일 케이크는 효과가 없었다. 케이크—흰색 설탕을 입히고 설탕에 절인 아몬드를 드문드문 박은 파운드 케이크—는 아름다웠지만 카트레인이 없다는 사실을 일깨우는 것이기도 했다. 카트레인은 봄에, 이 즈음에, 여덟 번째 생일을 몇 달 앞두고 죽었다. 사라가 케이크를 큼지막하게 잘라서 바렌트에게 건네자 그는 죄책감 어린 표정으로 한 입을 베어 먹었다. 빚은 신이 내린 벌이고, 두 사람이 먹고 있는 것은 바렌트가 아니라 카트레인의 생일 케이크이고, 사라가 신을 믿지 않는 프랑스인의 집에서 아몬드를 한 줌 가져온 것이 아니라 빵집에서 케이크를 통째로 훔쳐오기라도 한 것 같았다. 두 사람이 거의 의무적으로 한 조각씩 묵묵하게 먹었을 뿐, 케이크는 며칠 동안 부엌 식탁에 놓인 채 무명천 밑에서 서서히 썩어갔다.

집은 어두웠지만 사라는 바렌트가 깜빡 잊고 집 앞 등을 켜지 않는 것에 익숙하다. 안으로 들어가자 방이 춥고 불이 꺼져 있고, 바렌트는 흔적도 없다. 그가 제본소의 힘든 하루를 마치고 벌써 잠자리에 들었나 하는 생각이 가장 먼저 든다. 사라는 어둠 속에서 돌아다니고 싶지 않아서 등을 찾아 벽난로 선반 쪽으로 간다. 난로가 차갑다. 잔불도, 불붙은 이탄 조각도 보이지 않는다. 어젯밤 이후 난로에 불을 지피지 않은 것이다. 사라는 어둠 속에서 이탄에 겨우 불을 붙인 다음 불쏘시개 하나를 꺼내서 등불 심지에 불을 붙인다. 사라가 등불을 들고 침실로 이어지는 좁은 계단을 향해 걸어가는데, 난간에 붙은 쪽지가 눈에 들어온다. 바렌트가 자살했구나 라는 생각이 가장 먼저 든다. 순식간에 공포가 밀려든다. 순간적으로 사라는 계단을 올라가면 침대에 바렌트가 누워 있을 것이라고, 쥐를 잡을 때 쓰는 비소 덩어리를 쥔 채 생기 없는 눈이 천장을 바라보고 있을 것이라고, 아니면 바렌트의 딱딱하게 굳은 몸이 묵직한 서까래에 매달려 흔들리고 있을 것이라고 생각한다. 그래서 쪽지를 읽고 나자 안도감이 몰려든다. 그러다가 버려지는 것은 죽음과 다를 게 없다는 생각이 든다.

사라는 카트레인이 죽었을 때의 느낌을, 모든 일을 꼼꼼하게 처리하겠다고 자신이 얼마나 고집을 부렸는지를 기억한다. 시체를 싸고, 리넨을 접고, 검시관을 부르러 사람을 보내고, 덧창을 닫고 혼자 남을 때까지 슬픔의 너덜너덜한 가장자리를 두 손가락으로 꽉 잡고 있었다. 사라는 그림을 그리는 것처럼 슬픔을 한 겹 한 겹, 한 번에 안료 하나씩 덧칠해나갔다. 그러자 슬픔이 사라가 양동이에 물을 채울 때나 머리를 빗을 때 불쑥 그녀를 사로잡아 꼼짝 못하게 했다. 사라는 쪽지를 부엌으로 가지고 가서 엎어놓은 다음, 조심스레 주전자에 물을 채우고 불을 붙인다. 그녀는 발난로를 준비하고 잠시 기다린 다음 편지를 다시 집어든다. 썩은 케이크가 아직 식탁 위에 놓여 있다. 불룩 솟은 무명천과 케이크 부스러기들. 사라가 무명천을 치우고 케이크 가장자리에서 아몬드를 하나 뗀다. 그녀는 아몬드를 하나 입에 넣고, 또 하나 더 넣고, 아몬드를 씹을 때마다 눈물의 짭짤한 맛을 느낀다. 가슴 속에서 뭔가가 풀어지더니 크게 흐느끼는 소리가 어두운 부엌을 가득 채우고, 그녀는 더럭 겁이 난다. 사라는 힘껏 소리를 질러도 아무도 듣지 못하리라는 사실을 알지만, 소리를 지르는 대신 손을 뻗어 생일 케이크를 바닥에 내동댕이친다. 사기 접시가 돌바닥에 부딪쳐 산산조각 나고, 케이크가 툭 떨어진다. 듣기 싫은 쨍그랑 소리가 나더니 순식간에 조용해지고, 한 손이 겁에 질린 입을 막는다.

친애하는 사라—

지금쯤 나는 주머니에 동전 몇 개만 넣은 채 배를 타고 암스테르담을 떠다니고 있겠지. 지금 떠나지 않으면 채무자 감옥에 들어갈 수밖에 없어. 그들이 당신에게는 자비를 베풀기를 기도하고 있어. 난 한동안 건물 도장 일을 하든지 도르드레흐트에서 벌목 일을 할 거야. 인간은 자신의 고난으로부터 신경을 끊으면 갑작스러운 안도감을, 난롯가에서는 찾을 수 없었던 자유를 찾을 수 있어. 난 용서받을 수도 없고 당신에게 그런 관용을 바라지도 않아. 당신이라면 봄 시장에서 풍경화랑 바다 풍경화를 좀 팔 수 있을지도 몰라. 지난해 내내 나는 단 하루도 후회하지 않은 적이 없었어. 내 살을 떼어낸 것처럼 죽은 우리 딸이 그립지 않았던 적이 단 한순간도 없었어. 내가 앞으로 더 이상 바라는 것은 없지만, 나 혼자서 견뎌내야 할 것 같아. 그래서 오히려 난 감사해.

당신의 사랑하는 남편,

바렌트

뉴저지

1958년 8월

사립 탐정은 특이하고 뚱뚱한 사람으로, 뉴저지 에지워터의 낡아
빠진 선상 가옥에 산다. 마티도 처음에는 망설였지만 레드 해먼드
를 고용한 지 이제 3개월이 다 되어간다. 레드는 법률회사 파트너
의 전우였는데, 회사에서 가끔 고용하곤 했다. "정신 나간 게으름
뱅이지만 결과는 반드시 낸다"는 것이 마티가 해먼드를 추천받을
때 들은 말이었다. 마티는 그림을 도둑맞았다는 사실을 발견한
후 평범하게 보험회사와 경찰에 연락했지만 관료 체제의 느린 일
처리와 수많은 서류 작업에 짜증이 났다. 그들은 아직 확실한 단
서를 하나도 찾지 못했기 때문에 마티는 선견지명을 발휘해서 일
을 직접 처리하기로 한 것이 다행이라는 생각을 한다. 보험 회사
에 대한 그의 보험은 조사원을 고용하는 것이었다. 몇 달 동안
사건을 캐고 다니던 레드가 오늘 오전에 전화를 걸어서 뭔가 발견
했다고 말했다.

마티는 뉴욕까지 통근하는 선구자들의 집이자 고립된 어촌 에

지워터로 페리를 타고 간다. 배를 타고 허드슨 강을 건너서 뉴저지로 가는 것은 이번이 두 번째인데, 이곳에서 보는 미드타운이 무척 웅장해서 마티는 깜짝 놀란다. 강으로 멀리 나가서 보니 지구라트 제국 같은 맨해튼에 해가 저물면서 거대한 탑들이 금색과 분홍색으로 물든다. 묘실(墓室)과 정복의 땅 같다. 갑판 반대편으로—마티의 생각에는 우현 같다—에지워터의 펠리세이즈 절벽이 보인다. 절벽 때문에 이 작고 활기 없는 어촌 마을에 규모가 더해지고 자연의 웅대함을 빌려온 느낌이 난다. 뉴저지는 항상 마티를 놀라게 한다. 뉴저지에서 가장 유명한 것은 고속도로밖에 없지만 사실은 해안선과 해변 마을이 유명해야 한다. 마티는 어두워지는 강물을 내려다보면서 자신의 생각들이 페리의 항적처럼 복잡하게 얽히도록 내버려둔다. 레드 해먼드는 왜 다른 사립 탐정들처럼 커피 자국이 얼룩덜룩한 책상이 있고 창문에 블라인드를 친 초라한 사무실을 쓰지 않는 걸까? 마티는 레드에게 맨해튼으로 오라고 할 수도 있었지만 동료들이 레드 해먼드를 사무실로 부르는 것은 별로 좋은 생각이 아닐지도 모른다고 경고해주었다. 지난 12월에 해먼드는 셔츠 차림으로 땀을 뻘뻘 흘리며 핫도그를 입에 물고 나타난 적도 있었다.

페리에서 보이는 경치는 그림처럼 아름답지만 마티가 한동안 자기 삶을 망쳐왔을지도 모를 그 그림을 얼마나 끈덕지게 쫓고 있는지 더욱 실감나게 만들 뿐이다. 그림이 사라진 후 레이철은 우울증을 극복하고 작지만 활동적인 사교 클럽에 가입했고, 그레천은 마티와의 묘한 분위기를 털고 제자리로 돌아왔으며, 마티는 직장에서 승진했다. 그러나 몇 달 동안 모작 밑에서 잠을 잤다고 생각하자 마티는 너무 화가 나서 이 일이 자신을 일부러 겨냥한 것처럼 느껴졌다. 전혀 모르는 사람이 그의 킹사이즈 침대에 올라서서 300년 넘게 집안에서 전해 내려오던 그림을 떼어냈을 확률이 무척 높다. 마티는 그것도 모르고 매일 밤 바보처럼 그림 밑에 누웠고, 그가 잠에 빠져들 때 머리 위에는 엉뚱한 소녀가 자작나무 옆에 서 있었다.

선착장에 내린 마티는 잡초가 무성한 오솔길을 따라 레드가 선상가옥을 정박해두는 상류의 선창으로 걸어간다. 예인선을 개조한 레드의 선상가옥에는 녹슨 굴뚝이 달려 있다. 정장 차림의 마티는 서류 가방을 들고 바보가 된 기분으로 배와 선창을 연결하는 썩은 다리를 건넌다. 레드는 선미에서 소형 모터보트에 짐을 싣고 있다. 그들이 처음 만난 날, 레드가 직접 허드슨 강을 건너 미드타운의 요트 클럽으로 마티를 데리러왔다. 증권을 중개하는 요트 주인들이 깔보는 마음 반 호기심 반으로 바라보는 가운데, 레드는 작은 나무배의 선미에서 몸을 굽히며 내렸다. 그는 익살스럽고 장황하고 거대한 사람이다. 그는 피크닉 담요만큼 커다란 체크무늬 셔츠를 입는다.

레드가 선미에서 돌아서서 쏟아지는 빛 때문에 눈을 가늘게 뜨고 마티를 본다. "미끼도 한 양동이 가득 있고 아이스박스에 맥주도 있습니다, 같이 하시죠."

"낚시를 할 복장이 아닌데요."

"상관없습니다. 저기 작업복을 걸어 놨어요. 문 왼쪽 옆 고리에요. 편하게 갈아입고 바로 출발하시죠. 할 얘기가 많아요, 무초 레벨라시오네스(mucho revelaciones)*예요."

마티는 배에 인질로 잡힌 처지라 체념하고 옷을 갈아입으러 간다. 바람을 피우는 배우자나 횡령하는 직원들을 수십 년 동안 따라다니던 사람을 상대하려면 어쩔 수 없다. 오랜 고독과 의심은 레드를 사회적 암시에 면역이 생기게 했고, 마티는 자신의 얼굴에 무관심과 가벼운 짜증이 드러나는 것을 느낄 수 있지만 레드는 알아차리지 못한다.

마티가 소형 모터보트에 타자 레드가 몸을 굽히라고 말해준다. 그가 밧줄을 풀어 던지고 배를 몰아 내로즈 해협과 스태튼 섬의 습지를 향해 나아간다. 마티의 발치에 아이스박스, 낚싯대 몇 개, 거대한 집게 하나, 휘발유 통이 있다. 마티는 레드의 실루엣 뒤 점차 어두워지는 강 위로 반짝이는 도시의 불빛을 바라본다. 배는 서쪽 해안 가까이 항행하여 저 멀리 자유의 여신상을 지나 저지 모래톱으로 간다. 낡은 선체와 페리, 예인선들이 반쯤 물에 잠겨 있는 무덤이다.

레드가 말한다. "뉴욕 사람들은 대부분 여기 강이 여기 있다는 사실도 잊고 살죠."

"그런 것 같군요." 마티가 조심스럽게 말한다. "하지만 가끔 하수 냄새가 심하게 나면 그 사실을 깨닫기도 하지요."

"마티 드 그루트 씨, 제 생각을 말씀드리자면 강이 오염됐다는 이야기는 지나친 과장이에요. 저는 여기서 잡히는 물고기를 다

---

* 스페인어로 "많은 발견"이라는 뜻.

먹습니다. 여기만큼 좋은 조개밭이나 뱀장어 번식지가 없어요."
레드가 낚싯대를 집어 들고 바늘에 미끼를 꿴다. "여기 이 선체들
은 뱀장어가 번식하기 딱 좋아요."

"저라면 돈을 아무리 많이 준다고 해도 이 강에서 나는 뱀장어
나 물고기는 안 먹겠습니다."

"밤이 되면 뱀장어가 먹이를 찾으러 다니죠." 레드가 말한다.
"먹이 사슬의 최하위 생물이라서 죽은 물고기를 찾아다니는 겁
니다."

"그래서 뭘 발견하셨습니까?"

레드가 아이스박스를 열고 마티에게 한 캔의 라인골드 맥주를
건넨다. 알루미늄 테두리에서 생선과 요오드 냄새가 난다. 레드가
마티의 질문을 무시하고 자기 캔을 따더니 생각에 잠겨 마신다.

"12월이 되면 스태튼 섬에 사는 독일인들이 여기로 와서 뱀장
어를 몇 양동이씩 가져가요. 그리고 제가 사는 에지워터 근처 강
가 주민들은 대부분 금지 구역으로 조개를 캐러 가죠. 소도시 순
경처럼 38구경 리볼버를 차고 순찰을 다니는 조개 보호관도 있다
니까요. 지어낸 얘기가 아니에요."

"당신 말을 믿습니다."

"가끔 습지 판잣집에 사는 사람들은 독이 든 대합을 먹기도 하
는데, 그것이 구약에도 나오는 식중독이죠."

마티가 인내심을 가장하며 맥주를 마신다. "그럼 이야기를 하
죠. 단서를 찾았습니까?"

레드가 마티에게 미끼를 끼운 낚싯대를 건네며 던지라고 고집을

부린다. 강물이 작은 목재 모터보트에 가볍게 찰싹거린다.

"아주 조용한 밤이면 말입니다." 레드가 말한다. "물 밑에서 뱀 장어가 선체를 스치며 지나가는 소리가 들리죠."

마티가 경멸감을 그러모아서 레드를 바라본다. "제가 생각하는 밤 외출은 이런 게 아닌데요."

레드가 부끄러운 듯 미소를 짓더니 자기 낚싯대를 보면서 이야 기를 시작한다. "아시겠지만 출장 요리 회사에서 막혔지요. 당시 행사 때문에 추가 인력을 고용했는데, 그중 세 명이 서류가 없는 이민자여서 가명으로 일했어요. 그 사람들이 그림을 바꿔치기하 고 원작을 가지고 나갔을지도 모릅니다, 알 수 없는 일이죠. '비트 족을 빌려가세요'도 아무 문제가 없었습니다. 약간 공산주의적이 고 전복적이지만 그래도 문제는 없었어요. 그런데 저번 날 밤에 낚시를 하다가 그런 생각이 들지 뭡니까……. 위작의 액자를 조사 해서 어디서 만들었는지 알아보자고 말입니다. 맨해튼 전화번호 부를 뒤져서 전화를 돌렸죠. 액자 가게 열 군데에 가 봤습니다. 렉싱턴 가에 프랑스인이 하는 액자 가게가 있는데, 몇 대에 걸쳐 이어받은 가업이라더군요. 루브르랑 메트로폴리탄 미술관에도 자기 집안에서 만든 액자가 있다고, 밴더빌트와 카네기에도 액자 를 팔았다고 했습니다. 스리피스 정장에 작업용 앞치마를 두른 멋쟁이 노인이었어요. 셔츠에 치즈 조각이 묻어 있더군요. 벽에는 상상할 수 있는 온갖 화려한 액자가 걸려 있고요. 그 사람한테 모작 액자를 보여줬더니 자기가 만든 게 아니라고 했지만, 뭔가 눈치가 이상했습니다. 대충 얼버무리는 사람은 딱 보면 티가 나요. 그래서 가업에 대한 이야기를 들었는데, 그 사람 말로는 도버의 흰 절벽에서 가져온 석고에 토끼 가죽 풀을 섞어서 제소를 직접 만든다고 하더군요. 차를 한 잔 내주길래 제가 비위를 잘 맞춰 주었지요. 저도 외로운 사람이라 외로운 냄새는 잘 맡거든요. 그래서 새끼고양이처럼 가르랑거리면서 마음을 맞췄지요. 그랬더니 곧, 두 잔째 차를 마실 때쯤인가, 어떤 단골이 제가 보여준 액자랑 똑같은 사진을 가지고 와서 부탁했고, 그래서 액자를 만들어 줬다고 털어놓더군요. 하지만 자기가 사제나 정신과의사, 변호사라도 되는 듯이 이름을 말하려 하지 않았습니다. 비밀보장 원칙이니 뭐니 하면서 말이죠. 그렇지만 저는 더욱 개인적인 문제라고 눈치를 챘지요, 두 사람에게 모종의 관계가 있다고 말입니다."

마티가 말한다. "그래도 범위가 썩 좁혀지지는 않는데요."

"이야기가 아직 안 끝났습니다. 여기선 아무것도 안 잡히는 것 같으니 일단 자리를 옮기죠."

레드가 닻을 올리고 작은 모터의 줄을 잡아당기자 모터가 소리를 내며 살아난다. 배가 다시 북쪽으로 향하며 해안선 쪽으로 방향을 잡는다. 레드가 맥주를 한 캔 더 따서 마티에게 권하지만 마티는 이야기가 다른 길로 샐까봐 거절한다. 배가 해류를 거슬러 올라가고, 물보라가 튀어 마티의 팔이 젖는다.

마티가 말한다. "저는 집에 가봐야 합니다. 아내가 기다리고 있거든요."

"물론 그러셔야죠." 레드가 닻을 다시 내리며 말한다. "그래서 제가 노인에게 가게를 좀 구경시켜달라고 했더니 아주 기뻐하더군요. 낡은 끌과 펜치가 가득한 작업실을 보여주면서 어떻게 작업하는지 설명해줬습니다. 저는 그가 어떻게 작업을 하는지, 어떻게 순서를 정하고 일지에 기록하는지 알게 되었지요. 작업실은 먼지투성이였지만 기록은 철저하더군요. 영수증도 직접 작성하고, 일지에 날짜를 일일이 적어서 기입했죠. 마치 중세 수사처럼 가게를 운영하더라니까요. 노인이 손님을 맞이하러 간 사이에 일지를 슬쩍 봤습니다. 그림을 도둑맞기 몇 달 전으로 넘겨봤죠. 일지에 반복해서 등장하는 이름을 찾아봤는데, 글씨체가 간질병 걸린 수녀가 쓴 것처럼 알아보기 힘들더라고요. 지(g)와 제이(j)와 에스(s)가 구분이 안 되는 겁니다. 살짝 짜증이 났습니다. 그 가게에서 벌써 두 시간이나 보내고 있었으니까요. 그래서 노인이 뒷방에 있을 때 제가 재킷 속에 일지를 숨겨서 나와버렸습니다."

"지나치게 과감한 행동 같은데요."

"필요한 내용을 찾으면 우편으로 돌려보낼 겁니다. 오늘 저는 작업 일지를 샅샅이 뒤지면서 노인의 필기체에서 패턴을 찾았죠. 단서를 찾은 것 같습니다. 그림을 도둑맞기 전까지 같은 이름이 다섯 번 등장해요. 그래서 미술상이나 복원 전문가, 아니면 미술관 직원이라고 짐작했지요. 거기서 취급하는 액자는 싸구려가 아니라 대부분 골동품이거든요. 일반인이라면 액자를 교체할 플랑드르 패널화가 많아봤자 몇 점이나 되겠습니까? 그래서 저겐스라는 이름의 미술상과 복원미술가를 찾아 봤지만 또 막다른 골목이었죠. 전화로 여기저기 물어봐도 저겐스라는 사람을 고용한 곳은 없더라고요. 그때 저는 저겐스라는 이름이 나오고 며칠 뒤면 항상 다른 이름이, 브루클린의 시플리라는 이름이 등장한다는 사실을 눈치 챘습니다. 물론 브루클린에도 잘 사는 집들이 있지만, 제가 보기에 그 가게의 액자는 옛날 뉴욕 쪽 분위기였거든요. 시플리라는 이름에서 햇볕을 오래 내버려둔 조개처럼 수상한 냄새가 났죠. 게다가 시플리는 왜 항상 저겐스와 3일 정도의 간격을 두고 찾아올까요? 그래서 바로 알았습니다."

"그 다음에는 어떻게 되었다는 건지 저는 짐작도 안 되는군요."

"저겐스가 그림을 가지고 오면 시플리가 그걸 연구한다는 핑계로 자기가 부탁할 물건도 가지고 오는 거죠. 액자 가게 노인이 시플리에게 언질을 주면 시플리가 와서 저겐스의 그림을 연구한다면 어떨까요? 프랑스인과 위조범이 공모했다면요?"

"그걸 다 일지를 보고 알았다고요? 좀 억측 같은데요."

"저는 프랑스인이 위조범한테 액자를 만들어주고 수익을 일부 받은 게 아닐까 생각합니다. 아무것도 증명할 수 없을지도 모르지만, 일지에 고객 명단이 있어요. 그래서 시플리의 정확한 위치를 알게 되었죠."

레드가 어스름한 빛 속에서 주소를 갈겨쓴 쪽지를 마티에게 건넨다.

레드가 말한다. "브루클린의 아파트를 몰래 감시할 계획입니다. 교대할 사람도 써야 하니 비용이 조금 더 들 겁니다."

마티가 보기에는 레드의 연역적 추리에 석연치 않은 점이 있다. 그가 아는 수집가 중에는 툭하면 액자를 교체하는 사람도 있기 때문에 저겐스와 시플리의 연결고리가 약한 것 같다. 또한 그림을 잃어버리게 되면서 자신이 큰 짐을 벗었다는 생각, 그림이 없는 것이 더 낫다는 미신적인 생각이 점점 커졌다. 그러나 수십 년 동안 그림 밑에서 무릎을 꿇고 기도하던 자신의 네덜란드인 할아버지를 떠올리자 얼굴이 벌개질 정도로 화가 난다. 마티가 말한다. "뭘 찾을 수 있을 것 같습니까?"

"단서는 반드시 나오게 되어 있습니다. 어떤 사람들이 들락거리는지, 위조범이 누구를 만나러 가는지 보면 되죠. 미끼 뒤의 낚시 바늘을 찾을 때까지 미행하는 겁니다."

마티는 미행이라는 말을 듣고 자신이 160킬로그램이나 나가는 거구의 탐정과 배를 타고 허드슨 강에 떠 있다는 사실을 새삼 깨닫는다. "250을 더 드리죠. 일주일 뒤에 결과를 알려주세요."

"알겠습니다." 레드가 강을 내려다보며 미소를 짓는다.

브루클린
1958년 8월

비트족의 여름이 끝났다. 엘리는 아파트의 더위를 피해 비상계단에서 잔다. 그녀는 담배를 피우며 아래쪽 거리를 본다. 이 동네의 섬세한 남자들, 멋쟁이 시인들은 피코트에 모카신, 감청색 폴로 셔츠 차림이다. 그들은 그리니치 빌리지의 커피숍에서 단조롭게 반복되는 재즈 음악을 배경으로 내면의 동요에 대한 운율 없는 시를 낭송한다. 잭 케루악은 엘리가 읽은 척, 좋아하는 척하는 책인 『길 위에서』를 발표한 후 플로리다에서 유배 중이다. 엘리는 캠퍼스와 멀리 떨어진 곳에 살면서 면담이 있을 때만 학교에 간다. 논문을 쓰다가 막힌 엘리는 여름 동안 겨우 한 장(章) 더 쓰고 서문만 열 번 고쳤다. 며칠 전, 엘리는 지도교수 메러디스 혼스비로부터 새로운 내용에 대해 논의를 해야 하니 학교로 오라는 전화를 받았다.

엘리는 전철을 타고 시내로 가면서 공책에 뭔가를 적는다. 그녀는 시드니의 부모님에게 새로운 소식을 알리는 편지를 쓰는 대신에―엄마는 늘 금방 답장을 보내고 그 여백에는 **아빠도 사랑을 보낸다**라는 전보처럼 짧은 말이 적혀 있다―모작을 그리는 기법을 목록으로 정리하는 데 몰두한다. 바탕칠을 하는 법과 칠은 벗겨내되 균열이 간 서명은 보존하는 방법. 모작을 낡아 보이게 만드는 수법도 있다. "파리똥 얼룩"을 만들려면 에폭시 접착제에 호박색 안료를 섞은 다음 핀 대가리에 묻혀서 그림 뒷면에 적절한 패턴을 그리며 바른다. 그러면 바니시에 섞인 당 성분에 파리가 꼬이면서 수십 년 동안 다락방에 방치되었던 그림의 분위기가 난다. 또 액자 뒤에 파란색 분필 자국을 낸 다음 손으로 뭉개면 경매에서 팔린 것처럼 보인다. 엘리는 위조에서 중요한 부분은 일종의 연극, 행간에 숨어 있는 의미라고, 사람을 꾀는 갖가지 유혹이라고 생각한다. 어떤 구매자들에게는 불분명한 출처를 암시하는 이런 시각적인 신호는 저항할 수 없는 매력이 되며, 그들만이 알아볼 수 있는 이야기, 첩첩이 접힌 역사에서 또다른 자아를 끌어내는 이야기가 된다.

엘리는 몇 달 동안 잠재적인 고객을 몇 명 만났지만 복원 작업은 하나도 들어오지 않아서 정신적으로 점점 힘들어진다. 까다로운 복원 작업을 하면 더 포스의 그림을 붓자국 하나하나 똑같이 그리며 느꼈던 전율을 잊을 수 있을 것이다. 게이브리얼은 적당한 구매자가 나타나기를 기다리며 첼시의 창고에 그림을 보관 중이다. 엘리는 일주일에 한 번 정도 그림을 자세히 봐도 좋다고 허락을 받았다. 그녀는 빵집 카운터의 직원에게 열쇠를 받아서 전등불빛 밑에서 한두 시간 정도 그림을 살펴보면서 색과 구도와 붓놀림을 파악한다. 엘리는 박사 논문에 새로 넣은 장에서 사라 더 포스를 다룬다는 말을 게이브리얼에게 하지 않는다. 그렇게 하면 미술관에 한번도 전시된 적 없고 최근에 바꿔치기당한 그림에 주목이 쏠릴 위험이 있다는 것쯤은 엘리도 안다. 그러나 그녀가 힘들게 그린 위작이 몇 세대 동안 탄로 나지 않을 수도 있다는 생각도 한다. 그동안 엘리가 조용히 사라 더 포스에게 제자리를 찾아줄 것이다.

엘리가 캠퍼스에 도착하자 여름 계절학기 학생들이 광장에서 북적거리고, 로 도서관의 돌계단에 모여 담배를 피우고 있다. 학부생들은 햇볕 내리쬐는 잔디밭을 전부 차지하고 빈둥거리고 있다. 그 장면을 보자 엘리는 자기가 아파트에서 혼자 보내는 시간이 얼마나 많은지, 브루클린이 얼마나 다른 세계인지 깨닫는다. 그녀는 미술사학부 앞 짙은 나무 그늘을 지나서 계단을 올라 메러디스 혼스비의 교수실이 있는 꼭대기 층으로 올라간다. 엘리가 열린 문을 조용히 두드리며 들여다보니 혼스비가 책상 앞에 앉아 담배를 피우면서 뭔가를 읽고 있다. 미술사학부 최초의 여성 종신 교수인 메러디스 혼스비는 개척 정신을 나타내는 대담한 옷차림을 하고 있다. 칙칙한 색의 블라우스와 재킷, 튼튼해 보이는 양모 바지, 등산을 해도 될 것 같은 신발. 튼튼해 보이는 신발이지만 엘리는 혼스비가 먼 거리를 걸어다니는 모습을 상상할 수 없다. 그녀가 알기로 혼스비는 고고학자인 남편과 어퍼 웨스트 사이드에서 살고 있으며 콜럼버스 서클 아래쪽 식당에는 절대 가지 않는다.

혼스비가 책상에서 고개를 든다. 담배를 살짝 옆으로 든 그녀의 모습은 베티 스미스가 영화 마지막 장면에서 취할 법한 자세이다. 적어도 엘리의 눈에는 그렇게 보인다. 혼스비가 사무적으로 말한다. "새로 쓴 서문이랑 추가한 장을 다시 읽어보고 있어요. 질문, 왜 이렇게 세상에 화가 나 있지?"

엘리의 얼굴이 화끈거린다. 그녀는 심호흡을 하고 조각이 새겨진 목제 책상 앞 등받이가 높은 의자에 앉는다. 엘리가 기억하는 한 혼스비는 늘 이런 식의 경고사격으로, 아무 감정도 실리지 않은 선동적인 질문을 던지면서 시작한다. 그러나 절대 수사적인 질문은 아니다. 혼스비는 영혼을 태우는 듯한 질문을 던지며 진짜 대답을 원한다.

엘리가 방을 둘러보며 지연 전술을 편다. 벽에는 미술과 비평에 대한 책이 가득하고, 창틀에는 제라늄 화분이 놓여 있고, 체스터필드 담배 냄새와 의자에 씌운 눅눅한 천 냄새가 뒤섞여서 기이한 냄새가 풍긴다. 한쪽 구석에 놓인 우산꽂이에 꽂힌 지팡이와 우산은 한 사람의 것이라기에는 너무 많다. 엘리는 혼스비의 골프 실력이 어마어마하다는 이야기를 들은 기억이 난다. "무슨 뜻인지 모르겠어요." 엘리가 말한다.

혼스비가 책상에 팔꿈치를 얹고 살짝 주먹을 쥔 두 손에 턱을 괸다. "동사만 봐도 이성적인 논쟁이라기보다 통렬한 비난이라는 걸 알 수 있잖아요. 동그라미를 쳐놨어요. 증명한다, 증거가 된다, 선언한다, 전통적인 사고에 대한 공격……. 서문이 꼭 성벽 안으로 어디 한번 들어와 보라는 도전장 같아요."

"유디트 레이스터의 그림은 몇 세기 동안 프란스 할스의 그림으로 오인받았어요. 저는 균형을 되찾으려는 거예요."

"여성 참정권 운동을 하는 것처럼 쓰지 않고도 그렇게 할 수 있죠." 혼스비가 뚜껑을 연 몽블랑 만년필을 들고 오탈자를 찾는 사람처럼 종이를 계속 넘긴다. "사라 더 포스를 다루는 장에 대해서 말해봐요. 더 포스가 최초의 여성 길드 조합원이라는 사실은 잘 알려져 있어요. 하지만 엘리 양의 이론은 사라 더 포스가 아버지와 남편에게 풍경화 기법을 배웠지만 여전히 정물화적인 구도가 지배적이라는 거예요. 더 포스의 작품으로 알려진 건 한 점밖에 없는데 어떻게 이런 생각을 하게 됐죠?"

엘리가 약간 반항적인 태도로 팔짱을 낀다. 목구멍이 조여드는 것이 느껴지지만 분별력을 잃고 싶지않다. 처음에는 혼스비가 동지 같았지만 몇 년이 지나자 미술 교수진 중에서 가장 보수적인 편에 속한다는 사실이 분명해졌다. 양모 바지를 입은 현상 유지의 기수. 엘리가 말한다. "저는 옛 기록을 샅샅이 뒤졌을 뿐 아니라 그림도 자세히 살펴보았어요. 사소한 부분에서는 정물화와 초상화 기법이 느껴지지만, 풍경화 기법도 보여요."

혼스비가 손바닥을 쫙 펴고 두 손을 책상에 내려놓는다. "그림이 여기 있어요? 뉴욕에?"

엘리가 고개를 끄덕인다.

"왜 난 모르죠? 프릭 컬렉션에 있나요?"

"아니요, 개인 소장품이에요. 비밀 준수 서약서에 서명을 했기 때문에 누군지는 말씀드릴 수 없어요."

"게이브리얼 로지를 통해서 알게 된 건가요? 내가 그 멋쟁이 영국인을 얼마나 알고 지낸 지 얼마나 오래됐는데, 이런 사실을 나한테 숨겼다니 믿을 수가 없군. 엘리 양에게 복원 작업을 소개해준 게 바로 난데……."

분개한 혼스비가 여기저기 수소문하거나 게이브리얼에게 직접 연락할지도 몰라서 엘리는 위험을 분산시키기 위해 이렇게 말한다. "아니요, 그 사람을 통해서 알게 된 게 아니에요. 복원 작업을 하다가 우연히 알게 됐어요. 게이브리얼은 전혀 몰라요."

"아니, 그러면 사라 더 포스의 그림이 할아버지와 사냥개의 초상화처럼 거실에 걸려 있기라도 하다는 말이에요?"

"그 비슷한 거죠."

혼스비가 약간 미심쩍은 표정으로 엘리를 보더니 엄지손가락을 핥고 고개를 저으며 원고를 한 장 넘긴다. "그러면 박사 논문에 방금 말한 그림의 사진을 첨부할 수 있겠죠? 아니면 세세한 기법 분석을 어떻게 뒷받침할 거예요?"

엘리가 다리를 꼰다. 어퍼 브로드웨이에 베이글을 사러갔다 온 게 아니라 스위스 알프스에 잠시 다녀온 사람처럼 보이는 옷차림의 혼스비에 비하면 여름 원피스 차림의 엘리는 나약하고 노출된 느낌이다. 엘리가 말한다. "허락을 받을 수 있을지 모르겠어요."

"그러면 작품 수십 점이 미술관에 걸려 있는 레이스터나 라위스와 더 포스를 동등하게 다루는 것이 문제가 될 수 있어요."

"더 포스가 단순히 성 루가 길드에 가입한 최초의 여성화가인 것은 아니에요." 엘리가 말한다. "우리가 아는 바로크 시대 네덜란드 여성화가 중에서 풍경화를 그린 사람은 더 포스밖에 없어요. 더 포스는 주변 환경 덕분에 남성이 지배하는 영역에 들어갈 수 있었어요. 사라 더 포스는 선구자였고, 다른 그림도 분명히 있을 거예요."

"그래요, 하지만 물론—"

엘리가 혼스비의 말을 자른다. 짜증을 숨김없이 드러내자 억양이 강해진다. "우리는 네덜란드 남자가 풍경화를 그리고 여자는 부엌일을 했을 거라고 항상 가정했지만, 만약에 더 포스와 남편이 협업을 했다면요? 같이 시골로 가서 야외 풍경을 그렸다면요?"

혼스비가 담배를 한 모금 빨고 얼굴을 살짝 찌푸린다. "그건 추측이에요. 기록은 어떻지요?"

"더 포스 부부가 빚이 많았고, 길드에서 쫓겨났고, 딸을 잃었다고 기록되어 있어요. 제가 말한 작품은 우의적이에요, 세상을 떠난 소녀가 눈 속에 맨발로 서 있죠."

"그래요, 설명은 읽었어요. 작품에 서명과 날짜가 적혀 있나요?"

엘리가 고개를 저으며 책상 밑에서 흔들리는 혼스비의 신발을 내려다본다. "한 집안에서 계속 전해져 내려온 작품이기 때문에 출처는 분명해요."

메러디스 혼스비가 고개를 갸웃거리며 담배 연기를 내뿜는다. "엘리 양은 논문 주제를 무명의 화가, 그것도 현존 작품이 단 한번도 공개적으로 전시된 적 없는 화가에 대한 논의로 잡고 있어요." 혼스비가 고개를 젓는다. "저는 추천하지 못하겠군요. 엉뚱한 데에다 베팅하고 있잖아요. 내 의견을 솔직히 말하자면, 엘리 양은 이 화가에게 자신을 투사하고 있어요."

엘리는 맥이 풀리는 것을 느끼며, 터키 양탄자의 패턴을 바라본다. "전 그렇게 생각하지 않아요." 그녀가 말한다.

혼스비가 담배를 비벼 끄더니 책상 뒤에서 일어나 양모 바지를 매만진다. "우리 일이 여자한테 쉬운 직업은 아니죠, 엘리너. 당신도 알 거예요."

애칭이 아닌 이름이 불리자 엘리는 긴장한다. 수녀님, 신부님, 그리고 자신을 탐탁하지 않게 여기던 아빠가 엘리에게 뭔가를 가르치려 들 때 쓰던 방법이다.

혼스비가 책장으로 걸어가서 자신이 베르메르에 대해 쓴 얇은 책을 꺼낸다. "남자 동료들이 이탈리아 르네상스에 집착할 때 나는 네덜란드에 초점을 맞추는 편법을 썼죠. 동료들 눈에 난 이상한 사람이었고, 지금도 아마 그럴 거예요. 엘리 양도 마찬가지예요. 우리는 물살을 거슬러 헤엄을 치고 있어요. 우린 여자고, 네덜란드 황금기에 대해서는 알려진 게 별로 없으니까요. 난 일찍부터 눈 속을 헤치며 베르메르를 쫓았어요. 베르메르가 날 끌고 다녔죠." 혼스비가 책을 몇 장 넘기더니 책장에 다시 꽂는다. 그런 다음 다시 힘 있게 엘리를 향해 돌아선다. "난 운이 좋았지만, 그래도 매일 아침 남자 동료들보다 가장 먼저 출근하고, 가르치는 학생도 가장 많아요. 분명히 말하지만 종신 교수직을 얻는 건 힘든 일이에요. 빌어먹을 원형 경기장이나 마찬가지죠." 혼스비가 앞으로 나와 책상에 몸을 기대며 말한다. "다른 쪽으로 자연스럽게 섞여들어갈 수 있으면 그렇게 해도 나쁠 거 없어요. 무신경한 말처럼 들리겠지만, 아주 틀린 말은 아니에요." 그녀가 팔짱을 낀다. "이 논문을 어떻게든 정리하고 이제 인생의 다음 단계로 나아가도록 해요. 알려진 작품이 한 편밖에 없는 이류 네덜란드 여성화가로 경력을 쌓을 수 있는 사람은 아무도 없어요. 더 포스는 뒤로 빼세요. 그것이 내 강력한 의견이에요."

혼스비가 책상 위에 있던 종이 뭉치를 엘리에게 건넨다. 동그라미 표시와 필기체로 휘갈겨 쓴 메모가 빼곡하다.

엘리가 원고를 품에 안는다. 그녀는 손이 떨리고 있음을 깨닫고, 원고를 혼스비의 터키 양탄자에 내던지고 싶은 충동과 싸운다. "교수님 충고를 따를 수 있을 것 같지 않군요. 저는 사라 더 포스가 네덜란드 황금기의 가장 중요한 여성화가라고 확신해요."

혼스비가 겨우 들릴 만한 소리로 한숨을 내쉰다. "찰스 디킨스가 책을 한 권만 썼으면, 어느 누구도 그의 이름을 모를 거예요."

엘리가 숨을 약간 헐떡이며 말한다. "하지만 가명이나 익명으로 수십 권을 더 썼다는 사실이 밝혀지면요? 세기의 발견이 아닐까요?"

혼스비가 재킷 단추를 채우며 말한다. "내 말이 맞았네요. 엘리 양은 화가 나 있네요. 온당하지 않아요."

엘리는 자신을 못마땅하게 여기는 19세기 귀족 미망인에게 뺨을 맞은 기분이다. 그녀는 침을 삼키고, 원고를 내려다보고, 문을 향해 천천히 걸어간다.

시드니로 가는 길
2000년 8월

마티 드 그루트는 태평양 위 어딘가에서 그림과 처음으로 떨어진다. 그는 그림을 양모 담요로 싸서 꼰 실로 묶었고 "개인 소지품"이라는 이름으로 1등석 표를 샀다. 누가 물어보면 네덜란드인 여자 친구라고 대답한다. 이 나이쯤 되면 돈이란 것은 추상적인 개념, 월별 정산서에 적힌, 너무 작아서 읽을 수 없는 산세리프 체의 숫자에 불과하다. 돈은 아주 많다. 항상 그랬다. 마티는 평생 부유함이라는 푹신푹신한 가드레일이 없었던 적이 기억나지 않아서 부끄러울 정도이다. 그는 통로를 지나 오스트레일리아 과일과 치즈와 와인이 차려진 풍성한 뷔페 테이블을 지나친다. 레이철과 그녀가 옥상에서 개최하던 저녁 모임, 세상을 떠나거나 치매에 걸린 옛 파트너들이 떠오른다. 마티만이 아직 살아남아서 매일 아침거리로 나가 베이글을 사서 가슴에 따뜻하게 품고 3층짜리 아파트로 돌아온다. 마티가 화장실로 느릿느릿 다가가자 1등석 승무원이 따뜻한 미소를 짓는다. 그것은 얌전한 정신박약아를 보며 짓는 표정, 누구를 향할지 알 수 없는 적의에 대비하는 보험 같은 미소이다. 마티는 작은 화장실로 들어가서 자리에 앉는다. 요즘은 오줌을 누는 것이 적절한 때와 인내심, 뉴턴 물리학의 문제가 되었다. 엘살바도르 출신의 요리사 겸 청소부 닐라는 다른 사람들에게 말하는 것보다 더 자주 침대보를 바꾼다. 그 대가로 늙은 마티는 그녀에게 월급을 많이 주고 그녀의 십대 아들에게 값비싼 선물을 사 준다. 닐라는 퀸스에 사는 미혼모로, 일주일에 세 번 마티의 집으로 찾아오고, 레몬 비누 향이 난다. 마티는 아파트에 닐라가 있으면 행복하지만 그녀가 떠날 때도 행복하다. 닐라는 마티라는 이름의 육체에 대해서, 걸어다니는 재난에 대해서 절대 불평하지 않는다. 그녀는 그 육체를 위해서 청소하고 요리한다. 마티의 입장에서는 자신의 나이—여든셋? 여든다섯?—역시 추상적인 개념으로, 해독할 수 없는 작은 글씨이다. 마티는 구약 성서에 등장하는 구백 살까지 살았던 남자들을 생각한다. 진흙으로 만든 남자들. 아담이었나, 노아였나?

마티가 자리에서 일어나 변기 뚜껑을 닫고 물을 내린다. 초음속 비행기가 내는 우웅거리는 소리를 들으니 전쟁 전의 에스프레소 기계가, 미드타운의 카페에서 쓰던 커다란 이탈리아 기계가 생각난다. 아래쪽으로 당기는 크롬 손잡이와 베스파 오토바이만큼 시끄러운 스팀 펌프가 있었다. 마티는 무엇을 보아도 죽음을 떠올리지 않는다. 높은 고도에서 배설물을 흘려보내는 것도 죽음을 연상시키지 않는다. 이것이 90대에 가까워지면 찾아오는 아이러니이다. 마티는 제대로 작동하는 신체 기관이 점점 적어질지라도 영원히 살 수 있을 것만 같은 느낌에, 가끔 자기가 얼마 남지 않은 시간을 끌고 있다는 것을 스스로에게 일깨워줘야 한다. 그래야 힘을 낼 수 있다. 마티는 마지막으로 남기는 자신의 독백이 재산세와 퀸스의 작은 마을 파 로커웨이에서 먹었던, 홈메이드 마요네즈가 들어간 아주 맛있는 생선 샌드위치에 대한 것이 되지 않을까 생각한다. 그는 화장실의 좁은 거울에 비친 자기 얼굴을 보지 않는다. 그 비참한 모습을 봐서 좋을 것이 없다. 딱 하루 고용한 성격파 배우 같다. 마티가 자기 옷을 주의 깊게 살펴본다. 콴타스 항공은 태평양 건너로 스테이크라도 배달하는 것처럼 일등석을 냉방하고 있기 때문에 마티는 황갈색 셔츠와 안감을 댄 윈드브레이커를 벌써 열두 시간째 입고 있다. 닐라는 마티에게 사냥 금지 구역 관리인처럼 옷을 입는다고 하지만 마티는 종군 기자나 조류 관찰자에 더 가깝다고 생각한다. 주머니가 수천 개쯤 달린 야전 조끼가 그의 짐 어딘가에 있다. 넉넉한 주머니 개수가 윤리적 원칙의 문제가 된 것은 언제일까? 마티는 그 조끼를 입고 지퍼를 채운 다음 땅에 묻히고 싶다. 그의 마지막 전쟁터에서의 임무.

자리로 돌아오자 승무원이 음료수를 새로 따라주고 담요를 하나 더 가져다준다. 허약한 늙은이는 담요가 아무리 많아도 모자라기 때문이다. 콴타스 승무원이 빳빳한 검정 앞치마를 두르고 레드와인을 따라주면서 낮은 목소리로 말을 건다. 보청기가 고장 나서 승무원 제롬의 오스트레일리아 사람다운 다정한 말이 희미하고 웅웅거리는 파동으로밖에 전해지지 않는다. 마티는 고개를 끄덕이고 미소를 지은 다음 담요로 싼 그림에 손을 얹는다. 1만 킬로미터의 상공이라니, 시간대나 국제 날짜 변경선에 신경 쓰지 않고 흥겹게 술을 마시기에 이보다 더 좋은 곳이 어디 있을까? 지금이 새벽 네 시이고 피지 상공을 지나는 중일지도 모르지만, 시라즈 와인 한 잔이면 충분하다. 마티가 이 말을 소리 내어 했는지, 아니면 뭔가 자기비하적인 말을 했는지, 제롬이 건방진 미소를 지으며 통로를 지나간다. 조명이 어둑해지더니 창문이 암흑으로 덮이고, 머리카락처럼 가느다란 새벽빛이 지평선을 깨뜨린다. 마티는 높은 상공의 어둠, 비행 중의 고요함을 보면 항상 심해 바닥이 떠오른다. 비행기를 타면 잠수함에 탄 듯한 느낌, 성층권을 긁으며 지나가는 것이 아니라 가장 밑바닥을 준설(浚渫)하는 느낌이 든다. 별들이 새까맣고 둥근 지붕에 바늘구멍을 내지만 마티는 항상 수면을 올려다보는 것 같다, 물이나 얼음 한 겹 너머로 별들을 올려다보는 것 같다.

시드니에 도착하기 두 시간 전에 아침 식사가 나오고, 마티는 칸이 작게 나누어진 쟁반을, 놀라움이 가득한 도시락 상자를 탐닉한다. 정확히 말해서 미니어처는 아니고 30퍼센트 정도 줄인 것 같다. 마티는 쟁반에 담긴 음식을 전부, 과일과 요거트까지 모조리 먹는다. 미각이 사라지고 있지만 근육의 기억 같은 것이, 지난 식사들의 메아리가 남아 있다. 이제 태양이 창밖에서 번득이고 거의 모든 사람들이 창문 가리개를 내린다. 마티는 자기 창문을 열어 놓고 쐐기 모양으로 들어오는 하얀 햇빛 속에서 「타임스」를 읽는다. 자기가 사는 도시의 신문을 들고 세상의 반대편까지 갈 수 있다. 마티에게는 기적 같은 일이다. 그는 제롬에게 세관 신고

서 작성을 도와달라고 한다. 어떤 형식이든 서류만 보면 혈압이 치솟는다. 마티는 경련을 일으키듯 흔들리는 활자체 글씨를 한 칸에 몰아넣을 수가 없다. 그는 발목이 부었음을 깨닫고 이부프로펜을 찾아서 좌석 주머니를 뒤적이다가 무엇을 찾고 있었는지 잊어버리지만, 여행 일정표를 발견하자 자기가 묵을 호텔 이름을 찾던 것이라고 생각한다. 현재 살아있는 사람들 중에 여행사를 쓰는 사람은 마티밖에 없을 것이다. 마티가 한번도 만난 적 없는 여행사의 담당 직원은 원래 법률회사에서 일하던 여자였다. 그녀는 전화선 반대편 끝의 목소리, 비행기 좌석과 외국의 대량 수송 기관에 대해서 읊어주는 여자이다. 그녀는 종이가 없는 전자 항공권을 설명하려고 여러 번 애썼지만 마티는 흰색 종이에 검은색 글씨가 인쇄된 표를 달라고 말했다. "종이가 없는 표라는 건 모순어법이오." 마티가 전화기에 대고 말했다.

비행기는 대륙의 가장자리를 향해, 깎아지른 사암 절벽과 붉은 테라코타 지붕과 올리브 같은 다갈색 나무 꼭대기를 향해서 날아간다. 마티는 좌석 등받이에 달린 모니터로 착륙 상황을 보며 비디오 게임 아이콘처럼 화면에 픽셀로 표시된 비행기와 창밖으로 보이는 풍경을 비교한다. 비행기가 착륙을 위해 고도를 낮추자, 보터니 만의 정유 공장이 보인다. 비행기가 활주로에 내리자 마티는 승무원의 말대로 하기(下機) 준비를 한다. 깃에 수놓인 분홍색 카네이션만 아니었다면 이 말을 하는 승무원이 군인 출신으로 보였을 것이다. 마티는 공항에서 쓰는 특수 용어를 들으면 항상 불편했다. 그는 그림을 들고, 다리인지 건널 판자인지를 건너가면서 그 모든 것이 낯설게 만들기 수법이라고 생각한다. 마티는 기내용 여행가방과 그림만 가지고 왔기 때문에 사람들을 헤치고 짐 찾는 곳을 지나 세관에 가장 먼저 도착한다. 짧은 소매 셔츠에 배지를 단 20대 풋내기가 세관 신고서에 왜 그림이 적혀 있지 않은지 마티에게 묻는다. 마티는 그림을 뉴 사우스 웨일스 미술관에 빌려주기 위해서 가지고 왔다고 대답하고, 그러자 당연히 일이 복잡해진다. 곧 조금 더 나이 많은 남자들이 모여들어 서식과 절차에 대해서 고심한다. 마티는 그림을 풀지 못하게 하지만 엑스레이 기계에 통과시키는 것은 허락한다. 공항 직원들이 마티의 제안을 받아들이고 비닐을 씌운 의자가 있는 라운지 구역으로 마티를 데려가더니 검사가 끝날 때까지 기다리라고 말한다. 결국 마티가 그림을 돌려받고 터미널로 나간다. 사람들이 난간을 따라 일렬로 서 있고 승객들이 짐을 끌며 흰 타일이 깔린 공항으로 나간다.

기온이 영상 10도가 넘는데도 인도인 택시 기사는 눈보라 속으로 나가는 사람처럼 옷을 껴입고 히터를 세게 틀어 놓았다. 마티는 맨해튼의 여름을 떠나 시드니의 겨울에 도착했지만, 시드니는 센트럴 파크에 튤립이 피기 직전의 초봄 같은 날씨이다. 마티는 차선이 반대라는 사실을 갑자기 깨닫는다. 그는 클린턴이 대통령이 되기 전부터 운전을 하지 않았지만 차선이 반대가 되자 불안해진다. 그림은 뒷좌석 그의 옆에 놓여 있고 여행 가방은 트렁크에 있다. 마티가 기사—햇빛 가리개에 꽂혀 있는 신분증에 따르면 마헤시이다—에게 여행 일정표에 적혀 있는 호텔 이름을 불러주자 그곳이 어디인지를 아는 눈치이다. 그는 마헤시에게 담요 안에 소중한 그림이 들어 있는데, 온도 변화에 민감하니 히터를 줄여줄 수 있냐고 묻는다. 마헤시는 아무 말도 하지 않지만 온도를 낮춘다. 그들은 창고와 가구점이 있는 상업지역를 지나 주택지역으로 들어선다. 웅크린 단층 주택 앞 작은 안마당에는 타일이 깔려 있고, 양치식물이나 야자수 화분이 놓여 있다. 시내가 가까워지니 금속 세공 발코니와 양쪽 여닫이문이 달린 2층, 3층짜리 빅토리아 양식의 테라스 주택들이 보인다. 뉴욕의 브라운스톤 주택의 먼 친척이다. 마티는 차 계기판의 주황색 디지털 숫자를 보면서 손목시계를 맞춘다. 오전 9시 6분이지만 요일을 모른다는 사실이 불쑥 떠오른다. 수요일에 출발해서 어디선가 하루를 잃었는지 얻었는지 했는데, 기억이 나지 않는다. "기사님, 오늘이 무슨 요일이지요?" 기사가 백미러를 통해 경계하는 눈빛으로 마티를 보면서 금요일이라고 말해준다.

호텔에서 보내는 주말이, 말도 잘 안 들리고 이해할 수도 없는 관광객들과 함께 관광을 하는 모습이 그려진다. 마티는 카메라를 들고 기념탑 주변을 어슬렁거리거나 그림 같은 저택을 당일 견학하는 스타일이 절대 아니었다. 그는 도시 뒷골목을 구석구석 걸어다니면서 마음속에 지도를 그리고, 부동산 앞에 멈춰서서 침실 세 개 화장실 두 개짜리의 괜찮은 교외 주택이 얼마쯤 하는지 알아보는 것을 좋아한다. 레이철은 이런 도시 사파리 여행에 항상 짜증을 냈다. 유럽의 여러 강으로 고급 크루즈 여행을 떠나도 마티는 방에 틀어박혀 있거나 접이식 의자에 누워서 미국 신문만 읽다가 외딴 도시를 네 시간씩 산책했다. 레이철은 전단지,

지도와 안내서, 토종 꽃과 새들의 그림을 열심히 보았고 여행하는 나라나 도시의 심오한 배경에 마티가 관심을 가지게 만들려고 애썼다. 그러나 마티는 거리에서 우연히 발견하면 모를까, 그 무엇도 알고 싶어하지 않았다. 그는 관심사가 많지 않았다. 술집, 식당, 호텔 로비에 걸린 그림, 두 시간쯤 미술관을 둘러보기(가이드를 따라다니거나 우스꽝스러운 헤드폰을 쓰는 일은 절대 없었다), 그 지방의 특색, 분주한 거리에서 먹는 싸구려 음식, 깃털 베개와 단단한 매트리스, 방으로 가져다주는 아침식사. 마티는 주머니가 잔뜩 달린 야전 조끼에 약과 외국 동전과 치실을 넣어서 입고 다녔다. 두 사람은 수십 개 나라에 같이 갔지만 마티는 식사와 호텔방밖에 기억하지 못했다. 레이철은 마티가 호기심이 없다고, 사람들의 역사에 대해서 알고 싶어하지 않는다고 못마땅하게 여겼다. 그는 공원과 길거리와 샌드위치를 통해서 사람들을 알고 싶다고 말했다. 마티는 기자처럼 작은 스프링 수첩에 뭔가를 적기는 했지만 두 번 다시 읽어보지 않았다. 그의 야전 조끼에는 볼펜만 넣는 주머니가 있었다. 이제 레이철은 세상을 떠났고—벌써 십 년이 되었던가?—마티는 이제 체력이 급속히 떨어져서 거의 여행을 하지 않는다. 마티는 닐라에게 이제 곧 집에 바퀴가 달린 침대가 놓이고 간병인이 들어와서 그의 은밀한 곳을 스폰지로 닦을 것이라고 말한다. 그것은 피할 수 없는 막다른 골목이다. 마티는 요양원이나 병원에서 죽지 않을 것이다. 그것이 부(富)가 보장하는 최후의 보루이다. 하지만 돈 많은 늙은이도 오줌은 앉아서 싸야 한다. 닐라는 이 말에도 역시 고개를 저으며 괴로워한다.

"호텔 대신 뉴 사우스 웨일스 미술관으로 가도 괜찮겠소?" 마티가 기사에게 말한다. "가깝습니까?"

"아주 가까워요."

"고맙습니다."

"네, 손님."

뉴욕에도 마헤시 같은 기사가 더 많으면 좋겠다. 대좌와 기둥, 석조 장식을 갖춘 전형적인 미술관 건물 앞에 택시가 선다. 마티는 기사에게 돈을 낸 다음 그림과 바퀴 달린 여행 가방을 들고 계단을 오른다. 정문에 도착해서 그를 보는 경비원의 시선이 느껴지자 그제야 이 일 자체가 정말 말도 안 된다는 것이었다는 생각이 든다. 그는 자기가 왜 이런 결정을 내렸는지, 왜 이렇게 해야겠다는 생각이 반점처럼 좀처럼 떨어지지 않았는지 잘 모르겠다. 엘리의 존재 때문이기도 했지만, 설명을 거부하는 부분, 시간과 죽음을 넘어서 과거로 돌아가거나 뭔가를 보상하거나 그저 다른 시간대에 다시 등장하는 듯한 어둡고 신비로운 느낌이 있었다. 마티는 너무나 많은 사람들을 먼저 보냈지만 엘리는 아직 살아 있었고, 어느 모로 보나 성공을 거두었다. 마티는 엘리를 두 눈으로 똑똑히 보기 위해서, 그녀의 시작이 어떠했는지 엘리에게 상기시켜주려고 여기 온 걸까? 아니다, 마티는 쓰라리고 오래되고 뜨거운 이 회한에 경의를 표하러 왔다고 생각한다.

마티가 경비원에게 맥스 컬킨스 관장을 만나러 왔다고 말하자 경비원이 그를 살펴본다. 합판 같은 것을 담요로 싸들고 발을 절룩이는 미친 사람이다.

"기다리고 있을 겁니다. 뉴욕에서 온 마티 드 그루트라고 전해 줘요."

전화기를 든다. 전화를 건다. 수화기에 대고 무슨 말을 조심스럽게 중얼거린다.

"누가 모시러 내려온답니다." 경비원이 조금 바뀐 말투로 말한다.

잠시 후 예쁜 어시스턴트가 내려오고—그녀를 보니 세월 속에서 잃어버린 또 다른 이름, 그레천(주 상원의원과 결혼했던가?)이 생각난다—마티는 안쪽의 사무실로 안내를 받는다. 나무로 된 바닥의 갤러리를 지날 때 빛이 연철과 유리로 만든 천창을 통해 폭포처럼 쏟아지고, 그 가장자리에 인상주의 작품과 오래된 유럽 작품이 걸려 있다. 전시실 벽은 풍성한 회색과 버건디 색으로 칠해져 있었지만 위층 사무실은 전부 흰색이고 딱딱한 칸막이로 가득하다. 어시스턴트가 커피나 물을 마시겠느냐고 묻는다. 끈으로 묶은 담요 안에 무엇이 들어 있는지 묻는 것은 금기이기 때문에 두 사람은 긴 비행에 대해서 이야기를 나눈다. 임원실에 도착하자 말쑥한 사람이 나와서 두 사람을 맞이하며 맥스 컬킨스라고 자신을 소개한다. 그는 재치가 넘치는 남자로, 파스텔톤 양말을 신고 있고 창백한 얼굴에는 연한 곰보 자국이 나 있다. 악수를 할 때는 외교관이나 정치가처럼 맞잡은 손에 다른 손을 얹어서 꽉 누른다. 마티는 사무실로 다시 들어가는 남자를 뒤따르며 남자의 맞춤 양복에, 바지 아랫단 밑에서 윙크를 하는 라벤더 색 양말에 감탄한다. 놀랍게도 그의 사무실 벽에는 미술 작품이 거의 없다. 매끈매끈한 책상 뒤에 걸린 홍보용 사진들 속의 컬킨스는 미술관 신축 별관 앞에서 거대한 크기의 수표를 들고 번쩍이는 불도저의 날 뒤에 서 있다. 마티는 컬킨스가 여행 가방이나 담요로 싼 네모난 뭉치를 똑바로 보지 않고 있다는 사실을 알아차린다. 길가던 사람이 여행 가방과 포장한 그림을 들고 미술관으로 들어오는 게 흔한 일이라도 되는 것 같다. 어시스턴트가 비스킷과 프렌치 프레스에 담긴 커피를 가지고 들어온다. 마티가 블랙으로 마시겠다고 말하자 그녀가 커피를 한 잔 따라 준다. 어시스턴트는 맥스에게도 커피―우유와 설탕 두 개―를 타 준다. 마티는 이 남자에게 가지고 있던 신망이 한 겹 벗겨지는 것이 느껴진다. 어시스턴트가 밖으로 나가더니 유리문을 닫는다.

"보통 운반인과는 많이 다르다는 말씀을 드리지 않을 수가 없군요. 그림을 여기까지 직접 가져다주시다니, 정말 마음이 넓으시네요." 맥스가 말한다.

"제 나이쯤 되면 기회가 있을 때마다 다리를 움직이고 싶지요. 신발을 신는 데만도 한 시간은 걸리니까요."

관장이 킥킥 웃는다. 두 사람이 커피를 마신다.

"메트로폴리탄 미술관에서 일하는 동료는 마티 씨가 가족이나 마찬가지라고 하더군요."

"일종의 구애 행동이라고 할 수 있죠. 메트로폴리탄은 60년대부터 제 수집품을 탐냈고 제가 자식도 없는 홀애비라는 사실을 알아냈으니까요. 미술관 입장에서는 운이 좋았죠."

관장이 가죽 의자에 몸을 뒤로 기대고 앉아 퉁명스러운 농담을 잠자코 듣는다. 그는 어려운 그림을 멀찍이 떨어져서 보듯이 마티를 찬찬히 파악하는 것 같다. "더 포스의 그림을 대여해주셔서 저희가 얼마나 흥분했는지 모릅니다. 저희에게는 무척 의미가 큰일이거든요. 그림을 가지고 오시면서 곤란한 일은 없었겠지요."

관장이 담요로 싼 그림을 처음으로 흘깃 쳐다보는 것을 마티가 지켜본다.

"큐레이터를 만나서 그림을 직접 전해주고 싶었소만."

"작품도 대부분 그렇지만, 아쉽게도 큐레이터도 빌려야 하거든요. 엘리너는 시드니 대학교에서 학생들을 가르치면서 일주일에 몇 번 정도 미술관에 옵니다. 최근에는 늦게까지 일이 많아요. 전시 공간을 아직까지 수리 중이라서요."

"전시회는 언제 시작합니까?"

"다음 주입니다. 사실 아슬아슬하게 오셨어요. 거의 포기하고 있던 참입니다."

"놀라게 해드려서 죄송하군요."

"당치 않은 말씀입니다." 맥스가 미소를 지으며 말한다.

마티가 그림에 한 손을 올린다. 불거진 혈관과 작은 갈색 혹성 같은 검버섯이 눈에 들어온다. 누구의 손인지 전혀 알아볼 수가 없다.

"시드니에 오래 머무실 계획입니까?"

"모르겠습니다."

"음, 전시회 시작할 때까지 계시면 정말 좋겠군요. 특별 손님으

로 초대하고 싶습니다. 시드니에 계시는 동안 관광 안내도 해드릴
수 있고요. 큐레이터에게 미술관을 안내해드리라고 할까요?"

"네, 좋습니다." 마티는 미술관 투어를 큐레이터에게 맡기다니
모양새가 좋지 않다고 생각한다. 신망이 또 한 꺼풀 벗겨진다. 여
전히 그림에 손을 올리고 있는 마티는 맥스가 자신에게 손을 떼라
는 말을 어떻게 할지 궁금해진다. 마티는 그 순간을 기다리며 커
피를 마신다.

"사실 네덜란드에서도 사라 더 포스의 그림이 두 점 오기로 되
어 있었는데, 마티 씨의 그림을 검사해봐도 되겠습니까? 작품을
전시할 때까지 아직 며칠이 남아서 빌려온 그림은 모두 창고에
보관중입니다."

"검사라고요?"

"이번 전시회는 얼마 안 되는 더 포스의 그림을 한 전시실에서
선보이는 드문 기회입니다. 저희 직원 중에 과학자가 있는데, 엑
스레이와 적외선 이미지로 마법을 부리는 친구죠. 화가가 마지막
붓질을 하던 날 아침으로 뭘 먹었는지도 말해줄 겁니다. 캔버스
한 올도 다치지 않을 거라고 보장합니다. 보험에 다 보장되어 있
어요."

마티는 탁자 밑에서 흔들리는 맥스의 신발을 보며 잔을 비운다.
입천장이 델 것처럼 뜨겁지만 정수리에 따뜻한 물을 들이부은 것
처럼 카페인이 기분 좋게 밀려든다. "서류를 봐야겠군요. 이 그림
은 아이작 뉴턴이 태어났을 때부터 우리 집안 소유였습니다."

역사적 사실에 대한 구체적인 언급까지 등장하자 맥스 컬킨스

가 불리해진다. 그가 소리 없이 휘파람을 불고 고개를 젓는다. "기적이군요, 정말." 그런 다음 다시 몸을 추스른다. "네, 당연하지요. 충분한 시간을 들여서 서류 작업을 해야죠. 필요하다고 생각하시면 변호사와 의논도 하시고요. 보존 전문가를 불러서 모든 사항을 검토하라고 지시하겠습니다." 맥스가 손가락 끝을 교회 첨탑처럼 뾰족하게 모으면서 아랫입술을 깨물었다. "제가 그림을 잠깐 보면 안 되겠지요?"

마티가 일어서서 책상 가장자리에 커피 잔을 내려놓는다. 그가 그림을 들고 맥스를 따라 사무실 구석의 책상으로 간다. 책상 위에는 옛날 지도가 놓여 있고 반투명한 종이가 덮여 있다. 마티가 그림을 내려놓자 맥스가 은도금 손잡이의 작은 종이칼을 꺼낸다. 마티가 그것을 받아서 꼰 실을 자른다. 그가 두꺼운 담요를 젖히자 초록색 펠트천이 나온다.

"당구대 천인가요?" 맥스가 묻는다.

"눈썰미가 좋군요. 당구대 천을 갈았을 때 이런 상황에 대비해서 옛날 천을 보관해두었지요."

"좋은 생각이네요."

마티가 초록색 펠트 천을 젖히고 그림의 앞면을 드러낸다. 그가 생각한다. 완벽한 상태군. 택시를 타고 공항으로 갈 때와 공항에서 올 때만 빼면 온도 변화가 크지 않았다. 맥스의 커프스 소매가 그림을 향해 조금씩 다가간다. 마티가 법률회사 파트너일 때 입던 것과 비슷한 셔츠이다. 마티는 관장의 얼굴에서 뭔가를, 그림의 역사를 알아보는 표정을, 이렇게 늙은 노인이 이 선물을 가져다주려고 직접 싸들고 지구를 반 바퀴나 돌아와서 다행이라는 표정을 찾는다. 당신이 커피를 블랙으로 마시고 직접 미술관을 안내해주겠다고 했다면, 멋쟁이 보라색 양말을 신고 전시실을 직접 소개해주었다면 더 마음에 들었을 거요. 그러나 맥스의 얼굴에서 마티가 알아볼 수 있는 것은 다른 것, 소리 없이 깜짝 놀란 표정이다. "이거군요." 맥스가 말한다. "이거예요."

맨해튼
1958년 9월

레드 해먼드가 수화기 너머에서 "현장 보고"라는 것을 읊고 있다. 그가 마티에게 보낸 봉투에는 부엌 식탁 위로 몸을 웅크린 여자를 찍은, 화질 나쁜 사진과 명함이 들어 있었다. 마티는 손가락 사이에 명함을 끼우고 뒤집어 보았다. 엘리너 **시플리**, 미술품 복원 전문가. 품위 있는 베이지색 명함으로, 글자가 진중하게 인쇄되어 있고 기울어진 글자체로 전화번호가 적혀 있다. 예술적인 절제를 약속하는 명함이다.

레드가 말한다. "어느 모로 보나 그 여자가 틀림없습니다."

"그런 것 같군요. 이 여자에 대해서 뭘 알아냈습니까?"

그러나 레드는 결과에 대해서 말할 준비가 되어 있지 않다. 그는 말레이시아 정글에서 막 돌아온 사람처럼 일주일 동안 브루클린에서 정찰한 이야기를 하고 싶어한다. "그곳 사람들이 뭘 먹고 사는지 정말 모르겠어요. 배고파 죽겠는데 괜찮은 베이글 하나 안 보이더라니까요. 게다가 그쪽 사람들은 평행 주차가 뭔지도 모르나 봐요. 웬 멍청이가 경계석 옆에 차를 대지 않으려고 해서 몇 시간씩 아파트를 빙빙 돌 때도 있었다니까요. 또 아파트는 너무 작아서 옷을 전부 차에다 보관하는 건지, 원. 차가 교통수단이 아니라 주차된 옷장, 가만히 서 있는 빨래통이에요. 분명히 말하지만 브루클린에 가보면 뉴저지의 에지워터가 더 문명적으로 느껴질 정도예요."

"또 알아낸 건요?"

"저는 부랑자에게 돈을 주고 차를 좀 지켜봐달라고 부탁한 다음 그 여자를 따라 시내로 나갔습니다. 100번가 쪽 컬럼비아 대학에 갔다가, 액자 가게에 갔다가, 커피숍이나 식당에서 고객을 몇 명 만나더군요."

"어떤 고객이지요?"

"엿들은 대화 내용으로는 합법적인 복원 계약 같았습니다. 자기가 복원한 그림들을 바인더에 정리해서 멋진 포트폴리오를 만들었더군요. 난 바인더가 좋아요. 비닐 재킷에 종이를 넣을 수 있는 바인더 아시죠?"

"네, 압니다. 그러면 확실한 증거는 없는 겁니까?"

"지금으로서는 그래요. 하지만 펜탁스 카메라의 줌 렌즈를 통해서 그 여자가 부엌에서 그림 그리는 모습을 지켜봤지요. 날이 밝기도 전에 일어나서 남성용 셔츠를 입고 그림을 그리더군요. 그 지저분하고 작은 아파트를 눈높이에서 보려고 제가 고와너스 고속도로까지 걸어갔습니다. 다칠 수도 있고 법원에 소환될 수도 있지만 말이죠. 제 생각에 그런 아파트는 가구를 갖춘 간이 부엌이라고 불러야 해요. 머피 침대* 끄트머리에 앉아서 요리도 할 수 있겠더라고요. 그런데 머피가 누굽니까? 그 사람은 어쩌다가 자기 이름을 딴 침대를 갖게 된 거죠?"

마티는 사진 속의 액자 같은 창문 너머에 서 있는 여자를 찬찬히 본다. 여자는 날씬하고 창백하고, 헝클어진 벌꿀색 금발 머리가 어깨까지 내려온다. 눈은 내려뜨고 한 손에 붓을 들고 있다. 연청색 옥스퍼드 셔츠는 세 번째 단추까지 풀려 있고, 드러난 쇄골과 목에 이른 아침 햇빛을 비친다. 머리의 각도 때문에 얼굴은 잘 보이지 않는다. 카메라는 그녀의 이마와 헝클어진 정수리를 포착했다. 어딘가 단정하지 못하고 불행하게 보이는 그녀의 모습은 마티가 생각했던 성공적인 미술품 위조범과 달랐다. 계산력, 안료를 정확하게 섞는 성격, 필수적인 배짱과 용기. 사진에는 그런 것들이 하나도 없다. 깜빡 잊고 목욕을 하지 않는 이십대 중반의 여자 같다. 그는 레드에게 최종 보수를 보내겠다고, 추가 지시를 기다리라고 말한다.

레드가 말한다. "하나 더."

"뭡니까?"

"억양이 특이했는데, 남아프리카 공화국이나 영국, 오스트레일리아 중 하나인 것 같습니다. 보스턴일 가능성도 있고요."

"참 대단한 언어학자군요, 레드." 마티가 말한다. "연락하겠습니다."

그는 전화를 끊고 창밖을 내다본다. 남향의 새 사무실에서는

---

* 접어서 벽장에 넣을 수 있는 형태의 침대.

미드타운의 스카이라인이 보인다. 맑은 날이면 엠파이어스테이트 빌딩도 보인다. 늦은 오후가 되자 석회암과 화강암이 햇빛을 받아 길쭉한 스테인리스강처럼 번득인다. 그는 깎아지른 절벽과 모호크 인디언을, 이 도시의 아이콘을 만들기 위해서 왔던 모든 퀘벡 출신의 철공들을 생각한다. 마티의 작은 환상은 그레천이 인터폰으로 오늘의 마지막 회의가 곧 열린다고 알려주면서 깨진다.

마티는 일주일에 한 번, 일이 끝난 후 여덟 블록을 걸어가서 스포츠클럽에서 스쿼시를 친다. 라켓볼을 치는 동료들은 스쿼시를 비웃기 때문에 마티는 사무실이 아닌 다른 곳에서 스쿼시 친구를 찾아야 한다. 마티는 영국 출신의 삼촌에게서 스쿼시를 배웠고, 운동을 같이하는 친구들 역시 심박이 안정적이고 영국을 좋아하는 친척이나 운동을 좋아하는 유럽인 아버지에게서 스쿼시를 물려받았다. 만난 적 없는 아마추어무선 동료들이 대부분 그렇듯이 스쿼시 동지들도 관습에 저항하는 경향을 가지고 있다. 그들은 빽빽한 변속기 때문에 몰기 어려운 수입 자동차를 타고 다니고, 그들 중 한 명은 일 년에 두 번 파리에서 면세로 사 오는 던힐 담배를 피우고, 자기 생각을 솔직히 말하는 것을 좋아한다. 마티는 포드를 몰고 미국산 맥주를 마셔야 한다는 것을 알고 있지만, 아일랜드산 포터 맥주와 스타우트 흑맥주를 마시고 평생의 절반을 자동차 정비공과 지내야 하는 시트로엥 DS-19를 몬다. 그는 한국 전쟁이나 제2차 세계대전에 참전한 적도 없었기 때문에 자신의 경박하고 비애국적인 습관이 가끔 마음의 짐이다.

핵심 그룹은 네 명이고, 매주 리그전을 해서 전체 승자를 정한다. 소더비의 유럽 미술품 판매 부장인 스위스계 독일인 프레데리크 크릴이 늘 모두를 이긴다. 그는 키가 크고 사자 같은 남자로, 매주 멋진 셔츠를 흠잡을 데 없이 입고 새끼염소 가죽으로 만든 운전용 모카신을 신고 탈의실에 등장한다. 마티는 그의 옷차림과 액세서리를 뻔뻔하게 흉내 낸다. 프레데리크는 우아하고 남성적인 스타일의 표본이다. 그는 코트에서 거칠게 서브를 넣거나 멋진 직선 드라이브로 공을 구석으로 보내고, 동료들이 루프트바페(Luftwaffe)라고 부르는, 전설적인 결정타를 날린다. 마티는 크릴에게 5-6점 차이로 질 때면 "루프트바페에 당했다"거나 "힘러에게 당했다"고 말하곤 한다.* 프레데리크는 마음씨 좋은 승리자이기 때문에 이런 식으로 놀려도 유연하게 넘어간다. 마티는 자신이 제3제국 아리아인 귀족 프레데리크에게 무참히 패배하지 않는 것은 스위스 피와 독일 피가 적당히 섞여 있기 때문이라고 생각한다. 프레데리크의 눈은 운모(雲母)가 군데군데 박힌, 차갑고 높은 산처럼 파랗다. 마티는 그 눈을 보면 스카치위스키 잔 안의 얼음이 생각난다.

마티와 프레데리크 외에 외과의사 윌 터너와 매디슨 애비뉴에 있는 광고 회사의 카피라이터 보이드 커리가 있다. 마티는 지난 몇 달 동안 위작 사건의 진행 상황을 그들에게 이야기했고, 세 사람은 열심히 귀를 기울이며 조언을 해주었다. 네 사람은 국가

* 루프트바페는 독일 공군을 부르는 말로 특히 제2차 세계대전 당시의 독일 공군을 일컫는다. 힘러는 나치 친위대의 대장이었다.

안보 문제에서부터 다른 나라의 회합에 참가해서 경솔한 발언을 할 수도 있는 에즈라 파운드를 정신병원에서 내보내야 하는가* 에 이르기까지, 온갖 어려운 문제들을 가지고 진지하게 고민하는 것을 좋아한다. 그들은 신중한 조언을 하는 것에 자부심을 느낀 다. 네 사람은 인기 없는 스포츠에 대한 애정을 공유하기 때문에 종종 진부한 지혜보다 색다른 해결책을 좋아한다.

오늘 저녁도 프레데리크가 모두를 꺾었고, 네 사람은 초록색 병에 든 수입 맥주와 스페인산 아몬드 한 그릇을 앞에 놓고 클럽 라운지에 앉아 있다. 미혼인 프레데리크를 뺀 나머지는 집으로 돌아가서 각자의 아내와 저녁 식사를 해야 하지만 클럽 라운지의 메뉴에, 그리고 웨이트리스에게 한눈을 팔고 있다. "머리카락을 높이 올려 묶은 브린 모어 졸업생"이 끊임없이 다가와서 저녁 메 뉴를 시키라고 유혹하지만 네 사람은 아직까지 고집을 꺾지 않는 다. 지하의 방치된 스쿼시 코트는 흰 페인트가 벗겨지는 콘크리 트 벙커와 비슷하지만 클럽 라운지는 마호가니와 고인이 된 회원 들의 초상화와 플러시 가죽 칸막이 좌석을 갖추고 세련되게 장식 되어 있다. 역대 대통령들이 이 라운지에서 저녁 식사를 하고 천 창이 있는 바둑판 타일의 수영장에서 수영을 했다. 마티는 최신 정보를 알려주고 엘리너 시플리라는 이름을 알아냈는데 어떻게 하면 좋을지 충고를 듣고 싶지만 대화에 끼어들지 못한다. 보이

---

* 미국 시인 에즈라 파운드는 제2차 세계 대전 중 이탈리아에서 미국을 비난하고 파시즘을 지지하는 방송을 해서 미군의 손에 체포되어 1958년까지 12년 동안 정신 병원에 억류되었다.

드가 맥주를 두 병째 마시면서 각자 업무와 관련해서 어떤 불안 몽을 꾸는지 묻는다. 그는 주제나 가설을 제시하고 대화를 이끌어가는 것을 좋아한다. 그래서 가상의 대선에서 누가 이길 것인가, 검은 표범과 재규어가 어느 한 쪽이 죽을 때까지 싸우거나 탁 트인 땅에서 달리기 경주를 하면 누가 이길까 같은 질문을 던진다. 오늘 보이드가 던진 질문은 "업무와 관련된 최악의 꿈은 무엇인가?"이다.

"반복해서 꾸는 꿈 말이야?" 윌이 정확하게 묻는다.

"반복해서 꿀 수도 있고." 보이드가 대답한다.

프레데리크가 말한다. "내 꿈은 항상 똑같아. 내가 소더비 경매장 연단에 서 있고 경매장에 사람이 가득해. 직원 몇 명은 전화 센터에서 런던의 구매자들과 통화 중이지. 그때 다음 그림이 나오고, 내 눈앞이 흐릿해져. 17세기 작품이 나와야 하는데 아무리 봐도 현대 추상화처럼 보이는 거야. 공책을 내려다보면 누가 입찰할 가능성이 높은지, 돈 많은 사람이 어디 앉아 있는지 적혀 있어야 하는데 아무것도 안 적혀 있어. 무슨 그림인지도 모르는데 어떻게 팔 수 있겠나? 결국 연단에 가만히 서 있는데 직원 하나가 다가와서 나한테 전화가 왔다고 알려주는 거야. 경매에 참가자들이 전부 팻말을 내리고 내가 경매장을 가로질러 가서 전화 받는 모습을 지켜봐."

"누구 전화인데?" 마티가 묻는다.

"수화기 너머에서 숨소리만 들려오지만 이상하게도 나는 상대방이 죽은 화가라는 사실을 알고 있어. 방금 경매장의 광경을 보고 너무 슬퍼진 거지."

모두가 말을 잠시 멈추고 프레데리크에게 감정을 이입하며 맥주를 홀짝거린다.

윌이 라켓 헤드를 찬찬히 살피며 장선을 조절해서 줄 간격을 맞춘다. "나는 큰 수술이 잡힌 날마다 꼭 하는 작은 의식이 있어." 그가 말한다. "손톱을 자르고 내 사무실에서 베르디의 오페라를 듣지. 가끔 『허클베리 핀』을 몇 장 읽을 때도 있고. 그런 다음 수술방에 들어가면 거기 있는 사람들을 전부 이름으로 부르면서 인사를 해. 못 보던 간호사가 있으면 이름을 묻고 어느 학교를 나왔는지 물어보지. 꿈에서 나는 해리 트루먼 전 대통령이랑 같이 수술을 하는데, 내가 환자를 꿰맬 때 트루먼이 그러는 거야, 내가 환자 복강에서 거즈를 안 뺐다고 말이야. 우리는 그 자리에 서서 논쟁을 벌이고, 결국 내가 환자 배를 다시 열고 붉게 물든 작은 거즈 조각을 꺼내."

"무섭군." 마티가 말한다. "내 불안몽은 아주 평범해. 면허 변호사는 서류를 잘못 접수하거나 마감을 어기는 꿈을 꾸지. 그게 세상에서 가장 슬픈 일이야. 파트너가 되기 전에는 가끔 식은땀을 흘리면서 깼어. 꿈에서 커피 카트를 끌고 회사 복도를 돌아다니면서 우편물을 배달하는 나를 봤거든. 가끔 상사가 커피 주전자에 오줌을 눌 때도 있지."

보이드가 말한다. "난 프로이트학파는 아니지만 자네들의 꿈이 암시하는 바는 아주 많군. 내 꿈은 무엇이냐면, 텔레비전에서 내가 만든 광고가 나오는데 외국어로 나오는 거야. 스와힐리어나

피진어 같은 게 나와. 나는 텔레비전 옆면을 툭툭 치지. 그런다고 영어로 바뀌는 것도 아닌데 말이야. 그러면 화면이 지지직거리다가 일그러지다가 결국 중서부 풍경이 흘러나와."

"광고는 어떻게 되는데?" 프레데리크가 묻는다.

"수상기 뒤로 빨려들어간 거지. 내가 텔레비전을 칠 때마다 풍경이 바뀌어. 빨간 헛간이 있는 작은 목조 농가랑 밧줄에 묶여 있는 말도 나와. 그런 다음 그게 내 어린 시절의 풍경이라는 사실을 깨닫지. 내가 자란 일리노이 주의 농장과 거지 같은 마을로 돌아간 거야."

"설마 진짜 그런 꿈을 꾸진 않겠지." 마티가 말한다.

"그런 말은 내 초자아한테나 해."

"이드한테 해야 할 것 같은데." 프레데리크가 사무적으로 대꾸한다.

마티가 맥주병을 든다. "주제 전환을 하고 싶은데."

보이드가 말한다. "꿈틀거릴 정도로 아주 살짝만 익힌 앵거스 스테이크 이야기가 아니면 안 들을 거야. 너무 배가 고파서 이 의자 가죽도 먹을 수 있을 것 같아. 고전 문학을 전공하는 저 웨이트리스가 다시 오면 먹을 걸 시켜야겠어. 근데 저 여자 몇 살이나 됐을까?"

"다들 아내랑 약속을 했잖아, 스낵만 먹기로." 마티가 말한다.

보이드가 말한다. "역사책 좀 읽어봐. 약속은 깨지라고 있는 거니까."

"음, 자네가 도덕적 딜레마를 고민하는 동안 내가 사라진 그림에 대한 새 소식을 알려주지."

프레데리크가 말한다. "말해봐."

"다들 알다시피 나는 허드슨 강 뉴저지 쪽 선상가옥에 사는 게
으른 사립 탐정을 고용했어. 아무튼, 그 탐정이 몇 달 동안 길거리
에서 핫도그를 사 먹으면서 캐고 다닌 끝에 이름과 사진을 가져
왔어. 공식적으로는 미술 복원가지만 내 서재 바닥에 앉아 있는
그림을 위조한 사람일지도 몰라." 마티가 주머니에서 명함을 꺼내
탁자에 올린다.

보이드가 말한다. "우리가 이걸 예상하고 있었나? 여자 미술
복원 전문가라니?"

"우리가 뭘 예상했는지 난 전혀 모르겠군." 마티가 말한다.

윌이 명함을 들고 갈색 유리 벽등 불빛 속에서 유심히 살피더니
프레데리크에게 넘겨준다. 명함 뒷면을 보고 흔들어보는 그의 손
톱이 얼마나 완벽하게 손질되어 있는지 마티가 알아차린다. 프레
데리크가 말한다. "좋은 종이군. 무게감이 있어."

"나도 그렇게 생각했어." 마티가 말한다.

"종이의 품질이 적법한 사업을 암시한다는 말이야?" 윌이 묻
는다.

"아니, 아직 그런 말은 안 했어." 프레데리크가 대답한다. "그래
서, 다음 단계는 뭐지?"

마티가 아몬드 몇 알을 입에 넣고 곰곰이 생각하며 씹는다. "음,
경찰이나 보험 회사에 이름을 알려주는 게 옳은 일이겠지. 하지만
이 여자가 어떤 사람인지 먼저 알아보고 싶은 생각도 들어."

"왜 알고 싶은데?" 윌이 묻는다. "집에 강도가 들어서 보이는 것을 전부 훔쳐갔는데 그 강도의 회고록을 읽고 싶다는 거야?"

"난 그럴 거 같은데." 보이드가 말한다.

"하나 더 있어." 마티가 말한다. "그림을 도둑맞은 후로 모든 것이 더 좋아진 게 아닌가 하는 생각이 슬금슬금 들어서. 왠지 더 강해진 기분이야."

"스쿼시 실력은 똑같던데." 보이드가 미소를 지으며 말한다. "방금 계시를 느꼈어. 스테이크를 주문해야겠어. 혈중 철분 수치가 내려가서 기분이 안 좋아. 인류를 위해서라도 스테이크를 먹어야 할 때가 됐어."

웨이트리스가 그들 쪽을 바라보자 보이드가 손을 흔들어 부른다. 그녀가 미소를 지으며 라운지를 가로질러 다가온다.

"저주 받은 그림이라는 뜻인가?" 윌이 묻는다.

"너무 감상적으로 들리는군." 마티가 말한다. "이전 소유자들은 모두 예순도 안 되어서 죽긴 했지만 말이야."

"그야 그 사람들은 네덜란드라는 말라리아 늪에서 수세식 화장실도 없이 살았으니까 그랬겠지." 보이드가 말한다.

"그 이후에도 말이야." 마티가 덧붙인다.

프레데리크가 말한다. "여기에『도리언 그레이의 초상』안 읽은 사람이 어디 있나. 그림에 초자연적 힘이 있다는 생각을 자네가 처음 한 건 아니라는 뜻이야. 난 르네상스 미술품을 경매할 때마다 펄펄 끓는 지옥에 떨어지겠다는 생각이 들어. 하느님이 보낸 비밀 메시지를 받고 있다는 느낌도 들고. 뭐 하나 가르쳐

줄까……. 그림은 리넨이나 가죽에 묻은 기름과 안료에 비친 햇빛의 프리즘일 뿐이야. 우리는 미술 작품을 사면서 사실 우리 자신을 사는 거고. 내 의견을 묻는다면, 그림과 함께 자네의 일부를 훔친 셈이니까 자네는 화를 내야 한다고. 아, 물론 그림을 찾은 다음에 더 이상 갖고 있기 싫으면 소더비가 기꺼이 경매에 붙여 주지."

마티가 말한다. "그 여자를 쫓아볼까 생각 중이야. 전화를 걸어서 컨설턴트로 고용하는 척하는 거지."

"어리석고 위험한 짓이야." 윌이 말한다.

"흥미로운데." 보이드가 말한다. "난 지금 자네한테 관심을 온전히 집중하고 있어. 저 웨이트리스한테처럼 말이야."

마티가 말한다. "가명을 써야 할지도 몰라. 내가 누군지 알 가능성도 있으니까."

"아니면 자네 얼굴을 알 수도 있지." 윌이 말한다.

보이드는 다가오는 웨이트리스에게서 시선을 떼지 않고 이렇게 말한다. "좋아, 그러면 최악의 가능성은 뭐지?"

"모르겠어. 그 여자가 300년 된 그림을 가지고 이 나라를 뜰 수도 있고." 윌이 말한다.

웨이트리스가 오자 보이드가 살짝 익힌 스테이크와 구운 감자를 주문한다. 그는 메뉴판을 유심히 보며 정확하게 주문하더니 오늘의 수프와 계절 야채는 뭐냐고 묻는다. 다른 남자들은 도덕적 갈등을 느끼며 그 모습을 지켜본다. 그녀가 확고한 목소리로 다른 사람들에게 무엇을 주문하겠냐고 묻는다. 하나둘씩 항복하고 만다. 마티는 커다란 쇠고기 스테이크와 맥주를 한 병 더 주문한다. 조용한 패배의 순간이다.

"이러면 어떨까?" 윌이 말한다. "혹시 내가 오늘 집에 가서 라자냐를 안 먹어서 아내가 이혼 소송을 내면 판결문에 보이드의 이름을 넣는 거야."

다들 웃으며 맥주를 마신다.

프레데리크가 이야기를 다시 시작한다. "이렇게 해. 57번가에 있는 경매 회사 알지? 손튼 앤 모렐?"

마티가 고개를 끄덕인다.

"다음 주에 거기서 유럽 옛 거장 경매전을 하는데, 경매 전에 모든 작품들을 전시한대. 미술품 복원 전문가라는 여자한테 거기서 만나자고 해. 질문을 던지면서 네덜란드 황금기에 대해서 얼마나 잘 아는지 살펴보는 거지. 위작을 만들 법한 사람인지 보는 거야."

"가명을 쓸까?"

"즐기면 좋잖아?" 보이드가 말한다. "잠입 수사를 하자고, 좀 알아보는 거지. 정말 괜찮은 이름을 생각해야 돼. 혹시라도 그 여자가 자네를 보고 경계하면 바로 끝이야, 자네 얼굴을 안다는 뜻이니까. 그러면 계획을 포기해. 히치콕 영화 같군. 마음에 들어."

"자네는 세븐업 광고를 만들 게 아니라 싸구려 소설을 써야겠어." 윌이 말한다.

"소더비에 데려가는 건 어때?" 마티가 묻는다.

"내가 위작 화가일지도 모르는 사람을 경매장에 들여보냈다는 사실이 밝혀지면 지하 문서 보관소로 보내지고 이름을 클라우스로 바꿔야 할 거야. 우린 문서 보관소에서 일하는 사람들을 원숭이라 부른다고."

"그 여자를 경쟁사에 데려가는 건 괜찮고?"

"손튼 앤 모렐은 틈새시장이야."

보이드가 말한다. "가명이 떠올랐어! 올리버 키트웰."

"런던의 변호사 같은 이름이군." 프레데리크가 말한다.

"샘 아이리스." 보이드가 받아친다.

"코네티컷 출신 안과의사."

마티가 말한다. "난 제이크라는 이름이 늘 마음에 들었어. 아버지 성함이 야콥이었거든. 제이크 앨퍼트는 어때? 성에서 네덜란드인 같은 느낌이 나니까, 집안에 전해 내려오는 소장품을 물려받아서 조금 더 확장하려 한다는 인상을 줄 거야."

윌이 말한다. "난 경찰이나 보험 회사에 전화를 해야 한다고 생각해. 정보가 있으면서도 알리지 않았다는 사실을 경찰이나 보험사에서 알아내면 어떻게 되겠어?"

보이드가 대답한다. "역시, 내가 동맥류에 걸리면 꼭 자네가 수술해주게, 윌. 우발적인 사태를 전부 고려한다니까. 내 모세혈관을 자네 손에 맡기고 싶어." 보이드가 라운지를 둘러본다. "스테이크가 빨리 나오지 않으면 정말로 동맥류에 걸릴 것 같은데."

마티가 웃으며 맥주를 비운다. 화제거 바뀌고, 그는 "제이크 앨퍼트, 제이크 앨퍼트"라고 중얼거린다.

마티가 집에 돌아오자 그의 끔찍한 예상이 진짜 실현된다. 헤스터가 저녁 식사를 준비해두었고 레이철이 부엌에서 접시들을 가지고 나온다. 캐러웨이가 마티의 관심을 끌려고 그의 발치에서 뛰어다닌다. 마티는 와인 두 잔을 따른 후 식탁에 앉는다. 그가 죄책감 때문에 과장을 섞어 말한다. "배고파 죽을 것 같아."

레이철이 미소를 지으며 무릎에 냅킨을 펼친다. "헤스터가 쇠고기 스트로가노프랑 껍질 콩 요리를 만들었어요."

마티가 캐러웨이만 한 스테이크를 먹은 지 한 시간도 채 지나지 않았다. 헤스터가 묵직한 접시를 가지고 나타나자 쇠고기를 또, 그것도 크림에 섞어서 먹는다는 생각에 목구멍 뒤쪽이 묵직해진다.

레이철이 그날 공원에서 새를 쫓아다닌 이야기를 시작한다. 그녀는 얼마 전에 교회의 여신도 자선협회 소모임에 가입했다. 일주일에 한 번씩 만나서 독서 모임을 하거나, 센트럴 파크에서 새를 관찰하거나, 문화 체험을 하는 모임이다. 쌍안경을 목에 걸고 햇빛을 피하기 위해 모자를 쓰고 딱새나 계절에 따라 이주하는 박새—마티는 그게 뭔지 전혀 모른다—를 관찰하고, 진달래 연못가에 앉아서 보온병에 담아 온 잉글리시브렉퍼스트 홍차를 마신다. 마티가 아는 한 회원은 모두 여자이고, 연방판사와 결혼한 코듀로이 차림의 영국 여자가 회장이다. 마티는 그런 외출이 우스꽝스럽게 들리지만 레이철이 살아 있는 사람들과 다시 어울리며 기분 전환 거리를 찾고 있다는 것이 무척 기쁘다.

"오늘은 새로운 종을 발견했어요?" 마티가 묻는다.

"비꼬지 말아요." 레이철이 말한다. "공원은 철새의 주요 이동 경로라고요." 그녀가 고개를 살짝 흔든다. "오후에는 여행사에 갔었어요. 봄에 강으로 크루즈 여행 가기로 한 거 기억해요?"

"당연히 기억하지요."

레이철이 식탁에 여행 상품 책자를 놓아두었다. 센 강을 따라 크루즈 타고 가면서 노르망디의 마을과 도시에 들르는 여행이다. 마티는 기차를 타고 알프스에 가거나 스페인에 가서 알함브라를 둘러보고 싶지만 레이철과의 사이를 복잡하게 만들 생각은 없다. 레이철이 번쩍이는 책자를 펼쳐서 식사를 먹는 틈틈이 주요 내용을 읽어준다.

"사흘째에는 베르농에 정박한 다음 모네가 1883년부터 세상을 떠나던 1926년까지 살았던 지베르니에 간대요. 재미있게 들리지 않아요?" 레이철이 말한다.

마티의 머릿속에서 모네의 유명한 수련 연못과 일본식 다리를 코다크롬 필름으로 찍은 사진이 떠오르고, 그는 8일이라는 시간과 수천 달러를 쓰는 더 좋은 방법이 있을 거라고 생각한다. 마티가 말한다. "멋지군." 스트로가노프가 목에 걸린다. 레이철이 책자에 다시 몰두하자 마티가 쇠고기 한 조각을 입에 넣었다가 냅킨으로 입을 가리며 몰래 뱉는다. 그는 고깃덩이를 쥔 손을 의자 옆으로 내려 캐러웨이의 입을 더듬더듬 찾아서 손가락 끝으로 쿡쿡 찌른다.

마티가 이런 식으로 그릇의 3분의 1을 비우는 동안 레이철이 여행 일정을 차근차근 알려준다. 마티는 정신이 흐릿해지는 것 같아서 주의를 집중하려고 얼음물을 마신다. 그는 레이철의 머리 위 그림을, 모자를 들고 있는 뚱한 남자를 그린 플랑드르 초상화를 바라본다. 아버지가 가지고 있던 그림들이 대부분 그렇듯 세월 탓에 색이 흐릿해져서 세척이 절실히 필요하다. 야코프 더 흐로 트*는 그림을 세척하면 소박한 매력을 망치고 힘이 줄어든다고 믿었다. 마티는 레이철에게 사립 탐정이 확실한 단서를 찾았다고 말하고 싶은 생각도 들지만 새로운 정보를 숨기고 싶다는 생각이 더 크다. 그림을 도둑맞았다는 사실을 깨달은 지 한 달 후에 경찰과 보험 조사원이 찾아왔고, 레이철은 진척 상황을 정기적으로 알려 달라고 했지만 이제는 흥미를 잃었다. 마티는 확실한 사실을 파악하고 나서 알려주기로 한다.

그가 레이철을 다시 바라보며 말한다. "천천히 흐르는 강을 따라다니며 인상주의 그림을 보다니, 그보다 더 좋은 게 어디 있겠어요?"

"당신은 인상주의 싫어하잖아요." 레이철이 살며시 미소를 지으며 말한다.

"전부 싫은 건 아니에요."

"이렇게 말한 적도 있잖아요. '모네를 보면 더운 날 바깥에 서 있는 것처럼 메스껍고 눈을 가늘게 뜨게 돼.'"

"내가 정말 그런 말을 했었나?"

"바로 이 자리에서요, 여보."

---

* 마티의 성 "de Groot"를 영어식으로 읽으면 드 그루트, 네덜란드식으로 읽으면 더 흐로트가 된다.

"음, 내 태도가 조금 바뀌었을지도 모르지. 모네에 대한 생각을 바꾸기에 그가 지내던 곳보다 더 적합한 곳이 어디 있겠어요."

"이번 여행 계획에 순순히 따라와줘서 고마워요. 도시를 잠시 벗어나면 좋을 것 같아서요."

"나도 그렇게 생각해요." 그가 껍질 콩을 열두 개의 작은 조각으로 자르며 말한다.

모서리가 접히고 줄이 쳐진 여행 책자를 레이철이 다시 읽는다. 마티는 레이철이 두 번의 유산을 뒤로 하고 새 출발을 하려고 열심히 애를 쓴다고 생각한다. 이론적으로는 다시 노력해볼 수 있지만 두 사람은 두 번째 유산 이후 잔인한 자연의 힘에 두 번 다시 당하지 말자고 침묵의 약속을, 무언의 협정을 맺었다. 마티는 북부 프랑스 부분을 팔락팔락 넘기며 읽는 레이철을, 절망에 빠지기 직전에 굳건한 의지로 마음을 추스르는 그녀의 모습을 바라보면서 그녀를 향한 애정이 새삼 밀려드는 것을 느낀다. 몇 년 동안 마티는 레이철을 잃을 것만 같았다. 레이철은 햇볕에 바랜 슬픈 소설책을 들고 복도를 멍하니 어슬렁거렸다. 마티가 불쑥 말한다. "당신이 원하면 난 입양도 괜찮아요. 당신이 좋다면 여럿도 괜찮고."

레이철이 접시에서 고개를 들고 잠깐 놀란 표정을 짓지만 곧 표정이 부드러워진다. 그녀는 여행 책자를 가만히 들고 희미하게 미소 짓는다. "당신이 그렇게 생각하는 거 알아요. 그냥, 우리한테는 맞지 않을 것 같아요. 나한테 말이에요."

마티가 손을 뻗어서 레이철의 손등을 만진다. "그것도 물론 괜찮아요."

저녁 식사가 끝나자 마티는 서재로 가서 아버지의 낡은 책상 뒤에
앉아 시가를 피우고 스카치 위스키를 마신다. 그림들과 이 아파트
처럼 책상 역시 물려받은 것으로, 묵직한 호두나무 다리와 황동
부속이 달린 커다란 선장 책상이다. 이것은 바다를 오가는 상인과
교역업자들이 많았던 네덜란드 혈통의 유물이다. 아버지의 흔적
이 책상 여기저기에 아직도 흩어져 있다. 야코프 더 흐로트가 수
십 년 전에 세상을 떠난 것이 아니라 장기 출장 중인 것 같다.
약속을 적어둔 낡은 일지, 오페라 티켓, 안경 하나, 의료용 가위,
타자기 리본을 넣는 깡통, 주사위를 넣는 가죽 케이스. 보조 작업
공간으로 쓸 수 있는 인출식 패널과 비밀 서랍이 있고, 해도(海圖)
를 넣어두는 책상 뒤 오목한 공간에는 생명 보험 증서와 현금 한
뭉치가 그대로 들어 있다. 마티는 몇 년 동안 자신의 흔적을, 돈을
새김 무늬의 편지지와 시가 상자, 트럼펫 연주할 때 필요한 낡은
마우스피스를 더했지만 그래도 아버지와 책상을 함께 쓰는 기분
이다.
　마티는 클럽에서 가명에 대한 이야기를 나누다가 레이철과 결
혼했을 때부터 간직해온 것이 생각났다. 그는 가장 위쪽 서랍의
편지 뭉치에서 이름이 여러 개 적힌 호텔 편지지를 발견한다. 마
티와 레이철은 유럽으로 일주일 동안 신혼여행을 떠나 프랑스 음
식을 즐긴 다음 야간열차를 타고 바르셀로나로 가서 해변에 담요
를 깔고 빈둥거렸다. 마티의 기억에 따르면 두 사람은 매일 발코

니 달린 호텔 방에서 시에스타 시간에 조용히 사랑을 나누었다. 두 사람의 몸에 소금기가 하얗게 묻어 있었고, 길거리의 행상들이 외치는 소리 때문에 금지된 행동을 하는 느낌이 살짝 들었다. 어느 오후에, 마티는 람블라스 거리의 숙소에서 창문을 열어놓고 오랫동안 목욕을 하면서 아이의 이름으로 좋겠다 싶은 이름을 전부 적었다. 딸이라면 마사, 수전, 엘리자베스, 쥬느비에브, 스텔라. 아들은 해럴드, 클로드, 프랭클린. 지금 책상 램프 불빛을 속에서 이 이름들을 읽고 있으려니 향수가 느껴지면서도 클로드라니 도대체 무슨 생각이었을까 싶은 생각도 든다. 클로드라는 이름에는 뿌루퉁하고 학문을 좋아하는 사람 같은 느낌이 있다. 클로드는 한창 말다툼을 하다가 걸어 나가버리는 남자의 이름이다. 마티는 몇 년 동안 이 목록을 가슴 주머니에 넣어 다니면서 언젠가 펼칠 순간을 기다렸다. 그러나 이 목록은 마티와 레이철의 상실을 나타내는 물건, 그 감정에 형태를 주는 물건이었기 때문에 레이철에게는 절대 보여주지 않았다. 그 이름들은 두 사람이 절대 가지지 못할 아이들이었다. 마티가 편지지를 치우고 의자에 기대어 앉아 천장을 향해 연기를 내뿜는다.

위작은 맞은편 책장에 기대어 놓여 있다. 램프 불빛 밑에서, 이정도 떨어진 거리에서 보니 기억 속에서 떠도는 원작과 아무런 차이를 모르겠다. 마티는 위작임을 뚜렷하게 나타내는 표시—어이없는 붓자국—를 발견할까봐, 그래서 자신이 속은 것이 너무 멍청하게 느껴질까봐 두려워서 햇빛 속에서는 절대 그림을 자세히 살펴보지 않았다. 이제 여덟 시가 조금 넘었을 뿐이지만 레이철은 여행 책자를 들고 캐러웨이와 함께 잠자리에 들었다. 마티가 주머니에서 묵직한 명함을 꺼낸다. 그는 잊지 않으려고 압지에 제이크 앨퍼트라고 쓰고, 위스키 잔을 비운 다음 책상 위 전화기를 들어 번호판을 돌린다. 벨이 아홉 번 울리고 여자가 받는다. 약간 짜증이 나고 숨이 찬 목소리이다.

"여보세요?"

"엘리너 시플리 씨를 찾는데요."

"제가 엘리예요."

"아, 그렇군요. 늦은 시간에 전화 드려서 죄송합니다. 당신 이름이—"그가 잠시 말을 멈추었다가 다시 말한다. "저는 제이크 앨퍼트라는 사람인데요, 미술 컨설턴트 겸 복원 전문가를 고용하고 싶습니다. 그런 일을 하시나요?"

대답이 바로 나오지 않자 정적 속에서 싱크대의 물소리가 들리는 것 같다. "어, 지금이 아주 좋은 때는 아니에요."그녀가 말한다. "샤워를 하다 뛰쳐나와서 물이 뚝뚝 떨어지고 있거든요. 제가 내일 전화 드려도 될까요?"

"네, 물론입니다. 아, 또 죄송하지만, 제가 사무실에서는 전화를 받기 힘듭니다."

"원하시는 곳으로 전화를 드릴게요."

마티는 제이크 앨퍼트라는 작은 거짓말이 얼마나 큰 폭포 효과를 불러왔는지 생각한다. 그는 전화를 직접 받지 않기 때문에 집 번호도 사무실 번호도 알려줄 수 없다.

정적이 흐른다.

그녀가 말한다. "저기, 잠시만 기다리시면 얼른 닦고 와서 받을 게요."

"괜찮으시다면 그러죠."

전화기를 식탁인지 조리대에 내려놓는 소리. 마티는 그녀의 아파트에서 흘러나오는 소리에 귀를 기울이려고 애쓰지만 수도를 잠그는 소리밖에 들리지 않는다. 여자가 수건으로 몸을 닦는 동안 수화기를 들고 기다리고 있으니 이상하게 친밀한 관계 같은 느낌이 든다. 다른 여자라면 업무 시간에 다시 전화를 하라고 말했을 텐데라고 생각하자 그녀가 밤에 걸려오는 전화에 익숙하다는 생각이, 약속 일지와 전화교환원이 없는 세상에서 일한다는 생각이 든다. 전화를 다시 받은 여자의 목소리는 침착하고 안정적이다.

"앨퍼트 씨, 아직 계신가요?"

"네, 있습니다." 여자가 오스트레일리아 억양을 쓰고 있음을 바로 깨달은 그는 어떻게 뉴욕 다섯 구의 수많은 탐정 중에서 하필이면 억양도 못 알아듣는 탐정을 고용했을까 생각한다.

"무엇을 도와드릴까요?"

"음, 아버지께 물려받은 그림 컬렉션을 보강할 생각인데, 감식안을 가진 사람이 필요합니다. 그림 세척과 복원도 해야 하고, 새로운 구매에도 도움이 필요하지요. 17세기 플랑드르와 네덜란드 작품을 생각하고 있어요. 그 분야에 경험이 있습니까? 저는 아버지가 네덜란드 사람이었기 때문에 네덜란드 그림은 어릴 때부터 접했거든요."

"전 컬럼비아 대학에서 유럽 회화의 황금기에 대한 박사 논문을 쓰고 있어요. 네덜란드에 초점을 맞추고 있지만, 플랑드르 쪽도 잘 알아요. 이쪽 그림의 잠재력을 알아보는 수집가가 있다니, 기쁘군요."

"약속을 잡고 만나서 이야기를 나누는 게 어떨까요?"

"좋아요. 누가 저를 추천했는지 여쭤봐도 될까요?"

마티가 입 안에서 시가 연기를 굴리며 생각한다. "좋은 질문이군요. 만찬 모임에서 만난 담당 교수님이 아니었을까요? 트위드를 입은 사람들이 많았던 기억이 나는데."

"그걸로는 전혀 좁혀지지 않잖아요."

이 말에 두 사람 모두 웃음을 터뜨리고, 마티는 작은 승리를 거두었다고 생각한다.

"오스트레일리아 출신입니까?"

"보스턴 출신이냐고 묻지 않아서 다행이에요."

"전혀 다른 걸요. 고향이 어디죠?"

"시드니예요. 근데 미국으로 오기 전에 런던에서 몇 년 살았어요. 보존학에서 미술사로 전공을 바꿨죠. 런던의 코톨드 학교 아세요?"

"물론이죠." 마티는 확신이 없지만 이렇게 말한다. 그가 잠시 말을 멈췄다가 다시 말한다. "목요일 오후에 손튼 앤 모렐에서 옛 거장 경매전이 있는데, 제가 유심히 지켜보던 작품이 있습니다. 경매가 시작하기 전에 만나서 이야기가 잘되면 제 조언자로 같이 참석하는 게 어떨까요?"

"그거 좋네요."

"네 시 정각에 차를 보내겠습니다. 주소가 어떻게 되죠?"

"아, 그럴 필요 없어요. 전철이나 버스를 타면 돼요."

"제가 꼭 그렇게 하고 싶습니다."

딸깍거리는 소리가 들려서 마티는 그녀가 전화선을 빙빙 돌리고 있을지도 모른다고 생각한다. "좋아요."

그녀가 주소를 불러주고 마티가 받아적는다.

"그럼, 안녕히 계세요, 앨퍼트 씨. 전화 주셔서 감사합니다. 나중에 뵐게요."

"엘리, 제이크라고 불러요."

"네, 그럴게요."

마티는 수화기를 내려놓고 나서야 엘리와 통화를 하는 내내 위작에서 눈을 떼지 않았음을 깨닫는다. 산란된 빛 때문에 그림자는 흐릿한 윤곽선처럼 보이고 옅은 파란색 얼음이나 눈과 잘 구분이 되지 않는다. 마티는 이토록 투명한 것을, 아예 없는 것과 종이 한 장 차이인 얼음과 눈을 그리는 엘리를 생각하자 순간적으로 감탄밖에 떠오르지 않는다.

암스테르담

1637년 5월

피터르 더 흐로트는 성 루가 길드에서 개최한 경매에 참석한다. 그는 사업차 암스테르담에 왔지만 조선소의 작업이 지체되는 바람에 사흘 동안 할 기분 전환 거리를 찾아다녀야 했다. 아직 날도 밝지 않았지만 그는 칼베르스트라트를 따라 걸어가면서 전단지에 적힌 주소를 찾는다. 야경꾼이 개를 데리고 집으로 돌아가고, 점등부가 아치형 운하 다리의 작은 단지에 기름을 채운다. 전단지에 적힌 주소를 찾아가니 미술 작업실, 대장간, 목마른 고양이와 사자의 꼬리라는 이름의 수상쩍은 두 술집이 늘어선 골목의 목조 주택이 나온다.

집 안에 들어가니 어지러운 방들에 각기 밝기가 다른 조명들이 어둑하게 밝혀져 있다. 마르고 강인한 남자가 나와서 길드 봉사자 테오필뤼스 트롬프라고 자신을 소개하더니 어둑하고 가파른 계단으로 그를 안내한다. 경매가 열리는 방으로 들어가니 투기꾼과 입찰자들이 벌써 모여 있고 가구, 결혼 기념품, 리넨, 액자에 넣지 않은 그림들이 늘어서 있다. 그림은 한쪽 벽에 주제에 따라 이젤에 기대어 놓여 있다. 왼쪽은 바다 풍경화, 가운데는 풍경화, 오른쪽은 정물화가 있다. 구매자들이 물건 사이로 말없이 밀려든다. 몇몇 남자들은 상의하며 전략을 짜기 시작한다. 대부분이 아는 사이이고 이전 경매들을 통해서 일종의 동맹 관계가 생긴 것이 분명하다. 피터르는 튤립 정물화를 노리는 사람이 과연 있을까 생각한다. 튤립 광풍이 몇 년 동안 나라를 휩쓴 후, 2월에 모두 파산했다. 피터르는 재단사, 유리 제조공 등 모든 사람들이 단기 구근 시장에 뛰어들었던 벼락 경기 때 그 광풍에 희생되지 않은 얼마 안 되는 네덜란드인 중 한 명이었다. 그는 사람들에게 이렇게 말하곤 했다. 내가 배는 잘 알지, 선체와 늑재 구성, 이물과 돛의 복합적인 논리는 잘 알아. 피터르는 아내와 아이들에게 설명할 수 없는 것에 절대 투자하지 않는다는 원칙이 있었다. 그가 보기에 아직 피지도 않은 꽃에 돈을 거는 것은 구름의 움직임에 돈을 거는 것이나 마찬가지였다.

피터르는 바다 풍경화 한 점을 찍어둔다. 돌풍을 만나 하얗게 거품 이는 파도에 휩싸인 배 그림이다. 수평선에서 아주 가느다란 햇빛이 구름을 깨뜨린다. 피터르에게는 그것이 영원한 구원처럼 보인다. 이 바다 사나이들은 물에 빠져 죽지 않을 것이다. 바다는 초록색이 약간 섞인 납빛이다. 그는 배의 목수로 일하던 시절에 대서양 한가운데에서 저런 예감이 드는 바다를 본 적이 있다. 마침내 등장한 경매사는 어딘가 관청 직원 같고, 근시에다가 잉크 묻은 손에 서류를 들고 있다. 그는 가정용품부터 시작하겠다고 말하더니 단조롭고 장사꾼 같은 목소리로 경매를 시작한다. 피터르는 지팡이 세 개가 꽂혀 있는 지팡이꽂이에 정정당당하게 입찰한다. 로테르담 외곽의 토지가 딸린 그의 집에 주말을 보내러 오는 손님들은 항상 그의 등나무 지팡이에 감탄한다. 다른 입찰자 한 명이 냄비와 잔 받침 대부분을 가져가는데, 아마도 가정을 꾸려나가기 시작한, 새 부인에게 줄 선물일 것이다. 경매사가 그림으로 넘어가려고 하는데 어느 입찰자가 말한다. "그림들에 서명이 없소."

길드 관리인이 신중하게 고개를 끄덕이며 말을 고른다. "거장은 작품에 서명을 하고 공방을 운영할 수 있지만, 그림의 판매는 길드가 정하는 규칙 내에서만 할 수 있습니다."

뒤쪽에 자리 잡은 피터르가 말한다. "그러면 길드에 빚을 진 화가들의 작품이라고 생각하면 됩니까?"

길드 관리인이 허공을 보면서 입을 꾹 다물더니 경매사를 보고, 경매사는 얼른 서류를 팔락팔락 넘기고 다시 장사꾼처럼 중얼거리며 경매를 시작한다. 꽃그림부터 입찰이 시작된다. 놀랍게도 주인을 대신해서 경매에 참가한 어느 하인이 꽃 그림을 모조리 산다. 햇볕을 받은 튤립, 웅장한 작업실에 생생하게 장식된 꽃들. 피터르가 보기에는 악마의 초상이라고 해도 될 것 같다. 바다 풍경화 경매가 시작되자 피터르가 얼른 나서서 10길더에 손을 든다. 사기 파이프를 든 반백의 경쟁자가 같이 손을 든다. 피터르는 세월에 찌든 남자의 표정을 보고 은퇴한 선장이 아닐까, 아직도 첫 번째 불침번을 설 시간이 되면 잠에서 깨는 불평 많은 연금 수급자가 아닐까 짐작한다. 피터르는 입찰액을 올려서 그림의 실제 가치보다 훨씬 비싼 값에 그림을 산다. 퇴역 선장이 파이프를 내리고 시선을 피하며 해변으로 올라온 바다짐승을 그린 섬뜩한 그림을 낙찰 받는 것으로 만족한다. 지방이 담긴 양동이와 도끼를 든 사람들이 짐승을 마구 찔러서 가죽이 더러워져 있다. 한 시간쯤 지나자 그림이 거의 다 팔리고 다락방 바깥세상은 점점 따뜻해진다. 밀폐된 방은 갑갑하게 느껴지고, 담배와 바니시 바른 캔버스의 냄새가 난다. 경매사가 팔린 물건을 따로 쌓아 각각 낙찰 받은 입찰자의 이름을 적어놓고 그림은 가지고 나갈 수 있게 긴 모슬린 천으로 싼다. 피터르는 신선한 공기를 찾아서 방을 나간다.

그는 다락 뒤쪽에서 작은 방을 발견한다. 둘러보니 화가의 공방이었던 듯하다. 피터르가 거리 쪽으로 난 덧문 달린 커다란 창을 열자 뾰족한 박공과 도르래가 달린 들보가 바로 위에 보인다. 재료를 끌어올려 보관하는 데 쓰던 방이었나보다. 마치 화가가 물건을 가지러 잠깐 나간 것 같다. 여러 가지 병과 돌로 만든 그릇들이 작은 도시처럼 탁자를 차지하고 있고, 각종 긁개와 흙손, 토기 단지에 꽂힌 붓들이 있다. 선반 하나에는 안료, 유화 물감, 유기 용제들이 늘어서 있다. 창문 아래에 물감받이 천으로 덮인 캔버스가 눈에 띈다. 처음 떠오른 생각은 길드 조합원이 뭔가를, 옆방에 있는 물건들보다 훨씬 더 좋은 보석 같은 물건을 빼돌렸다는 것이다. 그러나 천을 벗기고 그 뒤에 숨어 있던 풍경화를 발견한 피터르는 추문을 피하기 위해서 길드의 보관소로 보내기로 한 것이 아닐까 생각한다.

그는 그림을 기울여 창문으로 들어오는 빛에 비춰보지만 가차 없는 햇빛 때문에 그림 표면이 흐릿해지고 무지갯빛으로 반짝인다. 피터르는 캔버스를 다시 내려서 한쪽 벽에 기대어 놓는다. 그는 거기에 서서 이 불안한 그림을 몇 분 동안 넋을 잃고 바라본다. 피터르는 그림에 대해서, 또는 그림의 의미에 대해서 별로 생각해 본 적이 없었다. 그는 렘브란트와 델프트의 장인들을 알고 있고, 초상화 화가들이 성으로 불려간다는 이야기를 들은 적이 있다. 그러나 피터르는 화가를 지금 이 순간까지 항상 석공이나 조각공, 장사에 열중하는 장인과 같은 선상에서 생각해왔다. 그런데 이 그림은 전혀 다르다. 너무나 초월적인 광경이어서 햇빛을 듬뿍 받자 움찔거리는 것 같다. 손을 흔드는 소년과 그 뒤를 바짝 따르는 개, 레몬 껍질 조각처럼 노란 주름에 불과한 소년의 목도리. 자작나무에 손을 얹고 스케이트 타는 사람들을 향해 몸을 내민 맨발의 소녀. 고요하면서도 심상치 않은 지평선의 불빛. 그림을 보자 피터르는 어린 시절의 겨울 오후가, 황혼이 집 위로 내려앉고 수지 양초가 처음 켜지기를 기다리던 때가 생각난다. 피터르의 아버지는 조용히 생각에 잠겨 죽은 친척들의 이야기를 들려주곤 했다. 화롯불에 끓는 스튜 냄비에서 저녁 식사 냄새가 풍겼다. 이 그림에 그 모든 것이 담겨 있다. 이것은 밤이 내리기 직전, 변화를 기다리는 것에 대한 그림이다.

피터르는 액자에 넣은 이 그림이 로테르담의 자기 책상 뒤에 걸려 있는 모습을 상상한다, 계약 협상을 할 때 한쪽 벽에 걸린 이 그림이 협상을 관장하는 모습을 본다. 그는 배를 만드는 대목들과 보험업자들이 이 풍경에 넋을 잃고 굴복하는 모습을 그려본다. 옆방에서 들려오는 시끌벅적한 소리에 피터르는 자신이 자리를 한참이나 비웠음을 깨닫는다. 그는 그림에 천을 덮어서 원래 자리에 돌려놓는다. 복도로 나가자 입찰자들이 전리품을 들고 좁은 계단을 내려오고 있고, 길드 봉사자가 아래쪽 층계참에서 방향을 알려준다. 피터르는 방으로 들어가서 다른 남자들이 짐을 싸는 동안 경매사 옆에서 서성거린다. 그는 마지막 남은 사람까지 나가기를 기다렸다가 지팡이꽂이와 그림을 챙긴다. 경매사가 장부에 거미 같은 숫자를 적어 넣고 돈을 두 번 센다.

"제 사촌도 경매사랍니다." 피터르가 말한다. "대체로 말과 농장을 취급하지만, 돈을 잘 버는 편이죠."

경매사가 고개를 들지만 대답하지 않는다.

피터르가 끈질기게 말을 건다. "오늘 경매는 어땠습니까? 전체적으로요. 제가 알고 있는 게 맞는다면, 전체 판매량의 비율로 받겠지요."

"뭘 말입니까?"

"보수 말입니다."

남자가 장부와 돈에 다시 집중한다. 피터르는 그가 실용적인 사람이라는 것을, 그림이든 보석이든 죽은 사람의 옷이든 똑같이 경매에 붙이는 사람임을 알 수 있다.

피터르가 충동적으로 말한다. "저는 부고를 보고 왔습니다. 죽은 화가 이름이 뭐였는지 기억나질 않네요. 보통 뛰어난 조합원이 사망하면 길드가 떠들썩하게 알리지요."

경매사가 고개를 들어 피터르를 본다. "길드는 이름을 발표하지 않았습니다."

"하지만 이웃 사람들한테 물어보면 금방 알 수 있지요."

"마음대로 하시지요."

피터르가 약간 서성이다가 다시 돌아선다. "음, 죽은 화가에게 추문이 있었다는 짐작밖에 할 수가 없네요." 그가 자기 손톱을 살핀다. "자살이었을지도 모르고요. 길드 입장에서는 별로 좋지 않죠."

경매사가 천 자루에 돈을 넣기 시작한다.

피터르가 말한다. "옆방에 다른 그림이 하나 있던데요."

남자가 잠시 실눈을 뜨고 장부를 보며 말한다. "그 그림은 판매하지 않습니다."

피터르는 경매사의 표정을 보고 자기가 뭔가 건드렸음을 깨닫는다. 남자가 숫자 목록 옆에 뭐라고 갈겨쓴다.

피터르가 말한다. "지금은 판매 중이 아닐지도 모르죠. 하지만 이런 일에서는 경매사가 저 같은 잠재 고객을 대리해서 길드를 상대로 협상할 수도 있습니다. 이론적으로는 말하자면, 경매사가 길드 담당자에게 좋은 평판이 중요하다고 설득할 수 있다는 겁니다. 물론 고객에게서 괜찮은 수수료를 받고 말이지요. 사실 명성은 가치를 따지기 힘들 정도죠. 추문과 가십이 길드의 위상을 망칠 수도 있으니까요. 특히 평범한 장사꾼이나 상인들은 길드를 다 폐지해야 한다고 생각할 때는 더욱 그렇죠. 길드 회비는 세금이나 마찬가지인데, 이 화가는 살기 위해 암시장에서 서명이 없는 작품을 팔아야만 했고, 결국 극단적인 상황까지 몰려 자기 손으로 목숨을 끊어야 했으니까요."

경매사가 펼쳐진 장부 앞에 앉아서 어떻게 흥정해야 할까 생각한다. 그가 조용히 말한다. "죽은 거나 다름없지요."

피터르는 기다린다.

"제가 들은 바에 따르면, 부부 화가였는데 길드에 빚을 지고 있었다더군요. 결국 파산을 한 두 사람은 작품을 불법으로 팔았습니다. 길드의 허락 없이 말이죠—." 경매사의 목소리가 갈라지고, 그가 바닥을 다시 내려다본다. "아내는 가진 것을 다 팔고 남편의 채권자 밑으로 일을 하러 갔습니다. 남편이 아내를 버렸기 때문에 그 불쌍한 여인은 이제 혼자 힘으로 살아가야 합니다. 원래는 길드가 아내의 재가입을 고려하고 있었는데, 이제 상황이 변했어요." 경매사가 불쑥 일어서서 장부와 돈 가방을 들고 문 쪽으로 걸어간다. "내가 아는 건 그게 전부입니다."

피터르가 말한다. "길드 관리인에게 100길더에 그림을 사겠다고 전해주시오. 나는 절대 아무 말도 하지 않을 테니 마음을 놓아도 된다고 말입니다."

남자가 주저한다. 그의 시선이 창문을 향한다.

피터르가 말한다. "10퍼센트의 수수료를 주겠소, 넉넉한 액수라는 건 잘 아시겠지요."

"20으로 하죠." 남자가 그 자리에 가만히 서서 암스테르담의 지붕들을 내려다보며 말한다. 태연한 목소리이다. "20퍼센트를 주면 그 그림을 꼭 사게 해드리죠."

피터르는 자신이 그림에 대한 집착을 드러냈음을, 힘의 균형이 변했음을 깨닫는다. 경매사가 조약돌을 빼앗듯이 그의 손에서 빼갔다. 피터르는 말없이 고개를 끄덕인다. 경매사가 복도로 사라지더니, 계단을 내려가는 소리가 들린다. 다락방 창문을 통해서 거리를 내려다보자, 길드 조합원과 경매사가 상의하는 모습이 보인다. 잠시 후 그는 커다란 망토를 두른 여자가 다가오는 것을 본다. 그녀의 창백한 얼굴은 매우 슬퍼 보이고, 양손으로 작은 바구니를 꼭 잡고 있다. 경매사가 길드 관리인에게 돈 자루를 건네고, 관리인은 발걸음을 옮겨가며 여자에게 뭐라고 말을 한다. 세 사람이 이야기를 나누는 듯하지만 여자는 시선을 피하고 있다. 어느 순간 길드 관리인이 고개를 들어 이 좁은 집을 잠시 올려다보고, 여자의 시선도 그의 시선을 따른다. 피터르는 아주 잠깐 그녀의 얼굴을 똑바로 바라본다. 눈을 가늘게 뜨느라 여자의 이목구비가 가운데로 몰린다. 피터르는 그녀가 유리 뒤 자신의 얼굴을 보았는지 확신하지 못한다.

시드니
2000년 8월

두 남자가 켈비네이터 냉장고를 금속 보트에 실어 스코틀랜드 섬으로 운반 중이다. 엘리가 베란다에서 쌍안경을 들고 나무 가장자리 사이로 그 모습을 본다. 몇몇 사람들이 페리 선착장에 모여서 이 광경을 바라보고 있다. 누군가의 아버지나 삼촌이 화물용 대형 보트를 빌리지도 못할 정도로 인색한 것이다. 이제 네덜란드 미술관에서 온 상자를 연 지 며칠이 지났고, 엘리는 전화가 울려 자기 삶이 둘로 쪼개지기를 기다리고 있다. 전화를 거는 사람은 맥스 컬킨스나 마티 드 그루트일 수도 있고, 박물관 보존 전문가 헬렌 버치일 수도 있다.

맥스가 이 미묘한 상황의 해결책이라고 내놓은 것은 이제 마티 드 그루트가 미술관에 그림을 전달했으니 더 포스의 그림 세 점을 철저하게 검사하자고 주장하는 것이었다. 맥스는 엘리에게 전화를 걸어서 이렇게 말했다. "비교, 대조해서 데이터를 근거로 제시하자는 것이죠." 스스럼없고 학술적인 말투였다. 하지만 엘리는 마티 드 그루트가 갤러리로 걸어 들어온다고 생각하니 망치에 한 대 맞아 온 몸이 떨리는 것 같았다. 맥스는 조사가 끝나고 결과가 나오면 위작 소유자에게 직접 이야기를 하고 그림 반환 일정을 잡겠다고 말했다. "내가 해결하게 해줘요." 엘리가 말했다. "제가 이번 혼란에 조금은 책임이 있는 것 같아서요." 하지만 맥스는 엘리의 제안을 무시하고 음모를 꾸미는 것처럼 은밀한 목소리로 말했다. "엘리, 그 사람들은 이걸 개인적인 일로 받아들여요, 항상 그렇죠. 레이던에서 보낸 작품이 둘 다 가짜면 어떻게 할 거예요? 어마어마한 모욕감을 느낄 겁니다. 아니면, 말도 안 되지만, 드 그루트 씨가 낑낑거리며 가지고 온 그림이 가짜면 어떻게 하려고 그래요?"

헬렌 버치가 며칠째 그림을 조사 중이다. 소도시의 수의사였던 헬렌은 끔찍한 이혼 이후 재료과학 박사 학위를 땄고, 미술관에서 유일하게 실험실 가운을 입는 사람이다. 그녀는 미술품을 아무런 감정 없이 데이터로만 취급하는 것으로 유명하다. 헬렌은 탄도학 전문가처럼 불려와서 현미경 검사, 엑스레이, 적외선, 분광 분석을 실시했다. 엘리는 헬렌과 몇 번 대화를 나눈 적이 있는데, 항상 헬렌이 자리를 잘못 찾았다는 느낌, 회화 보존 전문가가 아니라 UN의 무기 조사원이 되었어야 한다는 느낌을 받았다.

보통 때는 무슨 시험이든 전시회가 끝난 뒤 운반인의 입회하에 실시하지만, 관리팀이 아직도 물이 새는 천창을 수리 중이라 전시실에 어떤 그림도 걸지 못하게 했다. 어떻게 했는지 맥스 컬킨스가 레이던 미술관을 설득하여 네덜란드로 돌아간 헨드릭 클랍 없이도 그림에 대한 검사 허가를 받았다.

냉장고를 운반하는 두 남자는 파도가 심한 지점에 이르렀고, 둘 중 덩치가 작은 남자가 속도를 줄이자 모터가 새된 소리를 낸다. 모터 소리가 수면을 가로지르고, 사암 절벽이 북 가죽처럼 만 전체에 그 소리를 전달한다. 흘수선이 뱃전의 몇 센티미터 아래까지 올라와 있고, 엘리의 쌍안경으로 덩치 큰 남자의 당황한 얼굴이 보인다.

엘리는 납과 주석을 섞은 노란색 안료만 아니었다면, 그녀의 복제품이 화가 본인이 그린 복제라고 여겨졌을 수도 있을 것이라고 믿고 싶다. 도제들이 넘치던 17세기 화실에서는 흔한 관행이었다. 그러나 더 포스에 대한 피상적인 지식만 있어도 그녀가 관행을 지키지 않았으며, 아마 자신의 작품을 그대로 따라 그리지도 않았을 것이라는 것을 알 수 있다. 이제 포장 담당자들도 똑같은 그림이 두 개라는 사실을, 행성과 그 위성에 대해서 안다. 큐와 부하들은 전시회에 "네덜란드의 도플갱어들"이라는 별명을 붙였다. 언제 어떻게 될지는 정확히 확신할 수 없었지만, 큐레이터와 포장 전문가, 보존 전문가 모두 위작에서 결정적인 증거가 나와서 돈 많은 미국인이든 야단스러운 포장 상자를 들고 찾아온 오만한 네덜란드인이든 어느 한 쪽이 굴욕을 당할 것이라고 생각했고, 그렇게 되기를 바랐다.

엘리는 집 안으로 들어가 와인을 한 잔 따라서 베란다로 다시 나간다. 그녀는 다시 사라 더 포스와 장례식 그림을 생각한다. 「아이의 장례식 행렬이 있는 겨울 풍경」. 그 생각이 불안의 암류(暗

流)처럼 엘리를 계속 끌어당긴다. 장례 행렬 그림으로 인해 사라의 삶이 엘리가 책에 쓴 것보다 길어졌을 뿐만 아니라 화가의 경력에 대한 엘리의 이론 자체가 의문에 빠졌다. 엘리는 책에서「숲의 가장자리에서」가 사라의 정점이라고, 화가가 그림이라는 매체를 포기하기 전에 도달한 최고의 순간이라고 주장했다. 엘리는 딸의 죽음으로 인해서 사라의 안에서 뭔가가 풀려났고, 거친 슬픔이 캔버스에서 타올랐다고 생각했다. 그러나 엘리는 또 그로 인해서 화가의 내면에서 뭔가가 고갈된 것이 아닐까, 그래서 사라가 계속 살아가기 힘들어진 것이 아닐까 생각했다. 결국 그림의 흔적도 사라졌다. 엘리는 이 그림이 환경 때문에 탄생한 요행이라고, 역사적 사고(事故)라고 강력하게 주장하지는 않았지만 어쨌든 그렇게 암시했다. 그러나 이제 새로 발견된 그림은 화가가 부활했음을, 거장의 솜씨를 계속 발전시켰음을 시사하고 있다.

엘리는 사라의 꿈을 종종 꾼다. 보닛을 쓴 여자, 혈색이 나쁘고 약간 주눅 든 표정으로 창문을 들여다보는 사라. 그러나 엘리는 사라가 순교자나 현인이라고는 절대 생각하지 않았다. 엘리는 대학원생들에게 17세기 네덜란드 화가의 삶과 작품에 신비주의를 투사하지 말라고 항상 경고한다. 학생들은 종종 렘브란트의 미묘한 파란색을 영적인 뉘앙스로 해석하고 싶은 유혹을 느끼지만 엘리는 그것이 신에 대한 갈망이 아니라 기술적 업적이었음을 상기시킨다. 종교는 어느 정도 중요한 위치에 있으면서도 동시에 실용적이면서 상업적이었다. 종교는 반질반질하게 닦은 부엌에 놓인 튼튼한 식탁처럼 세월을 견뎌냈다. 네덜란드는 물의 나라였고 여기저기 둑과 운하가 있었으며, 구약에서 말하는 역병의 위협이나 신의 복수나 대홍수에 대한 두려움 때문에 사람들이 밤에도 잠을 이루지 못하는 곳이었다. 저지대에 사는 네덜란드 사람들은 신을 달래면서 자기 욕망을 채워야 했다. 17세기 네덜란드 사람들은 어느 모로 보나 타고난 숭배자, 싸움꾼, 술꾼, 오입쟁이였다고들 한다. 그들이 벽을 아름다운 그림으로 뒤덮는 것은 술을 마시는 것과 같은 이유 때문이었다. 즉, 심연에서 시선을 돌리기 위해서 였다. 아니면, 사라 더 포스는 심연을 보는 눈을 더욱 날카롭게 하기 위해서 계속 그림을 그렸을까?

켈비네이터 냉장고가 만에 빠졌다는 첫 번째 신호는 부둣가에 모인 사람들의 신음과 환호였다. 엘리는 냉장고가 물속으로 육중하게 빠지는 장면을 놓쳤다. 그녀는 쌍안경을 들고 서서 점차 퍼지는 파문과 수면 위로 비죽 튀어나와 점점 가라앉는 냉장고와 뒤집어진 금속 보트를 바라본다. 두 남자가 물속에서 팔을 허우적거리며 서로에게 뭐라고 소리친다. 경찰 함정이 처치포인트에서 빠른 속도로 만을 가로지르고, 군중의 반이 부두에서 올라온다. 엘리는 시의회 소속의 나이 많은 과부가 근처 선창 끝에서 햇볕을 가리는 모자를 쓰고 허리에 손을 얹고 서 있는 모습을 훔쳐본다. 엘리는 켈비네이터가 두 망나니 아들이 준 선물이었을까 생각하면서 저 여자가 얼마나 허탈할까 안타깝게 생각한다.

엘리가 집 안으로 들어가서 유리문을 닫는다. 선착장에 서 있는 여자의 모습, 망나니 아들들과 냉장고 때문에 엘리는 기분이 더 나빠졌다. 레드 와인을 마셔서 졸리기도 하고, 향수(鄕愁) 때문에 감정이 더욱 증폭되었다. 엘리는 와인 잔을 부엌 식탁에 내려놓고, 전화기를 한 번 보고, 침실로 돌아간다. 그녀가 옷장을 연다. 맨 위 선반에 기념품과 낡은 일기가 든 상자가 있는데, 엘리는 충동적으로 그것들을 꺼내 책상 위에 늘어놓는다.

뉴욕 시절에 쓴 공책을 넘기며 위작 선언과 위작 매뉴얼이나 다름없는 휘갈겨 쓴 메모를 보자 뺨이 달아오른다. 알아보기도 힘든 메모에서 불타는 분노의 힘이 느껴진다. 당시 엘리는 절대 정치적인 사람이 아니었기 때문에 마르크스주의 때문에 이 일에 휘말린 것은 아니었다. 엘리는 마티 드 그루트가 거짓말로 자기 삶에 들어오기 전까지 뉴욕 근방에서 몇 년 동안 방황하며 외롭게 지냈던 기억을 떠올린다. 그녀는 또 고등학교 시절에 쓰던 다른 공책을 보며 분노의 행적을 거슬러올라간다. 엘리는 아버지에게, 수녀님과 신부님에게, 세상에 대해 화가 난다. 분노는 몇 년 동안 쌓이다가 열여섯 살 때 일종의 발화점에 다다랐다.

엘리는 미술 선생님이었던 배리 신부님의 소개로 복원 작업을 하는 피트 스트리트의 이름 있는 갤러리에서 여름 방학 체험 과제를 하게 되었다. 프랭크 형제는 60대였고, 수집가들에게 인기를 끌기 훨씬 전부터 네덜란드와 플랑드르 그림을 전문으로 하고 있었다. 엘리는 렘브란트와 베르메르 이외의 17세기 저지대 그림을 그때 처음 접했다. 엘리는 갤러리의 책상 램프 밑에서 옛날 그림을 세척하고 갈라진 틈을 메우며 6주일을 보냈고, 그동안 프랭크 형제는 최선을 다해서 로즈 베이의 미망인들을 속여 집안의 유산을 갈취했다.

잭 프랭크가 아래층에서 갤러리를 운영했고 마이클 프랭크는 위층의 개인 방에서 자기가 직접 쓴 출입금지 표지판을 걸어놓고 그림을 세척했다. 프랭크 가문은 귀족 출신이었지만 형제는 경제적으로 힘든 시기를 보내고 있었고, 항상 손쉬운 돈벌이를 찾았다. 그들은 보통 그림 복원을 상담하러 나무 계단을 올라오는 돈 많고 외롭고 나이 많은 여자를 노렸다. 노부인들은 길거리에서 강도를 당할까봐 그림을 신문지로 싸거나 데이비드 존스 백화점의 쇼핑백에 넣어서 한 쪽 팔 아래에 끼우고 찾아왔다. 가끔 무척 값비싼 그림―식민지 시대 식물학자의 그림이나 한창 떠오르는 현대 작가의 서명이 없는 작품―일 때도 있었지만 대부분 세척을 절실히 필요로 했다. 조끼까지 갖춘 양복 차림의 마이클은 혀를 쯧쯧 차면서 "안됐군, 안됐어"라고 말했다. 그런 다음 상담을 위해 불려온 잭이 노부인을 돌아보며 말한다. "부인, 예후가 좋지 않아요." 미망인은 그림에 얽힌 역사와 감정가에 대한 이야기를 늘어놓고, 그러면 잭은 고개를 끄덕이며 입을 꽉 다물었다. "이 그림을 세척하는 건 휴대용 착암기로 낡은 콘크리트를 부수는 거나 마찬가지입니다. 부인도 아시죠, 코펄 바니시를 칠해놔서 벗겨내는 게 까다로워요. 마이클에게 맡겨 두시면 뭘 할 수 있는지 알아볼 거예요." 그러나 사실은 코펄 바니시가 아니라 매스틱 바니시인 경우가 대부분이었고, 테레빈유로 쉽게 제거 가능했다. 그들은 한 달 동안 그림을 가지고 있으면서 그림의 가치의 상당히 떨어뜨릴 만한 세척 비용을 청구해놓고 미망인에게는 특가라고 말했다.

엘리는 이렇게 미술계에 발을 들여놓았다. 그녀는 그림의 균열을 메우고 광택제를 닦아내거나 바림질을 했고, 프랭크 형제에게 미트파이와 샌드위치, 신문을 사다주었다. 프랭크 형제는 교구를 통해서 배리 신부님을 알았고, 엘리가 고분고분하게 행동하면 좋은 보고서를 써주겠다는 뜻을 내비쳤다. 작업대 앞에서 몇 시간씩 몸을 구부리고 서서 일하다 보면 용제가 뿜는 연기 때문에 머리가 어지러워지고 하루 일과가 끝나면 현기증이 났다. 눈의 피로 때문에 편두통이 생겼다. 일이 끝나면 엘리는 집으로 돌아가서 케이트와 함께 쓰는 침실에 누웠다. 여름 방학이라서 기숙학교가 문을 닫았기 때문에 케이트가 엘리에게 홍차를 가져다주었고 매기 시플리는 케이트의 특별대우에 화를 내며 숨죽인 목소리로 엘리너 여왕이라고 중얼거렸다. 그럴 때만 빼면 엘리는 부모님에게 투명인간이었고 엘리의 옷장에는 엄마가 만들다 만 옷들이 가득했다. 밥과 매기 시플리에게 엘리가 미술 장학금을 받고 멀리 기숙학교에 가는 것은 에콰도르로 이사를 가거나 어린 나이에 죽는 것과 같은 뜻이었다.

갤러리에 나가는 마지막 주일에 마이클 프랭크가 엘리에게 복원 작업을 조금 해보고 싶냐고 물었다. 엘리는 당연히 하겠다고 대답했고, 마이클의 작업실로 초대받았다. 원래 가게 베란다였던 곳에 유리를 끼워서 만든 방이었다. 다양한 상태의 캔버스가 여러 개의 시계와 함께 벽에 걸려 있었다. 찻주전자와 전기 레인지가 한쪽 구석을 차지했다. 이젤에 18세기 영국 풍경화가 놓여 있었다. 해안지대에서 풀을 뜯는 소떼와 역광을 받은 구름의 그림이었다. 마이클은 하늘을 메워야 한다고, 이미 적당한 색을 배합해놓

앉다고 말했다. "다섯 단계쯤 가벼운 색으로 시작하는 게 일반적인 규칙이야. 바니시를 칠하고 말리는 과정을 고려하는 거지. 와서 한번 칠해봐." 엘리는 그림이, 아침 해안에서 풀을 뜯는 소들의 평화로운 모습이 마음에 들었다. 엘리가 이젤 앞으로 다가가자 마이클이 가느다란 붓을 잡고 물감을 묻혔다. "가능하면 붓자국을 맞추려고 노력하는 거야." 그가 말했다. 엘리는 붓을 들고 캔버스 위에 팔을 고정시켰다. 화가의 붓자국은 균일하고 매끄러웠고, 캔버스 입자 위를 수평으로 가로질렀다. 엘리는 그림을 빛에 비춰 보면서 안정적으로 붓질을 했고 파란색이 꼼꼼하게 칠해졌다. 엘리는 자신의 붓질이 완벽하다는 것을 금방 깨달았다. 아직 마르지 않았다는 점만 빼면 원래의 붓자국과 거의 구분이 되지 않았다. 마이클이 아세톤과 축축한 신문지 냄새를 풍기며 옆에 서 있었다. 엘리는 붓질을 여러 번 했고 차츰 원래 그림에 조심스럽게 섞여들어갔다. 그녀가 한 발 물러서서 마이클을 바라보자 그는 갑자기 책상 위의 서류 더미에 집중했다. 프랭크 형제는 칭찬을 잘 하지 않았기 때문에 엘리는 야박한 평가를, 고개를 한 번 끄덕이고 나쁘지 않네라고 말할 것을 충분히 예상하고 있었다. 하지만 마이클은 엘리를 보지도 않고 송장을 펄럭펄럭 넘기면서 말했다. "나는 20년 동안 그림을 이 정도로 망쳐 놓는 도제를 본 적이 없다. 너 같은 애는 다른 일을 하는 게 낫겠어." 엘리는 움직일 수도 없고 마이클이 왜 이렇게 자신에게 잔인하게 구는지 이해할 수도 없어서 그 자리에 오래 서 있었다. 너 같은 애라는 건 여자라는 뜻일까, 가톨릭 신자라는 뜻일까, 뱃사람의 딸이라는 뜻일까? 그때 마이

클이 덧붙였다. "점심시간이 다 됐군. 잭한테 뭐 먹을 거냐고 물어
봐. 나는 베이컨 들어간 햄버거." 엘리는 눈물을 흘리며 작업실을
나가 계단을 내려갔고, 잭에게 한 마디도 하지 않은 채 거리로
나갔다. 엘리는 두번 다시 갤러리로 돌아가지 않았고, 몇 주일 후
에 보니 그녀가 손본 그림이 프랭크 갤러리 진열장에 걸려 있었
다. 하늘의 붓자국은 엘리가 칠한 그대로였고, 원래의 파란색과
완벽하고 매끄럽게 섞여 있었다.

그때 이후 엘리의 안에서 뭔가가 변했다. 단단해진 분노가 후렴
구처럼 계속 되돌아왔다. 그 후로 몇 년 동안 엘리가 그림을 세척
하거나 복원할 때마다 그 순간이 불쑥 다시 떠오르면서 이 일을
하면 안 된다는 느낌이 들었다. 가끔 분노 때문에 목이 부어올랐
다. 아무 일도 아니라고 쉽게 넘길 수도 있었다. 마이클은 재능을
가진 십대 소녀에게 칭찬 한 마디도 할 줄 모르는 한심한 노인이
었다. 프랭크 형제는 배리 신부님에게 엘리가 어느 날 점심시간에
도망쳤다고 말했고, 신부님은 엘리에게 불쾌함을 표현했다. 그 때
부터 새로운 시대가 시작되었고, 엘리는 점차 주변을 맴돌게 되었
다. 그로부터 사십 몇 년이 지난 수요일 오후, 약간 취한 상태로
침대에 누워 십대와 이십대 때 쓴 공책을 읽고 있으려니 어떤 존
재가 느껴진다. 무시당하고, 쉽게 속아넘어가는 십대 소녀. 모작
을 그린 것은 잭과 마이클 프랭크, 코톨드 학교 남자들의 끈끈한
학연, 무관심한 아버지에 대한 일종의 보복이 아니었을까, 계산된
폭력이 아니었을까 하는 생각이 든다. 그러나 그때 그 유리 베란
다에서 자기 재능이 대단하다고, 충분하다고 생각했던 소녀에 대

한 복수심이 가장 컸다.

전화벨이 울려서 엘리가 깊은 잠에서 깨어난다. 그녀는 자리에서
일어나 잠이 덜 깬 채 한 손으로 복도 벽을 짚고 균형을 잡으며
걸어간다. 하지만 이미 늦어서 통화는 자동응답기로 넘어간다. 헬
렌이 응답기에 남길 말을 즉흥적으로 생각하며 말하는 소리에서
왠지 만족감 같은 것이 느껴진다. "아, 안녕 엘리, 있잖아요, 미술
관의 헬렌 버치예요. 시간을 내서 실험실에 좀 오실 수 있나 해서
요. 더 포스의 그림 세 점을 분석하고 있는데 몇 가지 이상한 점을
발견했어요. 직접 만나서 말하고 싶네요. 아무튼, 전 남은 오후
내내 자리를 비울 거예요. 치과에 가야 하거든요. 참 신나겠죠?
하지만 내일은 가장 먼저 출근할 거예요. 시간 있으면 12시 전에
아무 때나 와줘요, 같이 자료를 살펴보죠. 그럼 안녕."
　엘리는 작은 난파 사건이 어떻게 되었는지 보려고 베란다로 나
간다.

맨해튼

1958년 9월

프랑스식 벽에 호두나무 패널이 대어져 있고, 고사리 구리 화분이
놓인 웨스트 57번가의 경매장이 마티를 불안하게 만든다. 이곳은
돈의 악취를 풍기며 마티가 주변을 의식하게 만들고, 예스럽고
오래된 스테이크 하우스와 뉴잉글랜드 기숙학교를 생각나게 한
다. 마티는 경매 시작 한 시간 전에 도착해서 엘리너 시플리가
자신이 보낸 차를 타고 도착하기를 기다린다. 손튼 앤 모렐 직원
들, 부장들과 카탈로그 편집자들은 그들의 색이 선명한 나비넥타
이를 빼면 마치 운구하는 사람들 같다. 경비원은, 서류상의 실수
때문에 보도를 지키고 있는 르네상스 시대의 학자처럼 보인다.
마티는 런던의 고급 나이트클럽 경비원처럼 말쑥하게 차려 입고
싱글거리는 소더비의 경비원을 떠올린다.

그는 경매장 정면의 창가에 서서 자동차가 와서 멈추기를 기다
린다. 광란의 점심시간이 지난 거리는 한산하다. 날씨가 여름 같
은 가을날의 고요한 한낮이다. 나란히 선 꽃집과 시계 수리점 주

인들이 가게 앞에 서서 담배를 피우며 잡담을 나눈다. 검은색 캐딜락이 도착하자 마티는 운전기사가 차를 빙 돌아가서 뒷좌석 문을 열어주기를, 문 뒤에서 엘리너 시플리의 얼굴이 나타나기를 기다리지만, 조수석의 문이 열리고 보폭이 큰 금발머리 여자가 도로가에 성큼 뛰어내린다. 지나가던 택시가 경적을 울린다. 기사 모자를 쓴 운전사는 약간 지나치다 싶을 정도로 천천히 내린다. 그는 당황스러운 얼굴로 브루클린에서 온 이 정신 나간 아가씨가 앞좌석에서 내리는 것을 혹시 누가 보진 않았나 주변을 두리번거린다. 여자는 캐딜락 앞을 지나치다가 멈춰서더니 자동차 후드에 기대서 하이힐을 신은 왼쪽 발을 들고 발목 끈을 고쳐 맨다. 운전사가 그녀의 팔꿈치를 잡고 경매장 쪽으로 안내한다. 여자는 입구와 약간 떨어진 곳에 서서는 목을 길게 빼고 입을 약간 벌린 채건물 정면을 바라본다. 기사는 이제 됐다는 듯이 알아서 물러나더니 길가에서 비상등을 깜빡이고 있는 차로 서둘러 돌아간다. 이것이 그녀의 첫인상이었다. 사회적 규범도 모르고 하이힐도 오랫동안 신지 않았을 것 같은, 키 크고 볼품없는 여자. 예쁘긴 하지만 무심한 분위기, 영국인 같은 분위기의 아름다움이다. 머리카락은 뒤로 당겨 하나로 묶었고, 주근깨가 난 얼굴은 창백하면서 인상이 강하고, 초록색 눈에는 기민한 지성이 번득인다. 마티는 경비원이 그녀에게 인사를 하는 모습을 보면서 약간 들창코임을 깨닫고 영국 중부 지방의 양조업자나 직공, 죄수의 분위기가 난다고 생각한다. 하지만 강렬한 녹색 눈은 횡령한 다이아몬드처럼 식민지로 밀입국한 굉장한 수재임을 암시한다. 나는 어쩌다 이렇게 한심한

속물이 되었을까? 마티가 이중 유리문을 향해 걸어가며 생각한다. 그런 다음 다시 생각한다. 저 여자는 나한테서 아주 소중한 것을 훔쳤어.

여자가 안으로 들어서자 마티가 말한다. "시플리 씨?"

앞에 누가 서 있음을 깨닫고 흠칫 놀라는 것을 보니 어둑한 건물 내부에 아직 눈이 익지 않았던 모양이다. "앨퍼트 씨. 만나서 반가워요. 기억하시죠? 엘리라고 부르세요."

"저도 제이크라고 부르시죠."

마티가 엘리의 얼굴을 보며 경계하는 기색이 없는지 살핀다. 립스틱을 바르지 않은 것이 마음에 든다.

엘리가 약간 엄격하게 말한다. "미리 말씀 드리지만 경매는 처음이에요. 미술계 사람들은 경매를 수상하고 부적절하다고 생각하거든요."

"아, 그렇죠." 마티가 말한다. "작은 나무 팻말로 완성되는 풍습적인 코미디이죠. 마음에 드실 겁니다. 야만적인 관습을 제가 전부 알려드리죠. 풋내기라고 걱정할 것 없습니다. 제가 오늘 오후에 빌리고 싶은 것은 전문가로서의 눈이니까요."

"눈 얘기가 나왔으니……." 엘리가 거대한 가죽 가방을 뒤지며 중얼거린다. 마침내 그녀가 검은 테 안경을 꺼내서 쓰더니 이제야 주변이 보인다는 듯 눈을 깜빡거린다.

마티가 말한다. "잠시 돌아다니면서 뭐가 있는지 볼까요?"

"아주 좋아요. 앞장서주세요."

마티가 로비 구석의 이탈리아, 네덜란드, 플랑드르 옛 거장들의 작품이 전시되어 있는 널찍한 공간을 향해 움직인다.

"경매가 시작하기 전에 먼저 이번 경매에 나올 품목을 보면서 분위기를 대충 파악하고 싶어요. 주변 지형을 파악하기 전까지는 뭐 하나에 꽂혀도 소용없죠. 경매 카탈로그도 유용하지만 좀 모호한 경향이 있어서요. 무슨 류라든지 추정이라든지 무슨 무슨 파라는 말이 너무 많지요. 그런 건 이제 막 배에서 내린 아마추어들을 위한 겁니다. 제가 원하는 건 작품의 기원, 근거 있는 유래예요. 그래서 전 경매 품목을 둘러보면서 머릿속으로 제가 생각한 목록 중에서 유명무실한 것은 지우죠."

"나름의 체계가 있군요." 엘리가 경쾌하게 말한다.

"속지 말자는 것이 체계죠. 여기 눈에 들어오는 작품이 있습니까?"

엘리가 다시 가방에 손을 넣더니 가느다란 끈에 매달린, 보석상이 쓸 법한 소형 확대경을 꺼낸다. 그녀가 돋보기를 목걸이처럼 목에 건다. "몇 분 걸릴 거예요. 제가 한 바퀴 둘러보고 결과를 알려드리는 게 어떨까요? 네덜란드랑 플랑드르 작품만 고집하시나요?"

"그렇습니다." 마티가 말한다. "열여섯 시 정각에 다시 만나는 게 어떨까요?"

"네 시라는 뜻인가요?"

"장난이었습니다."

"그러시겠죠."

"십오 분 뒤에 볼까요?"

"그때 봐요."

마티는 엘리가 치마 주머니에 양손을 넣고 머뭇머뭇 걸어가는 모습을 지켜본다. 그녀가 어떤 그림 앞에 멈춰 서서 돋보기를 들고 몸을 숙인다. 한 손은 주먹을 쥔 채 뒷짐을 지고 있다. 열쇠구멍을 들여다보는 소녀 같다. 이제 꽤 많은 사람들이 경매장으로 모여들었고, 어퍼 이스트 사이드에서 온 듯한 몇 명이 엘리에게 관심을 드러낸다. 그중 한 명은 실크 나비넥타이를 맨 험상궂은 인상의 카탈로그 제작자이다. 마티가 서성이기 시작한다. 안트베르펜에서 온 17세기 오크 패널화는 힐리스 클라스의 「엠마오로 가는 길의 그리스도와 돌산의 풍경」이다. 카탈로그에 적힌 예상 가격은 2,000에서 3,000달러지만 마티는 1,500 달러의 가치는 될까 하고 생각한다. 다음은 「강둑에 마을 사람들과 말에 탄 기품 있는 일행이 있는 수문 근처 강의 풍경화」이다. 가끔 그림 제목은 짧은 에세이에 가까워서 마티는 항상 경계를 늦추지 않는다. 꼭 치약 카피라이터에게 그림에서 무엇이 보이는지 말해달라고 의뢰한 듯한 제목이다. 「사냥꾼과 여행자들이 있는 겨울 마을 풍경」의 추정 가격은 4,000달러에서 7,000달러이다. 마티는 색다르지만 이류쯤 되는 작품들이라고 생각하다가 갑자기 엘리의 눈에 자기가 탁상공론만 하는 수집가로, 주말에만 열심히 갤러리를 돌아다니는 사람쯤으로 생각할까봐 걱정한다. 엘리는 자신의 재능이 필요 없겠다 싶으면 일을 거절할지도 모른다. 마티가 엘리 쪽을 보니 그녀는 안료의 냄새라도 맡는 것처럼 얼굴을 캔버스 몇 센티미터 앞까지 가져다대고 있다. 곧 엘리가 몸을 펴고 이쪽을 보더니 그를 향해 조심스럽게 손을 흔들고 다가온다. 마티는 경매장을 성큼성큼 걷는 엘리를, 어깨에서 흔들리는 그녀의 가방을 바라본다.

마티가 말한다. "이번 경매에 나온 작품들은 좀 약하군요. 집에서 쓰던 물건을 파는 뉴어크 주택 차고에 온 기분입니다."

엘리가 숨을 약간 헐떡이며 말한다. "제가 괜찮은 작품을 발견한 것 같아요. 그림 네 점을 모은 개인 소장품인데, 장점은 모두 같은 2년 동안 그려진 그림이라는 거예요. 일부는 네덜란드, 일부는 플랑드르 그림이고요. 보러 가시죠."

마티가 말한다. "자산을 현금화하려는 미망인이거나 할머니의 우울한 그림을 처분하려는 상속자인가 보군요."

엘리가 그의 팔꿈치를 잡고 이젤에 그림 네 점이 놓여 있는 구석으로 데리고 가자 마티는 깜짝 놀란다. 애정 어린 손길이 아니라 약간 강압적인 손길이다. 마티가 설명을 찾아서 카탈로그를 뒤적인다. 고(故) J. A. 시몬스 씨의 개인 소장품 중에서.

마티가 말한다. "손튼 앤 모렐은 죽은 사람이나 곧 죽을 사람의 개인 소장품이 전문이죠."

엘리가 꽃 정물화 옆에 선다. 크리스토펄 판 덴 베르허의 「수평 돌기 위 금박을 입힌 도자기 꽃병에 꽂힌 튤립, 장미, 수선화, 크로커스, 붓꽃, 양귀비와 다른 꽃들, 네발나비, 흰 담비, 맥파이 나비」이다.

"아, 미치겠군." 마티가 말한다. "여기 적힌 작품명의 절반은 찰스 다윈이 쓴 것 같군요."

엘리가 손가락 사이에 확대경을 끼운 채 웃음을 터뜨린다. "정말 그래요, 제목이 좀 설명적이죠. 화가가 제목을 붙이지 않았기 때문에 설명을 길게 쓰는 거예요. 있는 그대로 설명하는 게 좋으니까요. 이건 멋있는 작품이에요. 네덜란드 북부의 항구도시인 미들레뷔르흐를 그린 그림인데, 그곳은 17세기 초반에는 정말 고립되어 있었어요. 북해의 열도 끝에 이 외로운 도시가 눈에 띄게 튀어나와 있는 광경을 상상해보세요. 늪과 거무뒤튀한 진창 운하, 질척질척한 라인 강 지류들. 꽃을 그린 미들레뷔르흐의 화가들은 말하자면 그림을 창조해낸 거예요. 네덜란드에서 튤립 열풍이 불기 훨씬 전이었으니까 정말 뛰어난 꽃 정물화죠. 다른 모든 것들로부터 멀리 떨어진 이 작은 진흙투성이 땅에서 발생한 최고의 예술 형식인 셈이에요. 그리고 사실 여기 이 꽃들은 같은 시기에 피지 않으니까, 우리가 보고 있는 건 전부 화가가 머릿속으로 합쳐서 만들어낸 거예요. 제작 연도는 1616년 즈음이라고 적혀 있어요. 자, 그림 옆에 있는 그림을 보실까요."

마티는 엘리의 뺨이 상기된 것을 알아차린다.

"자, 같은 시기에 안트베르펜에서는 바르톨로뫼스 흐론동크가 서명을 남긴 유일한 작품을 그리고 있었죠. 제작 연도는 1617년이에요."

마티가 「아우데르나르더의 축제 장터」를 물끄러미 바라본다. 농부들과 아이들이 마을 축제에서 법석을 떠는 그림이다. 빛은 파란색과 초록색이 섞여서 유령 같은 느낌이다.

"전형적인 플랑드르 그림이에요." 엘리가 말한다. 그녀가 한 손을 허리에 올린다. "문설주에 소변 누는 남자를 보세요."

마티는 이 말에 허를 찔려 유쾌한 기분으로 팔짱을 끼고 엘리를 더 잘 보려고 몸을 뒤로 뺀다.

"브뤼헐을 연상시키는 고전적인 이야기죠. 아이들의 천진난만함을 부모들의 무절제와 방탕함과 병치시키는 거예요." 엘리가 걸어가며 말한다. "여기 이 그림은 역시 플랑드르 사람인 안톤 미라우의 우아하고 푸릇푸릇한 강 풍경화예요. 뛰어난 작품은 아니지만 흥미롭긴 하죠. 그리고 마지막으로, 더 몸퍼르의 겨울 풍경화예요. 이 그림을 보면 상쾌한 추위가 느껴지죠. 말 탄 남자가 망토로 눈과 코만 빼고 다 가린 거 보이죠? 그래서 약간 교수형 집행인처럼 보여요. 하지만 바람은 별로 세지 않고, 구름 사이로 창백한 햇빛이 약간 새어나오고 있어요. 서리가 앉은 나무를 보세요, 얼음 때문에 반짝이죠. 정말 아름다워요!"

두 사람은 잠시 서서 나무에 작은 펜던트처럼 매달린 얼음을 유심히 바라본다. 엘리는 고요한 몽상에 잠긴 얼굴이다.

마티가 묻는다. "종교가 있어요, 엘리?"

엘리가 마티를 보며 미심쩍은 표정을 짓는다. "기껏해야 불가지론자예요. 왜 물어요?"

"미술계 사람들은 대부분 옛날 그림에서 신성한 것을 찾잖아요. 의미나 뭐 그런 것을 찾는 무신론자들이죠. 그런데 이 그림을 보는 당신 표정에서 신앙심 같은 것이 드러나네요."

엘리가 고개를 젓는다. "근시가 아주 심해요. 그래서 그런 거예요. 전 몽상에 빠져 산다고 평생 혼났지만, 사실은 근시 때문이에요."

마티가 그림 네 점을 한 눈에 보려고 한 발 물러선다. "그럼 제가 어떤 그림에 입찰해야 할까요?"

엘리가 확대경을 한쪽 눈에 가져다 대고 더 몸퍼르의 작품을 향해 몸을 숙이더니 콧노래를 부르며 붓놀림을 자세히 살핀다. 그녀가 몸을 펴고 말한다. "나라면, 그럴 돈이 있다면, 전부 사겠어요. 진정한 가치는 이 컬렉션에, 미들레뷔르흐에서 그린 황금색 패럿 튤립부터 이 플랑드르 농부들의 소동까지 17세기의 한순간이 시간 순서대로 모여 있다는 사실에 있어요."

마티가 카탈로그를 내려다보며 머릿속으로 얼른 계산한다. 네 작품의 예상 가격을 합치면 8만 달러를 약간 넘는다. 그는 침을 삼키고, 카탈로그를 넘기면서, 엘리가 자신이 누군지 정확히 알고 있고 자기가 그녀를 쫓아내려고 한 것에 대한 벌로 이러는 게 아닐까 생각한다.

마티가 몸을 추스르고 고개를 들어 말한다. "역사와 지리 외에 이 네 작품을 묶는 것이 또 뭐가 있죠?"

"우선, 구리판에 그린 유화예요. 전부 똑같은 금속판에 그려졌어요. J. A. 시몬스 씨가 누군지는 몰라도 그림이 노화되지 않기를 원했어요. 몇 군데 파인 것만 빼면 그림은 사실 아무런 갈라짐도 없는 최상의 상태예요. 새 거나 마찬가지죠. 보석 같은 마무리 칠을 보세요, 저 밝은 안료를요……."

"균열이 없다는 건 알았습니다." 마티가 이렇게 말하고는 너무 잘난 척하는 것처럼 들린 건 아닐까 걱정한다.

"금속판은 캔버스나 목판과 달리 습도 변화에 반응하지 않아요,"

뒤에서 웅성웅성하는 소리가 들려서 두 사람이 돌아보자 경매사가 짙은 색 나무 연단에서 마이크를 점검하고 있다. 작업복 차림의 남자 몇 명이 의자를 정리해서 공간을 더 만든다. 홀과 갤러리에 상당한 사람들이 모였고, 마티는 입석 외에는 꽉 차지 않을까 생각한다.

"자리를 잡는 게 좋겠군요." 그가 말한다. "사교계 명사들은 다른 사람들 눈에 띌 수 있게 앞쪽에 앉는 걸 좋아하죠."

두 사람은 앞에서 몇 번째 줄에 앉아서 경매사—맞춤 양복 차림의 중년 남자—가 계속 마이크에 대고 숫자를 세는 모습을 본다. 그는 가끔 손을 들어 빛을 가리고 경매장 뒤쪽 누군가와 점검을 한다.

마티가 말한다. "억양을 잘 들어봐요. 경매 회사는 영국인이나 스위스, 벨기에 사람들을 고용해서 그 나라 미술품들을 팔아넘겨요. 미술품 경매가 말 경매나 다를 것이 없다는 사실을 감추려고 하는 거죠. 제 친구 중에 소더비 경매사가 있는데, 회사에서 친구의 진행 실력을 연구하는 음성 코치를 고용한다더군요. 제 친구는 음성 틱과 구어적인 표현을 삼가는 교육을 받았대요. 웅변술과 보디랭귀지를 많이 이용하면 그림이 잘 팔린다는군요."

"전혀 몰랐어요." 엘리가 말한다.

마티가 뒤로 돌아서 아는 사람이 없기를 바라며 경매장에 모인 사람들을 살펴본다.

엘리가 말한다. "갈색 그림은 밝은 색 그림보다 안 팔린다는 기사를 읽은 적 있어요. 정말 그럴까요?"

"물론이죠. 그리고 가슴이 풍만한 여자 누드화가 마른 여자나 남자의 누드화보다 잘 팔립니다. 직관적이긴 하지만요. 또, 크기가 중요해요. 뉴욕 아파트의 엘리베이터에 들어가지 않을 정도의 크기면 한층 더 복잡해지죠."

몇 분 후, 경매장에 사람이 가득 들어차고 자리가 없어서 몇 명은 뒤쪽에 선 채로 참가한다. 전체 조명이 어두워지고 연단 조명이 밝아진다. 경매사가 2절 크기의 노트를 들고 작은 무대로 성큼성큼 걸어간다. 그가 잠시 청중과 눈을 맞춘 다음 미소를 짓는다. "안녕하십니까, 신사 숙녀 여러분. 오늘 옛 거장 작품 경매전에 오신 것을 환영합니다. 경매를 시작하기 전에 우선 판매 조건에 대한 규칙을 읽어드리겠습니다." 그는 딱딱 끊어지는 옥스브리지 억양으로 환불 정책, 권리 포기 및 주의사항, 수수료에 대해 설명한다. 마티는 엘리가 봉투 뒤에 메모하는 것을 눈치 챈다. 경매 회사 직원 몇 명이 경매장 가장자리에 서서 참석 인원을 가늠하고 있다.

마티가 엘리를 향해 몸을 기울인다. 그녀에게서 향수가 아니라 아세톤 냄새가 난다는 사실을 알아차릴 만큼 가깝다. "저 사람이 들고 있는 노트에는 좌석표가 있어요. 돈을 나타내는 지도죠. 초대장을 받은 사람들은 특별석에 앉히기 때문에 경매사는 어디서 입찰이 나올지 대충 파악하고 있어요. 우리처럼 초대장이 없는 나머지 손님은 추정하기가 힘들죠……."

경매사가 경매봉을 들고 살짝 돌린다. "세트 판매부터 시작할까요, 제 오른쪽으로 보이는 자크 더 랑어의 작품입니다." 그림을 찍은 컬러 슬라이드가 경매사 뒤 스크린에 나타난다. 마티가 카탈로그를 넘겨보니 제목이 「탐욕에 대한 우화」이다. 경매를 시작하기에 애처로울 만큼 적절한 작품 같다.

"이 그림은 6,000달러부터 시작하겠습니다……."

첫 줄에서 팻말이 올라간다. "6,000나왔습니다. 자, 6,500. 7,000 있습니까?"

마티가 말한다. "가끔 상들리에 입찰을 부르기도 하죠. 경매에 참가한 사람들이 손을 들지도 않았는데 경매사가 입찰액을 계속 올리는 겁니다."

엘리가 아무 대답이 없자 마티가 엘리 쪽을 흘긋 본다. 그녀는 주문에 걸린 듯한 얼굴로 아랫입술을 깨문다. 피에 굶주린 저 표정이라니, 복싱 경기를 보고 있다고 해도 될 것 같다. 경매는 이탈리아 작품으로 넘어갔다가 17세기 네덜란드 작품으로 돌아온다. 왠지 모르지만 습지와 늪과 웅덩이의 나라는 다양한 회화 기법이 피어나는 온실이 되었고, 네덜란드 황금기 자체가 축축한 그곳의 기질과 역사에서 탄생한 요행이었다. 경매사가 화가의 이름을 줄줄이 말할 때 마티가 설명을 속삭인다. 그는 엘리에게 손가락을 드는 것부터 팻말을 휘두르고, 손을 크게 흔들고, 고개를 짧게 끄덕이는 등 입찰을 나타내는 다양한 몸짓을 보라고 말한다. 엘리가 주변을 더 잘 보려고 자리에 앉은 채 몸을 돌린다.

구리판에 그린 유화가 나오자 엘리는 그림들을 세트로 판매하지 않아서 화가 난 것처럼 보인다. 그녀가 카탈로그 뒷면에 이렇게 쓴다. 이 그림들이 **뿔뿔이 흩어져서는 안 돼요.** 이렇게 엄선된

개인 소장품을, 400년 된 구리판에 그려진 멋진 그림을 눈여겨본 사람이 마티와 엘리 두 사람만은 아닌 듯하다. 사방에서 입찰이 돌풍처럼 쏟아진다. 마티는 보통 입찰하기 전에 경매장의 열기를 가늠하는 것을 좋아하기 때문에 경매사가 판 덴 베르허의 작품 낙찰 카운트다운에 들어가 하나를 부를 때가 되어서야 손을 든다. 자기 자신을 억누르고 있는 엘리의 다리가 움찔거린다. 그림 네 점 중에서 가장 비싸고, 색의 채도만 보면 지난주에 그렸다고 해도 될 것 같은 꽃 정물화가 먼저 나왔다. 이제 가격은 3만6,000달러까지 올라가고, 마티는 이 물살을 어떻게 헤쳐나갈지 모른다. 그림은 나름대로 아름답지만 마티가 보통 경매를 할 때 느끼는 본능적인 끌림이 느껴지지 않는다. 이 작품은 그를 속인 사람들을 잡을 함정을 파기 위한 수단일 뿐이다. 그는 연단을 똑바로 바라보지만 주변 시야로 경쟁자들을 꼼꼼히 살핀다. 뒤에서 누군가가 윙크를 하거나 귓불을 잡아당겼는지, 경매 회사 직원 한 명이 옆쪽에 서 있다가 경매사에게 신호를 보낸다. 엘리가 휘둥그레진 눈으로 마티를 바라본다. 마티가 몸을 기울여 말한다. "당신은 경매를 정말 못하는군요." 그런 다음 그녀에게서 고개를 돌리지도 않고 손을 올린다. 엘리가 두 손을 꽉 쥔다.

"중앙의 신사분이 3만7,000을 부르셨습니다. 뒤쪽 분은요? 카운트 들어갑니다. 하나……둘. 낙찰됐습니다."

엘리가 두 손을 펴서 치마에 문지르고 싱긋 웃으며 바닥을 내려다본다.

"제 오른쪽에 흐론동크의 작품이 나왔습니다. 이 그림은 1만

2,000달러부터 시작합니다. 자, 중앙의 신사분이 먼저 시작하시네요. 1만2,500달러 있습니까?"

마티가 엘리에게 속삭인다. "입찰을 해보는 게 어때요? 내가 시곗줄을 건드릴 때마다 팻말을 들어요."

"아뇨, 전 못해요." 엘리가 말한다.

오른쪽 끝에서 입찰이 나왔다. 캐시미어 목도리를 두른 사나워 보이는 여자가 팻말을 든다. 하나가 나오자 마티가 시곗줄을 치고, 망설임의 순간이 흐른다. 엘리는 직업적으로 지켜야 할 선이나 에티켓에 대한 생각 때문에 마비된 것 같다. 마티가 무릎에 손을 올린 채 어깨를 으쓱하자 엘리의 팻말이 불쑥 올라간다. 경매사가 말한다. "중앙의 두 분으로부터 재미있는 입찰이 나왔습니다, 아주 좋아요, 1만3,500달러입니다." 마티가 엘리를 바라보지만 엘리의 눈은 아직도 바닥을 보고 있다. 그녀가 치마에 다시 손바닥을 문지르고 손을 뒤집자 마티는 땀으로 반짝이는 그녀의 손바닥을 본다. 그는 다정함과 만족감이 섞인 기묘한 기분을 느낀다. 엘리에 대한 애정이 솟아나지만 그녀가 불편해 하는 모습을 보는 즐거움, 사진 속에서 본 헝클어진 머리가 아니라 하이힐을 신고 얼굴을 드러내게 만들었다는 잔인한 즐거움도 있다. 엘리가 모작 바꿔치기 사건을 꾸민 주범은 아니라는 사실이 마티에게 분명해진다. 그렇다, 엘리는 그림 전문가, 돈을 받고 붓을 드는 사람, 아마도 굴을 먹어본 적도, 재즈 클럽에 가본 적도 없고 그림밖에 모르는 사람이다. 엘리에게 여러 가지를 가르쳐주고 싶기도 하고 그녀를 속이고 싶기도 하다는 생각이 든다. 이런 당혹스런 느낌에 의자에 기대앉은 마티는 이미 마음으로 경매 회사에 송금해버렸다. 이제 결정되었다. 다음 구리판 유화가 스크린에 뜨자 마티가 엘리의 귓가로 몸을 기울인다. "눈을 헤치며 나아가는 저 불쌍한 사람들을 좀 봐요. 저 사람들을 형제들과 다시 만나게 해 줍시다." 엘리가 바닥에서 얼굴을 들고 마티를 보며 크게 기뻐하는 표정을 짓는다.

암스테르담을 떠나며
1637년 봄

채권자인 나이 많은 독신남 코르넬리스 흐룬은 바렌트에게 여러 점의 풍경화를 의뢰했지만 그는 한 점도 완성시키지 못했다. 흐룬은 사라에게 자신을 위해서 일 년 동안 일을 하면 빚을 없애주겠다고 제안했다. 집의 열린 문간을 통해서 사라는 경마차(輕馬車)를 타고 기다리는 채권자의 하인 판 스호턴 씨를 본다. 그가 경매에서 산 그림이 포장되어 발치에 놓여 있다. 사라가 거리로 나가서 문을 당겨 닫는다. 문이 탁 닫히자 사라는 차마 뒤로 돌지 못하고, 주전자에 손을 대고 온기를 느끼는 것처럼 양손을 쫙 펴서 밀랍을 바른 초록색 문에 얹고 잠시 그대로 멈춘다. 사라는 이 집이라는 외피가 없으면, 카트레인의 짧은 생을 떠올리게 할 이 세상의 증거가 없으면, 딸이 어떻게 생겼었는지 기억나지 않을까 봐 덜컥 겁에 질린다. 사라가 억지로 일어나서 뒤로 돌아 거리를 바라본다. 대부분 화가인 이웃들이 나와서 손을 흔들며 작별인사를 한다.

늦은 오후, 두 사람은 말이 끄는 배를 타고 암스테르담과 하를 럼을 잇는 예인 운하를 따라간다. 그런 다음 하를럼에서 배를 타고 스파르너 강을 따라 중산 계급 시민의 집들과 나무가 자라는 모래 언덕이 있는 헤임스테더로 향한다. 사라는 지나가는 밭을 바라본다. 가끔 바렌트, 카트레인과 함께 시골로 스케치를 하러 나와서 개들이 바닥이 넓적한 배를 끌거나 농부들이 노를 저어 들판으로 가서 소젖을 짜는 이 작은 마을을 보았었다. 바렌트는 어린 시절 방랑벽에 물든 양조업자 아버지를 따라 여기저기 다녔던 이야기—창문이 없는 반지하 집에서 사는 드렌터의 나무꾼들, 서로 모여 살며 끝없는 습기 때문에 나무 집에 타르를 바르는 어부들—를 카트레인에게 들려주곤 했다. 바렌트는 히스 덤불과 숲을 보았고, 각 주(州)들이 어떻게 한 쪽은 바다, 한 쪽은 모래 황무지와 습지에 둘러 싸여 있는지 묘사할 수 있었다. 사라는 이제 자신이 그의 벌을 대신 사는 동안 그런 풍경 속에서 자유롭게 방황하는 그를 그려본다.

땅거미가 지고, 조타수는 두 사람을 그림 더미와 함께 헤임스테더에 내려놓고 간다. 그들은 차가운 안개 속에서 한 시간을 기다린다. 사라는 레이스 같은 나뭇가지들 사이로 보이는 집 몇 채와 창문 뒤에서 불타오르며 안개 속에 희미한 빛무리를 드리우는 촛불을 흘깃 본다. 마침내 마차가 흙길을 덜컹거리며 달려서 선창 쪽으로 내려온다. 삼십대로 보이는 마부 옆에 등불 하나가 통통 튀며 흔들린다. 판 스호턴은 사라를 마부에게 소개하지 않지만 사라는 그가 마부를 토마스라고 부르는 것을 듣고, 마차에 오르는 것을 도와주는 마부에게 이름을 부르며 고맙다고 인사한다. 그는 고맙다는 듯 사라를 향해 고개를 끄덕인 다음 마부석에 오른다. 좁은 길을 따라 몇 킬로미터 정도 달리는 동안 강가의 안개가 걷히고, 마차는 느릅나무와 자작나무 숲을 천천히 통과한다. 그들은 철문을 지나 영지로 들어간다. 등불의 흔들림에 풍경이 조금 모습을 드러내고, 길가의 꽃밭에 서 있는 정자와 돌 분수가 보인다. 흐릿한 빛의 돔 너머로 저택의 장엄한 정면과 길고 흰 창문들이 보인다. 가파른 타일 지붕에 절벽의 작은 동굴 같은 지붕창이 여러 개 있다.

묵직한 오크에 조각을 새긴 현관문에는 발톱으로 검을 쥐고 솟아오르는 독수리 문장이 있고 그 위에 흐룬이라고 적혀 있다. 세 사람이 안으로 들어가자 판 스호턴이 그림을 벽에 기대어 놓는다. "흐룬 씨께서 오늘 밤에는 방해하지 말라고 하셨습니다. 아침 식사 시간에 당신을 만나신다고 합니다. 저는 저택 뒤에 작은 오두막에 있지만 다른 사람들은 다락방에서 잡니다. 여기 브라우어르 씨가 방으로 올라가는 길을 안내할 겁니다. 안녕히 주무십시오." 큰 심부름을 끝낸 판 스호턴이 밖으로 나가자 자갈길을 걷는 그의 발소리가 들린다. 토마스 브라우어르가 멍한 표정으로 등불을 들더니 그녀의 옷 꾸러미와 화구 상자 쪽으로 손을 뻗는다. 사라는 짐을 떼어 놓고 싶지 않아서 반사적으로 그것을 집어든다. 그가 부드러운 목소리로 말한다. "말을 마구간에 넣어야 하지만 먼저 위층으로 안내해드리죠."

그가 대리석 바닥을 지나 길을 인도하고, 두 사람은 넓은 계단 뒤쪽 아마도 하인용인 듯한 좁은 통로를 지난다. 토마스는 키가 크고 움직임이 주의 깊으며, 가죽과 말 냄새가 난다. 등불을 든 손은 가늘고 창백하다. 마구간이나 정원을 돌보는 일과는 어울리지 않아 보인다. 사라는 남자의 그림자에 푹 잠겨서 그를 따라 가파른 나무 계단을 오른다.

"판 스호턴 씨 말로는 정원도 돌보신다던데……."

토마스가 그녀를 향해 고개를 돌리고 미소를 짓더니 자기 입술에 손가락 하나를 가볍게 댄다. "요리사가 자고 있어요, 우리 둘 다 아침 식사 때 독살당하면 안 되잖아요."

이윽고 다락 복도와 여러 개의 닫힌 문 앞에 다다른다. 숙소가 저장고 옆방일 것이라고, 이탄과 장작 사이에서 자야 할 것이라고 생각했던 사라는 복도 끝 거대한 들보가 있는 널찍한 방을 보고 깜짝 놀란다. 지붕창 세 개가 정원을 내려다보고 있고 벽에 달린 철제 틀에 침대가 고정되어 있다. 작은 책상과 이젤, 옷을 넣을 벽장도 있다. 토마스가 그녀를 위해 초를 하나 켠 다음 잘 자라고 인사한다. 사라는 그가 친절한 얼굴을 가지고 있다고, 말과 장미 주변에서 평생 살아온 사람의 얼굴을 하고 있다고 생각한다. 토마스가 나가자 사라는 큰 방을 자세히 살펴본다. 사라에게 특권이 주어진 것일지도 모른다는 생각, 한때 총괄 집사가 쓰던 방, 하인들의 방 중에서 가장 큰 방이 주어진 것일지도 모른다는 생각이 든다. 이 방에서는 톱밥과 이탄 냄새는커녕 달콤한 선갈퀴와 밀랍과 라벤더 향이 난다. 사라는 옷꾸러미를 풀고 잠옷을 입은 다음 면을 채워 넣은 매트리스에 눕는다. 첫날 밤, 사라는 그렇게 하면

아직 도착하지 않은 것이 된다는 듯, 양모 모포나 이불을 들추지
않는다.

코르넬리스 흐룬은 류머티즘에 시달리는 60대 후반의 독신남으
로 헤임스테더를 만든 사람의 아들이며, 그의 가문은 12세기까지
거슬러 올라간다. 코르넬리스는 하를럼에서 도량형 검사관으로
잠시 일한 다음 동인도 회사의 무역상이 되었고, 결국에는 아버지
의 재산을 물려받아 흐룬 영지로 은퇴했다. 아마추어 과학자이자,
수집가, 정원사인 그는 벨벳 안감을 댄 가운을 입고 있으며, 줄기
나 나뭇잎을 재빨리 잘라야 할 경우에 대비해서 가죽 끈에 묶은
가위를 가지고 있다. 담뱃잎을 잘게 잘라서 가위와 함께 허리에
차고 다니는 기다란 사기 파이프에 넣을 때도 쓴다. 수십 년 동안
독신으로 산 탓에 흐룬은 특이한 성향을 가지게 되었고 종종 상황
을 잘못 판단하기도 했다. 첫날 아침 햇빛이 나무 꼭대기를 어루
만지기도 전에 사라가 불려가보니 코르넬리스가 자기 아버지인
듯한 사람의 초상화 앞에 약간 비슷한 자세로 서 있다. 두 손을
맞잡고 무거운 짐이나 상실감에 대해서 곰곰이 생각하는 것처럼
중간 어딘가를 보고 있다. 그의 눈은 무척 놀랍다. 열기가 느껴지
는 파란색이다.
　연회 정물화를 그리려고 꾸민 듯한 식탁이 차려져 있다. 얇게
썬 사과와 견과류가 놓인 은쟁반, 손으로 찢은 빵이 담긴 바구니,
노란 밀랍을 바른 둥그런 치즈덩이. 각각의 자리에는 풀 먹인 면
냅킨과 손으로 칠한 도자기 접시가 놓여 있다. 흐룬이 뻣뻣한 무

릎으로 돌아서서 사라를 잠시 바라본다. 그는 창백하고 키가 크지만 가슴 부근에서 무거운 추가 잡아당기는 것처럼 어깨가 굽었다. 형식적인 소개는 없다. 코르넬리스는 다른 방에서 이미 시작한 대화를 이어가는 것처럼 사라에게 말한다. "악몽을 꾸셨습니까, 더 포스 부인?"

사라가 그를 향해 방을 가로지른다. "그렇지는 않습니다."

"스트레이크 부인에게 당신 옷장에 라벤더를 넣어두라고 했습니다, 저는 라벤더 향이 나쁜 생각과 악몽을 쫓아준다고 항상 생각했거든요. 전 당신 남편의 작품을 좋아합니다만, 그는 부족한 면이 있었지요. 마무리를 짓는 것도 그중 하나였습니다. 남편에 대해서 나쁜 꿈을 꾸실 것 같은데, 그건 참 유감입니다." 코르넬리스는 창밖으로 앞마당을 바라본다. 햇빛의 덩굴손이 잡목으로 서서히 손을 뻗고 있다. "저는 매일 아침 여기 서서 나무와 작은 동굴들 위로 미끄러져 지나가는 햇빛을 봅니다. 하루를 시작하기 전에 숨을 크게 들이마시는 것과 같지요. 배가 고프지 않다면 집을 잠깐 둘러보시겠습니까?"

사라는 암스테르담을 떠난 이후 아무것도 먹지 못해서 허기 때문에 어지럽다. "원하시는 대로 하지요, 흐룬 씨."

"걸어다니기 전에 사과 몇 조각과 청어를 조금 드는 게 좋겠군요. 코르넬리스라고 부르세요. 이 일은 빚을 청산하는 비공식적인 계약이지 당신을 노예로 삼는 것은 절대 아닙니다. 하나님 아버지, 일용할 양식을 주셔서 감사합니다. 자, 드시죠."

사라가 자리에 앉아서 치즈와 청어, 빵을 자기 접시에 담는다.

그녀는 코르넬리스가 먼저 한 입 먹기를 기다렸다가 먹기 시작한다. 그는 무척 집중해서 음식을 자르고 씹는다.

"이번에 산 당신의 꽃 그림은 이미 걸어두었습니다. 하나는 쿤스트캄머(Kunstkammer)*에, 나머지 그림들은 거의 쓰지 않는 거실에 걸었죠. 정물을 그리셨습니까? 제가 하를럼에서 좀 알아보았습니다. 치즈는 제 목장에서 만든 것입니다. 마을 서쪽 모래 언덕으로 가는 길에 젖소들이 있지요. 죄송한 말씀이지만, 당신 꽃 그림이 제가 본 중에 최고라고 생각하지는 않습니다. 위대한 작품이 되기에는 살짝 모자라다는 것이 제 생각이지요."

사라가 접시에서 얼굴을 들고 코르넬리스는 항상 이렇게 직설적이면서도 두서없이 말할까 생각한다. 그녀는 코르넬리스가 자기 자신과 혹은 이 방과 나누는 대화를 엿듣는 느낌이다. 바렌트가 흐룬의 영지에서 보낸 시간에 대해서 이상할 정도로 말이 없었던 것과 후원자에 대해서 시간과 돈이 지나치게 많은 늙고 귀찮은 중산층 시민이라고만 언급했던 것이 생각난다. 사라가 입 안에 있던 빵을 삼키고 말한다. "급하게 그린 그림이었어요. 이제 고용 조건에 대해서 이야기해주시겠어요? 법원 서류와 계약서를 읽었지만 남편이 당신에게 진 빚을 제가 어떻게 갚아야 할지 잘 모르겠습니다."

흐룬이 두 손가락으로 청어 조각을 잡고 휘두른다. "아, 빚 얘기는 그만두죠. 버터 접시 좀 건네주시겠습니까, 메이셔(meisje)**?"

---

* 르네상스 시대의 유럽에서 진귀한 수집품을 모아놓았던 방.
** 네덜란드어로 소녀, 여자라는 뜻.

사라가 그에게 은 접시를 건넨 다음 빵 모서리에 버터를 듬뿍 바르는 모습을 지켜본다.

"제 아버지는 생전에 풍경화가였고 저는 열두 살부터 아버지의 화실에서 그림을 배웠습니다. 정물화를 그리지 않을 때는 남편 작업도 도왔고요. 원하신다면 제가 풍경화를 계속 그릴 수 있습니다."

"식사를 마저 하시죠, 그런 다음 집을 둘러봅시다." 코르넬리스가 고개를 돌려 창문 쪽을 보더니 햇빛에게 자기 나무를 지나가도 좋다고 허락하듯이 고개를 끄덕인다.

가장 먼저 부엌으로 가자 뚱뚱하고 혈색 좋은 프리슬란트 사람인 스트레이크 부인이 구리 냄비를 문질러 닦고 있다. 코르넬리스는 주저하며 안으로 들어가더니 실제로는 부엌이 두 개라고, 요리하는 부엌과 "저장과 진열용" 부엌이 있다고 설명한다. 스트레이크 부인이 설거지를 하다가 고개를 들고 아침식사를 끝냈는지 묻는다. "한번 더 먹어야 할 것 같군요, 스트레이크 부인." 코르넬리스가 말한다. "지금은 손님에게 집을 구경시켜 드리고 있어요." 스트레이크 부인이 뜨거운 물로 냄비를 헹구면서 말한다. "손님이라고요?" 그녀는 사라를 한번도 쳐다보지도 않는다. 두 사람은 구리 냄비와 백랍 접시가 반짝이고 유리문이 달린 찬장 안에 도기와 손으로 채색한 도자기가 진열된 옆방으로 조심스럽게 자리를 옮긴다. "스트레이크 부인은 이 부엌에서 물 끓이는 것 이상은 하지 않으려고 합니다. 쉬는 날 은식기를 닦다가 저한테 들킨 적도 있지요. 프리슬란트의 청어 상인들과 자랐으니 그것 때문인지도 모르지요."

두 사람은 베네치아 거울이 걸려 있는 기다란 복도로 나간다. 사라는 걸어가면서 난로에 불이 꺼져 있고 너도밤나무 장작이 쌓여 있는 거실 몇 군데를 흘깃 들여다본다. 뜬숯 하나 보이지 않는다. 그들은 대리석 바닥에 의자와 탁자를 전부 천으로 덮어 둔 응접실로 간다. "제가 어렸을 때는 아버지가 고관들을 대접하셨지만, 요즘은 그런 일이 별로 없군요." 두 사람이 장밋빛 납틀 창문이 있는 좁은 방으로 들어갔고, 그 방에는 섬세한 도자기로 장식된 작은 나무 탁자가 있다. "여기는 약제사가 처방해준 차를 마시는 곳입니다. 저는 여러 해 전에 동방에서 도자기를 수입했는데, 접시에 초자연적인 이교도적 환상을 그리지 말라고 가르쳐줘야 했지요." 그가 섬세한 컵을 집어 들어 송진처럼 노란 빛에 비춰 본다. 옆면에 흰 목련이 그려져 있다. "자, 이제 쿤스트캄머에 가보죠."

복도 끝에 두 짝으로 된 문이 있고, 코르넬리스가 허리에 찬 사슬에 매달린 열쇠를 꺼내서 문을 연다. "제 아버지가 이 지역 최초의 운하를 파고 학교와 교회를 세웠을지는 모르지만 아름다움을 보는 눈은 없었지요. 실용주의자였지, 심미가는 아니었습니다. 아버지는 지역 농부들이 표백 작업장 세우는 것을 도왔고, 마을은 주름을 펴는 세탁으로 유명해졌지요. 저는 이 방이 이 집에서 가장 비실용적인 방이라고 생각하는 게 좋습니다."

코르넬리스는 무슨 의식을 치르듯이 멋진 동작으로 문을 열었다가, 내려져 있는 커튼 때문에 손님의 눈에는 어둠의 바다밖에 보이지 않는다는 사실을 깨닫는다. 그가 서둘러서 먼저 방으로 들어가 벨벳 커튼을 젖히기 시작한다. 단도 같은 햇살이 조금씩 들어오자 방이 하얘지면서 눈에 들어온다. "저는 그림이 변색하지 않도록 보지 않을 때는 빛을 쬐지 않으려고 노력합니다."

방은 길이가 18미터 정도이고, 흰 대리석 바닥에서 6미터 정도 위에 화려하게 장식한 천장이 있다. 반대편 끝의 빈 공간을 빼면 모든 벽이 그림으로 빽빽하게 뒤덮여 있다. 처음에 사라는 어디에 시선을 두어야 할지 모른다. 벽은 온갖 색으로, 정신이 나갈 정도의 다양한 구도로 질식하고 있다. 사라는 벽에서 그림을 하나 떼어 창가로 가져가서 붓자국이 보일 정도로 얼굴을 가까이 대고 싶다. 그런데 그때 사라는 패턴을 알아차리기 시작한다. 왼쪽 벽에는 풍경화들이 점차 바다 풍경화로 변하다가 구석에서 정물로 갑자기 바뀌어서 뒷벽에까지 걸려 있다. 긴 창들이 있는 오른쪽 벽에는 초상화와 풍속화로 가득하다. 전반적으로 자연에서 사물로, 또 사람의 일반적인 일생으로 흘러간다. 하나님의 왕국에서 가게 쓰레기통까지 그림으로 나타낸 여정이다. 사라는 순간적으로 코르넬리스 흐룬에 대해서, 이 모든 그림들을 한 자리에 모은 사람에 대해서 어렴풋한 애정을 느낄 때쯤에 코르넬리스가 말한다. "그림을 자연스러운 패턴으로 배열할 때 당신 남편이 도와주었습니다. 그는 이 모든 작품을 오페라의 음표처럼 배열했지요."

사라는 차가운 외로움과 바렌트에 대한 그리움을 불쑥 느끼지만 그것은 곧 가라앉고 흐트러짐 없는 분노가 솟는다. 그녀는 마음을 가라앉히려고 방 가장자리를 따라 걷는다. 이렇게 많은 작품이 한 자리에 모여 있는 것을 처음 본 사라는 이 정도면 덴 하흐의 법원 소장품에 필적하지 않을까 생각한다. 뒤로 돌아서며 맞은편 벽, 자기가 들어온 문이 있는 벽을 본 그녀는, 신화의 알레고리와 역사화들로 가득함을, 그리스 신과 순교 성인들이 물결치고 있음을 알게 된다. 사라는 체중을 실은 발을 바꾸며 제자리에서 몸을 약간 돌려서 긴 창문 옆에 선 코르넬리스를 바라본다. "저쪽 끝에서부터 보는 것을 권합니다. 하를럼에서 살고 있거나 그곳을 거쳐 간 화가들 작품이 많지만, 길 잃은 이탈리아인 작품이나 플랑드르에서 수입한 작품도 좀 있지요."

비옥한 방, 이 어마어마한 규모 자체가 잠시 사라를 꼼짝도 못하게 한다. 그녀는 그림을 한 점씩 차례차례 보기로 결심하고 맨 끝으로 걸어간다. 각 작품 밑에 달린 명판에는 화가, 설명적인 제목, 완성 날짜가 기록되어 있다. 사라는 과장된 제목 몇 개―「영웅적인 인물들이 있는 고요한 풍경」과 「새벽 빛 속에 거대한 교회가 서 있는 고귀한 언덕」―는 코르넬리스가 직접 붙인 것이 아닐까 생각한다. 화가가 붙인 제목은 덜 두드러진다. 그런 그림으로는, 얀 판 호이엔의 1620년 작품인 동그란 오크 패널화 「늙은 나무가 있는 풍경」이 있다. 구도는 직설적―작은 마을 외곽, 말을 탄 사람 몇 명, 호수에 떠 있는 배 한 척, 홀로 선 나무―이지만 전반적인 색조는 옅은 갈색이고 세피아 빛 구름이 그려져 있다. 전경을 보니 판 호이엔이 나무에 호두 잉크를 쓴 흔적이 보인다. 전체 장면은 영원한 어스름에 감싸져 있다. 조각나무 세공의 마루를 가로질러 다가오는 흐룬의 절룩거리는 발소리를 들린다. 사라는 몰랐지만 그는 어느새 쿤스트캄머에서 나가서 파이프에 불을 붙인 다음 돌아왔다. 코르넬리스가 말한다. "판 호이엔은 에사이아스 판 더 펠더와 같이 풍경화를 연구했는데, 판 더 펠더는 몇 년 전 덴 하흐에서 죽었지요. 그의 작품이 바로 위에 걸려 있습니다. 저는 가능한 한, 스승의 작품 아래 제자의 그림을 배치합니다. 그게 제가 제안한 생각 중 하나였는데, 당신 남편도 좋아했지요."

사라가 고개를 들어 1614년 작품 「여름 풍경」을 바라본다. 깃털 같은 잎이 난 나무 아래에서 마을 사람 몇 명이 길을 따라 걸어가고 있고, 역시 비밀스러운 색조와 분위기를 띠고 있다. 사람들이 너무 흐릿하게 그려져서 몸 뒤로 길이 비쳐 보일 정도인데, 사라는 이것이 그림의 약점인지 장식적 특징인지 판단하지 못한다.

사라가 바다 풍경화 쪽으로 움직이자 코르넬리스가 그녀 쪽으로 연기를 뿜으며 그림을 관찰하는 사라를 관찰한다. 돌풍 속에서 흔들리는 배들, 포효하는 사자가 그려진 네덜란드 깃발을 향해 밧줄을 타고 올라가는 남자들, 우현에 튀어나온 대포 열두 기. 이제 사라는 연출된 식사를 주제로 그린 정물화 쪽으로 다가간다. 차가운 백랍 접시에 담긴 굴의 반짝이는 속살, 롤빵 껍질, 껍질을 동그랗게 깎아 반쯤 먹다 만 과일들. 사라는 자기가 그린 셈퍼르 아우휘스튀스 튤립을 본다. 다른 꽃들과 함께 그려져 있고 미지의 광원에서 빛이 쏟아진다. 사라는 형편없는 그림은 아니라고 생각하지만 기술적으로 충분히 뛰어남에도 불구하고 기억에 남지 않았다. 그녀의 그림 근처에 지속적인 것—해골, 성경, 탁자 위에 놓인 망원경, 한겨울의 추운 외로움을 완벽하게 포착한 엷은 빛과 연한 그림자—을 포착한 바니타스 화가 한 점 걸려 있다. 그림 속의 물건들은 우리 모두의 앞에 수천 번의 죽음처럼 새하얀 오후가 기다리고 있다는 것을 암시한다.

코르넬리스가 뒷벽 쪽으로 가로질러 와서 닫힌 문을 향해 손짓한다. "방이 하나 더 있습니다."

벽 너머에는 분묘를 연상시키는 작은 공간, 제단 뒤에 성인이 묻혀 있을 듯한 방이 있다. 습하고 돌처럼 삭막한 방이지만 연철과 유리로 만든 천장에서 빛이 쏟아져 들어온다. "아버지는 날이 어두워지기 전에 여기서 낮잠을 주무시곤 했지요." 중앙을 차지한 목제 탁자에 나무와 사기로 만든 작은 마을 모형이 놓여 있었는데, 밝은 초록색과 칙칙한 갈색으로 칠해져 있다. 산과 모래 언덕은 회반죽으로 만들었고, 망각으로 이어지는 길처럼 좁은 길이 탁자 옆에서부터 이어진다. 사라는 작은 마을을 내려다보다가 고개를 들어 벽에 걸린 그림들을 보고, 바렌트의 풍경화 스타일이라는 것을 알아차린다. 하얗게 바랜 지평선을 짓누르는 묵직한 하늘, 을씨년스러운 나무들과 바람이 휩쓸고 간 모래 언덕들.

"제 아버지의 이름을 따서 흐룬스테더라고 부르지요. 아버지는 마을 사람들을 위해서 학교와 교회를 지어주었습니다. 표백 공장이나 제 아버지의 정원에서 수많은 마을 사람들이 일을 했지요. 1년에 한번 아버지를 기리며 축제를 열었고요."

사라가 다시 탁자를 본다. "어디죠?"

"서쪽으로 몇 킬로미터만 가면 됩니다. 엄밀히 말하면 우리 가

문의 땅이지만 늘 독립적인 마을이었지요. 저는 주요 풍경을 포착해서 작은 모형을 만들기로 했습니다, 기록으로 남기는 거죠. 저는 당신 남편을 고용해서 마을 주변의 풍경을 그렸습니다. 그리고 마을이 사라지기 전에 마을도 그리기로 되어 있었지요."

"왜 사라지죠?"

"지난번 전염병 때 거의 다 죽었고 나머지는 떠났습니다. 근처 사람들은 죽음의 땅이라고, 저주 받은 땅이라고 굳게 믿게 되었지요. 이제 그 마을에는 절대 떠나지 않겠다는 정신이 나간 여자 한 명밖에 남지 않았어요. 저는 아버지의 유산에 애착이 있기 때문에 역사에 꼭 기록되기를 바랍니다. 아시겠지만 저는 아들이 없습니다. 레이던에 조카가 있는데, 그 아이가 저의 유일한 후계자죠."

"제가 무슨 그림을 그리면 되죠?"

"마을 그림을 그려줬으면 합니다. 마을의 모습을 남기는 거죠."

사라가 팔짱을 낀다. "건물은 제 장기가 아닌데요."

"솔직하게 말씀드리죠. 이 마을에서 일어났던 일 때문에 하를 럼에서는 이 일을 맡으려는 화가가 한 명도 없습니다." 그가 얼핏 미소를 짓는다. "그러니 이 당신의 빚은 강력한 동기인 셈이죠."

사라는 코르넬리스 흐룬의 쿤스트카머에서, 힘들게 모은 수많은 그림을 보며 섬세함과 세련됨에 이제는 난폭함이 더해진다. 코르넬리스는 연기가 피어오르는 파이프를 들고 뒤로 돌아 방을 나서고, 사라는 남편의 그림들 아래에 혼자 남겨진다.

시드니

2000년 8월

엘리가 자기 연구실 옆 보존 스튜디오에 도착해보니 헬렌 버치가
누군가의 생일 컵케이크를 만들었는지, 남은 것을 밀폐용기에 담
아왔다. 스튜디오는 북향이고, 도메인을 향해 난 커다란 창으로
항구가 약간 보인다. 방 안 가득 엷은 빛이 들어온다. 냉철한 과학
적 연구가 진행되는 곳이지만 잡동사니가 어질러져 있어서 엘리
는 깜짝 놀란다. 아무 규칙 없이 쌓아 놓은 바인더와 책들, 알아보
기 힘든 손글씨로 쓴 라벨을 붙이고 선반에 늘어선 안료와 용제
들, 붓과 싸구려 볼펜이 잔뜩 꽂힌 플라스틱 컵. 엘리가 숨 막히는
아파트를 떠나 새로운 삶을 꾸리기 전, 브루클린에서 보내던 자신
의 대학원생 시절이 떠오른다. 햇볕에 탈색된 앨런 버로의 『실험
실의 미술 비평』이 창틀에 놓여 있다. 이 분야의 초기 고전이지만
엘리는 1950년대 초 코톨드 미술학교에 다닐 때 이후로 읽은 적이
없었다. 헬렌이 도서관에서 훔치거나 빌려온 것이 분명한 목제
책수레에 산업 안전 매뉴얼과 비디오가 줄지어 놓여 있다. 헬렌은

미술관의 보존과장일 뿐만 아니라 비상시 안전 관리 위원이기도 하다. 폭탄이 터지거나 누가 아시아 갤러리에 불이라도 지르면 헬렌이 생존자들을 인솔하여 주차장의 정해진 만남의 장소로 데리고 갈 것이다. 한쪽 구석에는 문이 있다. 그 문은 분광기와 현미경, 엑스레이 기계가 있는 연구실로 이어진다. 헬렌은 엑스레이 기계에 그림을 놓을 때마다 복도에 빨간 원뿔형 표지판과 경고 표지판을 놓았다. 다른 보존 전문가들은 이 구역을 방사성 낙진 대피소라는 애정 어린 별명으로 부른다.

엘리는 헬렌이 손가락 끝에 묻은 흰 아이싱을 핥는 모습을 지켜본다. 이마에 보안경을 걸친 헬렌은 흰 실험 가운을 입은 용접공 같다. 머리카락은 귀 위까지 삐죽삐죽할 정도로 짧게 잘려 있었고, 실험 가운 밑에는 모헤어 스웨터를 입고 있다. 어쨌든, 엘리는 컵케이크를 기대하지 않았다. 헬렌이 높은 온도에서 화학약품을 섞는 것 외에 뭔가를 요리하는 것은 상상하기 힘들다.

헬렌이 말한다. "정말 안 먹을 거예요? 버터밀크 아이싱을 바르고 속에 크림을 넣었어요. 짤주머니로 넣었죠. 알잖아요, 이 작은 폭탄에는 최대한 많은 칼로리를 집어넣는 것이 중요하니까요. 최소 일주일은 그 대가를 치러야 하겠죠."

"난 정말 괜찮아요. 아침을 거하게 먹어서."

"뭐 먹었어요?"

"네?"

"아침 말이에요."

"아, 계란이랑 <u>토스트요</u>."

"저라면 그런 걸 거하다고 하지 않겠지만요. 오렌지 시에 살 때는 키스한테—전 남편 말이에요—별 걸 다 구워줬었죠. 베이컨, 소시지, 달걀, 토마토, 옛날 시골풍 구이 요리죠. 이제 그 나쁜 놈은 아침을 직접 차려야 할걸요."

엘리는 어딜 봐야 할지 모르겠다. 그녀는 헬렌의 맞은편에, 봉투와 실험 결과지가 흩어진 나무 책상 앞에 앉는다. 헬렌은 이메일 편지함이나 좋아하는 제빵 사이트라도 보는 듯이 컴퓨터 화면을 계속 흘끔거린다. 엘리가 헬렌을 스튜디오로 다시 불러온다. "그래서, 더 포스 그림 세 점이 다 왔어요? 검사하기가 훨씬 쉬웠겠네요."

헬렌이 컴퓨터 화면을 향해서 말한다. "네, 레이던 그림은 맥스가 중국에서 돌아올 때까지 봉인해놨었죠. 그 다음에 다른 그림이 도착했고, 맥스가 큐레이터를 시켜서 그림 세 점을 동시에 가져왔어요." 헬렌의 시선이 밀폐용기에 있는 아이싱을 뒤집어쓴 컵케이크로 돌아간다. "저것들은 인간에 대한 범죄예요." 그녀가 말한다. "폐경기를 겪고 있는 여자에게는 죽음을 알리는 종소리나 다름없……."

엘리가 약간 초조하게 말한다. "30분 뒤면 학교에 가야 해요."

"아 그렇죠, 미안해요. 이메일에 정신을 뺏겨서. 나이지리아에서 오는 메일 받은 적 있어요? 있잖아요, 망명 중인 공주나 족장이라면서 돈을 달라고 하잖아요?"

"받은 적 없어요. 전 대학 이메일만 쓰는데, 스팸 메일은 전부 걸러내고 오거든요."

"음, 당신한테 갈 메일까지 나한테 오나 봐요. 제 핫메일 스팸 메일함에는 그런 메일이 가득해요." 헬렌이 종이를 끼운 클립보드를 들고 의자에서 일어나 손가락 끝을 마지막으로 핥은 다음 비상 약품 상자와 눈 세척기가 달린 구석의 싱크대에 손을 씻으러 간다. 그녀는 외과의사처럼 뜨거운 물로 손목까지 꼼꼼하게 비벼 씻는다. 헬렌이 엘리를 향해 고개를 돌리고 말한다. "자, 그럼 이제 그림을 볼까요."

헬렌이 엘리를 이끌고 옆방으로 가서 전깃불 스위치를 몇 개 켠다. 머리 위 형광등이 지잉 소리를 내며 살아나고 검은색 철제 스탠드의 텅스텐 스포트라이트가 한 줄 켜진다. "가끔 전 무대에 올라가는 배우가 된 기분이에요. 아니면, 토스터 속에서 일하는 것 같기도 하고요." 헬렌이 말한다. 그림 세 점은 액자에 든 상태로 인공 태양광선을 받으며 이젤에 놓여 있다. 엘리가 다가가자 캔버스가 환해진다. 두 점의 「숲의 가장자리에서」가 나란히 놓여 있고 장례식 풍경이 반대쪽에 있다. 헬렌이 클립보드를 들여다보는 동안 엘리는 코르크 게시판에 붙여둔 그림의 적외선 사진과 자외선 사진을 본다.

헬렌이 실험실 가운 주머니에 한 손을 넣는다. "자, 엑스선 사진을 포토샵으로 불러왔으니 그건 마지막에 컴퓨터로 보여드릴게요. 우선 처음에 발견한 것부터 살펴보죠. 새로 발견된 그림, 레이던에서 온 장례식 풍경화부터 시작하죠. 그 시대의 전형적인 그림 같아요……바탕칠이 이중으로 되어 있고 밑그림이 보이지 않는 것을 보면 연한 색 분필을 쓴 것 같아요. 검은 분필을 썼다면 적외선이나 엑스레이에 탄소가 나타날 테니까요. 붓놀림과 안료는 다른 그림 중 하나랑, 그 시기에 알려졌던 것과 일치해요. 다른 두 그림보다 조금 더 두껍게 칠했지만, 그래도 일치하죠. 몇 가지는 바래지기 쉬운 색을 썼어요, 예를 들면 여기, 강둑을 따라 칠한 초록색에 구리 수지를 썼기 때문에 시간이 지나면서 갈색으로 변했죠. 자외선 사진을 보면 세척하거나 바니시를 다시 칠한 적이 거의 없으니, 아마 어딘가의 다락방에 한참 있었을 거예요. 뒤쪽을 보면 캔버스 나무틀에 벌레 똥에서 나온 작은 침전물이 있으니, 이것도 방치되었다는 추정과 일치하죠. 17세기 그림이 대부분 그렇듯이 나무틀은 19세기 즈음에 액자와 함께 교체되었어요. 그러므로 이 모든 사실을 종합하면 진품이라고 말할 수 있겠죠. 레이던 쪽에는 유리하죠, 같은 화가의 새로운 작품이니까요."

엘리가 「숲의 가장자리에서」와 그 복제품으로 시선을 돌린다. 자신이 인공적으로 주었던 낡은 효과가, 복잡한 거미줄 같은 균열과 바니시 칠이, 이 빛 속에서 보니 약간 과시적으로 느껴진다. "이 두 점은요?" 엘리가 묻는다.

헬렌이 겨울 감기에 걸리려는지, 용제를 십 년 동안 들이마셔서인지 기침을 한다. "여기서부터 재미있어지죠. 제가 보기에는 여기에 두 가지 가정이 있는 것 같아요. 첫째, 같은 화가나 그녀의 도제가 화실에서 복제품을 만들었다. 아니면 둘째, 이것은 나중에 만든 비공인 복제품이다."

엘리는 헬렌이 낮 시간의 텔레비전에나 나올 것 같은 위작이라는 말을 쓰지 않아서 고마운 기분이 든다. 엘리가 말한다. "듣고 있어요."

헬렌이 가운 주머니에서 구겨진 손수건을 꺼내서 코를 풀고 다시 넣는다. 그런 다음 보안경를 내려 쓰고 가짜에 가까이 다가가서 무릎을 굽히고 손을 얹는다. 헬렌이 다시 일어서면서 말을 이어가지만 보안경을 벗지 않았기 때문에 로봇의 위협처럼 증폭되어 들린다. "두 그림은 여러 가지 면에서, 말하자면 똑같은 천을 잘라서 만든 것과 같아요. 캔버스가 그 시대의 스타일이나 직조와 일치하고, 바탕칠과 기층도 비슷하고, 안료는 대부분 그 시대 거예요."

"대부분이라니 무슨 뜻이죠?"

헬렌이 보안경을 벗었다가 눈을 찌르는 빛 때문에 깜빡거린다. "납과 주석을 섞어서 만든 노란색 안료에 대해서 아세요?"

올 게 왔군, 화학적인 증거야. 엘리가 생각한다. "문헌에서 읽은 적 있지만 오래 전 일이에요. 다시 말해줘요." 엘리는 뱃속이 뭉치는 것을 느낀다.

"좋아요, 그럼. 아시겠지만 납-주석 안료는 1740년경까지 주로 쓰는 밝은 노란색 안료였지만, 한동안 쓰이지 않았죠. 19세기에 합성 안료를 만들기 시작하면서 일부 옛날 안료는 버려졌어요. 납-주석 안료도 그중 하나예요. 1유형과 2유형 두 가지가 있지만, 거기까지 파고들 필요는 없어요. 납-주석 안료가 쓰이지 않게 된 것은 만들기도 힘들고 무척 유독했기 때문이에요. 납과 주석, 석영을 1,000도에서 녹여서 만든 유리를 다시 갈아서 체에 친다고 생각해보세요. 저라면 재밌는 일이라고는 하지 않겠어요……. 아무튼, 미술계에서 이 안료를 재발견했을 때 세월이 흐르면서 안료가 금속염을 만들어낸다는 것을 발견했어요. 이 경우에는 납 금속염이죠."

헬렌이 원작 앞으로 돌아가 선다. "여기 이 부분을 보세요, 밝은 노란색에서 약간 알갱이가 느껴지잖아요." 그녀가 스케이트 타는 사람들의 목도리 중에서 밝게 변형된 부분을 가리킨다.

엘리가 몸을 숙이고 물감층 밑에서 비치는 듯한 미세한 입자의 일그러진 형태를 바라본다. "잘 안 보이네요."

헬렌이 말한다. "아, 거기 있어요. 제 말을 믿어요. 대단해요. 현미경으로 보면 노란색이 사포 같이 거칠죠. 복제화를 그린 화가는 아마 거기서 아이디어를 얻었을 거예요."

"무슨 뜻이죠?"

"왼쪽 그림의 원소 분석을 돌려보니 알갱이가 있는 노란색 부분에서 상당량의 이산화규소가 나왔어요. 모래의 주성분이죠. 누군지는 몰라도 이 그림을 그린 사람은 원작과 같은 질감을 내려고 했지만 금속염 때문에 탄로가 난 거예요. 레이던에서 온 가짜에는 금속염이 없어요."

이제 가짜라는 말이 나오자 엘리는 헬렌을 바라보기가 힘들다. 엘리가 겨우 할 수 있는 말은 "흥미롭군요"이다.

"금속염이 결정적이에요. 그래도 엑스레이 사진을 보고 싶어요?"

엘리가 하고 싶은 것은 미술관에서 달려나가 종일 항구에 앉아 있는 것이다. 그녀는 일을 그만두고 6개월 동안 사라지고 싶다.

그러나 엘리는 이렇게 말한다. "물론이죠, 그러면 좋겠군요."

헬렌이 말한다. "엑스레이 사진은 미묘한 차이를 좀더 보여줄 뿐이에요. 컴퓨터로 가서 잠깐 보죠."

헬렌이 불을 끄고 두 사람은 그녀의 어지러운 책상으로 돌아간다. 그녀가 컴퓨터 화면 앞에 앉아서 은하계 우주를 나타낸 스크린세이버를 끈다. 어도비 포토샵이 화면에 나타난다. 헬렌이 메뉴를 몇 번 클릭하여「숲의 가장자리에서」두 점의 엑스레이 사진을 나란히 불러온다. 방사선 사진지는 일반 종이보다 약간 클 뿐이라서 헬렌은 그림 한 점당 종이를 여러 장 써야했는데, 그 종이들이 이제 골격 같은 여러 개의 사분면으로, 하얀 선으로 나누어진 짙은 검은색과 회색들로 화면에 뜬다.

엘리가 자기 숨소리를 의식하면서 몸을 기울이고 두 격자판 사이를 바라본다. 헬렌이 다시 입을 열려고 할 때 엘리는 원본이 분명한 듯한 그림의 하층에서 뭔가를 발견한다. 헬렌이 문제의 모서리에 커서로 동그라미를 그리면서 강조한다. "저희 교수님은 이걸 적외선 유령이라고 불렀어요, 그림 필름 아래 갇힌 흰색 형체 말이에요. 저는 적외선 이미지에서 이걸 처음 봤는데, 엑스레이가 멋지게 잡아냈죠. 엑스레이가 없는 한 위작을 그린 사람은 여기 이런 게 있다는 사실을 알아낼 수가 없어요."

원본에서 사라 더 포스는 또 다른 인물의 윤곽을, 숲 가장자리에 선 여자를 그렸다. 다 그리지는 않았지만 엑스레이에 나올 정도의 연백 안료를 피부에 칠했다. 유령이나 딴 세상의 존재 같은 느낌이, 은백색 빛무리 속에서 떠도는 미완성의 여자 같은 느낌이

든다. 방사선 사진 상에 텅 빈 공간이, 아마도 두 눈인 듯한 부분이 있는데, 나무에 기대어 서 있는 소녀를 향하고 있다. 숲의 가장자리에서 스케이트 타는 사람들을 지켜보는 소녀를 이 여자가 지켜보고 있다. 처음에는 두 가지 시선—관찰자를 바라보는 목격자—을 생각했지만 그림을 그리면서 생각을 바꾼 것이다.

헬렌이 포토샵을 닫자 화면에 뒤죽박죽 섞인 아이콘들이 다시 나타난다. 그녀가 조용히 말한다. "위작을 그린 사람은 아주 엄격했지만 너무 피상적이었죠. 그림을 잘못 시작했다가 고칠 수 있는 사람은 진짜 화가밖에 없어요."

맨해튼
1958년 9월

마티는 제이크 앨퍼트라는 이름으로 미드타운에 사서함을 개설하
는 것이 너무 쉬워서 깜짝 놀란다. 그는 엘리에게 사서함 주소만
주었지만, 그래도 엘리가 경매 일주일 후 청구서를 보내오자 깜짝
놀란다. 그녀는 **미술 자문**—17세기라는 항목하에 두 사람이 함께
보낸 세 시간에 대해서 90달러를 청구했다. 마티는 손튼 앤 모렐
경매장의 마호가니 패널을 댄 보석 상자 같은 방에 같이 앉아서
장사치의 말이라기보다 성스러운 주문이나 베다 기도에 가까운
영국 경매사의 매끄러운 말에 귀를 기울이는 아주 유쾌한 오후를
자신이 그녀에게 선사했다는 사실을 잘 알았기 때문에 청구서를
보자 화가 났다. 그는 엘리에게 수표를 써줄 수 없으므로—은행
은 그의 신분증을 우체국보다는 좀더 꼼꼼하게 살펴볼 것이다—
그녀를 다시 만나서 현금으로 전달해야겠다고 생각한다. 책상 앞
에 앉아서 특허 소송을 검토하던 마티는 어느새 어디서 만나는
것이 좋을지 생각한다.

그는 어느 월요일 밤, 일을 마친 후에 재즈클럽에서 만날 약속을 잡는다. 마티는 버드랜드에 갈까 잠시 생각하지만 아는 사람을, 지난 몇 년 동안 클럽에서 수없이 마주쳤던 한물간 음악가들을 우연히 만날까봐 걱정된다. 그래서 마티는 52번가의 이류 지하클럽 스패로를 선택한다. 레이철에게는 스쿼시 친구를 만나서 맥주를 마시면서 재즈를 감상하기로 했다고 말한다. 레이철은 마티가 인상주의 전시회에 가지 않으려는 것과 같은 이유로 비밥 공연을 보러 가지 않는다. 즉 양식은 예쁘지만 말이 안 된다는 것이다. 마티는 한 달에 한 번, 가끔은 그보다 자주, 재즈 클럽을 방문해서 사립 고등학교 악단의 꿈 많은 트럼펫 연주자였던 시절을 다시 음미한다. 마티는 딕시랜드 음반을 자기가 따라서 연주할 수 있는 4분의 3 빠르기로 늦춰서 수없이 여러 번 들었다. 어머니가 암으로 돌아가시기 전, 그가 고등학생일 때 부모님은 이 기이한 취미를 용인했고 심지어 권장했다. 그러나 어머니가 세상을 떠나자 집안 분위기가 어딘가 딱딱해졌고, 트럼펫은 어린아이의 응석으로 여겨졌다. 마티의 아버지가 어느 날 밤 거울 앞에서 음계를 연습하던 마티의 방으로 와서 이렇게 말했다. "그건 이제 됐다. 네가 평생 열다섯 살도 아니고." 아버지가 나가고, 문이 닫히고, 한 시대가 끝났다. 마티는 재즈 클럽에 걸어 들어갈 때면 아직도 트럼펫 취관의 감각이 느껴지고 트럼펫 주자가 자유 연주를 하는 것을 들으면 턱이 긴장된다.

엘리는 만남에 동의했지만 택시를 타고 오겠다고 고집했다. 마티는 사무실에서부터 걷기 시작해서, 브로드웨이의 수술실처럼 밝은 조명 아래 크롬 펜더가 번쩍이는 자동차 전시장을 지나 52번 가를 따라서 전쟁 이전에 지은 스윙클럽과 바가지를 씌우는 나이트클럽, 중국 식당이 늘어선 변변치 못한 지역을 지난다. 스테이크 가게 창문을 통해서 낡고 망가진 스타인웨이 피아노와 한심한 크루즈선의 4중주단처럼 보이는 사람들이 텅 빈 식당에서 연주하는 모습이 보인다. 그는 클럽 밖에서 엘리를 기다리면서 던힐 담배에 불을 붙인다. 여기서 네 블록도 떨어지지 않은 곳에 있는, 마티가 지하 신전이라고 생각하는 이 벽돌이 그대로 드러난 지하클럽에서, 그는 찰리 파커와 아트 블레이키와 팻츠 나바로가 열심히 연주하는 모습을 보았었다. 레이철에게는 바로크 시대의 무명 화가들처럼 아무 의미도 없는 이름이었다. 레이철이 하고 싶은 대로 놔두면, 그의 집에는 콜 포터와 프랑스 인상주의자와 후기 인상주의자들과 같은 감미로운 대중 가수들과 청록색 그림들이 부드럽게 속삭이는 분위기밖에 남지 않을 것이다. 마티는 세잔의 작품을 볼 때면 푸릇푸릇한 솜털—콩코드 포도의 껍질에 핀 가루 같은 것—이 보인다.

10분 늦게, 약간 지나치게 차려 입은 엘리가 도착한다. 마티는 검은색 양모 외투와 흰색 구슬 장식이 달린 원피스 차림으로 택시에서 내리는 그녀를 보고 1928년경의 극장식 식당에라도 가는 사람 같다고 생각하며 환한 미소를 짓는다. 그가 앞좌석 창문 쪽으로 몸을 숙이고 기사에게 요금을 낸다. 택시가 멀어지자 엘리가 말한다. "제가 내려고 했는데요."

"교통비와 식사비는 제가 내는 걸로 합의하면 안 되겠습니까?"

엘리가 고개를 끄덕이고 클럽의 네온사인을 올려다본다. "저 안에 대단한 예술 작품이 있다면 깜짝 놀라겠는데요."

"있지요, 하지만 당신이 생각하는 종류는 아니지만요. 재즈 좋아해요?"

"재즈는 하나도 몰라요."

"프로그램을 봤어요. 오늘은 유명한 출연자가 없지만, 재밌는 곳입니다. 재즈도 들어보지 않고 뉴욕을 떠날 순 없죠."

"제 논문의 진척 상황을 생각하면 당분간은 떠날 일은 없을 것 같지만요."

두 사람은 안으로 들어가서 곰팡내 나는 카펫이 깔린 계단을 내려가 티켓 창구와 외투보관소 쪽으로 다가간다. 계단 및 클럽 입구에서 그들은 여주인에게 표를 주고, 그녀가 두 사람을 칸막이 좌석으로 안내한다. 내부는 어둡고 연기가 자욱하다. 마티는 이 재즈클럽의 분위기가 장례식장 같이 웅장했던 경매장의 분위기와 정반대라서 마음에 든다. 그가 그림을 사는 데 하루에 8만 달러를 쓰면서 월요일 밤에 재즈의 지하 성전으로 숨어드는 남자임을 암시하는 급격한 장면전환인 셈이다. 마티는 자신이 두 가지 세계에 속할 수 있음을, 도시의 높고 낮은 영역을 모두 헤엄쳐 다니는 사람임을 보여주고 싶다.

여주인이 무대와 멀지 않은 곳에 칸막이 좌석이 늘어선 쪽으로 그들을 안내한다. 두 사람이 자리에 앉자 웨이트리스가 다가온다. 마티는 클럽의 진지함을 보증하듯 여기서 일하는 여자들은 전부 50세 이상이라는 사실을 깨닫는다. 엘리는 하우스 레드 와인을 주문하고 마티는 톰 콜린스와 견과류를 부탁한다. 아직 이른 시간이라서 분위기를 띄우는 5중주단이 무대에서 연주를 하고 있고, 색소폰 주자가 한창 솔로 연주 중이다. 마티는 찰리 파커를 보았을 때를 생각한다. 그때 찰리 파커는 좀 두꺼운 허리에, 느슨하게 풀려 있는 타이는 간신히 가슴까지 내려와 있고, 색소폰에서 불타는 음표가 보이기라도 하는 듯이 눈을 내리깔고 있었다. 약에 취해 있었지만 성스러운 유령이었다. 그후 마티는 모든 색소폰 연주자들을 아주 평범한 인간처럼 보았다.

엘리가 주변을 둘러본다. "제가 지나치게 차려입은 것 같군요."

"이 사람들은 극적인 유형에 익숙해요." 그가 미소를 지으며 말한다. 술과 땅콩 한 그릇이 나온다. 마티는 땅콩을 한 줌 집고서 흰 양복을 입은 우람한 흑인을 가리킨다. "사회자가 약간 팁을 밝혀요. 팁을 안 주면 영원히 기억하죠. 연주자들도 저 사람한테 팁을 준다니까요. 사회자가 밴드를 소개하는데, 팁을 안 주면 이름을 엉뚱하게 말하거든요."

"경매장보다 살벌하게 들리네요."

"열 배는 심하죠."

엘리가 와인을 마신다. "구리판 유화는 어때요?"

"정말 아름다워요, 다시 만난 가족이죠. 지금은 제 서재에서 벽에 공간이 생기길 기다리고 있지만요."

"언젠가 수집하신 작품들을 보고 싶군요." 엘리가 말한다.

"물론 좋습니다. 지금은 수리 중이라서 재난 지대 같지만 말입니다."

엘리가 레드 와인이 담긴 잔을 바라보며 말한다. "아내 분에게는 분명 엄청난 시련일 거예요."

마티는 제이크의 아내에 대해서는 한 마디도 한 적 없지만 결혼 반지를 빼지도 않았다는 사실을 깨닫는다. 그는 어떤 선택지가 있는지 생각하면서 5초 동안 침묵이 흐르게 놔둔다. 그런 다음 밴드를 보면서 말한다. "사실, 아내는 작년에 죽었습니다. 아직 반지를 뺄 준비가 안 된 것 같아요." 이 말이 허공으로 나오자마자 마티는 뱃속이 요동치는 것을 느낀다. 그가 맞은편을 바라보자 엘리는 실수를 저지른 사람처럼 표정이 약간 흐려진다.

그녀가 말한다. "죄송해요. 사생활을 캐려던 건 아니었어요."

"아니, 아니에요, 괜찮습니다. 이제 다시 일어서는 중이에요. 그래서 제 수집품의 구멍을 채우려 했는지도 모르죠. 그쪽 방면은 아내가 알아서 했거든요."

마티는 거짓말의 뒷맛을 씻어내려고 톰 콜린스를 크게 한 모금 마신다. 그는 레이철과 봄에 가기로 한 유럽 크루즈 여행을, 완벽하게 정리한 침대에 레이철이 올려놓은 안내책자와 배의 메뉴를 떠올린다. 그들은 굴과 송로버섯을 먹고 한두 번 정도 사랑을 나눌 것이고, 옛 유럽의 이탄 습지 옆을 떠다니며 고대의 강에 깊숙이 가라앉을 것이다. 레이철은 침대에서 소설을 읽고 불을 켠 채로 잠들 것이다. 이런 예측가능함에 마음이 따뜻해지기도 하지만 황량해지기도 한다. 마티가 고개를 들어 무대를 보자 트럼펫 주자가 솔로 연주를 마무리하며 발뒤꿈치를 들고 서서 아주 감미로운 소리를 낸다. "저 친구 나쁘지 않네요." 마티가 말한다.

"음악을 좋아하세요?"

"고등학교 때 트럼펫을 불었습니다. 아버지 때문에 포기하고 특허 변호사가 되었지만요. 이제 전 다른 사람의 창조물을 검토하죠." 마티는 다른 직업을 꾸며냈어야 하는 걸까 생각한다. 제이크 앨퍼트는 외교관, 외과의사, 금융업자, 무엇이든지 될 수 있었다.

"아버지는 저에게 그림을 포기시키려고 하셨어요. 예술적인 건 뭐든 불편하게 여겼거든요. 예술은 빌어먹을 잘난 척이라고 생각하셨죠."

두 사람은 사회자가 지나치게 큰 부탄 라이터를 들고 팁을 찾아서 사람들 사이를 돌아다니며 담배에 불을 붙여주는 모습을 지켜본다. 악기 케이스를 든 음악가 몇 명이 칸막이 없는 관람석에서 무대 위 동료들이 연주하는 모습을 지켜본다.

엘리가 말한다. "그래서, 원하시는 소장품을 만들도록 어떻게 도와드리면 될까요?"

"그러니까 생각이 나는군요." 마티가 주머니에서 현금이 든 봉투를 꺼내서 테이블 위로 밀어 건넨다. 영화에서 이런 식으로 하는 것을 본 적이 있는데, 마티니를 주문할 걸 하는 생각이 든다. 왠지 모르지만 엘리는 봉투를 보려 하지 않는다.

"감사합니다."

"말도 안 되는 건 알지만, 현금으로 거래하는 게 좋습니다. 저는 이민자의 아들이거든요."

"손튼 앤 모렐에는 현금으로 내지 않으셨길 바라요."

"제 은행과 직접 거래하게 되어서 너무 좋아하더군요. 송금이 확인되자 배달을 해주었지요. 배달 온 사람이 손튼 앤 모렐 경비원처럼 보였어요. 재킷에 아가일 무늬 스웨터를 입은 관절염 걸린 노인들 말입니다."

"그 사람들 전부 예순 살은 넘어 보였는데." 엘리가 웃는다. "다음은 뭐죠? 이탈리아 르네상스? 베네치아 결혼 초상이 어울릴 것 같군요." 그녀가 또 말실수를 했다는 듯이 탁자에서 시선을 돌린다.

마티가 잔에 든 얼음을 짤랑거린다. "17세기 여성화가에 대해서는 무엇을 알죠? 예를 들면, 네덜란드 화가 말입니다."

마티는 어느 시점에 대화를 그쪽 방향으로 끌고 가야 할지 확신이 없었지만, 이제 말이 나오자 엘리의 반응을 가늠하려고 애쓴다. 홀아비라는 거짓말이 그의 내면의 뭔가를 자유롭게 풀어주었다.

엘리가 탁자를 내려다보고 와인을 한 모금 더 마신다. "사실 제 논문 주제가 그거예요. 네덜란드 황금기의 여성화가들. 음, 지금은 꽉 막힌 상태지만요."

"생각나게 하려던 건 아닙니다."

"괜찮아요, 제가 지금 죄책감이 너무 많아서 그래요. 타자기를 볼 때마다 속이 메슥거리는 것 같아요. 레밍턴 사에서 타자기만이 아니라 총도 만드는 거 아세요? 전 타자기를 볼 때마다 그 생각을 해요."

"전 한번도 생각해보지 않은 것 같군요. 가시철사보다 지퍼가 먼저 발명했다는 거 아세요? 저는 특허 변호사라서 발명의 역사를 잘 알죠. 19세기에 최초로 지퍼 특허를 낸 사람은 그걸 지속적인 자동 의류 닫힘 장치라고 불렀죠. 당연히 그 이름은 정착되지 않았고……."

"흥미롭군요." 엘리가 이렇게 말하지만 마티는 그녀가 듣고 있지 않다는 것을 알 수 있다. 그녀가 냅킨을 들고 핸드백을 뒤지더니 안경과 펜을 찾아서 꺼낸다. "황금기 네덜란드 여성화가가 몇 명 있었어요. 역사 문헌에는 스물다섯 명 정도가 언급되지만 지금까지 작품이 남아 있는 화가는 몇 명되지 않아요." 그녀가 냅킨에 이름을 몇 개 쓴다. 유디트 레이스터, 마리아 판 오스테르비크, 라헐 라위스. 엘리가 펜 끝을 들고, 그녀의 시선이 안경 테두리 너머 연기 자욱한 무대를 헤맨다. 트럼펫 주자가 마침내 솔로를 끝낸다. "사라 더 포스라는 여자도 있지만, 지금까지는 밝혀진 작품이 하나밖에 없어요." 엘리가 목록 끝에 더 포스를 덧붙인다.

마티가 주저 없이 말한다. "이 작품들이 개인 소장 중일 가능성이 높은가요? 그럼, 저 같은 개인 수집가가 그런 그림을 구하고 싶으면 언젠가 경매에 나올 거라고 생각할 수 있습니까?"

"대부분은 대학교나 공공 미술관에 있어요. 개인 소장품은 얼마 안 되죠. 워싱턴 국립 미술관에 괜찮은 레이스터 작품이 몇 개 있어요. 그리고 라위스의 꽃 그림은 누구나 가지고 있죠, 아주 오래 살았는데, 평생 그림을 그렸거든요."

"그러면 그림들이 어디 있는지 당신이 찾아줄 수 있겠군요. 제 아내라면 네덜란드 여성화가라는 아이디어를 좋아했을 겁니다."

마티는 자기 목소리가 연극적으로 시무룩하게 변했음을 의식하지만, 또 엘리와 만날 일이 여섯 번도 남지 않았으리라는 사실도 깨닫는다. 그녀는 마치지 못한 논문이나 위작을 떠올리면서 점점 더 괴로워질 것이고, 오래지 않아 너무 바빠서 만날 수 없다고 말할 것이다. 마티는 엘리의 조심스럽고 신중한 태도에서 그것을, 마음 깊이 숨은 죄책감을 볼 수 있다.

"자녀분은 있으세요?" 엘리가 묻는다.

마티가 잔 테두리를 만진다. "우리는 아이를 낳지 못했습니다." 그가 말한다. 왠지 엘리는 그의 진짜 삶에서 뭔가를 자꾸 파헤친다.

엘리의 잔에 술이 반도 남지 않자 마티가 두 사람이 마실 술을 더 시킨다.

"자, 일 이야기는 이걸로 충분하겠군요." 그가 말한다. "조사를 해보시고 알려주시면 아주 감사하겠습니다." 마티가 그만 화제를 바꾸자는 뜻으로 자신의 양손을 맞잡는다. "오스트레일리아 소녀가 어쩌다 맨해튼까지 오게 됐죠?"

"복잡해요. 그림 복원을 전문적으로 하고 싶어서 런던 코톨드 미술학교를 몇 년 다녔어요. 거기서 복원과 옛날 그림의 구조에 대해서 알아야 할 것을 모두 가르쳐주었죠. 하지만 거기에서도 교수님마다 규칙이 다르고 합의된 것도 하나 없었어요. 우리는 술집으로 몰려가서 그림을 복원할 때 어떤 방법이 옳은지에 관한 논쟁을 벌였죠. 너무 작은 세계였어요. 그래서 전 미술사로 진로를 변경하기로 했고, 나중에는 학생들을 가르치자고 막연하게 생각했어요. 그래서 컬럼비아에 지원해서 특별 연구원이 되었죠."

"좋은 선생님이 되실 것 같군요. 제가 말할 수 있는 건, 그림에 생기를 불어넣는 방법을 아시는 것 같습니다."

"그렇게 말씀해주시다니, 정말 다정하시군요." 엘리가 안경을 벗어서 다리를 접는다.

"그림도 그립니까?"

"이젠 별로 안 그려요, 어릴 땐 많이 그렸지만요."

엘리가 눈을 가늘게 뜨고 자기 잔을 보자 마티는 그녀의 근시가 얼마나 심할까 궁금하게 생각한다.

엘리가 말한다. "거만하게 들리죠? 어릴 때라는 말이."

"전혀 아닙니다."

엘리가 비어 있는 첫 번째 와인 잔을 15센티미터 정도 떨어뜨려 놓는다.

"취미는 뭐죠? 컬럼비아 대학원생들이랑 주말마다 그리니치 빌리지에서 몰려다니면서 워싱턴 스퀘어를 맨발로 돌아다니는 거 아닙니까? 가느다란 검은색 타이를 매고 선글라스를 쓰고 베스파를 타는 남학생도 있고?"

"전 그런 거 몰라요. 집에서만 지내는 편이라서요. 참 슬프죠. 전 사람을 좋아하는 게 힘들어요." 엘리가 두 번째 와인 잔을 들고 한 모금 마신다. "어딘가 잘못된 건지도 모르죠. 어렸을 때는 다들 저를 속물이라고 생각했어요, 부모님까지도요. 오스트레일리아 에서는 꿈속에 살면서 자기 방에서 몇 시간씩 그림을 그리는 아이 들이 잘 지낼 수가 없어요, 적어도 제가 자란 곳에서는 아니죠." 그녀가 바를 다시 둘러본다. "갑자기 배가 고프네요."

"술을 마저 마시고 나가죠. 여기 음식은 별 게 없어요. 가서 저녁을 먹고 다시 올까요? 어차피 좋은 밴드는 늘 나중에 나오는 법이니까요."

"피자를 사서 상자째로 먹을 수 있다면, 좋아요. 허드슨 강으로 가지고 가서 벤치에 앉아서 먹어요."

"그렇게 말하니 허드슨 강이 플로리다의 키웨스트라도 되는 것 같군요. 십대 불량배나 강가에 사는 주정뱅이한테 강도를 당하고 싶은 기분은 아닌데요."

"과장이에요."

"많이 과장하진 않았어요."

"그럼 결정한 거예요." 엘리가 말한다.

두 사람이 남은 술을 마시지만 엘리는 두 잔째 와인을 다 마시지 못한다. 그녀가 약간 취해서 자리에서 일어선다. 마티가 탁자에 돈을 올리고 두 사람은 다시 거리로 나선다.

마티와 엘리는 페퍼로니 피자와 맥주를 들고 강가로 내려간다. 늘어선 나무에 가려서 고속도로를 달리는 차들이 잘 보이지 않는다. 몇몇 사람들이 개를 산책시키고 낚시꾼 한 명이 강에 낚싯대를 드리우고 있다. 두 사람은 맨해튼과 유니언 시티를 오가는 페리와 배가 보이는 벤치를 발견한다. 엘리가 상자에서 피자를 한 조각 꺼내서 입으로 가져가려 애쓰지만, 뾰족한 끝이 처지더니 치즈 기름이 구슬 달린 흰 원피스에 떨어진다.

"제길." 그녀가 말한다. 그런 다음 마티를 올려다본다. "거친 말을 써서 죄송해요. 욕을 엄청 잘하는 집안에서 자랐거든요."

"저희 아버지는 네덜란드인이었는데 18세기의 미친 해적처럼 욕을 하셨습니다."

"이 바보 같은 옷을 입는 게 아니었는데. 저는 외출을 잘 안하거든요. 그게 문제의 일부죠."

"피자 가운데 부분을 이렇게 둥글게 말아야 돼요. 그러면 팽팽해지면서 끝이 처지지 않죠."

"끝이 처지길 원하는 사람은 아무도 없으니까요." 엘리가 이렇게 말하더니 곧 덧붙인다. "세상에, 저 취했나 봐요."

"먹어요." 그가 말한다.

엘리가 피자 조각을 고쳐 들고 페리를 가리킨다. "저희 아버지는 시드니 항의 페리 선장이에요. 조타실에 딱 한번 태워준 적이 있었는데, 제가 멀미를 했죠. 아빠는 원래 여자는 타는 게 아니니까라고 하셨어요. 한 세기 전에 태어난 사람처럼 살았죠." 엘리가 피자를 한 입 더 먹는다. "제가 너무 주절대고 있네요……"

"저희 아버지는 키나 껍질을 난로에 끓여서 토닉워터를 직접 만드셨습니다. 그래서 우리가 옛날 그림을 좋아하는 건지도 모르죠, 우리 아버지들이 과거에 갇혀 있어서요."

엘리가 씹으면서 말한다. "아니면 우리가 현재를 향해 고개를 돌릴 수 없어서요."

두 사람이 잠시 침묵 속에 앉아서 강물에 비친 뉴저지의 불빛을 바라본다.

엘리가 말한다. "조타실에 탔을 때 커다란 파도가 쳤어요. 아버지가 절 시험해보고 싶었는지도 몰라요. 암회색의 파도가 맨리와 시티 사이의 곳으로 밀려들었죠. 페리를 띄우면 안 되는 거였을지도 모르지만, 아버지는 절대로 조심하는 분이 아니었어요. 갑판원까지 얼굴이 파랗게 질렸어요. 곳을 반쯤 지나자 파도가 너무 심해져서 제가 갑판으로 달려나가 난간 너머로 토를 했어요. 파도에 푹 젖어서 돌아왔지만 아버지는 아무 말도 하지 않았어요. 그날 밤 엄마가 기다리는 집으로 돌아갈 때까지 저를 완전히 무시하셨죠. 우리가 부엌으로 들어가자 엄마는 제 꼴을 보고 거의 죽으려고 하셨어요. 도대체 무슨 일이 있었냐고 묻자 아버지가 말했어요. '엘리가 배에서 잠깐 안 좋았던 것뿐이야.' 저의 격렬한 구토가 잠깐 안 좋았던 것으로 치부되었죠. 그게 제 어린 시절이에요. 한 번은 언니의 팔이 부러졌는데, 아버지는 날개가 꺾였다면서 침대 시트를 찢어서 대충 묶어놨어요. 언니는 아직까지도 팔이 굽어 있죠. 테니스를 치면 공이 5도쯤 엇나가요…….”

“아버지가 두려움을 모르시는 것 같군요.”

“그렇게 말할 수도 있겠죠. 아버지는 제1차 세계대전에 참전했는데, 사실 아빠의 성격 일부는 전쟁신경증 때문인 것 같아요. 그 후 우리 자매가 태어나기 전에 엄마아빠는 아들을 잃었어요. 아빠는 두 번 다시 예전으로 돌아가지 못했죠, 적어도 제가 듣기론 그래요. 전쟁에 참전하셨나요?”

“그 정도로 나이가 많지는 않은데요.”

“두 번째 전쟁 말이에요.”

“아니요, 저를 받아주려고 하지 않았어요. 평발에다가 무릎도 멀쩡하지 않고 가벼운 천식이 있거든요. 제가 한 일 중에서 전쟁과 가장 가까운 것은 육군과 해군의 특허 신청 몇 개를 제출해준 것밖에 없지요. 피자 어때요?"

"정말 맛있어요."

"그림을 어떻게 고치는지 말해줘요."

"잠드실걸요."

"시험해봐요."

엘리가 피자를 한 조각 더 집는다. "재미없어요, 제 말 믿으세요."

"정말 알고 싶어요. 부탁이에요."

엘리가 강을 한 번 바라보고 피자 상자를 다시 내려다본다. "정말 그림마다 달라요. 하지만 그림을 지질학적으로 생각해야 한다는 건 똑같죠. 중요한 건 지층, 제각기 다른 역할을 하는 층들이에요. 그림에는 나름의 고고학이 있어요."

"이래서 좋은 선생님이 될 거라고 하는 겁니다."

엘리가 피자 반죽 끝부분을 떼서 한쪽 끝을 베어문다. "그림자와 빛은 보통 바탕칠에서 시작해요. 분필과 토끼 가죽 풀로 손상된 부분을 채우죠. 제 아파트에서 무슨 냄새가 나는지 맡아보셔야 해요. 프랑스인이 운영하는 브루클린 푸줏간에서 토끼 생가죽을 열두 개씩 팔아요."

"만들어져 있는 건 못 삽니까?"

"처음부터 만드는 게 나아요. 우선, 그러면 17세기 사람이 된 듯한 기분이 들거든요."

"또요?"

"음, 붓질을 할 때 약간 속임수를 더해요, 조각을 하듯이 조금씩 그러면서 얇은 물감 층을 여러 겹으로 덧칠하죠. 런던에서 학교를 다닐 땐 바탕칠 색을 정확히 맞춰야 하느냐 아니면 미래의 복원가들이 알아볼 수 있도록 자기 영역을 정확히 표시해야 하느냐를 놓고 토론을 벌였죠."

"윤리적인 문제였군요." 마티가 말한다.

"그랬을 거예요. 어느 한 쪽을 선택해야 하는데, 교수님들조차 어떤 색으로 바탕칠을 해야 하는지 합의하지 못해서 서로를 미워했어요."

"옹졸하고 싸우기 좋아하는 건 변호사인 줄 알았는데요."

엘리가 피자를 입으로 가져가다 말고 뉴저지 쪽을 보더니 입술 사이로 한숨을 내쉰다. 그녀가 피자 조각을 상자에 다시 내려놓는다. "전 지쳤고 아직도 취했어요. 로빈에 다시 못 갈 것 같아요. 미안해요."

"스패로예요."

"전 이제 입을 닫아야겠어요."

"다음에 가죠. 피자는 집으로 가져갈래요?"

"당연하죠. 당신 앞에 있는 사람은 대학원생이라고요."

마티가 말한다. "그래요, 한 시간에 30달러를 청구하는 대학원생이죠. 죽은 아내의 상담사보다 비싼데, 게다가 그 사람은 비엔나에서 프로이트의 제자한테 배웠죠." 마티는 농담으로 한 말이지만 그의 목소리에 적의가 묻어 있다.

엘리가 고개를 돌리지만 그를 보지는 않는다. 뚜껑이 열린 피자 상자가 둘 사이에 놓여 있고, 피자 상자의 기름 자국은 마분지지도 위의 작은 섬 같다.

천천히 엘리가 말한다. "불합리한 가격이라고 생각하세요?"

"부자들이 작은 존재론적 의미를 자기 벽에 걸기 위해서 얼마를 기꺼이 내려고 하는지 당신이 잘 안다고 생각합니다. 제가 큰 재산을 가지게 된 건 역사적인 사고에 불과해요, 그럼 됐죠?"

강 어딘가에서 디젤 엔진이 퉁퉁거린다. 갑자기 분위기가 망쳐졌다. 마티는 가벼운 농담으로 대화를 되돌리고 싶지만 너무 늦었음을 안다. "택시 태워드리죠." 그가 말한다. "피자는 당신이 들래요?"

엘리는 대답하지 않지만 상자를 든다. 두 사람이 거리를 몇 개 건너고 마티가 손을 흔들어 택시를 잡는다. 그의 아버지는 택시를 잡으려고 조끼 주머니에 경비원이 쓰는 호루라기를 가지고 다녔는데, 마티는 그게 어디 갔을까 생각한다. 선장 책상의 맨 밑 서랍에 들어 있을지도 모른다. 택시가 서자, 마티는 엘리가 항의하기도 전에 뒷좌석 그녀의 옆자리에 올라탄다.

"브루클린에 들렀다가 어퍼 이스트 사이드로 가주세요." 그가 기사에게 말한다.

"반대로 가실 생각은 없습니까?" 기사가 묻는다.

"여자 분을 먼저 데려다드리죠." 마티가 말한다.

엘리가 말한다. "그러실 필요 전혀 없어요."

"저도 다른 세기 사람이라고 해 두죠."

두 사람은 브루클린 다리를 다 건널 때까지 아무 말도 하지 않는다. 마티는 창밖을 내다보는 엘리를 바라본다. 그녀는 그에게서 어깨를 돌린 채 손가락으로 피자 상자를 가볍게 톡톡 친다. 엘리의 몸짓은 그녀가 아까의 대화를 곰곰이 생각하고 있음을 보여준다. 마티는 아까 그곳에서 섬광처럼 스치는 뭔가를 보았다. 발끈하는 것일 수도 있지만 자기 회의 같기도 하다. 마티가 바람을 조금 쐬려고 창문을 살짝 내린다.

마티는 기사에게 엘리가 아파트 건물 안으로 들어갈 때까지 기다리라고 말한다. 줄지어 늘어선 자동차들이 머리 위 고속도로를 우레처럼 달린다. 마티는 위층 창문에 불이 켜지고 그녀의 실루엣이 보일 때까지 기다린 다음 기사에게 출발하라고 말한다. 그러나 몇 블록 지나자 기사에게 내려달라고 하고, 옷깃을 세우고 약간 취한 채 스스로 완전히 이해하지 못하는 뭔가에 끌린 마티는 걸어서 돌아간다. 엘리가 본인의 이야기를 누설할 때마다 마티는 사소한 도둑질을 하는 것 같다. 모르는 사람의 선반에서 장식품을 하나씩 꺼내서 자기 외투 주머니에 넣는 것 같다. 마티는 밤늦게까지 문을 연 가게에 들어가서 커피 두 잔과 아이스크림 한 통을 산다. 그런 다음 아이스크림을 한쪽 겨드랑이에 끼고 그녀의 아파트 건물 앞에 선다. 가슴에 아이스크림이 차갑게 느껴지지만 손은 커피 때문에 따뜻하다. 그는 드리워진 커튼에 비치는 그녀의 실루엣을, 그녀가 이 방 저 방으로 왔다갔다 움직이는 것을 지켜본다. 마티는 종이로 싼 위작을 들고 그녀의 집 앞으로 찾아가서 복원 작업을 해주면 좋겠다고 말하는 장면을, 혹은 누가 고아들을 위한 자선만찬 때 침실 벽에서 떼어 가기 전까지 자신의 소유였던 사라 더 포스의 작품을 설명하면서 그녀의 얼굴을 바라보는 장면을 상상한다. 그가 두 손에 들고 있는 것은 종이컵 두 개처럼 얇은 엘리의 미래이다. 마티는 그녀의 삶을 속속들이 이해하고 싶다. 구석구석 들어가서 그녀의 삶을 지탱하는 가느다 란 실을 조종하고 싶다.

마티가 어둑한 건물로 들어가서 타일 계단을 올라 2층으로 간 다. 북쪽으로 창이 난 구석 아파트라는 건 이미 알고 있다. 마티는 항상 방향 감각이 뛰어났고 창문이 없는 미드타운 식당에 앉아 있어도 방향을 정확히 알았다. 그가 문을 두드린 다음 그녀의 발 이 나무 바닥에서 움직이는 소리를, 멀어졌다가 다시 다가오는 소리를 듣는다. 문 아래쪽 틈새로 새어나오던 빛을 그림자가 가리 고 숨죽인 목소리가 들린다. "누구세요?"

조용하게, 하지만 최대한 쾌활한 목소리로, 마티가 말한다. "화 해의 선물로 커피와 아이스크림을 가지고 온 제이크 앨퍼트입니 다. 못되게 굴어서 정말 미안하다고 하네요."

잠시 침묵이 흐르고 문틈으로 새어나오는 빛이 다시 바뀐다. "제이크에게 전 잠자리에 들 준비를 하고 있다고 전해주세요. 사 과할 필요 없다고요."

"음, 최소한 아이스크림이 녹기 전에 당신의 냉장고에 넣게 해 줘요."

"죄송해요, 너무 늦었어요……. 옷도 안 입고 있어요."

"알겠습니다." 마티는 위협적으로 들리지 않으려고 문에서 한 걸음 물러난다. "레이철이 세상을 떠난 후로 잠을 잘 못 자요. 아까 한 말은 정말 미안해요. 잘 자요, 엘리." 레이철의 이름을 이용하는 순간 바로 지금 그녀의 목숨이 정말로 저울에 달린 것처럼, 끔찍한 수치심이 몰려온다. 그가 한 걸음 더 물러선다.

잠시 침묵이 흐르더니 체인을 푸는 소리가 들린다. 문이 15센티미터 정도 열리고 엘리의 얼굴이 나타난다. 그녀가 말한다. "아이스크림 주세요. 냉장고에 넣어둘 테니 다음에 같이 먹어요. 정말 친절하시네요."

마티가 다가간다. "제 팔 밑에 있어요. 양손에 커피를 들고 있어서 뺄 수가 없군요."

"아." 엘리가 약간 짜증난 듯이 말한다. 그녀가 문을 15센티미터 정도 더 열고 팔을 내밀어 그의 팔꿈치 아래쪽으로 뻗는다. 엘리는 작은 새가 그려진 플란넬 잠옷을 입고 있다. 장딴지는 가늘고 창백하고, 발은 약간 벌어져 있고 발가락이 뭉툭하다. 맨발로 자란 소녀군, 마티가 생각한다. 엘리가 아이스크림을 받아들자 그가 말한다. "페퍼민트 초콜릿 칩이에요."

엘리가 시선을 피한다. "저는 바닐라를 더 좋아해요."

"제가 기분을 상하게 했어요, 미안해요. 당신의 전문 지식은 당신이 청구한 금액의 가치가 충분합니다. 잠깐만 들어가면 안 될까요."

"집에 누가 찾아오는 게 익숙하지 않아서요." 엘리가 말한다. "그럴 만한 곳이 아니에요."

"좋아요, 그럼, 잘 자요. 여기 커피도 받아요." 마티가 문틈으로 커피를 건네자 엘리는 그것을 받으려고 아이스크림을 내려놓는

다. 마티는 그녀가 아직 문간에 서 있다는 것을 의식하면서 뒤로
돌아 계단을 향해 걸어간다.

엘리가 말한다. "딱 5분이에요. 그리고 제가 방을 좀 정리하고
조명을 낮출 동안 기다리셔야 해요. 덜 보일수록 낫거든요. 여기
서 기다리세요." 그녀가 말한다.

또 한번의 사소한 도둑질. 엘리가 문을 닫고 마티는 문 앞으로
돌아가서 다음 지시를 기다린다. 방을 정리하고 싱크대의 접시를
제자리에 넣는 소리가 들린다. 마침내 문 앞으로 돌아온 엘리는
옷깃에 물감이 튄 남자용 목욕가운을 입고 있다. 마티가 안으로
들어간다. 라디에이터 위, 고가 고속도로를 향해 난 창문이 열려
있었고 습한 집 안으로 바람이 약간 불어 들어온다. 작은 화분에
담긴 산세비에리아와 필로덴드론들이 창틀에 줄지어 늘어서 있
다. 엘리가 말했던 동물성 접착제의 냄새가 난다. 용제와 유화 물
감의 짙은 화학약품 냄새, 구두약 비슷한 냄새를 풍기는 더욱 음
흉한 뭔가가 있다. 부엌의 작은 목제 아일랜드는 막자사발과 막
자, 돌그릇이 차지하고 있다. 래커 칠을 한 차쟁반에는 상상할 수
있는 모든 붓과 팔레트 나이프가 담겨 있다. 철제 다리가 달린
제도대에는 종잇조각과 목탄 스케치가 가득하다. 엘리가 자기 커
피를 창가의 작은 포마이카 탁자에 내려놓고, 마티는 사진에서
봤던 그 탁자임을 알아차린다. 생활공간에는 책과 신문이 쌓여
있고 한쪽 구석에는 문제의 레밍턴 타자기가 분명 그녀의 논문으
로 보이는 종이를 물고 있다.

"집주인이 보면 쫓겨날 거예요." 엘리가 말한다. "가스레인지에

다가 토끼 가죽을 끓여도 뭐라고 하지 않는 아파트를 찾는 게 쉽지가 않아요."

마티가 검게 변한 오븐과 가스레인지를 본다. "이 부엌을 더 심하게 쓴 사람도 분명히 있겠는데요."

엘리는 마티에게 원한다면 앉아도 된다고 말하고, 마티는 창문과 레코드플레이어가 놓인 선반을 마주보는 노란빛 도는 갈색 소파에 앉는다. 창가 이젤에 그림이 한 점 있지만 페이즐리 식탁보로 덮여 있다. 마티는 엘리가 방금 저것을 덮은 걸까 아니면 자기 직업을 숨겼다 드러냈다 하는 것이 습관일까 생각한다. 하지만 그는 지금 당장 물어볼 정도로 어리석지는 않기 때문에 자리에 앉아서 커피를 마신다. 엘리가 아이스크림을 가지고 오지만 그릇은 없고 숟가락만 두 개 있다.

"우리 가족의 전통이죠." 엘리가 말한다. "엄마는 버터스카치 아이스크림을 직접 만들었는데, 통째로 먹으라고 했어요. 그릇을 더럽히기 싫다고요."

마티와 엘리는 소파 위 두 사람 사이에 아이스크림 통을 놓고 각자 몇 숟가락씩 먹는다. 마티가 집을 둘러보며 파악한다. 그레천의 아파트에는 풍성하고 왕성한 사회생활의 표시—치즈 나이프와 유리잔과 리넨 냅킨—가 있었다. 하지만 이 아파트는 병약한 사람, 신장 결석을 품고 폭스테리어를 키우며 갇혀 사는 사람의 집 같다.

"책꽂이를 만들어줄 수 있는데." 마티가 말한다. "저는 대대로 남자들이 지하실에 목수 연장을 갖추고 사는 집안 출신이거든요."

"그래도 소용없을 거예요. 책등이 죽 늘어서 있으면 머리가 어지러울 것 같아요."

"다시 말씀드리지만, 아까 한 말은 미안해요."

"괜찮아요. 당신 말이 맞을지도 몰라요. 나쁜 버릇이 들었어요. 당신 같은 사람들은 제가 공짜로도 할 수 있는 일을 하는 대가로 돈을 주죠. 저한테 돈은 아무 의미도 없어요. 쓸 수가 없거든요. 너무 쉽게 들어와서 더러운 돈 같은 느낌이 들어요."

"고결한 말이군요. 당신 같은 사람들이라니 무슨 뜻이죠?"

"세상에는 예술을 보는 사람, 예술을 사는 사람, 예술을 만드는 사람이 있어요. 저는 전혀 다른 범주에 속하죠, 예술을 고쳐서 되살리니까요. 복원 전문가가 화가 자신보다 명작과 단 둘이 더 오랜 시간을 보내는 것도 드문 일은 아니에요."

"그래서 이 일을 하는 건가요? 작품을 감상하려고?"

마티는 엘리가 어깨를 으쓱하고 숟가락을 지렛대처럼 써서 아이스크림 한가운데를 파내는 모습을 지켜본다. 그녀가 한 덩어리를 파내서 입에 넣었다 꺼내자 입천장에 닿아서 매끈해진 아이스크림이 반쯤 남아 있다. 두 사람 사이의 어떤 것이 변했다, 그녀의 숟가락 끝에 새로 생긴 솔직함이 걸려 있다.

"저는 남자들을 어떻게 대해야 하는지 모르겠어요." 엘리가 솔직한 태도로 말한다. "남자들이 뭘 원하는지 몰라요."

"남자를 많이 만났어요?"

"좀 개인적인 질문 같군요." 엘리가 이렇게 말하고, 곧 다시 말한다. "아뇨, 많진 않았어요. 그분은 어떤 사람이었어요? 레이첼이라는 분?"

마티는 레이철의 이름을 듣고 움찔하며 시선을 피한다. "울고 싶진 않으니 말하지 않는 게 좋겠군요."

"정말 끔찍한 상실감이겠죠."

"설명하기 힘들어요."

대화가 막힌 것 같아서 마티가 자리에서 일어나 방을 서성인다. "듣고 싶으면 레코드 틀어도 돼요, 재즈는 없지만요."

"제가 쳇 베이커 음반을 사드리죠."

마티가 몇 장 안 되는 LP를 넘겨본다. 쇼팽 소나타, 스트라빈스키, 라흐마니노프. "왜 당신 레코드를 보고도 놀랍지 않을까요? 이 중에 20세기 음악이 있나요?" 엘리는 대답하지 않는다. 마티가 쇼팽 음반을 종이 케이스에서 꺼내 턴테이블에 조심스럽게 올린다. "음악 틀어놓고 그림 그린 적 있어요?"

"한번도 없어요." 엘리가 말한다. "붓질이 바뀌거든요."

마티가 소파에 기대어 앉는다. 엘리는 눈을 감고 쿠션에 기대 음악에 젖어든다. 그녀가 말한다. "미술과의 첫 만남에 대해서 이야기해주세요. 저는 항상 그 이야기가 궁금해요."

"저희 아버지께서는 아모리 쇼에 가셨던 이야기를 항상 들려주시곤 했죠, 뒤샹의 「계단을 내려가는 나부」를 보려고 수천 명이랑 같이 줄을 섰다고요. 아버지는 가능할 때면 화가들이랑 어울리는 것을 좋아했기 때문에 애시캔파*를 좀 아셨죠. 유명한 아일랜드 시인의 아버지인 존 버틀러 예이츠와 술에 취하곤 하셨어요.

* 20세기 초 미국의 리얼리즘 유파.

나이가 많았던 존 버틀러 예이츠는 프랑스 식당 위층에서 살았죠. 아무튼, 아버지는 존 예이츠와 함께 아모리 쇼에 갔다가 뒤샹의 작품 앞에 늘어선 줄 앞쪽에 도착했을 때 기절하는 여자를 봤다고 말했었죠. 그게 저와 예술의 첫 만남이에요, 예술이 사람에게 어떤 것을 할 수 있는지 깨달았던 때 말이죠. 뒤샹이 지금 로워 맨해튼에 살고 있는데 벌써 수십 년째 그림을 안 그리고 있는 거 알아요? 지금은 자기 삶이 곧 예술이라고 하지요."

"그건 몰랐어요. 확실히 그는 20세기 사람이라서 그렇군요." 엘리가 여전히 눈을 감은 채 말한다. "그리고요?"

"저는 옛 거장들 작품이 가득한 집에서 자랐습니다. 대학교에 진학해서 미술사 수업을 들을 때가 되어서야 저희 아버지가 수집하거나 물려받은 작품들이 어떤 것들인지 깨달았지요. 우리 집에는 교과서에 나오는 그림이 몇 점 있었거든요."

두 사람은 한동안 소용돌이 같은 대화를 계속한다. 엘리가 중얼중얼 질문을 던지면 마티가 길게 대답한다. 그렇게 하면 자신의 수많은 속임수들에 대해서 보상할 수 있다는 듯이 실제 자기 삶에서의 재미있는 일화를 끌어오려고 애쓴다. 결국 엘리가 질문을 멈추자 마티는 그녀가 잠든 게 아닐까 생각한다. 그가 자기 생각을 시험해보려고 말을 건다. "내 말이 너무 지루해서 그냥 고개만 끄덕이는 겁니까?" 엘리는 대답이 없다. 피자와 맥주로 시작해서 쇼팽과 미술에 대한 이야기로 끝났다. 마티는 가만히 앉아서 엘리의 숨소리에 귀를 기울이고, 닳고 닳은 커피 테이블 위에서 아이스크림이 천천히 녹는다.

몇 분 후 마티는 숟가락을 조용히 내려놓고 짧은 복도를 향해서, 욕실과 침실을 향해서 걸어간다. 그는 최대한 조심스레 걸으면서 낡은 참나무 바닥이 삐걱거리지 않도록 애를 쓴다. 화장실은 축축한 수건 같은 냄새가 나고 욕조에는 철제 빨래걸이가 설치되어 있는데, 거기에는 엘리의 속옷 몇 가지가 널려 있다. 엘리는 서둘러 방을 정리하느라 샤워커튼 치는 것을 깜빡 잊었고, 그녀의 면 속옷에는 뭔가 따뜻하고 슬픈 느낌이 있다. 마티는 엘리가 욕조에서 빨래하는 모습을 그려 본다. 더러워진 부분만 빤 구슬 달린 흰 원피스─치즈 기름으로 얼룩이 생겼다─가 세면대에 걸쳐져 있다. 마티는 엘리의 속옷을 한번 더 바라본 다음 조용히 샤워커튼을 친다. 그는 물 내리는 소리에 엘리가 깰까봐 화장실을 쓰지 못하고 복도로 다시 나가서 어둑한 침실을 들여다본다. 침대 옆 대나무 탁자에 불 켜진 램프 하나가 놓인 좁은 방이다. 침대는 정리되어 있지 않고 바닥에 옷가지가 흩어져 있고 옷장은 여행가방들로 가득해 보인다. 한쪽 벽과 천장에 습기가 찬 부분이 군데군데 번지고 있다. 마티는 꼼꼼한 성격의 사람이, 붓질을 하나씩 하나씩 공들여 하면서 그림을 위조하는 사람이 어떻게 방을 이렇게 해놓을 수 있는지 상상하기 어렵다.

거실로 돌아가자 엘리는 아직도 소파 의자에 기대어 머리를 뒤로 젖히고 입을 약간 벌린 모습이다. 마티는 이젤로 다가가서 페이즐리 식탁보의 한 귀퉁이를 든다. 그의 더 포스 작품이 놓여 있지 않을까 잠시 상상하지만 그의 눈에 보이는 것은 다른 캔버스이다. 거칠고 옅은 빨간색이 바탕칠되어 있다. 아무것도 없는 캔버스는 가려야겠다고 생각하면서 젖은 면 속옷은 가려야겠다고 생각하지 못했다는 사실이 엘리에 대해서 뭔가를 말해주는 듯하지만, 무엇인지 확신할 수 없다. 마티는 식탁보를 내려놓고 문 쪽으로 걸어가기 시작한다. 종잇조각과 스케치가 어지럽게 놓인 제도대를 지나던 그는 익숙한 느낌의 패턴을 발견한다. 사진 같이 보이는 길쭉한 종이가 목탄 에칭 밑으로 비죽 나와 있다. 마티는 길쭉하게 잘라낸 사진 조각에서 자신의 침대 머리판과 침실의 플러시 회색 벽지에 새겨진 아라비아풍 무늬를 알아본다. 침대는 정리를 하지 않은 듯하고 베개가 정면으로 보인다. 침대 머리판이 벽에 드리우는 그림자로 보아 햇살이 느지막이 남쪽에서 방 안으로 들어오는 겨울 아침에 찍은 것 같다. 그는 사진 조각을 주머니에 넣고 다시 문을 향해 걸어간다. 마티는 엘리를 깨워서 문을 잠그라고 말해야 한다는 사실을 잘 안다. 엘리는 몇 시간 뒤에 깰 것이고, 어리둥절하고 연약한 기분이 들 것이다. 하지만 마티는 어느 누군가가 환한 대낮에 자기 침실 사진을 찍었다는 생각에 치밀어오르는 분노를 느끼며 어둑한 계단을 내려간다.

밖으로 나온 그는 몇 블록을 걸은 다음에야 겨우 택시를 잡아서 맨해튼으로 돌아온다. 브루클린 다리가 가까워질수록 반짝이는 도시가 눈에 들어온다. 두 강이 합류하는 지점에 세운 네덜란드의 식민지, 역사의 잡동사니에서 빼낸 섬. 마티는 맨해튼으로 돌아올 때마다, 햄프턴스에서 주말을 보내거나 퀸스에서 골동품 전시회를 보고 돌아오는 길이라고 할지라도, 자신이 이 도시를 얼마나 빈약하게 이해하고 있는지 실감하지 않을 수 없다. 마티는 평생을 이곳에서 살았지만 그에게는 콩고만큼이나 어둡고 알 수 없는 동네가 아직도 있다. 마티는 자기 아버지처럼 거리를 걸어다니는 것을 좋아하지만, 항상 42번가와 센트럴 파크의 위쪽을 잇는 선 위로만 다닌다. 그는 캐러웨이를 데리고 섬 전체를 돌아다니면서 개에게 두 강의 물을 모두 먹이는 것을 꿈꾼다.

집으로 돌아온 마티는 헤스터가 불을 전부 껐기 때문에—그의 늦은 귀가에 항의하는 그녀의 상습적인 방법이다—어두운 현관에서 계단으로 걸어갈 수밖에 없다. 불을 켠다는 것은 자신이 윤리적인 잘못을 저질렀다고 가정부에게 인정하는 것이나 마찬가지이다. 마티는 위층 복도로 들어서면서 헤스터가 그들을 배신한 걸까, 마티와 레이철이 어느 1월 바하마에서 겨울 햇살을 쬐고 있을 때 사진사를 몰래 들여보낸 건 아닐까 생각한다. 작년에 이 집을 거쳐 간 사람이 수백 명이나 되지만, 낮에 온 사람은 거의 없었다. 장사꾼이었지도 모르고 카메라를 든 피아노 조율사나 배관공이었을지도 모른다. 마티는 안다, 이 일을 헤스터에게 따지면 그녀는 당장 그만둘 것이다. 헤스터는 명예와 충성에 대해서 남부인다운 개념을 가지고 있다. 마티의 아내는 몇 년 동안 그를 원망할 것이다.

침실 문틈으로 반대편 벽을 보며 잠든 레이철과 그녀의 다리 뒤쪽에 웅크린 개가 보인다. 마티는 복도를 살금살금 걸어 서재로 들어간 다음 문을 닫는다. 그는 스카치위스키를 손가락 두 마디만큼 따르고 수화기를 들어 엘리의 명함에 적힌 번호로 전화를 건다. 벨이 여섯 번 정도 울리자 엘리가 전화를 받는다. "깨우지 않고 나와서 미안해요." 마티가 책 선반에 기대어놓은 그녀의 모작을 보면서 말한다. "현관문이 열려 있을 것 같아서 전화했습니다."
잠이 덜 깨서 혼란스러운 숨소리가, 잠을 깨려고 침을 삼키는 소리가 들린다. "깜빡 졸았나 봐요. 미안해요." 엘리가 말한다.

"괜찮습니다."

수화기 너머에서 엘리가 졸린 듯 한숨을 쉰다.

마티가 말한다. "곧 연락하겠습니다."

"고려해볼 만한 네덜란드 여성화가 작품 목록을 만들어볼게요."

"아주 좋아요. 그럼 그때 봅시다."

"잘 자요, 제이크."

마티는 수화기를 내려놓고 잔을 비운다. 그가 복도로 나가서 침실로 간다. 침실에 딸린 욕실로 들어간 그는 잠옷으로 갈아입고 옷을 문 뒤에 건다. 그런 다음 바지 주머니에 들어 있던 사진 조각을 꺼내서 침실로 가져간 다음 좁은 띠처럼 들어오는 달빛에 비춰 본다. 사진사는 창문을 등지고 침대 끝에 서 있었다. 마티가 침대 머리판 위 빈 벽을 올려다본다. 낮이면 그림의 하얀 유령이 보인다. 벽은 도시의 티끌과 빛 때문에 그림이 걸려 있던 부분만 빼고 희미한 세피아 빛으로 변했다. 그림은 저기에 45년 동안, 두 사람이 결혼하기 전부터, 이 침실이 아버지 소유였을 때부터 걸려 있었다. 아버지는 어머니가 돌아가신 후에 재혼하지 않았고, 스케이트 타는 사람들과 얼어붙은 강가에 선 소녀 아래에서 홀로 잠들었다.

레이철이 마티에게 등을 돌린 채 무슨 말을 한다. 처음에는 잠결에 하는 말이라고, 기분 나쁜 꿈의 단편이라고 생각하지만 어둠 속에서 소리들이 느릿느릿 모여들어 말이 된다.

"많이 늦었네요. 재즈는 어땠어요?"

"프레데리크 때문에 다 취해서 시간 가는 줄 몰랐어요. 괜찮은 5중주단이 좀 있었는데, 뭐 특별할 건 없었고."

레이철이 몸을 움직이자 개도 따라서 자세를 바꾼다. "이 냄새는 뭐예요?"

"클럽이 지하에 있잖아요, 기억나요? 담배 연기랑 땀 흘리는 음악가들의 벙커라니까요." 마티가 침대 끝에 앉아서 사진 조각을 침대 옆 탁자 서랍에 넣는다.

"아니, 다른 냄새예요." 레이철이 말한다. "뭔지 모르겠네."

"샤워할까요?"

"하기 싫어요?"

"전혀 아니에요."

"낡은 페인트 냄새예요. 당신, 어디 다락방에서 구르다가 온 것 같아요."

"이상한 일이군." 마티가 말한다. "깨워서 미안해요."

마티가 자리에서 일어나 욕실로 들어가서 문을 닫는다. 그는 참을 수 있는 최대한 뜨거운 물로 샤워하면서 뒷목과 어깨가 빨갛게 데도록 놔둔다. 마티는 비누로 몸을 문지르고 머리를 감으며 엘리의 아파트에서 묻어온 탁한 공기를 닦아낸다.

헤임스테더
1637년 여름

일주일 내내 안개가 끼고 부슬비가 내린다. 뼛속까지 춥고 우울해진 코르넬리스 흐룬은 차를 마시는 방에 틀어박혀서 민간요법에 따라 만든 약을 먹고 약제상이 여러 가지를 섞어서 만들어준 실론차를 마시고 있다. 스트레이크 부인이 래커 칠을 한 쟁반을 들고 저택을 돌아다니면서 코르넬리스가 언제든지 마실 수 있도록 기나 껍질 와인, 알로에와 사프론 팅크, 추위를 달래줄 아니스 씨를 끓인 물을 타오르는 난롯가에 가져다놓는다. 그는 매일 낮 열두시 정각에 각설탕을 하나 입에 넣은 다음 따뜻하고 약효가 있는 차를 들이켜 목 뒤로 넘긴다. 사라는 오후마다 거실에 몇 시간씩 앉아서 그의 아픈 몸에 대한 길고 지루한 불평을 듣는다. 코르넬리스가 가장 많이 쓰는 말은 "내 뼈는 얼음으로 만들어졌어"이다. 그는 무역상 시절의 이야기, 구내염, 림프절 결핵, 천연두가 도는 지역에 다니다가 몸이 달라졌다는 이야기를 한다. "체질이 바뀌었지." 흐룬이 고독한 얼굴로 창밖을 내다보며 말한다. "체액이 오트밀

죽처럼 흐물흐물해진 것 같아." 사라는 그가 의뢰한 일을 위해서 캔버스를 어떻게 준비하고 있는지 이야기하면서 기운을 북돋워주려고 애쓴다. 사라는 토마스에게 부탁해서 나무틀을 만들고, 안료를 갈고, 하를럼에서 배달받은 캔버스에 사이즈를 발랐다. 하지만 코르넬리스의 몸 상태가 너무 나빠지면 기운을 북돋아줄 수도 없다. 코르넬리스의 마음은 예전에 앓았던 병의 기억으로 불타오르고, 그것을 온몸으로 다시 느낀다. 부어오른 손가락 관절, 동상. 그의 기분을 따라 집 전체가 가라앉는다. 토마스는 그럴 때면 말들도 기분이 언짢은 것 같다고 사라에게 말한다. 우울하게 풀 죽고 말이 없어진 스트레이크 부인은 깔끔한 전시용 부엌에 지저분한 모습으로 서 있고, 누가 아무리 불러도 듣지 못한다. 그녀는 참회하는 것처럼 흐룬이 가장 좋아하는 음식—자두와 민트를 곁들인 양고기 요리, 다진 소 혀와 풋사과—을 만든다.

 강가의 버려진 마을 흐룬스테더에 답사를 가기로 했지만 몇 주일이나 미루어졌다. 그들은 코르넬리스가 건강을 회복하여 답사를 이끌 수 있을 때를 기다리지만 사라는 그가 전혀 서두르지 않는 것은 아닐까, 건강한 상태보다 아픈 상태를 즐기는 것은 아닐까 의심이 든다. 아픈 몸은 흐룬에게 사색할 거리를, 일상이라는 밧줄을 팽팽하게 잡아당길 수 있는 긴장감을 준다. 결국 그는 한 달 동안 차 마시는 방에서 불평을 하고 낮잠을 잔 끝에 날씨와 함께 건강을 되찾는다. 오전의 하늘이 맑아지는 한여름이 오자, 원기를 되찾은 코르넬리스가 랭그라브 바지와 튜닉 차림에 커다란 정원용 가위를 쌍날검처럼 허리에 차고 식당으로 나온다. 토마스는 말과 마차를 준비하라는 지시를 받는다. 스트레이크 부인에게는 식사를 어떻게 준비할지 아주 정확한 지시가 내려진다. 사라는 화구를 챙기라는 말을 듣는다.

그들은 뚜껑 없는 마차를 타고 영지를 나선다. 토마스는 마부석에 앉고 코르넬리스와 사라는 뒷좌석에 앉는다. 둥근 지붕을 얹은 목제 파빌리온, 화창한 날 오후면 코르넬리스가 앉아서 시를 읽는 정자, 페인트칠한 울타리를 따라 익어가는 나무딸기, 이 모든 세련된 일상을 남겨두고 떠나지만 스트레이크 부인이 준비해준 버드나무 가지 바구니에도 들어 있다. 롤빵, 큐민 씨앗이 박힌 레이던 치즈, 딸기와 사워크림, 마지팬 과자, 계피와 정향으로 향을 낸 와인. 사라는 바렌트와 함께 하던 식사를, 콩가루로 만든 빵과 구운 양파를 곁들인 순무를 떠올린다. 가난은 그들의 식탁에 가장 먼저 나타났고, 그런 다음 신발에, 마지막으로 생각과 기도에 모습을 드러냈다. 하지만 사라는 모든 일이 일어나기 전의 옛날 집에서 단 하루를 보낼 수 있다면 새로 발견한 모든 취향을 포기할 수 있다. 운하에 나막신을 띄우는 카트레인, 온종일 그림을 그리고 나서 현관에 앉아 신문을 읽으며 이웃과 잡담을 나누는 바렌트, 밝게 불이 켜진 부엌에서 영양 가득한 스튜를 끓이는 사라. 과거가 너무나 선명해서 그림으로 그릴 수도 있을 것 같다. 과거는 모든 꿈과 깨어 있는 시간 속에서 불타오른다.

마차가 시골로 접어들어 나무가 심어진 모래언덕과 늪을 지날 때 코르넬리스는 결혼할 뻔했던 여자들에 대해서, 그리고 여성적인 매력의 황금비율에 대해서 이야기한다. 그는 이상적인 여자란 암스테르담 여자의 얼굴, 델프트 여자의 걸음걸이, 레이던 여자의 몸가짐, 하우다 여자의 노래하는 목소리, 도르드레흐트 여자의 키, 하를럼 여자의 안색을 합친 것이라고 사라에게 말한다. 코르넬리스는 아주 권위적이고 합리적인 목소리로 말하지만 여자를 샅샅이 해부하는 말을 듣자 사라는 시체와 사후경직이 떠오른다. 그녀는 냉혹한 외과의사 길드와 해부대 위에 올라간 시체를 떠올리지 않을 수가 없다. 코르넬리스는 즐거운 듯이 주제를 바꿔서 꽃을 완벽하게 키워내는 불가사의한 힘이 있다고 해서 하를럼에서 일부러 들여온 표토에 대해서 이야기하기 시작한다. 수선화, 크로커스, 투구꽃, 델피니움…… 꽃 이름을 하나하나 어찌나 사랑스럽게 말하는지, 딸들이나 연인들의 이름이라고 해도 될 것 같다.

마차가 강이 굽는 곳에 도착하자 폐허가 된 마을이 보인다.

코르넬리스가 말한다. "근방의 폭도들이 일부러 불을 질렀지요. 우리가 전염병 환자들을 위한 병원을 운영하고 있다고 생각한 도시의 시장들이 보낸 폭도였습니다. 네덜란드 사람은 저주받은 땅에 살지 못하지요, 특히 강가의 땅에서는 말입니다."

수사학 단체나 도량형 감시관을 위해서 지었던 시계탑의 잔해가 보인다. 사라는 도시가 되려는 마을이었구나라고 생각한다. 그녀는 거친 날씨 때문에 상한 낮은 벽돌담과 말끔하고 지붕이 없는 집들에서 그 야망의 흔적을 읽는다. 사라는 남아 있는 굴뚝 하나에서 힘없이 피어오르는 연기를 보고 무너져가는 교회에 기대어 선 저 집이 그 은둔자가 사는 곳이 아닐까 생각한다. 그녀는 근처

언덕에 올라가서 보면 마을이 얼마나 황량해 보일까, 소실점을 강 건너 저 멀리 보이는 모래 언덕으로 잡으면 어떨까 생각한다. 사라가 갖고 있는 것은 바렌트의 빚일지 모르지만 그림은 그녀의 것이다.

코르넬리스가 말한다. "점심부터 먹고 나서 마음대로 둘러보세요. 이 마을을 기념하는 그림이 시대를 멋지게 봉인하여 매듭을 지을 겁니다."

그들은 담요에 앉아서 바구니에 든 음식을 꺼내 먹는다. 토마스는 시간의 덧없음에 대한 주인의 두서없는 이야기보다는 말을 동무로 택하여 마부 좌석에 앉아 빵과 치즈를 먹는다. 그와 사라는 흐룬이 독백을 하는 동안 서로 알 만하다는 시선을 주고받는다. 식사가 끝나자 토마스가 사라에게 스케치 도구를 건네주고 자기가 몇 루드* 뒤에서 따라가겠다고 말한다. 코르넬리스는 허리에 차고 있던 정원용 가위를 꺼내서 버섯과 식용 베리를 따러 간다. "은둔자는 위험하지 않아요." 토마스가 사라에게 말한다. "당나귀처럼 완고하고 슬픔으로 가득하지만, 여기서 쫓아내려고 하지만 않으면 친절하게 굴지요."

사라는 허리 높이까지 올라오는 갈대와 엉겅퀴를 헤치며 풀이 웃자란 강둑을 따라 걸어가고, 토마스가 그 뒤를 따른다. 스케치북과 목탄은 천 가방에 넣어서 어깨에 걸쳤다. 사라가 토마스에게 혼자 먼저 가겠다고 말하자 토마스는 뒤로 처져서 느릿느릿 흐르는 강에 돌을 던진다. 사라는 도시가 되려는 마을의 야망의 증거를

---

* 옛날 유럽에서 쓰던 도량형으로, 1루드는 약 5미터에 해당한다.

또 발견한다. 긴 벽을 따라서 파 놓은 도랑, 주변에 자작나무를 일정한 간격으로 심어 둔 공동묘지, 녹슨 경첩이 아직 두꺼운 돌벽에 붙어 있는 커다란 문. 창틀과 수평돌기를 따라 야생 인동이 자란다. 사라는 광장—길이는 열두 집을 합친 것보다 약간 길다—을 통해서 널돌길을 따라 덩굴손처럼 피어오르는 연기를 향해서 걸어간다. 마구간과 헛간과 흙벽 오두막의 잔해이다. 무너져가는 문간에 모습을 드러낸 여자는 사라의 예상보다 훨씬 젊다. 코르넬리스는 그녀가 늙은 노파라도 되는 것처럼 말했지만 사실은 사라보다 고작 몇 살 정도 많아 보인다. 그러나 고독과 거친 날씨 탓에 얼굴이 거칠하다. 여자는 김이 피어오르는 국자를 들고 사라를 흘끔거리며 뭔지 모르지만 국자에 든 것을 후후 불어 식히고 있다.

"후데미다흐(Goedemiddag).*" 사라가 말한다.

여자가 후후 불던 입을 멈춘다. "벌써 말했어요, 난 여기서 발을 동쪽에 두고 죽을 거라고. 저 언덕에 다른 사람들이랑 같이 묻힐 거예요. 내 아이들도 거기 있어요." 뺨은 바람을 맞아서 빨갛고, 프리슬란드 사람처럼 보인다. 여자는 재와 기름으로 더러워진 기다란 작업복 차림에 슬리퍼를 신고 있다.

사라가 말한다. "당신을 쫓아내려고 온 게 아니에요."

"어차피 소용없다니까요."

여자가 눈을 가늘게 뜨고 멀리 강 너머를 바라보면서 사라가 말하기를 기다린다.

---

* 네덜란드어로 "안녕하세요"라는 뜻의 낮인사.

"마을을 스케치하고 싶어서요. 저는 화가인데, 그림을 그려달라는 의뢰를 받았어요."

여자는 국자에 든 것을 식히며 사라의 말을 곰곰이 생각한다. "여자도 화가가 될 수 있는지 몰랐네요."

사라가 보닛을 내려 햇빛을 가리며 미소를 짓는다. "암스테르담과 하를럼에는 저 같은 여자 화가가 몇 명 있어요."

"도시에는 악이 가득해요. 난 요스트라는 아들이 있었어요. 장남이었는데, 레이던에 가고 싶어 했지요. 난 아들에게 카드놀이와 술, 여자는 젊은 남자 하나를 망치고도 남는다고 말했어요. 그 속담 알아요?"

"네."

여자가 한 손을 둥글게 모아 입에 대고 국자에 든 것을 홀짝홀짝 마신다. "많지는 않지만 토끼 스튜가 조금 있어요. 잠깐 앉았다 가도 돼요."

사라는 여자에게 고맙다고 말한 다음 서늘하고 어두운 폐허로, 옛날 집의 날카로운 기억 속으로 들어간다. 한때 사제의 가족이 살던 집이었음이, 교회 벽돌담 뒤에 지은 사제관이었음이 틀림없다. 깨진 틈으로 보이는 푸른 하늘이 천장의 대부분을 차지하고 있고, 이끼가 낀 벽은 섬세한 초록색이다. 슬레이트 돌출부가 더러운 난로를 둘러싸고 있고, 약한 불 위에서 몇 개의 솥이 김을 피우고 있다. 나무 그릇 몇 개, 오트밀 컵 하나, 깔개 삼아 깔아둔 토끼 털가죽, 우유를 짤 때 쓰는 다리 세 개짜리 낮은 의자. 문명 사회에 대한 유일한 암시는 흰곰팡이가 핀 벨벳과 모켓 천으로 감싼 쿠션 하나인데, 천이 구리못으로 고정되어 있다.

여자가 솥에 국자를 넣는다. "위로 열리는 문을 열어두고 지하 저장고에 부드러운 잎을 넣어요. 그런 다음 사다리를 치워요. 그러면 개들은 어쩔 수가 없어요. 토끼가 저장고 안을 살펴보려고 뛰어들면 문을 닫는 거죠. 겨울은 더 힘들어요, 토끼를 죽음으로 뛰어들게 만들 푸른 잎이 없으니까요. 영지 사람들이 마차를 타고 개를 데리고 여기 사냥을 하러 오곤 했죠. 모래 언덕의 새랑 지빠귀랑 야생 거위를 잡으려고. 요즘은 덫을 놔도 자고새를 잡기 힘들어요."

여자는 의자에 앉으라고 사라에게 강권한다. 그녀가 그릇 두 개에 스튜를 담아서 하나를 사라에게 건넨 다음 토끼 가죽에 앉는다. 여자는 하나밖에 없는 듯한 숟가락—장원의 문장이 새겨진 백랍 숟가락—을 사라에게 건네고 솥에 들어 있던 커다란 나무 숟가락을 꺼낸다.

"정말 친절하시군요." 사라가 말한다.

"우리 할머니한테는 코르넬리스의 아버지가 주신 은식기류가 한 세트 있었는데, 전부 문장이 새겨져 있었지요. 남은 건 이 숟가락 하나밖에 없어요."

"코르넬리스 집안에서 당신 가족을 깊이 존경하셨나 봐요."

"우리 할머니는 코르넬리스가 태어날 때 그 방에 있었어요. 아기를 천으로 싸고 그의 어머니에게는 회복을 도울 양젖을 가져다 주었지요."

사라가 머뭇거리며 스튜를 한 입 먹자 쓰고 나무 같은 맛이 난다. "모든 게 변하는 모습을 지켜보셨겠군요."

"전염병이 돌기 전에는 흠 잡을 데 없는 마을이어요. 우리는 이 지역 여름 별장들에서 나오는 빨래를 맡아서 했고, 남자들은 헤임스테더 방앗간에서 일했지요. 학교도 있고 북쪽에서 온 발을 저는 선생도 있었지요…… . 무슨 이유에선지 그 사람이 발이 멀쩡한 사람보다 항상 돈을 더 많이 받았어요. 그 여선생은 남자애들에게 교리문답을 가르치고 여자애들한테는 수놓는 법이랑 양과 소의 젖 짜는 법을 가르쳤죠." 여자가 나무 그릇 너머로 꺼져가는 난롯불을 본다. "추수기는 늘 즐거웠지요. 아이들은 고리 던지기나 공기놀이를 하고, 젊은 연인들은 춤을 췄어요."

사라는 여자의 아련한 회상에서 그녀의 슬픔을 느낄 수 있다. 슬픔이 목소리를 조이는 소리를 들을 수 있다. 순간적으로 여자는 생각에 푹 빠졌다가 깜짝 놀라 현실로 돌아온다. 그녀는 곧 프리슬란드 사람다운 인내심을 빛낸다. 세찬 바람이 부는 북해의 섬에서 단련된 올곧음과 굳은 의지이다. 사라는 이 여자가 지닌 부담감으로부터 자기가 얼마나 쉽게 피할 수 있는지를 알고 있다. 도시의 유물을 보여달라고 부탁한 다음 언덕으로 올라가서 스케치를 시작할 수도 있었다. 이 황폐한 숲의 가장자리에서 머뭇거릴 이유가 없다.

그러나 정반대로 사라는 묻는다. "여기서 몇 명이나 죽었죠?"

여자가 입술을 꾹 다문다. "백 명 가까이요. 나머지는 떠났어요, 다른 곳으로 갔죠."

"큰일이군요." 사라가 말한다. "그 사람들을 위해서 기도할게요."

"난 아이를 아홉 낳았어요. 지금은 전부 저 언덕에 있고, 영혼은 하늘로 갔지요. 아이들의 아버지는 가장 윗자리에, 돌담과 가장 가까운 자리에 있어요. 주머니에 사기 파이프를 꽂고 감사 기도를 올리던 그의 모습이 아직도 보여요."

사라가 백합 핀 언덕에 묻힌 아이들을 그려보는데 카트레인이 불쑥 떠오른다. 머리를 뒤로 당겨 묶고 뺨에 밀가루를 묻힌 채 부엌에서 요리를 하던 카트레인. 식사 준비를 곧잘 돕던 카트레인은 프라이팬 한가운데 반죽을 부어 핫케이크를 구우면서도 불에 데지 않았다.

여자가 말한다. "단 한 명도 제대로 된 장례식을 치르고 묻지 못했어요. 다 끝나갈 무렵에는 전염병으로 걸린 사람이 너무 많아서 입었던 옷을 전부 모아서 태웠지요. 온 마을에 앓는 소리가 넘쳐서 울부짖는 새들처럼 다들 기침을 해댔어요." 여자는 주먹을 꼭 쥔 손을 가슴에 얹고 흐느낌을 억누른다.

사라가 말한다. "저도 같은 열병에 딸을 잃었어요. 그 슬픔의 아홉 배, 열 배라니 상상도 할 수 없네요."

여자가 시선을 가다듬고 불에서 고개를 든다. "이름이 뭐였죠?"

"카트레인."

"금방 죽었나요?"

"발작처럼 시작하더니 갑자기 끝났어요. 아이가 처음 했던 기침이 기억나요. 아이는 다락에서 자고, 나는 침대에 누워서 집 안에서 나는 소리에 귀를 기울이고 있었지요. 희미하고 귀에 거슬리는 작은 기침 소리가 났어요, 내가 들을까봐 베개에 얼굴을 묻고 기침을 하는 것처럼요. 아이가 죽기 몇 시간 전에 나는 그 자리에 앉아서 하나님께 저를 데려가달라고 간청했어요. 아이는 열이 너무 심해서 갑자기 웃음을 터뜨렸는데, 얼굴이 고통과 부끄러움으로 빨갛게 달아올라 있었어요. 병에 걸린 것이 자기 잘못이라고, 맨발로 돌아다녀서 그런 거라고 생각했나 봐요." 사라는 자기 목소리가 떨리는 것을 알아차리고 심호흡을 한다. "항상 집 안에서 맨발로 돌아다녔거든요, 외풍이 심한 돌바닥 집이었죠. 딸은 일곱 살이었고, 여덟 살 생일이 얼마 남지 않았어요. 제겐 단 하나뿐인 아이였죠."

여자가 굳은살이 박인 자신의 손을 사라의 손에 올려놓는다.

"미안해요." 사라가 말한다. "당신에게 부담을 줄 권리는 없는데 말이에요."

"권리의 문제가 아니에요, 메이셔."

두 사람은 침묵 속에서 스튜를 계속 먹는다. "딸은 몇 명이 있었어요?" 사라가 묻는다.

"가장 큰 애까지 셋이요. 큰 애는 열여섯 살이었고, 동네 남자애들이 그 아이를 쫓아다녔지요. 비밀스러운 사랑의 표시로 울타리 기둥에 묶어둔 리본을 남편이 매번 발견했어요."

"우린 그런 문제는 겪을 필요가 없었으니 다행이네요." 사라가 말한다. 사라는 카트레인을, 말괄량이 딸이 청소부처럼 앞치마를 두르고 집 안을 돌아다니면서 바렌트가 난롯가에 장화를 벗어놓으면 꾸짖던 모습을 생각한다. 그러나 날이 어두워지면 악몽을 꾸는 카트레인은 여전히 아이 같았다. 사라는 카트레인이 자라면서 더 강인해졌을까 아니면 더 부드러워졌을까 생각하고, 어떤 청년이 한밤중에 현관에 리본을 묶으러 왔을까 생각해본다. 하지만 이런 생각을 하다보면 슬픔이 밀려오지만 그래도 카트레인이 죽음보다 더 비참한 운명을 피해서 다행이라는 생각이 든다. 상상은 늘 그들의 암스테르담 집으로, 어두운 창과 불을 피우지 않은 난로, 압도적인 숯 냄새, 빈 집에서 영원히 어린 아이로 살면서 혼자 다른 사람들이 돌아오기를 기다리는 카트레인으로 끝난다.

"괜찮아요?" 여자가 묻는다.

솥 밑에서 약하게 타오르는 불을 지켜보던 사라가 시선을 돌린다. "사라지기는 할까요? 이 고통이 말이에요."

"제가 아는 한 절대 사라지지 않아요. 그저 죽은 사람들은 우리만큼 힘들지 않기를 바랄 뿐이죠." 여자가 일어나서 솥을 저으러 간다.

사라는 여자가 지쳤고 다시 혼자 있고 싶어 한다는 것을 알 수 있다. 그녀는 마지막 남은 스튜를 먹고 침착함을 되찾는다. 사라는 마음속으로 빈 집과 거기에 세 들어 사는 일곱 살짜리 아이에 대한 생각을 지도처럼 차곡차곡 접는다. 그녀가 일어나서 여자에게 그릇을 돌려준다. "미안해요, 이름을 여쭤보지 않았네요."

"흐릿이에요."

"호의를 베풀어주시고 이야기를 해주셔서 고마워요. 괜찮으시면 저는 이제 그만 스케치를 하러 갈게요. 한두 번 또 올지도 모르겠어요. 다음에는 마을을 구경시켜주시겠어요?"

"좋아요." 흐릿이 말한다.

그들은 폐허가 된 방들을 다시 지나간다. 오후의 그늘에서 이끼 냄새가 피어올라 머리가 어지럽다. 사라는 작별인사를 한 다음 들판을 향해 걸어간다. 강둑에서 낚싯대를 쳐들고 그녀를 향해 손을 흔드는 토마스가 보인다.

맨해튼
1958년 10월

엘리는 제이크 앨퍼트에게 그림 목록을 건네줄 때까지 자신이 그에게 구애받고 있다는 생각을 하지 못한다. 그녀는 개인 소장 중인 네덜란드와 플랑드르 여성화가의 작품을 일주일 동안 조사한 다음 다섯 작품으로 줄였다. 라위스 한 점, 레이스터 한 점, 클라라 페이터르스 한 점, 판 오스테르비크 한 점, 그리고 더 포스였다. 엘리는「숲의 가장자리에서」를 최소 열두 번은 썼다 지웠다. 그녀는 게이브리얼이 축축한 레인코트를 입고, 훔친 그림을 겨드랑이에 끼고서 그랜드 센트럴 터미널 시계 밑에서 제이크를 만나는 모습을 상상한다. 게이브리얼이 읽는 싸구려 잡화점의 스파이 소설에 나올 듯한 장면이다. 더 포스의 그림을 경매장에서 팔 수는 없으므로 엘리는 그림자 속에서 거래될 운명이라고 생각한다. 엘리는 마음 한구석으로 아내를 잃은 남자가 그 그림을 보며 이상하게 위안을 얻는 모습을 상상해본다. 얼어붙은 강가의 소녀, 추위로 인해서 정지되고 증폭된 세상. 소녀는 닿을 수 없고 고독했지만, 엘리가 보기에는 영원히 기다리는 것 같고 삶의 수동적인 목격자 같았다. 엘리는 금요일 오후의 점심 약속에 더 포스의 그림을 지우지 않은 목록을 가져가기로 결심하고, 지하철을 타고 가는 내내 손가락으로 종이 모서리를 만지작거린다. 엘리는 첫 번째 터널의 포효하는 어둠 속으로 들어갈 때마다 꿀꺽 삼켜지는 느낌이 든다. 귀가 뻥 뚫리면서 캄캄해진 유리창에 갑자기 나타나는 자신의 모습이 다른 세기에 찍은 처량한 은판 사진 같다. 엘리는 자신이 늘 그렇게 깜짝 놀라고 불안한 표정인지, 아니면 제이크와의 만남이 긴장되는 건지 생각한다. 옷을 차려 입고 나가는 이 약속은 데이트일까, 고객과의 만남일까? 체크 무늬 치마는 후자를 암시하지만 블라우스는 약간 지나치게 하늘하늘하다. 소매가 짧고 목선에 트임이 있다. 엘리는 가디건 단추를 채우고 유리에 비친 얼굴을 보면서 다른 사람들 몰래 환한 표정을 지어본다.

그들이 만나기로 한 미드타운의 스페인 식당은 전부 나이 많은 남자 웨이터들이 은발을 옆으로 빗어 넘기고 빳빳하게 다린 흰 앞치마를 두르고 있는 곳이다. 항상 그렇듯이 제이크는 나무랄 데 없는 옷차림으로, 스리피스 정장에 버건디 색 타이를 매고 황토색 가죽 서류가방을 들고 있다. 그는 몸을 숙여 엘리의 뺨에 입을 맞추며 인사하고, 엘리는 그에게서 빈티지 여행가방과 비누 냄새를 맡는다. 그녀는 뺨에 가벼운 입맞춤을 하는 인사법은 참 이상하다고, 친밀하면서도 공식적이라고 생각한다. 엘리는 지하철에서 봤던 자신의 무서운 얼굴을 떠올리며 일부러 미소를 짓는다. 두 사람은 자리에 앉아서 제이크가 두 사람 몫의 식사를 주문하기 전에 몇 분 동안 날씨와 스페인 여행 등의 사소한 이야기를 나눈다.

낮고 생각에 잠긴 목소리로 그가 웨이터에게 말한다. "가스파초 파라 도스*, 다음에 해산물 파에야는 나눠 먹지요. 리오하 와인도 좀 주시겠습니까?"

엘리는 제이크가 스페인어 몇 마디로 잘난 척을 하고 있다고 생각하지만 자신에게 좋은 인상을 주려고 애쓴다는 사실이 마음에 든다. 웨이터가 약간 흔해 보이는 유리병—투명한 손잡이가 달린 원뿔모양 병—에 리오하 와인을 담아 와서 따라 준다.

"항상 테이블 전체 음식을 다 주문하세요?" 엘리가 묻는다.

제이크가 냅킨을 펴서 무릎에 올리고 천천히 시선을 들어 그녀를 본다. "아, 미안해요. 주제넘었지요? 오래된 습관이라서요."

"괜찮아요. 뭘 주문해야 하는지 아시는 것 같은데요. 여기 자주 오셨어요? 레이철 씨랑?"

"여기는 아니고, 공원 근처 다른 스페인 식당에 다녔죠. 우린 바르셀로나로 신혼여행을 갔다가 스페인 음식과 사랑에 빠졌거든요."

두 사람은 와인을 마신다. 짧고 뭉툭한 잔을 보자 엘리는 엄마가 부엌 조리대에 놔두던 물잔이 생각난다.

"그림 목록을 가져왔어요." 엘리가 주머니에서 종이를 꺼내 탁자 위에 올리며 말한다. "조금 구겨졌네요."

제이크가 손을 뻗어 종이를 집어든다. "종이를 여러 번 들여다

---

* 스페인어로 "가스파초 2인분"이라는 뜻.

보신 모양이네요."

엘리는 그의 시선이 목록을 따라 내려갔다가 다시 올라오는 것을 지켜본다.

그가 말한다. "조사해줘서 고마워요."

"목록을 만드는 건 쉬운 부분이죠. 찾는 건 다른 문제예요. 그래도 좋은 미술상이라면 어느 정도 단서가 있을지도 몰라요. 아직도 개인 소장 중인지를 확인하려고 경매사와 미술관을 찾아보았어요."

"당신은 어느 게 가장 좋습니까?" 그가 묻는다.

"일 년 전이라면 레이스터라고 대답했을 거예요. 「카드 게임」. 여자가 남자들과 함께 패를 쥐고 앉아서 외설적인 농담을 주고받는 것 같죠. 그 여자가 자기 어깨 너머를 흘끔 보면서 모든 이야기가 시작돼요. 테이블을 지배하는 건 그녀죠."

제이크가 나이프와 포크를 접시와 나란하게 정리한다. "그럼 지금은요?"

"더 포스예요. 의심의 여지가 없죠."

"왜죠?"

엘리는 제이크가 자신에게 관심을 보이는 걸까 생각하지만, 자기가 남자들의 신호를 잘못 읽은 적이 많다는 사실도 안다. 런던에서 학교 친구들과 여러 번 데이트를 했지만 다 엉망이었다. 그녀는 요크셔 출신의 귀족 소년과 데이트를 세 번이나 한 다음에야 그의 남자답지 못한 태도를 고상함으로 착각했음을, 그 친구는 사실 외식을 할 때마다 이탈리아인 웨이터들을 몰래 바라보고 있었음을 깨달았다.

엘리는 그런 생각들을 한쪽으로 밀어두고 눈앞의 문제에 집중한다. "아주 독특해요. 바로크 여성화가의 풍경화라니. 사람들이 초상화처럼 자세하게 묘사되어 있어요. 그녀의 것으로 밝혀진 유일한 작품이죠."

"그 여자의 사연은 뭡니까?"

"확실하지는 않지만, 전염병으로 딸을 잃었고 남편은 파산했어요. 거기까지는 기록되어 있죠."

"그건 어디 있죠? 그림 말입니다."

"알기 어려워요. 같은 집안에서 몇 세대에 걸쳐 내려오지 않았을까 싶어요."

가스파초가 나오고, 엘리는 제이크가 자, 이제 차가운 스프 차례네요, 같은 말로 잘난 척하지 않기를 바란다. 그러면 전부 망칠 것이다. 엘리에게 아무리 관심을 보여도 싫어질 것이다. 엘리는 자신이 제이크에게 끌리는지조차도 모르겠다. 이 남자에게서 낡은 여행가방과 아이보리 비누 냄새가 정말로 나는 걸까? 그렇다면 그것이 여행을 자주 다니는 삼촌에게 느끼던 것 이상의 감정을 엘리에게서 끌어내는 걸까? 엘리는 이 남자의 손이 좋다. 털이 없고 뼈대가 굵은 손목의 프렌치 커프스가 좋다. 그의 눈은 친절하고 생기 넘치고, 미소는 약간 방탕하다. 그러나 엘리는 그는 뭔가 자신을 특별하게 생각하는 면이 있다고, 부족함을 느껴본 적이 없는 사람이라고 생각한다.

"대단하군요." 그가 스프를 삼키며 말한다. "본 적 없어요?"

"없어요." 엘리는 자신을 지켜보는 그의 시선을 의식하면서 숟가락을 들어 스프 표면을 살짝 휘젓는다. "정말 보고 싶지만요. 미술계에서 유명한 그림이라고 할 수는 없어요. 약간 컬트적인 고전에 가깝죠. 수수께끼예요." 엘리는 거짓말이 너무 쉬워서 깜짝 놀라지만, 목록에 넣은 것 자체가 문제임을 안다. 어느 날, 지금으로부터 몇 년 뒤에, 만약 그녀의 논문이 책으로 나온다면, 제이크 앨퍼트가 우연히 그것을 보고 더 포스를 다룬 장을 읽는다면, 엘리가 자신에게 사실을 숨겼음을 깨달을 것이다. 자신의 미래에 대한 생각은 허리에 감긴 밧줄, 가슴을 옥죄어오는 올가미 같다. 엘리는 와인을 마시고 생각을 정리하려고 잠시 스프에 집중한다.

그가 말한다. "저, 오늘 오후에는 근무 없는데 같이 영화 보러 갈래요?"

엘리가 대답을 하는 데에 너무 시간이 오래 걸리는 바람에 신이 나서 하는 말이 아니라 계산적인 말처럼 들린다. "무슨 영화가 있는데요?"

그가 냅킨으로 입을 닦는다, 어쩌면 약간 실망한 듯도 하다. "파리 극장에서 펠리니 영화를 상영해요.「카비리아의 밤」."

엘리가 숟가락을 내려놓는다. "저는 펠리니 영화를 정말 이해 못하겠어요. 항상 다른 사람의 불안한 꿈을 흑백으로 보는 기분이에요."

그가 웃는다. "마음이 놓이네요. 사실은, 교양 있어 보이려고 한 말이거든요. 항상 레이철이 저를 끌고 갔고 저는 의무를 다했죠.「지지」는 어때요?"

"뮤지컬 영화 말이에요?"

그가 고개를 끄덕인다.

"재밌을 것 같네요."

두 사람이 스프를 다 먹자 손잡이 달린 커다란 팬에 파에야가 나온다. 샤프론으로 물든 쌀 위로 새우 꼬리와 조개껍데기가 튀어 나와 있다. 웨이터가 두 사람의 접시에 파에야를 담아 준 다음 와인을 다시 채워주고, 제이크가 그라시아스라고 하는 소리가 들린다. 이런 그의 허세가 30분 만에 사랑스럽게 느껴진다.

두 사람이 레스토랑을 나서자 소나기가 쏟아지고, 당연하게도 제이크의 서류가방에는 작은 우산이 들어 있다. 엘리는 그의 팔을 잡고 우산을 같이 쓰고 걸어가면서 파에야 때문에 마늘 냄새가 날까봐 걱정한다. 입 한쪽 끝으로만 말을 하려고 애쓰면서 제이크 쪽을 보지 않으려고 한다. 그는 도로 쪽에 바짝 붙어서 걷는다. 뺨에 하는 입맞춤처럼 기사도 정신과 부유한 집안을 상기시키는 버릇이다. 그들은 브로드웨이로 향하고, 불경기에 지어진 그곳 영화관에서는 낡은 포스터를 내걸고 아직도「지지」를 상영하고 있다. 제이크가 표를 사는 동안 엘리는 보도에서 목을 길게 빼고서 아르데코 양식의, 황금 사자가 장식되어 있고 타일을 갈매기 모양으로 바른 건물 정면을 올려다본다. 엘리가 부모님을 위해 꾸며내던 삶이 바로 여기에 있다는 생각이 떠오른다. 스페인 식당에서의 점심, 유리병에 든 와인, 비 오는 평일 오후에 그녀를 영화관에 데려가는 부유한 남자. 흐릿한 그림에 광택제를 바르자 색이 되살아나는 것처럼 엘리의 삶이 갑자기 흥미롭고 충실하게 느껴진다.

제이크가 표를 들고 돌아와서 영화가 곧 시작한다고 말한다. 두 사람은 퀴퀴하고 동굴 같은 로비로, 칙칙한 붉은색 카펫과 펜던트 조명과 케케묵은 구내 매장, 안개처럼 묵직한 15와트짜리 어스름으로 들어간다. 엘리는 이곳의 모든 면이 마음에 든다. 두 사람은 나눠 먹을 팝콘 한 봉지와 코카콜라 두 잔을 사서 상영관 안으로 들어간다. 몇 안 되는 사람들이 물속 같은 조명을 받으며 앉아서 예고편을 보고 있고, 프로젝터가 내뿜는 푸르스름한 흰 빛이 리본처럼 두 사람의 머리 위에서 물결친다. 엘리와 제이크는 가운데 줄에 자리를 잡는데, 그 줄에는 두 사람밖에 없다. 제이크가 두 사람 사이 팔걸이에 팝콘을 놓고 엘리가 먹을 수 있도록 잡아준다. 영화가 시작하자 엘리는 의상과 세트와 음악에 즉시 빠져든다. 얼룩덜룩한 빛 속의 파리, 결혼에 대해서는 경박하고, 사랑에 대해서는 심각한 상류층, 밀짚모자와 하늘색 정장 차림으로 춤을 추는 모리스 슈발리에. 엘리는 온갖 음악과 사탕처럼 달콤한 이미지들을 즐기면서 줄거리를 어렴풋이 인식한다. 요조숙녀가 되기 위해서 준비를 하는 소녀, 그녀의 앞에 나타나는 활력 없는 남자들. 하지만 어두운 주제는 마음을 흩트리기 위한 것 같다. 아름다운 다리의 버팀목일 뿐인 것 같다.

몇 번인가 팝콘 봉지 입구에서 제이크의 손과 엘리의 손이 스치고, 엘리는 그의 관심이 단순한 외로움일까, 아내를 잃고 자기보다 어린 여자와 쫓고 쫓기는 놀이를 다시 시작하려는 남자일까 생각한다. 엘리는 아무런 가정도 하지 말자고, 남자와 함께 시간을 보내는 것과 남자의 관심을 끄는 것은 전혀 다른 것이라고 스스로에게 말한다. 엄마가 한 번쯤은 그녀에게 했을 법한 말이다. 그러고 보니 밥과 매기 시플리는 어떻게 사랑을 나누었을까? 아빠는 항상 자기 배에서 잤는데? 스크린에서 지지가 자신의 숨 막히는 성적 매력을 자각하지 못한 채 나이 많은 남자와 어울리며 샴페인을 마신다.

영화가 끝나자 제이크가 엘리를 택시에 태운 다음 기사에게 돈을 내고, 엘리는 항의하지 않는다. 그가 엘리의 뺨에 다시 입맞춤을 하고, 목록을 만들어줘서 고맙다며 청구서를 보내라고 말하고, 그런 다음 엘리는 빗속에서 집으로 돌아가고, 영화의 잔상과 멜로디가 그녀의 머릿속에 떠다닌다. 오후 시간에 영화를 즐기고 나면 항상 따뜻하고 붕 떠 있는 느낌이 든다. 꿈에서 서서히 깨어 일상과 의무로 돌아가는 느낌이다. 엘리는 기사가 말을 걸지 않으면 좋겠다고 생각하는데 정말로 기사는 말을 걸지 않는다. 회색빛의 브루클린은 안락하고, 도로에서 차가 씽씽 달리고, 노란 전조등 불빛이 비친다. 집으로 돌아가자 그녀의 아파트조차 온화하고 덜 어지럽게 느껴진다. 엘리는 이번 만남이 데이트였다고 스스로에게 말한 다음 가스레인지에 주전자를 올린다. 그녀는 물이 끓기를 기다리는 동안 서둘러 침실로 가서 옷장을 연다. 더 포스—이제 제이크 앨퍼트의 목록에 올라갔다—의 작품이 얼마 전에 그녀의 아파트로 돌아왔는데, 이번에는 진공 포장까지 되어서 왔다. 게이브리얼은 첼시 보관소와 빵가게에 맡긴 열쇠에 무슨 문제가 생겼지만 곧 분명히 팔릴 것이라고 말한다. 엘리는 게이브리얼이 물건을 한 곳에 계속 두지 않으려고 그러는 것이라고 짐작한다. 엘리가 침대에 그림을 올려놓는다. 그림은 빛과 시간을 어떻게 가두는지, 정말 대단하다. 배리 신부님은 별빛과 같다고, 캔버스 위의 안료가 몇 세기를 가로지르는 여정이라고 말하곤 했다. 불쑥 영감이 떠오른 엘리는 타자기 책상으로 가서 논문에 쓸 몇 가지 아이디어를 메모장에 휘갈겨 적는다. 그녀는 성 루가 길드와 도제 모델에 대한 장을 넣어야겠다.

전화가 울리자 엘리는 제이크 앨퍼트의 전화임을 바로 알아차린다. 메러디스 혼스비 교수가 협박을 하려고 캠퍼스로 그녀를 불렀던 여름 이후로 아무도 전화를 하지 않았기 때문이다. 엘리는 벨이 네 번 울린 다음 전화를 받기로 한다. "정말 즐거웠습니다." 그가 말한다. "클로이스터스 미술관에 가봤어요? 일요일 오후에 같이 가면 어떨까 하는데." 엘리는 상상이 흘러넘치는 것을 처음으로 허락한다. 남자를 만나서 데이트를 하는 그녀의 모습이 영화 필름처럼 생생하게 떠오른다. 그들은 그랜드 센트럴의 굴 요리 전문점에서 만나 술을 마시고, 엘리는 그에게 프릭 컬렉션을 안내해주고, 두 사람은 공원에서 소풍을 즐길 것이다. 엘리는 나이가 들어 보이게 머리를 자르고, 한낮에 립스틱을 바르고, 에그 베네딕트 만드는 법을 배울 것이다. 그녀는 맨해튼으로 이사하고, 다시 취미 삼아 책을 읽기 시작할 것이고, 두 사람은 댄스 파티에 갈 것이다. 이런 상상 속의 색은 전부 부드럽고 흐릿하지만, 비가 아니라 섬세하고 푸른 안개에 감싸인 느낌이다. 렘브란트와 영화의 만남이다. 엘리는 새로운 팔레트가 형태를 갖추는 것을, 몇 년 동안 편지에 거짓으로 적었던 삶이 시작되는 것을 본다. "좋아요." 그녀가 말한다. "정말 근사할 것 같아요." 엘리는 지금까지 근사하다라는 말을 써본 적이 없었다.

시드니

2000년 8월

마티는 주머니에 이쑤시개와 도토리와 제산제, 오스트레일리아 동전과 지폐를 잔뜩 넣은 야전 조끼를 입고 사암 캠퍼스를 휘청 휘청 걸어간다. 오스트레일리아의 돈이 마음에 든다. 변경(邊境)의 금색 동전, 지폐의 요란한 색과 오지(奧地)라는 주제, 문장에 그려진 별나게 보이는 동물들. 시드니는 누구나 좋아하기 쉬운 도시이다. 마티는 며칠 동안 작은 휴대용 지도를 들고 걷거나 택시를 타며 돌아다녔다. 그는 관광이 익숙하지 않았지만—항상 레이철이 알아서 했다—아무 지식도 없이 낯선 도시로 나가서 격자 모양이거나 뱀처럼 구불구불한 골목을 탐험하며 발길 닿는 대로 다니는 것을 좋아한다. 이틀 동안 마티는 중심 업무 지구를 돌아다니고, 조지 왕조 양식의 사암 건물과 전쟁 이후의 붉은 벽돌 건물들의 나무가 무성한 안뜰에 들어가 보고, 항구의 맹그로브가 자라는 작은 후미와 관목이 무성한 작은 만들을 돌아다녔다. 또 페리를 타고 맨리에 다녀왔고, 사암으로 만든 입 모양 같은 노스 헤드와 사우스 헤드 사이 짙은 청색의 태평양을 보았다. 마티는 본디 비치 언덕 꼭대기에서 달걀을 끼운 햄버거를 먹었고, 그에게는 타피오카만큼이나 이국적이고 색다른 바나나 밀크셰이크를 마셨다. 그는 무릎에 힘이 없어서 약간 발을 끌며 걷지만 시속 3킬로미터가 넘는 속도로 걸을 수 있고, 의사도 괜찮다고 했다. 지치면 택시를 잡아타고 작은 몰스킨 노트에 뭔가를 적는다. 운전을 그만두기 전인 60대 중반쯤에 그는 거리 이름과 간판을 소리 내어 읽는 버릇이 생겼는데, 딕스 액세서리나 크럼홀츠 드라이브 같은 간판이 나오면 당혹스러운 목소리로 읽곤 했다.* 이 버릇은 레이철을 화나게 했다. 마티는 택시 뒷좌석에 앉아서 울루물루나 울라라, 키리빌리처럼 오스트레일리아 원주민이 쓰는 단어를 보고 당황하면서도 어느새 소리 내어 읽고 있었다. 그러자 레이철이 떠올랐다. 택시 기사는 멍한 표정으로 마티를 보거나 관대하게 웃어준다.

시드니 대학교는 영국 성공회 고교회파(高敎會派) 같은 분위기로, 밀처럼 누런색의 납틀 창문이 달린 건물이다. 캠브리지와 옥스퍼드와 비슷한 느낌, 영국의 고압적인 분위기가 느껴진다. 마티는 정문에서 경비원에게 받은 캠퍼스 지도를 주의 깊게 본다. 나이 많고 허약한 사람은 도움이 좀더 필요한 법이기 때문에 강의실에 노란색 형광펜으로 동그라미를 여러 번 그려 놓았다. 오늘 아침 일찍 마티는 호텔 프론트 데스크에 앉아 있는 직원에게 비즈니스 센터에서 인터넷 검색을 도와달라고 부탁했다. 마티는 그

---

* 속어로 딕은 남자 성기를, 크럼홀은 항문을 가리킨다.

직원에게 아마추어 무선 라디오와 심박조율기 같은 발명품은 잘 알지만 그에게 월드와이드웹은 백색소음의 바다나 마찬가지라고 말했다. 그녀는 마티의 지시에 따라서 시드니 대학교 웹사이트를 띄운 다음 엘리너 시플리 교수의 프로필을 찾아냈고, 마지막으로 강의 시간표와 건물 위치까지 확인해주었다. 마티는 프로필에 실린 엘리의 사진을 일부러 보지 않았다. 새로운 밀레니엄 들어서 처음으로 만나는 것이니만큼 직접 보고 싶었다.

마티는 강의실 근처에 도착하고 나서야 한번 더 생각한다. 그는 죽음에 대해서 거의 생각한 적이 없고, 생각을 한다고 해도 보통 불편함이라는 맥락에서였다. 9,000킬로미터 상공에서 발작을 일으키거나, 이발소 의자에 앉아 있다가 심장마비에 걸리거나, 외국 공원 벤치에 앉아 있을 때 치명적인 대장염이 시작된다거나. 마티가 해외여행을 그만둔 가장 큰 이유는 언젠가 국가적 유물 옆에서 더러워진 몸으로 숨을 거둔 그를 발견하게 될 미래의 낯선 이들을 위해서였다. 그러나 이번에는 자기가 더 이상 오래 살지 못할 것이고, 이번 일은 자기가 항상 마무리 지으려던 일, 자신이 해결해야 하는 회한이라는 생각으로 왔다. 마티는 강의실로 들어가기 전에 일단 앉아서 숨을 돌린다. 엘리가 지금 어떤 형태의 삶을 살고 있든 그의 등장이 침입이 될 것임을 마티는 잘 안다. 여기 과거에서 온 불도저 마티 드 그루트가 나가신다.

그는 어떤 조짐이나 징조를, 우주의 허락을 나타내는 표시를 찾아서 산울타리와 건물 정면을 훑어본다. 나이가 들면서 마티의 미신은 점점 더 수수께끼 같고 묵시록적으로 변했다. 그는 사십대 때 사라진 그림이 때 이른 통풍이나 죽음으로부터 자신을 구했으며, 자기 집안의 남자들은 그림의 저주를 받았다고 굳게 믿은 적이 있었다. 그러나 그림이 돌아오자 그 이론은 틀렸음이 증명되었다. 마티는 80대가 된 지금도 살아 있을 뿐 아니라 결혼생활도 별 문제없이 비교적 행복한 수십 년을 보냈다. 실제적이고 영속적인 행복은 아니었을지 몰라도 적어도 가끔 찾아오는 상쾌하고 즐거운 순간 때문에 유지될 수 있는 만족이었다. 그러나 이름 없는 대격변이 일어나지 않았다는 이런 귀납적인 증거에도 불구하고 마티의 일부는 파멸을 예언하는 신호를 항상 생각하고 있었다. 디지털 시계의 화면에 똑같은 숫자 세 개가 정렬하면 남은 하루가 재수가 없을 것이라는 뜻이고, 주머니 속 도토리는 그가 번개에 맞지 않게 해줄 것이고, 구급차가 지나갈 때 고개를 돌리면 치명상을 피할 수 있다. 마티는 집 안으로 날아 들어온 꿀벌을 절대 죽이지 않았는데, 꿀벌을 죽이면 귀찮은 낯선 사람이 집으로 찾아오기 때문이다. 마티는 이 모든 믿음이 비합리적이라는 것도 알고 해마 아래에 묻혀 있는 원초적인 어둠에서 나온다는 것도 이해하지만, 그 어떤 것도 불행으로 향하는 그의 생각을 막지 못한다. 그러므로 마티는 강의실을 보면서 신호를, 저 안으로 들어가도 된다고 허락하는 표시를 기다린다. 결국 그 표시는 건물을 향해 걸어오는 대학생 두 명이라는 형태로, 밝은 색 목도리를 두르고 손을 맞잡고 무슨 스캔들에 대해서 흥분한 목소리로 잡담을 나누는 두 여학생의 모습으로 다가온다. 그는 대학에 다닐 때 손을 맞잡고 다니는 여자애들을 본 기억이 없지만 두 사람의 얼굴에 활기가 너무 가득하기 때문에, 세찬 바람이 부는 오후인데도 두 사람이 동류의식으로 뺨을 빛내고 있기 때문에, 이것이 꼭 해야 하는 일이라고 확신이 든다. 자리에서 일어난 마티는 두 학생의 뒤를 따라 차갑고 어두운 건물 안으로 들어가서 왁스칠한 바닥을 지나 강의실로 들어간다. 마티에게는 십대로밖에 보이지 않는 후줄근한 옷차림의 대학생 몇 명이 그를 빤히 바라본다. 그는 뒷줄에 앉아서 제산제를 먹으며 마음을 진정시킨다.

마티는 교단으로 갈수록 점점 낮아지는 나무 좌석 너머에 있는 그녀를 40년 만에 처음으로 본다. 저 아래 교탁 뒤에 선 그녀는 작아 보이고, 긴 머리카락은 완전한 회색이고, 학자나 운동가나 페미니스트 시인처럼 말끔하게 넘기고 있다. 마티는 잘생겼다는 뜻의 핸섬(handsome)이라는 단어를 여자에게 쓰면 지적이라는 뜻이 된다는 생각이 떠오른다. 그녀는 남색과 크림색 옷을, 양모 치마에 무릎까지 올라오는 부츠를 신고 다른 시대의 물건처럼 보이는 구리 목걸이를 하고 있다. 그녀는 교탁에 몸을 기대고 한쪽 부츠의 앞코를 땅에 대고서 자신이 가르치는 학생들을 둘러본다. 그녀가 말을 하기 시작하자 저 자리를 얼마나 편안하게 여기는지가 분명히 드러난다. 그녀는 친근한 어조로, 같은 미술 애호가에게 말하는 것처럼, 수수께끼를 풀려고 같이 순례를 떠난 절친한 친구에게 이야기를 하는 것처럼 학생들에게 베르메르에 대한 이야기를 한다. 마티는 참 재미있는 강의라고, 흘러가는 빛에서 시를 끌어내는 것 같다고 생각한다. 트로니(tronie)*와 가상의 인물

---

* 네덜란드어로 "얼굴"이라는 뜻. 네덜란드와 플랑드르 황금기 회화 중 과장된 표정이

에 대한 강의이다. 아주 좋다.

보존 스튜디오에서 헬렌을 만나고 나서 이틀 뒤, 엘리는 학부생들
에게 베르메르에 대해서, 그가 어떻게 빛을 이용했는지에 대해서
강의를 한다. 강의 일정 중에서 네덜란드 황금기를 다루는 부분은
바닷가의 햇빛이 북쪽에서 낮게 내리쬐는 시드니의 한겨울과 항
상 일치한다. 엘리는 학생들에게 빅토리아 사암에 비스듬히 비치
는 겨울 오후의 햇살을 또는 오전에 태평양에서 넘실거리는 송진
빛깔의 햇빛을, 거의 분홍색에 가까운 햇빛을 관찰하라는 숙제를
내준다. 학생들은 관찰한 내용을 일지—햇빛 일지—로 기록해야
하지만 대부분은 빛의 미묘한 변화를 알아보지 못한다. 그것은
자신의 심장박동이나 숨소리를 처음으로 인식하는 것과 같다. 학
생들은 여름에 시드니의 잡목림이 띠는 황갈색 색조를, 혹은 겨울
도시의 음울하고 따뜻한 빛을 당연하게 여긴다. 엘리는 강의실
프로젝터 화면에 베르메르 작품을 몇 장 띄우면서 강의를 시작해
서 햇빛이 점점 기우는 동안 학생들 사이를 걸어다닌다.
  "「저울을 든 여인」에서 우리는 빛의 변화를 보는 구경꾼입니
다. 아서 위록은 빛이 창문을 통해서, 오렌지색 커튼의 가장 두꺼
운 부분 뒤에서 쏟아져 들어온다고 표현하지요. 빛이 탁자 위로
폭포처럼 쏟아지면서 금과 진주를 듬뿍 물들이는 것을 볼 수 있습
니다. 푸른 휘장은 그림자 속에 접혀 있지요. 빛은 북쪽에서 왔고
무정형입니다. 우리의 눈을 부드럽게 인도하지요. 우리의 시선은

나 전형적인 인물 그림을 가리킨다.

탁자 끝 여자의 손으로 갔다가 위쪽 팔을 지나서 얼굴로 갑니다. 여인은 공상에 빠진 것처럼 시선을 아래로 향하고 있어요. 그녀가 들고 있는 저울에서는 우리의 시선을 다른 곳으로 돌릴 수 있는 것이 하나도 없죠. 위록은 여인이 절대 움직이지 않을 것 같다고, 그것이 눈에 보인다고 말합니다. 그녀는 시간 속에 멈춰 있죠. 베르메르는 우리가 빛이 아직도 쏟아져 들어오고 있다고, 여인의 새끼손가락이 아직도 펴져 있다고 믿기를 바랍니다."

엘리는 예순 명 정도의 학부생들이 필기를 하거나, 낮은 목소리로 잡담을 하거나, 핸드폰을 만지작거리고 있는 강의실을 둘러본다. 이틀 동안 그녀는 자신의 삶을 엑스레이에 비친 그림처럼 바라보는 느낌이었다. 가장 중요한 이미지를 왜곡시키는 뒤틀린 층들과 가늘디가는 균열들. 엘리는 자신의 역사를, 개인적으로 잊을 수 없는 순간들과 외국 도시에서 보낸 시절들과 거리를 둔 채, 날카롭고 엄밀하게 바라본다. 그 모든 것들이 표면의 균열로 이어졌고, 이제 그런 잘못들에 대한 책임을 질 시간이다. 어젯밤 엘리는 사표를 두 장 썼다. 하나는 미술관에, 하나는 학교에 낼 사표이다.

엘리가 다음으로 띄운 「편지를 쓰는 여인」에서 납-주석 안료를 칠한 노란색이 반짝인다. "우리는 이 여자의 옷이 전부 금색과 노란색이라고, 창문에서 들어오는 빛에 의하여 갇혀 있다고 생각하지만 사실 노란색의 납-주석 안료는 하이라이트 부분에만 칠해져 있어요. 나머지 부분은 섬세한 회색을 덧칠해서 빛을 약하게 했죠. 베르메르는 우리에게 마음속으로 그림을 완성해보라고, 그

나름대로의 방식으로 요구하고 있습니다. 베르메르의 그림은 설명적이라기보다 제안적입니다……. 그림을 완성하는 건 바로 우리죠."

강의실에서 몇 명이 고개를 끄덕이고, 생각에 잠겨 펜을 입술에 댄다. 엘리는 아이의 장례식을 그린 사라 더 포스의 새로운 그림에 대해서, 그 그림이 지금까지 알려지고 기록된 화가의 일생을 얼마나 연장시킬 수 있는지 생각한다. 엘리가 헨드릭의 말을 조금만 더 진지하게 받아들였다면, 자존심을 조금만 꺾었더라면 그림의 출처에 대해서 더 자세히 물었을 것이다. 엘리는 오늘 아침이 되어서야 몇 시간 동안 데이터베이스를 검색하며 17세기 작품 카탈로그에 장례식 그림이 나오는지 찾아보았다. 장례식 그림에 대한 언급은 매우 많았지만 새로 발견된 사라 더 포스의 그림과 맞아떨어지는 것은 없었다. 도서관에서 나온 엘리는 캠퍼스를 가로질러 자기 사무실로 가서 컴퓨터로 편지를 두 통 썼다. 하나는 맥스 컬킨스에게, 하나는 학장에게였다. 두 편지 모두에서 사직하는 이유를 대충 밝혔지만 계획된 위조가 아니라 "불행히도 도덕적 양심이 잠시 빗나간" 죄라고 썼다. 엘리는 더 자세히 설명하기 위해서 이렇게 썼다. 저는 스물여섯 살이었고, 저를 포함해서 이 세상의 모든 것이 어떻게 돌아가는지 착각하고 있었습니다. 엘리는 자기 죄를 너무 가볍게 쓴 것이 아닐까 생각한다. 주소를 적은 봉인된 편지 두 통이 교탁 아래 가방에 들어 있다는 생각은 그녀의 주의를 몇 분마다 끌어당긴다. 엘리는 레이던 미술관에 가짜를 직접 돌려주고 그에 대한 책임을 진 다음에 편지를 부치기로 결심했다.

경제적으로 파산하더라도 엘리는 레이던 미술관이 그녀가 그린 모작에 지불한 돈을 배상할 것이다. 그러나 엘리가 지금 당장 편지를 보내면 맥스 컬킨스는 그림 1킬로미터 반경 안에도 들어가지 못하게 할 것이다. 편지를 이미 써서 봉했다고 생각하자 마음이 가벼워진다.

엘리가 프로젝터 화면에서 고개를 든다. "다음으로, 베르메르의 「붉은 모자를 쓴 여인」을 봅시다. 이런 그림을 네덜란드어로 트로니라고 부르죠. 트로니에서는 상반신이나 머리를 주로 그리는데, 인물은 종종 이국적인 모자나 옷을 걸치고 있습니다. 보통 인물을 묘사한다기보다는 만들어내는 거죠. 나무 패널에 그린 작은 그림인데, 아마 원래는 실험적으로 그려본 그림일 거예요. 이런 작품을 통해서 베르메르는 작고 흐릿한 점 같은 빛을 이용하는 방식을 완성할 수 있었지요."

교실 앞쪽에서 양모 모자를 쓴 남학생이 손을 든다. "입이 약간 벌어져 있는데요. 무슨 말을 하려는 건가요?"

엘리가 말한다. "당시 네덜란드 문화에서 입을 벌리고 있다는 것은 성적인 암시였어요. 참 대단한 기표죠?"

"그렇다면 베르메르는 기본적으로 저 여자를 색정적인 시선으로 본다는 거고……." 학생이 말한다. 뒤에서 그를 부추기는 웃음소리가 들려온다.

엘리가 대답을 쏘아붙이려는데 어둑한 뒷줄에서 나이 많은 남자가 미국식 억양으로 이렇게 말한다. "베르메르는 저 여자에게 투사를 하고 있는 겁니다, 분명하지요. 애초에 실존 인물이었다면 그렇겠지요. 그런데 말입니다, 젊은 친구, 베르메르는 이걸 그릴 때 당신이랑 비슷한 나이였어요. 그러니 좀 존중해줍시다."

동부 쪽, 아마도 뉴욕이나 뉴저지이다. 엘리는 생각한다. 에이치(h) 발음을 흐릿하게 말하는 억양. 잠시 동안 엘리는 그 목소리를 자기 기억과 연관시키지 못한다.

강의실의 학생들이 누가 저렇게 우아한 말로 한 방 날리는지 보려고 목을 뺀다. 엘리는 교환 교수가 그녀의 수업을 듣기로 했는데 아무도 자신에게 알려주지 않았나 생각한다. 아니면 엘리가 시간을 내지 못해서 아직 만나지 못한 새로운 학장, 규율을 까다롭게 지키기로 소문난 그 미국인 학장일지도 모른다. 학장이 학문적 부정을 이유로 그녀를 해고하기 전에 강의를 한번 들어보려고 들린 건지도 모르겠다는 비합리적인 생각이 떠오른다. 그때 카키색 조끼를 입고 발을 끌면서 뒷문으로 걸어가는 노인이 엘리의 눈에 들어온다. 그녀는 다시 강의록에 집중하려고 애쓰면서 모자를 쓴 남학생을 정면으로 바라본다. "모든 예술은 욕망을 담고 있어요. 베르메르는 다른 화가들보다 그런 면에서 조금 더 솔직한 것뿐이에요." 그런 다음, 노인이 강의실을 나가서 문을 조용히 닫을 때, 그의 옆얼굴이 얼핏 보인다. 나이에 의해서 아무리 바뀌었어도 엘리가 절대 잊을 수 없는 얼굴이다. 엘리는 아주 길게 느껴지는, 그 한순간 동안 교탁 뒤에 서서 꼼짝도 하지 않는다. 그러다가 마침내 베르메르의 다음 작품을 화면에 띄우고 빛에 대한 이야기를 억지로 이어나간다.

헤임스테더
1637년 여름

사라는 그림을 통해서라도 흐릿의 아이들에게 제대로 된 장례식을 치러주고 싶었다. 얼어붙은 강가에 선 소녀를 그리면서 슬픔을 극복한 사라는 자신이 흐릿에게 어느 정도 위안을 줄 수 있지 않을까 생각한다. 그녀는 상인의 책상 위나 엄숙한 거실에 걸린 겨울 풍경을, 그리고 자기 손으로 그린 수천 시간과 수천 가지의 음영을 생각한다. 벽에 걸어서 장식할 의도는 절대 아니었지만—사라는 그 그림이 벽에 걸려 있는 것조차 상상해본 적이 없었다—코르넬리스 같은 중산 시민들은 이 세상 물건들의 목적을 바꾸는 버릇이 있었다. 동양에서 온 수의(壽衣)나 인간의 뼈는 저녁 식사 시간에 나누는 호기심 어린 이야기나 사색의 대상이 된다. 화제에 불과한 것이다. 사라는 쏟아지는 빛 속에서는 균형 잡힌 폐허의 그림을 그릴 수 없을 것만 같다. 그것은 거짓말처럼, 흐릿의 고통에 대한 모욕처럼 느껴진다.

사라는 미망인을 위해서 죽은 사람들의 초상화를 그릴까, 저

세상에 있는 아이들을 데려와서 사과와 구리 냄비가 놓인 부엌 식탁에 앉혀볼까도 생각한다. 아니면, 남편을 산 자들의 세계로 불러와서 한 손을 배에 얹고 난롯가에 서서 건강을 빛내는 모습으로 그릴까. 탑과 흙벽 오두막을 재건하지 못할 이유가 어디 있을까? 한여름의 황혼 속에서 교회에서부터 이어지는 포착하지 못할 이유가 어디 있을까? 사라는 장밋빛 창 뒤에서 타오르는 촛불이, 소매를 걷어올리고 터벅터벅 관을 옮기는 행렬이 보인다.

사라는 목탄으로 스케치를 하고 선과 상인방(上引枋)을 이어보지만, 사이즈를 바른 캔버스에 풍경을 그릴 수가 없다. 코르넬리스의 축적 모형을 보고 비율과 재건된 건물을 점검한 사라는 문제는 구도가 아니라 분위기임을 깨닫는다. 한여름 풍경이지만 파릇파릇 완연하게 핀 나뭇잎이 인공적이고 가짜처럼 느껴진다. 그것을 보니 정물화가, 채색 꽃병에 꽂힌 가는 줄무늬의 튤립이, 나뭇결과 대비되는 동그랗게 깎은 레몬 껍질이 떠오른다. 사라는 그것이 아름다울지는 몰라도 언덕에 묻힌 죽은 사람들, 지상에서 마지막 숨을 들이마시기 전에 열에 취해 중얼거리던 수백 명의 영혼에 대한 모욕이라고 생각한다. 그렇다, 나무가 헐벗고 강이 얼어붙은 겨울이어야 한다. 전염병이 도는 계절이 아니지만 영혼의 황량함을 생각하면 겨울이야말로 진실하다. 사라는 무엇을 그리고 있는지 누구에게도 말하지 않는다. 코르넬리스는 황혼 녘의 그림 같이 아름다운 마을을 그린 여름 풍경화라고만 알고 있다. 어쩌면 바렌트가 고래와 사과를 그리기 훨씬 전에 약속한 그림이 그런 내용일지도 모른다. 황혼이 내릴 때 향수가 주는 위안. 그러나 사라는 차마 그것을 그릴 수가 없다.

　토요일마다 사라는 폐허가 된 마을로 가서 흐릿과 한 시간 정도 앉아 있다가 스케치를 한다. 토마스가 마차에 태워서 데려다주고, 사라는 마부석 그의 옆자리에 앉는다. 그는 사라가 장원으로 돌아갈 준비가 될 때까지 강둑에서 낚시를 한다. 사라는 흐릿에게 갈 때마다 작은 선물을 가져간다. 계피 케이크와 설탕을 입힌 아몬드와 병에 든 맥주. 흐릿은 그런 사치품을 자기한테 낭비한다고 투덜거리지만 매번 즐거운 표정으로 꾸러미를 푼다. 그녀는 마을 이야기를 들려준다. 유리를 불어서 만들던 떠돌이 보헤미안은 어느 날 모래 언덕을 넘어왔다가 마을에 눌러살기로 했다. 청년들이 사랑을 구할 때면, 여자의 집 지붕에 올라가서 들보에 초록 가지를 붙이거나 나무줄기에 사랑하는 사람의 이름을 새기거나, 막대기로 강둑 모래에 이름을 썼다. "남자들은 전부 도박꾼이었어요." 흐릿이 사라에게 말한다. "결혼 여부에, 스페인과 전쟁 중에는 전투 결과에, 태어날 아이가 아들인지 아닌지에, 어느 겨울에는 강이 얼지 안 얼지를 두고 돈을 걸었죠. 심지어는 전염병으로 누가 죽고 누가 살지를 두고도 내기를 했어요. 임종을 앞두고 침상에 누워서 동전을 한 주먹 건네는 것이 유쾌하고 우아하게 세상을 떠나는 방법이라고 생각했죠."

　"아들이 여섯 명이었어요?"

　흐릿이 고개를 끄덕인다. "막내 야코프는 겨우 여섯 살에 떠났어요. 마지막으로 죽었죠."

　사라는 소년의 죽음을 상상한다. 장례식 그림이 형체를 갖춰간다. 이 세상에서 아이의 관만큼 불길한 것은 없다.

어느 날 오후, 사라는 경치를 살펴보려고 배낭을 둘러메고 낡은 석탑에 오른다. 흐릿은 탑이 시장과 공적인 업무를 위해서 지은 것이고, 마을이 가장 크게 발전했을 때에는 종을 쳐서 태풍을 경고하거나 공무를 알렸다고 말해주었다. 코르넬리스는 도량형 탑이라고 부른다. 탑 꼭대기에 오르니 둥글게 늘어선 나무들, 풀이 올라온 모래 언덕들, 태양 밑에서 푸르스름한 흰색 리본처럼 흐르는 강이 보인다. 구름 한 점 없는 지평선은 분필 같은 색깔이고, 서쪽으로 바다가 투명한 파란색 선처럼 보인다. 사라는 강둑의 거위가 사라지고 빛이 분산되는 한겨울의 풍경을 상상한다. 토마스가 갈대밭에서 손을 흔든다. 그의 낚싯대는 미동도 없이 잠잠하다. 사라는 같이 손을 흔들면서 토마스가 얼마나 작게 보이는지 놀란다. 저 멀리 해안 쪽으로 푸른 간척지와 가로세로로 촘촘하게 반짝이고 있는 배수로가 보인다. 사라는 이 모든 것을 덧없는 흰색으로 바꿀 것이다, 하늘은 녹인 납 같은 색깔의 벌판으로 바꿀 것이다.

　배낭에서 카메라 오브스쿠라*를 꺼내던 사라는 자기가 어떤 풍경이든지 본모습 그대로 그린 적이 한번도 없다는 생각이 문득 떠오른다. 분명 모든 예술이 그렇다. 화가는 호수의 물을 통해서

---

* 캄캄한 상자 한쪽 벽에 작은 구멍을 뚫어 빛을 통과시키면 반대쪽 벽에 외부의 풍경이 거꾸로 나타나는 현상을 이용해서 만든 기구. 카메라의 원형이며, 17-19세기 화가들이 그림을 그릴 때 사용했다.

보듯이 자기의 눈을 통해서 세상을 본다. 어떤 부분은 파문이 일어나고 왜곡되지만 또 어떤 부분은 확대되고 이상할 정도로 맑아진다. 암스테르담의 유명한 양자 렘브란트는 충격적일 만큼 새로운 것들을 완전히 무시한다. 그는 부두 주변의 이국적인 동물을 거래하는 시장을, 나무 우리에 든 아르마딜로를, 종이 등불로 불을 밝힌 선상가옥에서 오케스트라를 연주하는 헝가리 지휘자를 무시한다. 대신 그는 대부분의 그림을 초상화와 역사화라는 깨지지 않는 계보 내에서 그린다.

사라는 신의 관점에서 그림을 그릴 생각은 아니지만—그렇다면 자만의 죄를 저지르게 될 것이다—위에서 내려 보는 시점은 어딘가 신의 시선 같고 전지한 느낌을 준다. 사라는 카메라 오브스쿠라를 돌벽에 올려둔다. 그녀는 18미터 위의 허공에서 몸을 숙여 구멍을 통해서 상자를 들여다본다. 세상이 깜빡이면서 두 개의 상으로 흔들리더니 안정을 되찾는다. 모든 것이 무너진 교회의 정점으로 모이고, 소실점이 하늘의 밝은 창공을 가른다. 사라는 어두컴컴한 상자를 들여다본 다음 목탄으로 종이에 선을 몇 개 그린다. 카메라 오브스쿠라는 좁게 보이는 효과가 있어서 사라는 그림자와 선과 햇빛의 얼룩무늬를 순전한 기하학으로 볼 수 있다. 교회 옆의 사격을 위한 구멍이 뚫려 있는 벽은 음영이 계속 바뀌는 목걸이가, 빛과 어둠을 엮어서 땋는 머리가 된다.

마부석에 올라 집으로 돌아가는 길에 토마스가 물고기를 한 마리도 잡지 못한다며 불평을 한다. 그는 강이 흐르는 부분 중에서 그곳만 불모지라고, 송어는 오염되었던 곳에서는 무리를 짓지 않는다고 말한다. 토마스가 화제를 바꿔 카메라 오브스쿠라에 대해서 설명해달라고 한다.

"탑에 올라가서 쓰는 모습을 봤습니다." 토마스가 말 머리 위에 놓인 늦은 오후를 바라보며 말한다.

토마스는 그림 작업의 모든 면들에 대해서 지칠 줄 모르는 호기심을 드러낸다. 그는 사라의 지시에 따라서 캔버스를 펴서 고정시킨 다음 사이즈를 바르고, 라피스 라즐리의 마지막 파편까지, 연납의 마지막 조각까지 조심스럽게 다루면서 안료를 아주 신중하게 갠다. 사라는 토마스가 말이나 식물을 돌볼 때도 이와 똑같은 태도로 대한다는 사실을 알아차린다. 말굽을 갈거나 장미를 접붙이는 일이 그의 차분한 손끝에서는 성스러운 의식과 같다. 사라는 소년답고 진지한 그의 눈빛과 솜씨 좋은 손을 포착하기 위해 그의 초상화를 그릴까도 생각해보기도 했다.

사라가 말한다. "작고 캄캄한 상자예요. 어떤 방에서 커튼을 닫아놓고 구멍을 통해 바깥세상을 본다고 생각해보세요. 그러면 모든 것이 틀 속의 풍경이 되어서 반대쪽 벽에 선명한 이미지가 비치죠."

"그게 왜 필요하죠?"

"눈을 속이거든요. 시골 풍경을 보면 모든 것이 얽혀 있는 것처럼 보이잖아요. 그런데 카메라 오브스쿠라는 형태와 색을 따로따로 보게 해줘요. 모든 것을 포착하죠."

토마스가 고삐를 다시 쥐고 생각에 잠긴다. 그가 말한다. "당신 대신 보는 거군요."

"맞아요." 사라가 밝게 말한다.

"언제 한번 보고 싶네요."

"물론 보여줄게요."

두 사람은 한동안 침묵 속에서 길을 간다. 토마스가 마을 바깥쪽의 경작하지 않는 습지와 덤불을 보고 생각난 듯이 자신이 여름 내내 해야 할 일들에 대해서 이야기한다. 사라는 그의 목소리가 좋다. 서두르지 않고 신중한 목소리이다. 산울타리 다듬기, 과실수 가지 치기, 겨울에 쓸 장작 패기. 사라가 볼 때 이 마을에서 낚시를 하는 시간은 토마스가 유일하게 쉬는 시간이다. 그는 매일 힘든 일을 할 때 가장 행복해 보인다.

안마당을 둘러싼 돌담이 가까워졌을 때 토마스가 분위기를 바꿔 질문을 던진다. "남편은 어떻게 됐어요?"

사라가 헤임스테더에 온 지 몇 달이나 되었지만 코르넬리스 이외의 사람이 바렌트에 대해서 묻는 것은 처음이다. 그녀는 고용주가 자기 상황에 대해서 충분히 이야기를 했기 때문에 하인들 사이에서 떠돌던 소문이나 추측이 가라앉은 것이라고만 생각했었다.

"죄송합니다." 잠시 후 토마스가 말한다. "그런 걸 물어볼 권리는 없는데 말이에요."

"우리는 딸을 잃고 나서 아주 가난해졌어요. 남편은 생계를 꾸려나갈 수가 없어서 저에게 소송을 미루고 떠났죠."

토마스가 이 말을 듣고 생각에 잠겨 나무가 **빽빽한** 소작지를, 북부의 햇빛을 받아 반짝반짝 빛나는 나무들을 바라본다. "제가 감히 이런 말을 해도 될지 모르지만, 명예로운 행동은 아니군요."

"그렇게 말해도 돼요. 내게 그렇게 큰 잘못을 저지른 사람은 처음인걸요."

토마스가 말을 세우고 내려서 정문을 연다. 코르넬리스는 길들여지지 않은 자연—바람, 습기, 악의적인 성미, 떠돌이 짐승—의 침입을 막기 위해서 모든 문을 항상 닫아두라고 고집한다. 토마스가 대문을 향해서 다가가면서 사라를 보지도 않고 말한다. "당신이 와서 기뻐요. 우리 모두 그래요."

토마스가 빗장을 조심스레 열고, 사라는 미소를 짓는다.

사라는 남은 여름 내내 그림을 그리고, 매장 의식을 치르듯이 붓질을 해나간다. 소년의 관이 품은 의미를, 온 마을을 기념하고 기리는 뜻을 흐릿이 읽어내기를 그녀는 바란다. 사라는 코르넬리스가 원한 것은 폐허가 있는 목가적인 풍경이나 모래 언덕을 배경으로 장엄하게 자리 잡은 재건된 마을이 아닐까 싶어서 그에게 그림을 보여줄 생각을 하면 긴장이 된다. 건물을 재현하는 것은 알고 보니 쉬운 부분이었다. 건물은 직선과 엄격한 시점을 확실하게 보여준다. 어려운 부분은 얼어붙은 강 위의 구경꾼들과 장례 행렬이다. 사라는 마을 사람들을 얇고 투명한 물감 층으로 그린 다음 서서히 완전한 색과 활기로 채워나갈 생각이다. 그런데 어느 날 밤 사라가 일을 마무리하고 나서 다음 날 아침에 다시 작업을 하러 가보니 새로운 효과가 보였다. 안료가 캔버스에 흡수되면서 마을 사람들의 몸과 옷이 은빛으로 변하면서 약간 흐릿해졌다.

캔버스에 사이즈를 칠하고 바탕칠을 할 때 뭔가 잘못된 것이다. 사라 자신이나 토마스의 실수이겠지만, 그녀의 눈에는 그 효과가 좋아 보인다. 사라는 판 호이엔이 그린 「여름 풍경」이 생각나서 그림을 다시 보려고 쿤스트카머로 달려간다. 다락방으로 돌아온 사라는 장례식에 참석한 사람들과 구경꾼들을 다시 보강해서 색칠하기로 결심하지만, 완전히 불투명해지기 직전에 멈추기로 한다. 그러면 칙칙한 겨울옷과 손, 얼굴이 약간 투명해질 것이고, 몸 뒤로 풍경의 선이 겨우 분간할 수 있을 정도로 비칠 것이다. 사라는 생각한다. 그들은 유령이 아니다, 어느 여자의 말할 수 없는 슬픔이 만들어낸 환영이다.

사라는 여름 내내 그림 한 장에 몰두했지만 토마스는 조심스럽게 펼쳐서 사이즈를 바른 캔버스를 계속 가져다준다. 그는 마구간에서 캔버스를 준비한 다음 한 번에 서너 개씩 가져와서, 다락 작업실 처마 밑에 선물처럼 놔둔다. 사라는 여러 번 마구간으로 나가서 토마스가 일하는 모습을 지켜보았다. 그는 무릎까지 오는 바지를 입고 솥 옆에 붙어서 생가죽 조각들을 꿀 같은 질감이 될 때까지 끓여서 풀을 만들고, 그것을 쫙 편 캔버스에 팔레트 나이프로 꼼꼼하게 바른다. 사라는 그 과정을 딱 한번 보여준 다음 만드는 법을 적어서 그에게 주었다. 토마스가 종이를 돌려주자 사라는 그가 글을 못 읽는다는 사실을 깨달았다. 이제 밑준비를 끝낸 캔버스는 사라가 일 년 동안 쉬지 않고 일해도 충분할 정도로 많다.

사라가 장례식 그림을 끝낸 날 오후, 토마스가 문을 조심스럽게 두드리고 사라는 들어오라고 대답한다. 안으로 들어온 그는 시선을 피한 채—사라가 보라고 하지 않는 한 절대 그림을 보지 않았다—캔버스 세 개를 방 반대편 끝에 가져다 둔다.

"당신 때문에 저는 영원히 그림만 그려야겠어요." 사라가 말한다.

"괜찮아요?"

"완벽해요, 하지만 더 안 만들어도 괜찮아요. 다음에는 바탕칠하는 법을 가르쳐줄게요."

"좋아요."

사라가 붓을 들고 창가에 서서 장례식 풍경화를 돌아본다. 그녀는 작업복 소매에 붓끝을 닦아 말린다. "토마스, 이리 와서 이거 어떻게 생각하는지 말해줄래요?"

사라는 자기가 이름을 부를 때마다 토마스의 얼굴이 환해진다는 사실을 눈치 챈다. 토마스가 모자를 손에 들고 창문 쪽으로 천천히 걸어온다. 사라는 그림이 토마스의 마음에 들기를 자신이 얼마나 바라는지 깨닫는다. 그녀는 귀에서 울리는 심장 박동 소리를 듣고 깜짝 놀란다. 토마스가 고개를 돌려 캔버스를 보는 순간 표정이 진지해지고, 정말 슬픈 표정이 그의 이목구비에 그늘을 드리운다. 토마스는 사라가 가르쳐준 대로 얼굴을 그림 가까이 가져가서 붓놀림을 자세히 관찰하더니 다시 약간 떨어져서 전체적인 인상을 감상한다.

"흐룬 씨에게 드리기 전에 흐릿에게 가져가서 보여줄 생각이에요. 흐릿이 좋아할까요?"

토마스의 입이 쓴 아몬드를 삼킨 것처럼 비뚤어진다. 사라는 최악의 결과가 나올까봐, 몇 달이나 고생해서 대단한 실패작을 완성했을까봐 두렵다.

토마스가 말한다. "저는 전문가가 아닌데요."

"당신도 눈이 있잖아요, 안 그래요? 그리고 심장과 머리도 있죠." 그녀의 목소리에 분노가 살짝 드러난다.

토마스가 가볍게 타이르는 듯한 시선으로 그녀를 보더니 다시 그림을 바라본다. 그는 여러 각도에서 그림을 보면서 매번 고개를 갸웃거리고 입술을 깨문다. 마침내 토마스가 조용히 말한다. "우리는 지금 아주 높은 곳에서 내려다보고 있는 거죠. 어떻게 그렇게 했어요?"

"탑에 올라가서 스케치를 했잖아요."

토마스가 침을 삼키고 가슴 앞에서 팔짱을 낀다. "내 손에 추위가 느껴지는 것 같아요."

"그것밖에 할 말 없어요?"

"저는 감정을 느끼는 건 배웠지만 표현하는 법은 배우지 않았어요."

"하지만 제가 무슨 말이든 해보라고 한다면 뭐라고 하겠어요?"

그림을 물끄러미 바라보는 토마스의 옆모습은 감동을 받아서 기도를 드리려는 사람이라고 해도 믿을 정도이다. "흐릿을 울릴 거예요." 그가 말한다. "제가 본 것 중에서 가장 슬프고 가장 아름다운 그림이에요."

사라는 토마스를 향한 애정과 고마움에 압도당한다. 그가 고개를 돌려 사라를 보더니 그녀의 시선에서 새로운 것을 발견한 것처럼 깜짝 놀란다. 토마스가 바닥을 내려다보고, 손으로 모자 테두리를 만지작거린다. 사라는 토마스가 그녀에게 수줍게나마 구애하고 있는 건지도 모르겠다는 생각을 처음으로 하게 된다. 그 모든 캔버스들이 전략이었고, 그녀 곁에 있기 위해서 스물네 개의 사이즈를 완벽하게 바른 것이 핑계였을지도 모른다고. 사라는 가슴 속에서 숨이 조이는 것을 느낀다.

토마스가 말한다. "그럼 내일부터 바탕칠 수업을 할까요?"

"그래요." 사라가 말한다. "내일 여기로 올라와요, 내일부터 시작하죠."

토마스가 입술을 깨물며 얼굴에 떠오르는 미소를 억누르고, 약간 경쾌해진 걸음으로 문 쪽으로 걸어가더니 밖으로 나가 문을 닫는다.

맨해튼

1958년 10월

한 달 동안의 저녁 식사, 점심 식사, 오후 시간의 영화, 미술관 산책. 그러나 엘리는 제이크가 주말여행을 가자고 할 때까지 그의 의도가 무엇인지 확신하지 못한다. 가을이 되자 엘리는 제이크와 뉴욕 주 북부로 골동품을 사러 가서 올버니에서 하루 묵고 오기로 약속한다. 제이크가 토요일 아침 일찍 그녀의 아파트로 데리러 와서 정오가 되기 전에 이스테이트 세일(estate sale)*과 골동품 가게를 둘러보기로 한다. 날씨가 바뀌었다. 여름날처럼 더운 가을 날씨는 서늘한 아침과 추운 밤에 자리를 내준다. 엘리는 목도리를 두르고 무거운 양모 외투를 입는다. 그녀는 제이크를 기다리는 동안 짐을 한번 더 확인하다가 주말여행용으로는 여행 가방이 너무 크다는 사실을 깨닫는다. 딱 맞는 사이즈의 여행 가방은 졸업 후에나 누릴 수 있을 사치, 그녀가 열심히 노를 저으며 향하고

---

* 이사를 하거나 그 집에 살던 사람이 세상을 떠났을 때 가구를 비롯한 물건들을 정리해서 파는 개인 판매전.

있는 머나먼 해안 같다.

노크 소리에 엘리가 나가 보니 제이크가 갈색 종이와 테이프로 포장한 그림을 들고 있다.

"이게 뭐예요?" 그녀가 묻는다.

"당신이 새로 시작할 일. 세척을 하고 손도 좀 봐야 해요."

"살짝 봐도 될까요?"

"당신이 돌아올 때까지 기다리고 있을 테니 걱정 말아요." 제이크가 엘리의 손을 잡고 몸을 숙여 뺨에 입을 맞춘다. "올버니의 미망인들에게 다른 사람들보다 먼저 가야죠. 미망인들이 네 시부터 일어나서 골동품 사냥이라는 유서 깊은 승부를 준비하고 있다고요."

엘리가 미소를 짓고 현관문 옆에 그림을 내려놓는다. 제이크가 그녀의 여행 가방을 들지만 크기에 대해서 아무 말도 하지 않고, 엘리는 그 점을 고맙게 생각한다. 제이크가 먼저 복도로 나간다.

길가에 서 있는 제이크의 짙은 파란색 시트로앵은 아침 햇살을 받으니 냉소적으로 보인다. 경사진 후드와 반들반들한 전조등 때문에 두려운 것이 없는 상어와도 같은 우아함이 느껴진다. 엘리는 시드니 항에서 가끔 아빠의 페리를 따라다니던 회색 수염상어를 떠올린다. 두 사람은 지금까지 택시를 타고 다녔기 때문에 엘리는 그의 차를 처음으로 보는 것이 꼭 그의 새로운 면을 보는 것처럼 중대한 일로 느껴진다. 제이크가 자동차 트렁크에 엘리의 여행 가방을 넣고 나서 두 사람은 차에 오른다. 제이크가 시동을 걸자 자동차가 부르르 떨더니 폐렴 환자가 내쉬는 한숨 같은 소리를 내며 몇 센티미터 정도 올라간다. 엘리가 제이크를 보자 그가 싱긋 웃는다. 제이크가 말한다. "사람들은 이걸 보고 차가 무릎을 꿇는다고 표현하죠." 곧 그가 운전할 때 쓰는 장갑을 낀 다음 경적을 가볍게 누르고—프랑스인의 콧소리 같다—두 사람은 도로로 나간다.

"차 어때요?" 제이크가 묻는다.

엘리는 자동차, 음악, 두 사람이 먹는 요리의 절반 정도는 전혀 모르지만 제이크가 무슨 일이든지 자신의 의견을 묻는 것이 좋다. 그녀는 틀로 찍어낸 대시보드, 바늘처럼 가느다란 눈금판과 시계처럼 생긴 주행거리계가 달린 계기판을 바라본다. 운전대의 살은 하나밖에 없고, 브레이크는 페달이라기보다 누르는 버튼처럼 생겼다. "엔지니어가 만든 건지 아방가르드 무대 미술가가 만든 건지 모르겠어요."

엘리가 보기에 제이크는 이 대답이 마음에 드는 것 같다. 정당하고 재치 있는 평가라고 생각하는 듯하다.

그가 말한다. "프랑스 사람들은 자동차에 연극적인 요소를 즐겨 넣죠. 자동차에 영혼을 담는 거예요. 시트로엥이 전쟁 당시 프랑스 레지스탕스에 참여했던 거 알아요? 나치에게 트럭을 팔았지만 휘발유 재는 막대의 기준점을 낮춰놓아서 트럭이 들판에서 멈추고 엔진이 다 타버리게 했죠."

"이 차가 벌써 마음에 드네요."

두 사람은 고속도로를 타러 36번가로 향하면서 배관용품 가게와 판지로 막아둔 꽃집, 녹슨 계단을 지나간다. 차에 타서 바깥을 내다보니 엘리는 프롤레타리아의 삶을 구경하는 귀족이 된 기분을 느끼지 않을 수가 없다. 제이크는 운전용 모카신을 신고 있는데, 그것은 새끼염소 가죽으로 만든 운전용 장갑, 시곗줄과 같은 가죽으로 만든 것이다. 엘리는 늘 제이크의 차림새를 눈여겨본다. 다른 남자가 그런 액세서리를 했다면 지나치게 멋을 부리는 것처럼 보이겠지만, 제이크가 하면 자연스럽고 남자다워 보인다. 가끔 제이크의 옷차림과 버릇을 보면 자신이 서툴고 초라하게 느껴지기도 했지만, 대체로 그의 손놀림을 보는 것이 좋았다. 느리지만 정확한 손짓, 엘리가 늘어놓는 그림 이야기를 들으며 가슴 앞으로 편안하게 팔짱을 끼는 모습. 엘리가 창밖을 내다보자 한 여윈 남자가 문간에 기대어 서 있고 거리를 감싸고 있는 이른 아침 햇살 속에 그의 입김이 피어오른다. 엘리는 부모님과 조부모님 그리고 더보와 브로큰 힐에서 열심히 일해서 겨우 살아가는 친척들을 떠올리며 자신이 제이크 앨퍼트라는 네덜란드계 미국 명문가 남자와 시트로앵을 타고 있는 것이 얼마나 말이 안 되는 일인지 생각을 한다. 제이크의 가족은 바로크와 로코코 시대의 그림을 대대로 물려주고, 엘리의 가족은 색이 바래진 기념 숟가락 세트와 래커 칠을 한 벽걸이 숟가락 진열대를 대대로 물려준다. 패러매타 강이 항구로 흘러가는 곳에 정박한 녹슨 유조선들이 보이는 부엌 창문 위에 걸린 그것들은 엄마의 자랑거리이자 기쁨이다.

두 사람은 북쪽으로 달리면서 어린 시절의 업적과 비행(非行)에 대해서 이야기한다.

제이크가 말한다. "주말이면 아버지가 말을 타기 전에 내가 말한테 사과를 먹이곤 했어요. 말이 너무 무서워서 손바닥을 쫙 펴고 거기 서 있는 것만으로도 용기를 쥐어짜내야 했지만. 내 손에 닿는 그 부드러운 주둥이가 아직도 느껴지는 것 같아요."

"말이 경쟁자였군요." 엘리가 말한다. "당신은 말의 배에 가스가 차서 그 짐승이, 즉 당신 아버지가 고통을 겪기 바란 거예요. 제가 보기엔 완벽하게 들어맞는데요?"

제이크는 즐거운 듯 웃음을 터뜨리고, 가죽 장갑이 가을 햇살을 받아 호두 색으로 변한다.

엘리가 말한다. "난 기숙사에 살 때 틈만 나면 가게에 물건을 훔치러 갔어요. 롤리—사탕 말이에요—랑 배터리를 훔쳤죠. 또 침대 밑에 트랜지스터라디오를 숨겨 놓고 소등 시간이 지난 뒤에 「우리 음악일까요?」라는 멋진 프로그램을 들었어요. 이름 없는 오스트레일리아 작곡가와 무명의 유럽 작곡가의 클래식 곡을 틀어주는 프로그램이었죠. 그러면 청취자들이 전화를 걸어서 어느 곡이 누구 건지 맞추는 거예요. 사람들은 거의 항상 더 좋은 곡을 유럽인이 만들었다고 생각했어요."

"그게 오스트레일리아에 대해서 뭘 알려주는 걸까요?"

"우리가 자기 재능을 믿지 않는다는 사실을 알려주죠. 외국의 것, 이국적인 것은 자동적으로 더 좋고 세련되었다고 생각하는 거예요."

두 사람은 캣스킬 산의 황금빛과 황갈색 나뭇잎들 사이를 달리고, 석조 법원 청사와 붉은 벽돌로 지은 소방서가 있는 작은 마을에 차를 세운다. 엘리는 북부 사람들의 옷차림이 뉴욕 시와 다르다는 사실을 알아차린다. 남자들은 모자에 멜빵 달린 바지 차림이고, 여자들은 갈색 양모 원피스를 입고 있다. 하얗게 칠한 정자 같은 무대가 있고 널찍한 길에 늘어선 버드나무가 가지를 드리운다. 시트로앵이 뒷골목을 지나자 몇몇 마을 사람들이 쳐다본다. 문을 닫는 골동품 가게와 이스테이트 세일을 찾아서 깊숙이 침투한 외지의 약탈자. 두 사람은 오래된 교회의 문과 장식 문양이 들어간 창, 먼지투성이 산처럼 쌓아둔 페르시아산 깔개를 바라본다. 엘리는 미술 작품을 자세히 살펴보지만 대부분 장식품이고 가치는 별로 없다. 바다 풍경화, 강 풍경화, 엄한 목사들과 귀족적인 아내들의 초상화.

정오가 되자 날이 따뜻해진다. 두 사람은 라디오를 틀고 창문을 연 채 다음 마을로 향하고, 제이크의 장갑 낀 손이 자동차 문을 톡톡 두드리자 엘리는 그가 말 옆구리를 톡톡 두드리는 모습을 떠올린다.

한 마을에서 다음 마을을 향해 허드슨 강가를 달릴 때 제이크가 말한다. "우리가 만든 네덜란드 여성화가 그림 목록에 대해서 생각해 봤는데요. 더 포스를 먼저 사고 싶습니다. 멋질 것 같지 않아요?"

엘리가 풍경을 내다보며 늘어선 나무 때문에 정오인데도 황혼처럼 흐릿한 작은 골짜기를 빤히 바라본다. 자동차가 햇살 속을 달리다가 나무 밑 구릿빛이 도는 짙은 초록색 속으로 들어간다. 순식간에 기온이 10도나 떨어졌다가 햇볕이 다시 나오자 따뜻해진다. 엘리는 곧 시작될 카운트다운에 대해서, 작은 죽음에 대해서 밤낮으로 생각한다. "멋질 거예요." 엘리가 아무렇지 않게 말한다. 기분이 약간 가라앉고 조금 어지럽다. 그림을 복원하느라 여덟 시간 연속으로 서서 아세톤 냄새와 정밀한 작업을 하면서 쌓인 피로가 갑자기 칼날처럼 머리로 몰려올 때가 떠오른다. "찾을 수만 있으면요." 그녀가 말한다.

제이크가 라디오 다이얼을 돌리자 붉은 바늘을 움직이고 지지직거리는 잡음이 커졌다 작아졌다 한다. "여기저기 조심스럽게 알아보는 중이에요. 비슷한 수집가들에게 소문을 퍼뜨리는 거죠."

엘리가 눈을 가늘게 뜨고 나무들을 보면서 형태와 색을 분리시킬 수 있도록 눈에서 힘을 뺀다. 그녀는 목소리를 가라앉히려고 침을 삼킨다. "그것도 제 업무가 될 수 있어요, 당신이 원한다면요. 개인 소장품을 찾아보고 문의 편지를 쓰는 거죠."

긴 침묵이 흐른다.

"당신의 업무란 말이죠." 마침내 제이크가 고개를 돌리지 않고 말한다. "당신은 이걸 그렇게 생각하는 겁니까?"

얼룩덜룩한 침묵의 순간이 흐르고, 열린 창으로 공기가 빨려들어왔다가 휙 소리를 내며 나간다.

그가 말한다. "이번 주말이 지나면 항목별로 정리한 청구서가 나오겠군요. 내 사서함으로 보내요, 알겠죠?"

엘리는 제이크의 말이 너무 비열하게 들려서 충격을 받는다. 굽은 길을 돌자 겨울이 벌써 강둑을 반들반들하게 만들고 느릅나무를 앙상한 부조로 바꾼 것처럼 보인다. 엘리가 계기판 쪽으로 손을 뻗어 운전대를 쥔 그의 손을 잡자 그녀의 손바닥에 가죽의

결이 따뜻하게 닿는다. 엘리는 위로나 동정을 하고 싶은 것이 아니기 때문에 그의 손등을 톡톡 두드리지 않으려고 조심한다.

"그렇게 보지 않아요." 엘리가 말한다. "이젠 아니에요."

엘리가 손을 거두지만 그녀의 말이 남아 허공에서 타오른다. 엘리는 자신이 뭔가를 넘겨준 것인지, 요구한 것인지 혼란스럽다. 그의 표정이 부드러워진다.

제이크가 말한다. "내 말이 경솔했어요. 용서해요."

엘리가 가벼운 분위기를 되찾으려고 애쓰며 말한다. "벌써 잊어버렸어요. 자, 점심 전략을 짤까요?"

제이크가 가속 페달을 밟자 시트로앵이 한 옥타브 높은 소리를 내며 쭉 뻗은 회갈색 들판을 지나 바위가 울퉁불퉁한 언덕을 따라서 보라색과 흐릿한 그림자 속을 달린다.

두 사람은 늦은 점심을 먹으러 가정집에서 운영하는 식당에 들린다. 포치에 방충망이 달린 커다란 빅토리아 양식 주택이다. 흰 식탁보를 씌운 테이블이 몇 개 놓인 임시 식당으로, 뒷마당의 시냇가에는 피크닉 테이블과 나무 의자가 놓여 있다. 두 사람은 포치의 등나무 테이블에 앉아서 샌드위치와 차우더 스프를 먹은 다음 제이크가 담배를 피울 수 있도록 흔들의자가 늘어선 곳으로 자리를 옮긴다. 엘리는 두 사람 사이에서 뭔가가 바뀌었음을 느끼며 이제 어떻게 될까 생각한다. 그녀는 남자들의 헤아릴 수 없음은 수수께끼 같은 것이라기보다는 읽을 수 없는 것이라고 생각한다. 엘리는 나무를 바라보며 연기를 내뿜는 제이크를 바라본다. 그는 자신의 어린 시절이 바로 그 공터에 있다는 듯이, 숲에서 트럼펫으로 음계를 연습하는 십대 아이를 보는 것처럼 중경(中景)을 보고 있다. 그는 나처럼 생각에 잠기는 사람이라고 엘리가 생각한다.

올버니의 오래된 네덜란드인 정착지에서 두 사람은 금방이라도 1에이커의 부드러운 이끼 덮인 땅으로 가라앉을 듯한 3층 집의 이스테이트 세일을 발견한다. 한낮이라 괜찮은 것들은 전부 팔리고 없다. 죽은 사람의 아들인지 조카가 헐벗은 나무 바닥을 가로질러서—깔개는 전부 한 사람이 사 갔다—남은 물건들을 보여준다. 세월과 낡은 코펄 바니시 때문에 심하게 흐릿해진 19세기 유화 몇 점, 퀘이커 교도가 쓸 법한 찬장과 도자기 장식장, 일부는 마분지 상자에 쌓아둔 작은 장신구들. 제이크가 집 안을 둘러봐도 되느냐고 묻자 상속자는 느긋하게 둘러보라고 말한다. 꼭대기 층으로 올라가자 햇볕에 바래고 동굴 같은 방들이 있고 나무 꼭대기보다도 높다. 거대한 침실 중앙을 차지하고 있는 것은 기둥 네 개의, 연철 장식과 조각이 새겨진 단단한 마호가니 침대가 차지하고 있다. "임종의 침상이군." 제이크가 엘리에게 속삭인다. 그녀가 벽에서 풍경화를 떼어내서 솔기를 자세히 살피고 그림을 기울여 빛에 비춰본다. 그런 다음 뒤집어서 뒷면을 자세히 살피면서 경매장에서 쓴 듯한 파란색 분필 자국과 안감을 새로 댄 상태를 해독하려고 애쓴다.

제이크가 작고 하얀 모자이크 벽에 발 달린 욕조가 있고 구리 파이프가 드러난 바로 옆 욕실로 그녀를 부른다. 병에 걸렸다가 나아가는 회복 기간에 있는 듯한 분위기, 새하얀 오후에 따뜻한 온천을 하는 듯한 분위기이다. 욕조 위의 창은 잔금이 가고 작은 나선무늬가 있어서 올버니의 스카이라인이 일그러져 보인다. 엘리는 제이크에게 일그러진 유리를 통해서 보이는 풍경이 피카소의 「럼주 병이 있는 정물」이 생각나게 한다고 말하고 싶다. 그녀는 제이크가 좋아할 것이라는 것을 안다. 하지만 엘리는 그렇게 말하는 대신 몸을 기울여 한쪽 발을 욕조에 넣고서 낡은 유리가 시야를 왜곡하고 오후의 색채를 증폭시키는 것을 감상한다. 허리에 제이크의 손이 느껴졌을 때 가장 먼저 떠오르는 것은 올 것이 왔구나 라는 생각이다. "조심해요." 그가 말한다. "바닥이 다 썩은 거 같아요. 욕조가 당장 1층으로 떨어질 수도 있어요." 하지만 엘리가 몸을 펴고 돌아설 때까지 그의 손은 그곳에 머물러 있다. 엘리가 욕조 안에서 똑바로 서자 제이크 앨퍼트가 창문으로 들어오는 입체파 그림 같은 빛 속에서 눈을 깜빡이며 그녀에게 입을 맞추려고 몸을 숙인다. 엘리는 요오드와 목욕용 소금 냄새가 희미하게 나는 욕실이라니, 참 이상한 순간을 선택한다고 생각한다. 그녀는 이 역시 헤아릴 수 없음의 일부라고, 적당한 때를 모르는 남자들의 특성이라고 생각한다.

입맞춤은 차분하고 플라토닉한 느낌이지만 그의 손이 그녀의 허리에 놓여 있고, 그가 엄지손가락을 치마 주머니에 걸더니 그녀를 잡아당긴다.

엘리가 말한다. "언제 이렇게 될까 생각했어요." 그리고 잠시 후에 덧붙인다. "아니면 이런 일이 생기기는 할까 생각했죠."

제이크가 그녀에게 초점을 맞추려고 몸을 뒤로 뺀다. "나도요."

갑자기 엘리가 욕조에 누워 매끄러운 모서리에 양손을 올린다. 옷을 입은 채 욕조에 눕자 외투의 새틴 안감이 흰 에나멜과 대비되어 새파랗게 보인다. 그녀가 스텐실 천장을 올려본 다음 창밖을 내다보며 말한다. "커다란 욕조를 가진 노인이 되는 게 그렇게 나쁘진 않을 거예요. 난 어렸을 때 집에서 벗어나려고 욕조에 앉아서 몇 시간 동안이나 책을 읽곤 했어요. 열한 살이 되었을 때, 나는 브론테 자매들과 물속에 잠겨 있었죠. 책장은 쪼글쪼글해진 손가락과 발가락처럼 상했어요. 제 마음 속에서 문학 속의 멋진 장면들은 모두 물기가 어려 있어요. 물속에서 뛰는 제 심장 소리에 맞춰서 펼쳐졌죠."

"사춘기도 되지 않은 당신이 알몸으로 욕조에 있는 모습을 상상해도 되는지 모르겠군요."

"그러게요." 엘리가 그를 보지도 않고 말한다.

삐걱거리는 나무 계단을 올라오는 발소리가 들리자 엘리가 손을 내밀고 제이크가 욕조에서 나오는 그녀를 도와준다. 엘리가 옷을 가다듬고 두 사람이 다시 침실로 나가자 팔에 외투를 걸친 중년 남성과 여성이 안으로 들어오고, 두 사람 모두 예의바르게 미소를 짓는다. 남자가 제이크에게 말한다. "괜찮은 것 좀 찾으셨습니까?" 제이크가 말한다. "아직 찾는 중입니다." 두 사람이 다시 복도로 나가서 계단을 내려갈 때 엘리는 뒤따라오는 제이크를 느낀다, 그의 손이 그녀의 등에 살짝 닿아 있다. 엘리는 **모든 것이 변했어**라고 생각한다.

제이크가 예약한 호텔은 가족이 운영하는 곳으로, 막다른 골목의 크고 햇볕이 잘 드는 튜더 양식의 저택이다. 체크인 절차에는 가벼운 심문과 과장된 담소가 섞여 있다. 남편은 셔츠 차림이고 아내는 앞치마를 두르고 있다. 여자는 가느다란 뼈가 앙상하게 드러난 손으로 계속 옷을 쓸어내리며 밀가루를 털어낸다. 그녀는 냉동 체리로 파이를 만들었다고 말하고, 그러자 남자는 맞다는 듯이 고개를 끄덕인다. 엘리는 부부들이 세상을 지배한다고 생각한다. 미혼의 여자들은 지식과 책의 즐거움에 몰두하다가 여성성을 잃고 좋은 학자가 된다. 세상은 그녀들에게 애초에 신경도 쓰지 않던 작은 영역을 내어준다. 카운터에는 방 열쇠가 하나밖에 없고, 호텔 안주인이 아침식사 시간과 방에 비치된 보드게임에 대해서 이야기하는 동안 엘리는 그 열쇠를 물끄러미 바라본다. 호텔 주인은 나뭇잎을 치우러 가봐야 한다며 물러나고 곧 두 사람은 계단을 올라간다. 제이크가 문을 열자 각각 처마 밑에 놓인 트윈 침대 두 개가 보이고, 분위기가 약간 어색해진다. 제이크는 눈치 채지 못한 듯하다. 엘리는 방을 살펴보고 제이크는 아래층으로 내려가서 자동차에서 여행 가방을 가지고 온다. 욕실은 라벤더 향이 나는 수건, 가구 위에 놓인 장식용 깔개와 장식 가구로 가득하다. 수놓은 천으로 여분의 화장지까지 가려놓았다. 엘리가 욕실에서 나올 때 제이크가 여행 가방을 가지고 들어오는 소리가 들린다.

그가 말한다. "짐 풀고 와인 한 잔 하죠. 어때요?" 엘리는 제이크가 침대 하나에 자기 여행 가방을 내려놓고 여는 모습을 지켜본다. 엘리가 부자들에 대해서 짐작하던 모든 것이 실크 안감을 댄 가방 안에 들어 있다. 신중하게 정리된 넉넉한 공간, 태슬 지퍼가 달린 각각의 칸에 정리된 여유로운 삶. 수제 셔츠, 바지, 이탈리아 산 로퍼 한 켤레와 깔끔하게 갠 양말, 가죽 면도기 케이스. 그는 노란 캐시미어 스웨터로 싼 최고급 레드 와인을 꺼내지만 엘리는 여전히 그의 여행 가방 안 내밀한 성소를 바라보고 있다. 엘리의 여행 가방은, 엄마가 좀약을 넣고 둘둘 만 웨딩드레스를 넣어서 옷장에 간직하고 있는 가루가 떨어지는 초록색 가방과 약간 비슷하다. 제이크가 욕실 세면대에서 컵을 두 개 가지고 나오더니 챙겨온 코르크 따개로 병을 딴다. 엘리는 여행 가방 안에 코르크 따개 전용 주머니가 있을 것이라고 확신한다.

엘리가 자기 가방을 남은 침대에 올리지만 열지는 않는다. 제이크가 그녀에게 와인을 한 잔 건넨다. 컵에 47년산 부르고뉴 와인을 담아서 마시는 이 몸짓조차도 미리 연습한 것 같고, 해본 적이 있는 것 같다. 엘리는 그렇기 때문에 부자들이 자기비하에 능숙한 것인지도 모른다고 생각한다. 그들의 완벽한 복장과 집과 삶을 상쇄하기 위해서 말이다.

두 사람은 난롯가의 안락의자에 앉아서 와인을 마신다.

"난로에 불을 피울까요?" 제이크가 묻는다.

"아직 괜찮아요. 저녁 식사 전에 산책이라도 해요."

엘리는 와인을 너무 빨리 마셔서 붉어지는 귓불을 느낀다.

제이크가 말한다. "방을 같이 쓰는 게 불편하지 않으면 좋겠는데, 다른 방은 다 예약이 차서요."

"괜찮아요." 엘리가 말한다. "핀으로 담요를 고정시켜서 방을 둘로 나눌 거예요."

엘리는 제이크가 이처럼 친밀해지는 초석을 두려고 이 오후가 오기 전에, 그보다 일찍 입맞춤을 해야겠다고 미리 계획했을까 생각해본다.

"당신이 원하면 난 욕조에서 자도 돼요."

"그러면 고맙겠네요."

제이크가 자기 잔을 내려다보면서 얼핏 미소를 짓더니 와인을 한 모금 더 마신다.

그들은 저녁 식사에 대해서, 올버니에서 보내는 밤은 어떨지 이야기를 나누려고 하지만 대화는 머뭇거리다가 긴 침묵으로 이어진다. 엘리는 전혀 우아하지 않은 이 상황에서 제이크가 안락의자에서 어떤 식으로 일어날까 생각한다. 그는 엘리의 잔을 채워주려고 자리에서 일어날 것이고, 그런 다음 아마도 그녀의 잔을 잡고 몸을 숙여 다시 입맞춤을 할 것이다. 엘리는 디킨스도 오스틴도 그 이후의 모든 소설가들 역시 다 같은 문제를 안고 있었다고 생각한다. 어떻게 해서 인물이 방으로 들어가거나 나가도록 할 것인가, 어떻게 의자에서 일어나거나 앉도록 만들 것인가하는 문제 말이다. 화가는 그런 문제가 없다. 엘리는 두 사람이 몇 달 동안 이 순간—흘끔거리는 눈길과 넌지시 비추는 암시가 반짝거리는 길—을 향해 다가왔음을 알지만 이제 이 순간이 되자 엘리는 찌를 듯한 두려움을 느낀다.

두 사람이 두 번째 잔을 반 정도 마셨을 때 마침내 제이크가 일어난다. 어떤 핑계도 구실도 없다. 엘리가 일요일에 블루마운틴스로 시골 드라이브를 가는 것에 대해 말하려고 문장을 생각하고 있을 때 그가 의자에서 일어난다. 꼴사납고 억제되지 않은 충동이다. 제이크는 자신의 잔을 넘어뜨릴 뻔한다. 그가 선 채로 키스를 했기 때문에 엘리는 목을 길게 빼고, 그의 와인향 나는 숨결이 그녀의 입으로 들어오고, 죽은 여자의 결혼반지를 낀 그의 손이 그녀의 머리를 감싼다. 키스에 응답하면서 목이 꺾일 것 같다고 무언의 뉘앙스나 텔레파시로 그에게 알릴 수 있는 법은 아무도 말해주지 않는다. 엘리가 일어서려고 하지만 제이크가 그녀를 꼼짝 못하게 누르는 것 같다. 입맞춤이 서서히 끝나가면서 그가 그녀의 블라우스 안에 손을 넣고 단추를 잡아당기고, 엘리는 그의 뜨거운 손바닥에서 세차게 뛰는 자신의 심장을 느낀다. 다시 한 번, 이상한 때를 골랐다는 생각이 든다. 부자연스럽고 뭔가 어긋난 타이밍이다. 이 순간을 깨뜨리려고 엘리가 그의 손목을 잡자 제이크가 약간 힘이 빠지면서 몸을 펴고 다시 안락의자로 돌아가서 와인을 마신다.

이 관능적인 이야기들이—앞으로 더 일어난다면—벌써부터 힘들다. 엘리는 그냥 끝났으면 좋겠다. 아예 다음 계절로 넘어가면 좋겠다. 엘리가 두 잔째 와인의 반 정도를 마시고 말한다. "제 아파트에 왔던 첫날 밤, 남자 경험이 많은지 물었었죠."

제이크가 창밖을 보던 시선을 돌리지만 아무 말도 하지 않는다.

엘리는 억지로 그를 똑바로 바라본다. "정말 알고 싶다면, 사실 전 남자와 함께였던 적이 한번도 없어요. 아무튼 정식으로는요." 엘리는 다아시 씨가 엘리자베스 베넷과 처음으로 춤을 추는 장면을 읽었던, 그녀의 쭈글쭈글한 손이 떨렸던 열한 살로 돌아간다.

"당신이 처음이에요."

제이크는 엘리의 눈을 보는 대신 빽빽하게 짠 깔개를 바라보면서 방금 먼 사촌이 죽었다는 소식을 전해들은 사람처럼 눈을 깜빡이고 진지하게 고개를 끄덕인다. "전혀 몰랐어요." 그가 똑바로 앉으며 말한다. "하지만 그렇겠군요. 당신은 결혼한 적이 없으니……."

분위기가 너무 진지해서 엘리는 미칠 것 같고 굴욕감이 구역질처럼 몰려온다. 엘리가 와인을 머금고 몇 초 동안 혀로 느끼자 겨우 말을 할 수 있게 된다. 그녀는 제이크의 머리 뒤편의 거무스름해지는 벽지를 바라보며 말한다. "내가 아는 여자들은 대부분 이미 순결을 잃었어요. 저는 늦은 셈이죠. 그걸 뭐라고 표현하죠?"

"경주? 파티?"

"그런 거요."

검게 갈라진 틈 같은 창문. 엘리는 이제 불을 피우면 좋겠다고 생각한다. 적어도 두 사람이 바라볼 것이 생길 테니. 영원과도 같은 침묵이 방을 삼킨다. 결국 그녀가 말한다. "아무 말도 하지 말걸 그랬어요."

"아니, 아니에요. 말해줘서 기뻐요. 저한테는 큰 의미예요."

제이크가 무슨 말을 더 하려는 듯하지만 생각이 길을 잃고, 이제 그는 어두워진 창밖을 바라보며 목 옆쪽을 긁는다.

엘리는 소리를 지르고 싶다.

그 대신 엘리는 이렇게 말한다. "저녁 먹기 전에 목욕을 하고 몸단장을 좀 해야겠어요."

"아주 좋은 생각이에요." 제이크가 말한다. "나는 주변 산책 좀 하고 올게요." 그가 양손으로 의자를 밀며 몸을 일으킨다. "30분 이면 준비가 되겠죠?"

두 사람 모두 그가 무엇을 묻는지 알고, 엘리는 이 질문이 자신을 관통하는 것을 느낀다. 그의 얼굴에 비치는 것이 체념일까, 다정함일까? 엘리는 왜 짐작이 가지 않을까?

온갖 충동을 억누르며 그녀가 말한다. "준비될 거예요."

제이크가 침대로 조심스럽게 가서 방한 재킷을 챙겨 문으로 간다. 불빛이 밝혀진 복도에서 그가 마지막으로 엘리를 한 번 바라본 다음 문을 닫는다.

엘리는 침대 옆에서 낡은 여행 가방을 열고 어제 맨해튼에서 산 네글리제와 레이스 속옷을 꺼낸다. 얇은 종이에 싸여서 흰색 종이 상자에 넣어진 이것들을 들고 그녀는 브루클린으로 가는 지하철을 탔고, 다른 승객들이 상자 안에 무엇이 들어 있는지 알 것이라고 생각했다. 내가 좋아서 지금까지 지킨 거예요. 그녀는 사람들에게 이렇게 말하고 싶었다. 엘리가 세면도구와 화장품이 든 가방을 욕실로 가지고 들어가서 욕조에 물을 받는다. 물이 따뜻해지는데 영원처럼 긴 시간이 걸리는 느낌이지만, 곧 엘리는 비누칠을 한 다음 냉동 체리로 요리를 하는 아래층의 주부가 세면대 근처에 놔둔 금속 대야로 헹궈낸다. 김이 낀 거울 앞에 알몸으로 서서 축축한 손으로 거울을 닦자 자신의 모습이 보인다. 머리카락은 적시지 않았기 때문에 브러시로 빗은 다음 머리카락을 모아서 변기에 넣은 다음 잊지 않고 물을 내린다. 엘리는 수건으로 몸을 감싸고 방으로 들어가서 커튼을 친다. 네글리제를 입자 피부에 차갑게 닿는다. 그러나 레이스 속옷은 즉시 편안하게 느껴지면서 매끄럽게 올라간다. 엘리는 물감이 묻은 목욕 가운을 가지고 와서 좀 걸치고 있었으면 좋았을 것이라고 생각한다. 사실, 엘리가 섹스를 상상할 때마다 그녀의 연인 뒤에는 커다란 창문이 있고 그의 몸이 이루는 선은 인상주의 그림 속 빛을 내는 물체처럼 흐릿했다.

엘리는 커튼 사이로 서쪽 하늘의 보라색과 주황색을 바라본다. 그녀가 침대를 정리하고 남은 와인을 잔에 따른다. 이제 엘리는 제이크가 돌아왔을 때 자기가 어디에 있으면 좋을지 몇몇 위치들을 시험해본다. 그의 침대 모서리에 앉을까, 안락의자에 기대어 앉을까, 창가에 서 있을까? 와인 덕분에 처음에 느꼈던 굴욕감은 흐릿해졌지만 엘리는 진정한 욕구를 느낀다는 것이 상상이 되지 않는다. 어디에 있어도 딱딱하고 과장되게 느껴진다. 엘리는 와인을 들고 의자에 앉아서 발톱이 길어진 것을, 또 여름이 지났기 때문에 팔에 난 털이 짙어졌음을 알아차린다. 그러고는 곧 알아차리지 않는 것이 좋았겠다고 생각한다. 덥고 햇살이 강한 계절이면 그녀는 레몬즙을 들고 비상계단에 나가 앉아서 팔과 두피를 문지르며 하얗게 만든다. 엘리는 와인을 다 마시고 기다린다. 창밖의 어둠이 부풀어오르고, 창문에 비친 엘리의 모습이 방 안을 들여다본다. 약간 당황한 듯한 이 도플갱어는 항상 그녀를 따라다닌다. 엘리는 제이크가 나가고 적어도 한 시간은 흘렀음을 깨닫는다.

다시 옷을 입고 그를 찾아갈 생각을, 네글리제 위에 외투를 입을 생각을 하니 상상하기도 힘들 정도로 의기소침해진다. 엘리는 이미 계절 끝물의 복숭아 한 바구니처럼 자신을 내주지 않았는가? 아니, 엘리는 기다릴 것이다. 그가 저 문으로 들어올 때까지 기다릴 것이다.

30분 후에 돌아온 제이크는 밤의 향기, 나무 연기와 축축한 나뭇잎 냄새와 함께 들어온다. 그는 사과도 하지 않고 말없이 엘리에게 다가와 손을 잡는다. 엘리가 일어서자 그가 주도권을 쥐고 있다는 것이, 그가 저녁샛별 아래 산책을 하면서 그녀의 순결을 빼앗을 전략을 짰음이 곧 분명해진다. 제이크는 그녀의 이마에 또 그녀의 입술에 키스를 하고 앙상한 어깨에 걸쳐진 네글리제 끈을 미끄러뜨린다. 네글리제가 부드러운 파문을 그리며 발치에 떨어진다. 그는 엘리의 쇄골에 입을 맞춘 다음 그녀의 가슴에 차례대로 부드럽게 입을 맞춘다. 엘리가 눈을 감자 제이크는 그녀의 배로 입술을 미끄러뜨리더니 속옷을 벗기고, 레이스가 그녀의 허벅지를 스친다. 엘리는 제이크의 옷을 벗기고 싶지만 그렇게 해도 되는지 몰라서 가만히 있는다. 그가 엘리의 손을 잡고 침대로 이끌더니 가장자리에 부드럽게 앉히고, 라벤더 색 침대보를 벗기자 충격적일 만큼 하얀 시트가 드러난다. 제이크가 엘리의 어깨에 손을 얹어 뒤로 밀어 눕히자 그녀의 몸이 그대로 드러난다. 엘리는 본능적으로 몸을 둥글게 말고 고개를 돌리고 싶다는 생각이 들지만 그렇게 하지 않고 다리에 힘을 뺀다. 그동안 제이크는 좁은 침대 옆에서 옷을 벗는다. 그 침대는 지붕창이 있는 방에 있는 어린이용이라고, 공상에 잠기기 좋아하거나 취미가 있는 소녀에게 딱 알맞은 것이라고 생각한다. 그녀는 다시 정신을 차리고 긴장하지 않으려고, 숨기지 않으려고 애쓴다. 엘리는 무릎과 차가운 발을 의식한다. 엄마의 발, 약간 크고 평평한 발. 제이크가 알몸으로 그녀에게 몸을 기대며 입술에 키스를 하고 한쪽 손으로 그녀를 누른다. 잠시 후 엘리가 손을 뻗어 그를 안는다. 솔직히 할 일이 필요하다. 가슴 속에서 부어오르는 심장과 달궈진 쇠처럼 뜨거운 목을 느끼면서 사랑하는 마음 반, 무서운 마음 반으로 다음에 일어날 일을 기다리는 것 말고 다른 할 일이 필요하다. 하지만 제이크가 그녀의 손을 부드럽게 쓸어 떨어뜨리고, 다른 손은 그녀의 허벅지 사이로 가져간다. 마침내 그가 엘리의 몸 위로 몸을 겹치자 그녀는 제이크의 무게를 느끼고, 그런 다음 모든 것이 갑작스럽게 일어난다. 제이크는 내내 아무 말도 하지 않는다. 엘리는 가벼운 말을 주고받으면 좋겠다고, 그가 그녀의 위에 올라가 있고 그녀가 개구리처럼 다리를 벌리고 손목이 침대보 위에 고정되어 있는 것이, 낯설다는 이야기라도 하면 좋겠다고 생각하지만 어떤 농담도 격려의 말도 없다. 엘리는 섹스를 할 때도 두 사람이 그들 자신이기를 바랐고, 혹은 그럴 것이라고 상상했고, 어쩌면 그럴 수도 있었다. 그러나 지금 그는 낯선 사람, 얼굴에 냉혹한 헌신의 표정을 떠올리고 있는 교회의 죄인이다.

몇 시간 뒤 엘리가 잠에서 깨자 방은 어둠에 삼켜졌고 제이크는 없다. 침대 옆 탁자에 놓인 시계를 보니 아직 아홉 시도 되지 않은 비교적 이른 시간이지만 한밤중과 같이 느껴진다. 엘리는 두 사람이 저녁을 먹지 않았음을 깨닫는다. 그녀는 닻줄이 풀린 것처럼 이상한 집으로 흘러와서—적어도 몇 초 동안은—설명할 수 없는 이유로 알몸으로 침대에 누워 있다는 느낌이 든다. 조금 전에 벌어진 일이 기억나자 엘리는 이미 숙취가 밀려오기 시작한 이마를 문지른다. 그녀는 자리에서 일어나 램프를 켠다. 아까 입었던 옷이 의자에 걸쳐져 있다. 허벅지에 닿는 치마의 거친 짜임이 무척 위안이 되고 브래지어 끈의 팽팽한 느낌에 무척 마음이 놓인다. 엘리는 외투를 걸치고 복도로 나간 다음 삐걱거리는 나무 계단의 가운데 깔린 카펫만 밟으려고 애쓰며 계단을 내려간다. 집 안쪽에서 냄비와 팬이 덜그럭거리는 소리가 들린다. 그녀는 신문을 읽거나 다른 손님과 체커 게임을 하는 제이크 앨퍼트를 발견하기를 반쯤 기대하며 거실과 뒤쪽 방을 들여다본다. 그러나 아무도 없다. 엘리가 부엌으로 들어가자 앞치마를 두른 안주인이 행주로 그릇을 닦고 있다. 여자가 뒤로 돌더니 문간에 있는 엘리를 보고 깜짝 놀란다.

"마지막 남은 설거지를 하고 있었어요. 몸이 안 좋으시다고 남편분한테 들었어요."

엘리는 혼란스러워서 눈을 깜빡인다.

"그 사람 보셨어요?" 그녀가 말한다.

"남편분이요?"

엘리가 그녀를 바라보며 고개를 끄덕인다.

"아니요. 외제 자동차가 진입로에서 나가는 소리는 들었어요. 시간이 꽤 지났는데, 서두르는 것 같았어요."

"고맙습니다." 엘리가 말한다.

그녀는 호텔 이곳저곳을 찾아보지만, 램프 불빛을 받은 체크무늬 가구들밖에 없다.

방으로 돌아온 엘리가 머리맡의 램프를 켜자 안구 뒤쪽에서 꺼끌꺼끌한 느낌이 난다. 제이크는 몇 시간 전에 나간 것이 틀림없다. 엘리의 마음속에서 여러 가지 가능성과 생각이 움직인다. 약국에 잠깐 갔거나 시골길에서 엔진이 고장난 걸까? 하지만 왜 엘리를 깨우거나 쪽지를 남기지 않았을까? 엘리는 잠을 깊이 자지 못하는 사람이므로 그는 분명 아주 조용하게 또는 욕실에 들어가서 불도 켜지 않고 옷을 입었을 것이다. 그녀는 흐트러진 침대에 앉아서 반대편 침대에 놓인 그의 여행 가방을 물끄러미 바라보다가 다가가서 뚜껑을 연다. 엘리가 그의 물건을 뒤지기 시작한다. 처음에는 옷을 옷장에 넣을 생각이다. 하룻밤 여행을 할 때도 옷장에 옷을 넣는 걸까? 엘리는 올바른 에티켓을 몰라서 그냥 모든 물건을 침대 위에 깔끔하게 정리한다. 그의 캐시미어 스웨터 밑에서 새끼염소 가죽으로 만든 너무 부드럽고 매끄러운 면도기 케이스를 꺼냈다. 꼭 따뜻한 몸에서 장기를 꺼내는 것 같다. 엘리는 물건을 전부 늘어놓은 다음, 가방 안쪽의 칸들을 손으로 쓸어보고 동전 몇 개와 떨어진 단추를 찾아서 그의 베개에 올려놓는다. 캐시미어 스웨터 옷깃 안쪽에 손바느질로 단 라벨이 있다. 212로 시작하는 전화번호도 같이 적혀 있다. 처음에 엘리는 맨해튼에 있는 유럽 남성복 가게의 이름—마르테인 더 흐로트—이 틀림없다고 생각한다. 그러나 파자마 윗도리에서 MdG라는 머리글자를 발견한 엘리는 마르테인 더 호로트가 업타운의 남성복 가게가 아니라 사람 이름임을 깨닫는다. 그녀는 글자와 숫자를 하나하나 해독하듯이 이름과 전화번호를 한참 동안 물끄러미 바라본다.

엘리는 종이에 숫자를 적은 다음 아래층으로 내려가서 안주인에게 맨해튼에 장거리 전화를 걸어도 되는지 묻는다. 안주인은 통화 시간을 재서 요금을 대충 계산할 수밖에 없다고 말한 다음, 책상 앞에 커다란 검은색 전화기가 놓인 사무실로 안내한다. 엘리가 수화기를 들고 교환원에게 전화를 부탁한다. 벨이 몇 번 울리자 남부 억양을 쓰는 나이 많은 여자가 받는다. "드 그루트 씨 댁입니다."

엘리가 어색하게 말한다. "제이크 앨퍼트 씨를 찾는데요."

뒤에서 개 짖는 소리가 들리고 여자가 말한다. "전화 잘못 거신 것 같군요, 아가씨."

"정말 죄송한데요, 거기 사는 분들이 누구시죠? 전화번호를 잘못 적었나 봐요."

"마티와 레이철 드 그루트 씨 댁입니다. 안녕히 계세요."

전화가 끊기고 수화기만 엘리의 손에 덩그러니 남아 있다.

엘리는 몇 시간에 한 번씩 깨서 천장을 바라보며 거의 잠을 이루지 못한다. 무감각하고 텅 빈 느낌이다. 엘리는 옷을 입은 채 텅 빈 여행 가방 옆에서 외투도 벗지 않고, 이불 위에서 잔다. 그의 물건이 마루에 온통 흩어져 있었지만 엘리는 어쩌다 그렇게 했는지 기억도 나지 않는다. 아침이 되자 엘리는 여행 가방 두 개를 조심스럽게 싸서 아래층으로 끌고 내려간다. 그녀는 방값과 전화비를 현금으로 내고 안주인에게 기차역까지 태워줄 수 있는지 묻는다. 여자는 엘리를 조심스럽게 위로하고, 남편에게 차를 가져오라고 하면서 민감한 상황이니 자신이 운전하겠다고 고집한다. 그녀는 엘리의 남편이 그녀를 두고 도망갔거나 그가 시체 안치소에서 발견된 것처럼 군다. 엘리는 그 **사람은 내 남편이 아니에요**라고 말하고 싶다. 바깥에는 비가 쏟아지고 있다. 여자는 기차역까지 제한속도보다 시속 15킬로미터는 느리게 운전하면서 자기 결혼생활의 문제를 털어놓는다. "가끔 일주일 정도 저한테 말도 하지 않아요. 기분이 나쁜 건지 뭔지 모르지만, 곧 다시 회복하죠. 처음에는 모든 것을 다 아는 게 아니지만, 중간쯤 되면 지나치게 많이 알게 돼요." 호텔 안주인이 승강장에서 엘리를 끌어안고, 가방 두 개를 기차에 안전하게 실어달라며 짐꾼에게 팁을 준다. 그녀는 엘리에게서 자신이 가까스로 피할 수 있었던 망가진 결혼생활을 본다. 안주인은 구겨진 티슈를 쥔 손을 배에 얹고 엘리에게 잘가라며 손을 흔든다.

엘리는 창가 자리에 앉아서 움직이는 풍경의 진솔함에 깜짝 놀란다. 다른 사람들의 인생이 깜빡거리며 흘러간다. 부슬비 속에서 비치는 전조등, 흠뻑 젖은 밭에서 흔들리는 트랙터, 지붕이 있는 역 벤치에서 샌드위치 하나를 나눠 먹는 커플. 똑같이 생긴 다섯 채의 흰색 농장 주택이 지나간다. 지난 밤 엘리는 잠에서 깰 때마다 주먹을 쥐고 있었지만 이제는 당황스럽고 배가 고파서 힘이 없다. 그녀는 어제 점심 이후로 아무것도 먹지 못했다. 시냇가의 흔들의자에 앉아 있던 광경은 벌써 베르메르의 그림처럼 부드러운 선으로 아득히 멀어지고 있다. 주변 시야에서 풍경이 흘러간다. 이름이 적힌 라벨과 머리글자가 아니었다면 엘리는 80킬로미터 내 모든 병원과 경찰서에 전화를 걸면서 지난밤의 절반을 보냈을 것이다. 그녀는 마음속에서 이 상황을 문질러 지우고 다른 각도에서 바라본다. 엘리는 아직 그와 완전히 사랑에 빠지지 않았지만 그 여파 속에 끌려다니고 싶었다. 높은 창 뒤에 서서 주목(朱木)으로 만든 미로를 내려다보며 길을 찾으려고 애쓰는 자신의 모습이 보인다. 유부남이 아내 몰래 바람을 피우려고 한 것이라기에는 모든 것이 너무나 교활하고 공이 많이 들어 있었다. 엘리와 상관없는 어떤 것이, 더 큰 힘이나 사건의 형체를 알 수 없는 모양 같다.

그랜드 센트럴 역에 도착하자 엘리는 특급열차에서 내리면서 여행 가방 두 개 모두 두고 가기로 결심한다. 이는 거대한 별자리가 새겨진 거대한 아치형 천장을 아무런 구속 없이 벗어나 지하철로 가는 그녀의 걸음에 이상한 안도감을 선사한다. 레이스 속옷, 머리글자가 새겨진 파자마 셔츠, 태슬 달린 지퍼, 그 모든 것이 뉴욕주 북부로 다시 돌아가거나 그랜드 센트럴 역 아래 지하 묘지 같은 창고로 가고 있을 것이다. 엘리는 점심때쯤 브루클린에 도착했고 현관문 옆에 놓인 그림을 볼 때까지 그것이 있었음을 미처 생각하지 못했다. 그녀의 미래가 갈색 종이에 포장되어 도착했다. 아직 모든 것이 맞아떨어진 것은 아니지만 조금씩 다가오는 예감이 있었기에 엘리는 조심스럽게 그림을 향해 다가간다. 포마이카 탁자에 그림을 뒤집어서 올려놓고 모서리의 테이프를 떼자 가장 처음 눈에 들어온 것은 그녀가 그린 모작의 뒷면이다. 낡은 안감, 얼룩진 나무 지지대, 그림이 언젠가 어느 다락방에 방치되어 있었음을 암시하는 유령 같은 벌레의 똥 자국. 엘리의 눈꺼풀에서 박동이 느껴진다. 엄지손가락에서 뭔가가 웅웅거린다. 그녀는 조심스럽게 그림을 뒤집어 자신의 작품을 꼼꼼히 살핀다. 구역질이 나면서도 복제화가 다시 돌아와서, 열여덟 시간 동안 그녀를 꼼짝 못하게 만들었던 만다라의 해답을 찾아서 마음이 놓이기도 한다. 엘리는 천천히 침실로 돌아가서 옷장에 들어 있던 원작을 꺼내 거실로 가지고 온다. 나란히 놓인 그림 두 점을 몇 미터 떨어져서 보면 정말 같은 손이 그린 것만 같다. 그러나 한 발 가까이 다가가 보면 꺼끌꺼끌한 느낌이 다르고 복제화의 노란색은 원작만큼 생생하지 않다. 엘리는 마르테인 더 흐로트의 조심스러운 인내심을, 어떻게 해서 그녀를 한 걸음 한 걸음씩 꾀어냈는지—경매장, 재즈, 수많은 와인들—를 떠올리며 그의 교활함에 감탄하지 않을 수가 없다. 이것이 전부 위조범을 찾아내서 그녀의 삶을 마음대로 주무르려는 돈 많은 자의 짧은 여행이었을까? 결국 그는 그녀의 순결을 훔침으로써 충분히 되갚아주었다고 생각했을까? 엘리는 그가 자기 삶을 마음껏 훔쳐가도록 문을 활짝 열었고 그는 깔끔하게 그렇게 했다. 언제쯤 수사관이나 형사가 전화를 걸어 원작에 대해 물어볼까?

엘리는 한 시간 정도 그 자리에 앉아서 두 그림을 면밀히 관찰하다가 가짜를 쌌던 갈색 종이로 원작을 포장한다. 그런 다음 게이브리얼의 갤러리로 전화를 건다. "제 아파트에 그림이 두 점 다 있는 것 같네요."

"그게 무슨 말이에요, 엘리?"

"더 포스 그림이요. 복제화랑 원작 말이에요."

"어떻게 그럴 수가 있죠?"

"우리 집에 와봐요, 갈색 종이로 포장된 것이 원작이에요."

"거기 있어요. 바로 갈게요."

그러나 엘리는 거기에 있지 않다. 그녀는 아파트를 돌아다니면서 자신이 무엇을 놓고 가는지 머릿속으로 정리한다. 지금까지 자신이 어떻게 살아왔는지 보니 충격적이다. 침대 위에서 피어나는 습기, 보기 흉하게 널려 있는 빨랫감, 곰팡이에 서서히 잠식당하는 책으로 쌓은 탑들. 꼭 자기혐오는 아니다. 왜냐하면 그녀는 엘리 시플리를 본인이 아닌 자신을 괴롭히는 다른 사람인 것처럼 열렬히 증오하기 때문이다. 그녀가 어떤 파멸을 불러왔든지 그것은 분명 그녀를 계속 쫓아올 것이다. 하지만 이제 한 달 동안 또는 여섯 달 동안, 엘리는 부활을 준비해야 한다. 애초에 그녀가 여기에 온 목적을 달성해야 한다. 엘리는 화장대에서 여권과 통장을 챙기고, 작은 사진첩을 핸드백에 넣고, 논문 원고를 꺼내고, 레밍턴 타자기를 여행용 케이스에 넣는다. 그녀는 문 앞에 서서 포장된 그림과 그렇지 않은 그림을 마지막으로 한번 본 다음, 문을 잠그지도 않고 발판 밑에 열쇠를 넣는다. 엘리는 집주인과 논문심사위원회 앞으로 편지를 한 통씩 쓸 것이다. 그리고 3개월 내에 돌아와서 17세기 네덜란드 여성화가들에 대한 논문 심사를 받을 것이다. 남은 문제는 그 시간을 어디에서 보내느냐는 것밖에 없다. 엘리는 거래 은행으로 가서 택시를 밖에 세워두고 찾을 수 있는 최대한의 돈—딱 만 달러다—을 찾는다. 그녀는 현금을 봉투에 넣고 싶지 않아서 가방 맨 아래에 넣는다. 공항에 도착한 다음에야 윤곽이 잡힌다. 엘리는 프린센라흐트가 내려다보이는 아파트를, 혹은 사라 더 포스가 살았으며 아마도 죽었을 동네인 칼베르스트라트의 방을 그려본다.

비행기 표에 인쇄된 이름은 그녀가 태어났을 때 붙여진 이름, 엘리너 시플리이다. 항상 페리 선장의 딸치고는 너무 격식을 차린 이름 같았지만, 이제 그 이름을 보니 이상하게 마음이 놓인다. 엘리는 머리 위 짐칸에 레밍턴 타자기를 넣고서 밤새 비행기를 타고 날아 푸른 새벽이 밝을 때쯤에는 암스테르담에 도착한다. 그녀는 공항에서 달러를 길더로 바꾸고, 환전소 창구에서 옛 삶을 지운다. 택시가 그녀를 레이드세플레인 근처 호텔로 데려가고, 정오쯤 엘리는 몇 블록을 걸어 레이크스뮈쉼 미술관에 간다. 그녀는 오후 내내 미술관의 네덜란드 황금기의 짜릿한 그림들 밑에서 천천히 속죄하며 걷는다. 해 질 녘이 되자 엘리는 걸어서 호텔로 돌아간다. 그녀는 좁고 복잡한 골목의 옷가게에 들러서 새 옷을 세 벌 산다. 엘리는 가게에서 한 시간 정도 보내면서 현금으로 백 달러를 쓴다. 한 번에 옷을 사면서 그렇게 많은 돈을 쓰기는 처음이다. 호텔로 돌아온 엘리는 샤워를 한 다음 목욕가운을 입고 룸서비스로 스테이크를 주문한다. 그녀는 여행용 케이스에서 레밍턴 타자기를 꺼내서 전차 궤도가 내려다보이는 작은 나무 책상에 올려놓는다. 엘리는 밤새도록 17세기로 돌아가는 길을 불러오려고 애쓰며 호텔 메모지를 타자기에 넣고 논문을 쓴다.

마티는 후회에 휩싸인 채 자정이 되기 전에 뉴욕에 도착한다. 로워 이스트 사이드의 예배당 같은 가게들, 미드타운의 화강암과 석회암 대성당 같은 건물들. 이 모든 것들을 보면 감탄이 저절로 나오고 말할 수 없는 비탄에 잠긴 미망인 옆에 무릎을 꿇을 때처럼 엄숙한 기분이 든다. 마티는 항상 자기 자신보다 큰 존재를 믿고 싶었지만 그가 태어날 때쯤에는 신을 두려워하는 유전 암호는 지워지고 없었다. 칼뱅파였던 조부모는 네덜란드에서 신앙을 가지고 와서 펜트하우스의 천장이 높은 방마다 신전을 세웠다. 저지대의 그림과 자수품들은 인간의 완전한 타락에 저항하는 약이었다. 돈도 마찬가지였다. 가문의 재산은 천—17세기와 18세기에는 돛천, 19세기와 20세기에는 국보급 수준의 천—에서 나왔다. 마티의 집안에서는 은행에 돈을 맡길까 의논조차 하지 않았다. 은행에 돈을 맡기는 것은 돈을 우상화하는 것이나 마찬가지였다. 그 대신 마티의 집안 사람들은 돈이 하늘에서 조용히 떨어지는 척, 선조 대대로 내려오는 신성한 샘물에서 몇 세기에 걸쳐 솟아나는 척했다. 마티는 그림이 처음 사라졌을 때 은혜를 입은 느낌이었음을 떠올린다. 그때 우주는 주차 공간과 예리한 소송 답변과 같은 작은 호의를 베풀었다. 그런 다음 마티는 무시당했다는 생각에 사로잡혀서 청동상을 문지르듯 그 생각을 계속 떠올렸다. 그림을 훔친 것은 그의 집안과 혈통과 자아에 대한 공격이었다. 풍경화가 마티 자신이 그린 것이라도 되는 듯했다. 그런 다음 모든 것이 잿빛으로 변했다. 마티는 말라빠진 동물을 꾀듯이 그녀를 숲에서 꾀어냈고, 이제 그의 손에 피를 묻혔다.

마티는 무중력의 둥둥 떠다니는 기분으로 어퍼 이스트 사이드를 향해 차를 몬다. 그곳이 전조등 너머에 고정된 목적지이다. 생각이 걷잡을 수 없이 뻗어나간다. 마티는 한 줌의 주사위들처럼 대륙 위를 떠다니며 우주의 플라스마 속으로 쌩 날아가는 러시아 위성들을 생각한다. 이제 새로운 스푸트니크의 비행이 시작되었지만 마티는 우주선에 동물이 들어가 있는지 아닌지 기억이 나지 않는다. 지난번에 쏘아올려진 개 라이카는 지구로 재진입하다가 대기에서 타버렸다고 했다. 얼마나 야만적이고 초현실적인 떠돌이 개의 결말인가. 대시 보드에 연한 초록색 빛이 번쩍이다가 신호등 앞에 서서 기다릴 때는 빛이 흐릿해진다. 정차 중에 회전하는 모터 소리를 듣자 뚱뚱한 사람이 코 푸는 소리가 자꾸 생각난다. 마티는 자신이 왜 이렇게 우스꽝스러운 차를 모는지 모르겠다. 초록색 불빛을 올려다보자 튜더 호텔의 지붕창이 있는 방에서 혼자 잠에서 깬 엘리가 보인다. 마티는 너무 엄청난 짓을 저질렀다는 생각에 잠을 잘 수도, 짐을 쌀 수도 없었다. 그가 어둠 속에서 일어나 옷을 입으러 복도로 나갈 때 침대보에 묻은 피 한 방울이 보였다. 마티는 라디오도 끈 채, 열린 창문으로 세차게 들어오는 차가운 바람을 맞으며 세 시간 동안 쉬지 않고 차를 몰았다. 신호등이 초록색으로 바뀌고 택시가 경적을 울린다. 마티는 자기 자신을 절대 용서하지 못할 것이다.

그는 공원을 따라 달리다가 레이철을 대면할 수 없다는 사실을 깨닫고 차를 돌려 미드타운의 사무실로 간다. 거리는 대부분 텅 비었고, 가게에는 녹슨 색의 겉옷을 입은 마네킹들이 북적거린다. 그는 회사 주차장에 차를 세운 다음 경비원을 호출한다. 로비의 엘리베이터 문이 열리자 곤봉을 든 커다란 남자가 서 있다. 회사를 위해 일을 하면서 사람들과 어울리기 좋아하는 남자이다. "일하기엔 조금 늦은 것 같은데, 안 그렇습니까?" 그가 말한다. 마티는 사무실에 중요한 서류를 놓고 왔다며 비밀을 털어놓는 사람처럼 몸을 숙이고 말한다. "아내와 싸웠거든요. 사무실 소파에서 잘지도 모르니까 찾지 말아주세요." 경비원은 어떤 상황인지 알겠다며 갑자기 조심스러운 태도로 엘리베이터 버튼을 누른다. 엘리베이터 문이 열리며 경쾌하고 작은 벨소리가 울리자 마티는 깜짝 놀란다. 문이 닫히고 마티는 엘리베이터 벽에 기대서고, 얼굴을 두 손에 묻는다. 눈을 감자 엘리베이터가 올라가는 것이 뱃속으로, 귀로 느껴진다.

그는 로비와 엄숙한 분위기의 대기실 문을 차례로 열었다가 다시 잠그고 반쯤 내린 어둠 속에서 모퉁이의 사무실을 향해서 걸어간다. 마티는 그레천의 책상에 놓인 물건들—뾰족하게 깎은 연필, 잉크를 흡수하는 압지, 그가 언젠가 자메이카에서 사다준 미니 드럼 기념품—을 얼른 훑어본다. 마티는 자기 사무실로 비틀비틀 들어가서 불을 켜고 술을 한 잔 따른다. 그런 다음 유명 디자이너가 만든 딱딱한 소파에 기대어 앉아서 커다란 창을 내다본다.

마티는 밤에 사무실을 온 적이 없는데, 그곳에는 유리 성채에 숨은 느낌, 그와 도시의 상업적인 협곡 사이에 단단한 어떤 것이 있는 느낌이 있다. 사무실 건물들이 어둠 속에서 인광(燐光)을 빛내고, 드라이아이스가 떠오르는 흐릿한 빛으로 반짝인다. 창밖의 모든 것이 신기루이고 마티의 삶 모든 것이 거짓으로 곪아 있다는 생각이 든다. 마티는 자리에서 일어나 책상 앞에 앉아서 노란색 속기용 노트에 볼펜으로 편지를 쓰기 시작한다. 그는 자신이 잘못한 일을 하나하나 열거하며 용서를 구하는 내용이었기 때문에 처음에는 레이철에게 쓰고 있다고 생각했지만, 세 번째 장에 접어들자 한번도 만난 적 없는 누군가 혹은 어떤 것—아무것도 없는 우주에서 돌고 있는 러시아의 개, 두 사람이 수년 전에 잃은 태어나지 못한 두 아이들, 절대 흔들리지 않고 매끄러운 연주를 하는, 자신이 되었을지도 모를 트럼펫 주자—에게 쓰고 있다는 것을 깨닫는다.

시드니

2000년 8월

턱시도를 빌려 입은 마티 드 그루트. 조금 전에 그는 피트 스트리
트에서 검은색 정장 구두를 한 켤레 샀다. 미술관에 가까워질수록
구두가 그를 점점 더 꼬집고 할퀸다. 마티가 차가운 손을 주머니
에 넣고 호텔에서부터 하이드 파크의 야자나무와 무화과나무 밑
을 지나 1.5킬로미터 정도를 걸었더니 두 발에는 물집이 잡혔다.
마티는 아버지와 옛 상사 클레이 토머스를, 디너 재킷 차림에 커
프스 단추를 채우고 밤공기를 맞으며 터벅터벅 걷기를 좋아했던
사람들을 떠올린다. 마티는 그런 사람이 되려고 한 적은 없었지만
이제 자신이 정장 차림으로 어슬렁거리고 있다. 미술관 관장이
차를 보내주겠다고 했지만 그는 자신도 이해할 수 없는 이유로
거절했다. 맥스 컬킨스가 커피에 우유를 넣어서 연하게 마시고
미술관을 직접 안내하지 않아서였을까? 마티는 그보다 덜한 이유
로 사람을 냉대한 적도 있었다.
　밤이 되자 야간 조명을 받아 장엄해진 미술관은 나무 위로 어른

거리는 그리스 신전 같다. 마티는 밝은 색의 길쭉한 현수막들만
없으면 사암 기둥과 긴 회랑이 법원이라고 해도 믿을 것이라고
생각한다. 입구 위에 세로로 길게 드리워진 현수막들은 실크로
만든 강처럼 차가운 바람에 물결치며 속삭인다.「네덜란드 황금
기의 여성들」. 글자가 너무 커서 호텔 방에 두고 온 접이식 안경
없이도 읽을 수 있을 정도다. 마티는 보청기의 배터리를 겨우 구
했지만 주변 모든 것들이 발산하는 날카로운 청각적 충격을 완화
하기 위해 음량을 낮췄다. 그는 발 상태를 악화시키지 않으려고
애쓰며 널따란 돌계단을 천천히 올라간다. 마티가 80대까지 살
것이라고 예언하는 수천 가지의 우연이 있었다. 그런데 왜 바지
주머니에 일회용 반창고도 하나 없을까? 늙는다는 것은 지갑에
척추지압사의 명함을 가지고 다니는 것이다. 사소한 할인 쿠폰을
오려내고 섬세한 운동기능을 연습하는 것이다. 매일 밤 뉴스를
보면서 부끄러운 줄도 모르고 혼잣말을 하는 것이다. 그의 보청기
는 알아들을 수 없는 소리를 웅얼거린다. 미술관 입구와 로비의
음향이 누가 물속에서 가구를 옮기는 소리처럼 멀리서 왜곡되어
들린다.
　전시회는 입구에서 조금 떨어진 작은 전시실에서 열렸지만 환
영 파티는 기다란 입구 홀에서 열려서 어두워진 천창 밑에서 사람
들이 어울리고 있다. 올림픽 직전이지만 상당히 많은 사람들이
왔다. 네덜란드 유명 화가—베르메르나 렘브란트, 할스—의 작
품은 없기 때문에 진지한 학계 사람들이 모여들었다. 경망스러운
사교계 명사는 없었고 열렬한 적통 예술 애호가들과 비평가들밖

에 없다. 마티는 수십 년 동안 전시회 개막 행사에 다녔기 때문에 예술가인 척하는 남자들 특유의 스타일을 안다. 그들은 양모 베레 모나 그리스 어부의 모자를 쓰고, 약간 긴 듯한 회색 머리를 빗어 넘기고, 뿔테 안경을 쓰고, 열대어처럼 현란한 색의 나비넥타이를 직접 매고, 무채색 셔츠와 네루가 입을 듯한 재킷을 걸치고, 염소 수염이나 끝이 뾰족한 반 다이크식 수염을 기른다. 여자들은 원주민 스타일의 귀걸이에 바틱 숄을 걸치고 트임이 들어간 검은 원피스 차림이다. 마티는 오늘 밤 정장을 입으라는 말을 잘못 이해했음을 깨닫는다. 턱시도를 입은 사람이 그밖에 없기 때문이다. 그것도 빌린 턱시도를 입은 탓에 아카데미 시상식의 음향기사 같다. 마티는 검은 타이에 정장을 입은 사람이 적어도 몇 명은 있을 거라고 생각했지만 남자들은 전부 보헤미안 스타일의 멋쟁이들이다. 맥스 컬킨스조차 조끼에 캐시미어 목도리를 둘렀다.

마티가 샴페인 잔이 늘어선 탁자로 가면서 지나가는 웨이터가 들고 있던 쟁반에서 카나페를 집는다. 개막 행사의 오르되브르는 술을 부르게 해서 미적 기준을 느슨하게 하려고 항상 너무 짜게 만든다는 생각이 든다. 낮은 무대에서 현악 5중주단이 바흐인지 비발디(어느 것인지 알아들을 수가 없다)를 연주하고 있다. 마티는 엘리를 찾아서 사람들을 훑어본다. 그가 강의실 뒷좌석에서 어느 학생에게 훈계를 한 다음 강의가 끝나기 전에 도망친 지 이틀이 지났다. 마티가 도망친 것은 두려워서가 아니라 피할 수 없는 만남을 잠시나마 미루기 위해서였다. 지금쯤이면 엘리도 마티 드 그루트가 17세기 명작을 당구대 천에 싸서 공항에서 미술관으로

곧장 비척비척 걸어왔다는 이야기를 관장으로부터 들었을 것이
다. 그때 마티가 생각하려던 단어는 베이즈 천이었다. 그 단어가
이제야 머릿속에서 만족스러운 찰칵 소리를 내며 떠올랐다. 적어
도 지금쯤이면 엘리도 마티를 만날 준비가 되었을 것이다. 만일
그가 동정심이 있다면 발뒤꿈치에서 피를 흘리며 40년 묵은 사과
를 안고 전시회를 찾아오는 대신 돌아가는 비행기를 탔을 것이다.

마티는 샴페인을 마시고 전시실로 향한다. 그는 안경도 없고
보청기 음량도 낮춰 놓았기 때문에 샴페인 잔을 뱃머리처럼 높이
든 자세로 벨벳 조끼를 입은 레즈비언 예술가와 책벌레 같은 멋쟁
이들을 물살처럼 헤치며 조심조심 나아간다. 미술관 직원이 전시
실에 음식물을 가지고 들어가면 안 된다고 주의를 주자 마티는
샴페인을 쭉 들이켠 다음 당황하는 경비원에게 잔을 넘겨준다.
전시실로 들어간 마티는 조각세공 마루를 조용히 걸어가며 한쪽
구석에서 유디트 레이스터 작품부터 천천히 주변 탐색을 시작한
다. 황량한 흰색 벽에 걸린 레이스터의 작품이 점묘화처럼 시야에
들어온다. 마티는 구도를 파악하려고 그림 가까이로 몸을 숙이지
만 그러자 입자가 너무 거칠게 쪼개져서 연백이 점점이 찍힌 지형
도로밖에 보이지 않는다. 그는 아까 본 두 명의 80대 중 한 명에게
거북이 껍질테 안경이라도 빌리고 싶다는 생각이 든다. 하지만
레이스터의 「음탕한 수작」은 알아볼 수 있다. 모자를 쓴 무뢰한
이 돈을 쥐고 바느질하는 여자에게 곁눈질을 한다. 그러나 마티는
그림자에 반쯤 가려진 주정뱅이가 병을 들이키는 「마지막 한 방
울」에서는 되살아난 해골을 알아보지 못한다. 그는 뼈다귀 손으

로 머리뼈를 들고 있는 해골을 빵 한 덩어리를 건네는 하녀라고 거의 1분 동안 착각한다.

마티는 판 오스테르비크의 바니타스와 초상화와 꽃 정물화 쪽으로 이동하지만 색색의 마름모꼴과 갈라진 틈으로밖에 보이지 않는다. 앞이 보이지 않아 기가 꺾인 마티는 현관 홀에 차려진 샴페인 테이블로 돌아간다. 그는 샴페인 잔을 들고 뱅글뱅글 소용돌이치는 사람들을 바라본다. 마티는 차분해지고, 자기 안으로 파고드는 기분이 든다. 뭔가 평생 키웠던 개들이 떠오른 마티가 아치가 늘어선 복도를 내려다보며 테리어들의 가계도를 혼자 되뇌고 있는 와중에 개막 행사가 시작된다. 뒤편의 분위기가 바뀐 것 같아서 뒤돌아보니 맥스 컬킨스와 엘리가 작은 무대에 올라가 있고 5중주단은 악기를 들고 주목하는 청중들 사이로 사라진다. 한바탕 박수가 나오고, 별 의미 없는 중간 중간 팬터마임이 등장하는 맥스의 연설이 이어진다. 즐거운 듯한 말, 미적지근한 웃음소리, 그런 다음 모든 사람들의 눈이 뒤쪽에 숨어 있는 마티 드 그루트에게 쏠린다. 마티는 그림을 여기까지 직접 가져온 것에 대한 감사 인사를 했나 보다고 생각한다. 그는 겸손하게 샴페인 잔을 들고 친절한 미소를 띤다. 마이크를 든 엷은 자주색 원피스 차림의 엘리와 마티 사이에 오가는 것을 눈인사라고 할 수는 없다. 마티는 회색 머리카락에 둘러싸인 창백한 얼굴과 태도로 보아 엘리가 자기 쪽을 흘끔거리고 있을지도 모르겠다고 생각하지만, 정확한 이목구비나 표정은 읽을 수가 없다. 그는 엘리의 연설에서 예술은 우리의 가장 보편적인 무엇이라고 하는 몇 마디를 알아듣는다. 마티는 샴페인 잔을 들여다보고 마침내 보청기 음량을 높인다.

엘리는 뒤쪽에 서 있는 마티—유일하게 턱시도를 입은 남자—를 보자마자 그가 자기 삶을 빼앗으러 온 것이 아님을 깨닫는다. 그녀는 문화를 바라보는 커다란 창으로서의 예술을 이야기하며 마티의 처진 어깨를 계속 흘끔거린다. 꿈속에서 엘리는 그가 사람들 앞에서 그녀의 정체를 밝히는 멜로드라마 같은 장면을 떠올렸지만, 지금 그녀의 눈에 비치는 것은 세월에 황폐해져서 쭈그러들고 뺨이 창백해진, 여전히 말쑥하지만 발에 힘이 없는 남자이다. 이 사람이 그 옛날에 엘리의 삶과 애정을 쥐락펴락하던 그 남자라고? 엘리는 어느 누구도 40년 만에 만난 적이 없었는데, 세월의 흔적은 정말 놀라운 것이었다. 귀족적인 코와 턱선, 우아한 손을 가진 젊은 시절 남자의 껍데기는 아직 그대로 남아 있지만 벗겨진 머리는 압지를 연상시키고 피부는 연한 차 색깔이다. 분명한 죽음의 색깔이다. 그에 대한 연민이 몰려들자 엘리는 깜짝 놀란다. 그녀는 늘 기억 속에 멈춰진 모습으로 마티를 상상했다. 힘이 넘치는 적수, 운전용 모카신을 신고 빠르게 달리는 시트로엥 차를 운전하며 캐시미어를 두른 팔을 창밖으로 내미는 강건한 상류층의 남자. 어마어마한 부를 가졌다는 것은 저온 장치 은둔처에서 서서히 늙는다는 것 아니었나? 수십 년 동안 좋은 음식을 먹고, 가장 멋진 휴가를 보내고, 가장 좋은 침대에서 자도 골격이 처지고 피부에 반점이 생기는 것을 막을 수 없는 것일까? 이렇게 오랜 시간이 흐르는 동안 엘리는 그를 줄곧 40대로 기억했다. 그녀는 17세기 네덜란드 사회에서 여자들이 했던 역할에 대해 연설을 하면서 현실을 서서히 깨닫는다. 사라 더 포스는 독특한 배경 때문에 얼마간 정도에서 벗어나 풍경화를 그릴 수 있었습니다. 장례식 풍경화가 새로 발견되면서 그녀의 그림이 계속 성장하고 강해졌음을 암시하는 강력한 증거가 생겼습니다. 엘리는 이런 말을 하면서 옛날 브루클린의 아파트도 아직 그녀의 것임을, 1958년 가을에 떠났던 모습 그대로 기억 속에 보존되어 있음을 깨닫는다. 활짝 열린 창문, 용제가 가득 담긴 유리병들, 밤이면 형광으로 빛나는 천장의 곰팡이들, 커튼 뒤에서 달리는 고속도로의 자동차들. 엘리의 누추하고 이름 없는 미술관. 그녀는 그동안 일 때문에 뉴욕을 수없이 방문했지만 옛날에 살던 동네를 보러 간 적은 한번도 없었다. 엘리에게 브루클린은 자신의 20대가 묻힌 무덤이었다.

연설이 끝나자 엘리는 무대를 내려가 그에게 먼저 다가가기로 결심한다. 마티와 뉴욕 주 북부에서 보낸 주말은 항상 그녀의 마음속에서 되풀이되어 펼쳐졌다. 고풍스러운 호텔의 체크 무늬 가구, 그가 거짓 핑계로 그녀의 처녀를 앗아간 좁은 트윈 침대. 엘리는 처녀성을 간직하는 것에 지쳐 참회하듯이 그것을 내주려 했고, 아내를 잃고 살아 있는 사람들 틈으로 다시 들어오려는 제이크 앨퍼트는 안전한 선택처럼 보였다. 엘리는 인내심을 발휘하며 정중하게 사랑을 나누는 세심한 연상의 남자를 상상했지만, 현실은 섬뜩하고 말없는 사기꾼이었다. 그녀는 폭력적이었다는 느낌을 극복하지 못했지만 이제 그에게 다가가려니 그녀의 내면에서 어떤 변화가 일어난다. 마티가 그녀를 바라보는 순간 엘리는 그가 지구를 반 바퀴를 돌아 여기까지 찾아오게 만든 것은 복수가 아니라 후회라는 것이 보인다. 시선을 떨어뜨렸다가 엘리의 발치에서부터 부드럽게 다시 올라오는 그의 얼굴에 드러난 것은 깊이 멍든 자기혐오의 표정이다. 마티의 표정이 바뀌자 아주 친숙한 얼굴, 반세기 전에 보았던 다정함과 장난스러움이 섞인 표정이 드러난다. 마티가 미소를 짓더니 어깨를 살짝 으쓱한다.

맥스 컬킨스가 엘리의 옆에서 불쑥 나타난다. 두 사람이 샴페인 테이블 옆에 선 마티 앞에 도착하자 맥스가 소개한다.

"엘리너, 더 포스의 아름다운 작품 「숲의 가장자리에서」를 빌려주신 인심 좋은 분을 소개하지요. 마티 드 그루트 씨, 이쪽은 엘리너 시플리입니다, 이번 전시회의 큐레이터죠."

마티는 양말 안에서 피가 흐르고 있음을 깨닫는다. 스카치 위스키를 마시고 따뜻한 목욕물에 몸을 담그고 싶다. 안경을 쓰지 않았는데도 엘리가 이렇게 가까이 있으니 숨쉬기가 힘들다. 마티가 말한다. "그렇다고 들었습니다. 엘리가 연설을 할 때 보청기 음량을 높였거든요. 엘리라고 불러도 될까요?"

"물론이죠." 엘리가 말한다.

맥스가 샴페인을 세 잔 가져온다. 사람들이 전시실로 몰려가고 세 명은 어색한 침묵 속에 서 있다.

맥스가 건배를 한다. "17세기 네덜란드 여성을 위하여."

"건배." 마티가 말한다.

세 사람이 잔을 부딪친 다음 샴페인을 마신다.

맥스가 말한다. "드 그루트 씨는 플랑드르와 네덜란드 거장의 그림을 여러 점 소장하고 계시죠. 엘리, 오늘 밤 당신의 임무는 드 그루트 씨의 소장품 중에서 메트로폴리탄 미술관에서 관심이 없는 작품들을 우리 쪽으로 확보하는 겁니다."

"식탁 밑에서 부스러기를 달라고 구걸하긴 싫네요." 엘리가 말한다. "차라리 메트로폴리탄에서 간절히 원하는 것을 달라고 설득하겠어요."

마티가 손가락으로 턱시도 재킷 단추를 만지작거린다. 여전히 깨끗하게 다듬어진 하얀 손톱이다. "메트로폴리탄은 저에게 서서히 독을 먹이면서 스파이를 보내 점점 악화되는 제 건강 상태를 체크하고 있지요. 큐레이터로서 그런 첩보활동도 할 수 있겠습니까?"

"우리도 최선을 다하겠습니다." 맥스가 약간 초조하게 말한다. 인파 속에서 누군가가 눈에 띈 것이 분명하다. "음, 저는 이만 전시실로 가서 후원자들과 기자들을 만나야할 것 같습니다. 마티 씨, 당신은 우리의 유능한 엘리의 손에 맡기죠."

엘리와 마티는 맥스가 석조 통로 반대편으로 사라지는 모습을 지켜본다.

10초 동안의 침묵. 조각세공 마루에 울리는 구두 소리.

마티가 팔짱을 끼고 샴페인 잔을 내밀자 커프스 단추의 황금 사자머리가 보인다. 엘리는 그가 아직도 같은 향수를 쓰고 있음을 깨닫는다. 1958년에서 온 숲과 감귤류의 향이다. 마티가 발뒤꿈치를 들고 몸을 부드럽게 흔들면서 뭔가를 하려는 듯하더니, 뒤꿈치를 다시 내리고 소란스럽게 움직이는 사람들을 말없이 바라본다. 엘리가 한 걸음 물러나 샴페인 테이블 쪽으로 어깨를 돌린다.

낮고 침착한 목소리로 마티가 말한다. "이런 말이 도움이 될지 모르겠지만, 나는 당신의 삶을 망치러 온 것이 아닙니다. 먼저 그것부터 알아주었으면 해요."

엘리는 아무 말도 하지 않는다.

입 벌리고 있는 침묵을 향해 그가 휘파람이라도 부는 듯이 입술 사이로 바람을 내보낸다.

엘리가 말한다. "당신이 40년 전에 내 삶을 망치지 않았는지 어떻게 알죠?"

"내 눈에 보이는 대로라면, 당신은 절대 과거를 돌아보지 않았어요."

"수없이 돌아봤어요, 정말이에요." 엘리가 말한다.

"그럼 우리 둘 다 똑같군요."

엘리가 입구를, 바로크 시대 네덜란드 여성의 작품으로 가득한 전시실보다 공짜 음식과 샴페인에 더 관심이 많은 굼벵이들과 미술 팬들을 본다.

그런 다음 다시 마티를 본다. "과거를 회상하려고 여기까지 온 거예요?" 엘리는 날카로운 목소리가 마음에 들지 않아서 샴페인을 한 모금 마시며 목소리를 축인다.

"둘이서 이야기할 수 있는 곳은 없습니까? 아스피린이랑 일회용 반창고도 절실히 필요한데."

아, 엘리의 가방에 약과 반창고가 들어 있기라도 한 것처럼 말하는 저 편안하고 당당한 태도. 마음속에서 뭔가가 치밀어 오른 엘리는 말을 조심하려고 노력하지도 않는다. 엘리가 의도했던 것보다 더 큰 소리로 말한다. "어떻게 당신이 아직 살아 있죠?"

마티는 움찔하는 대신 몸을 기울이며 그녀의 반응을 즐긴다. 이것은 또 다른 마티 드 그루트, 주머니에 색종이 대신 수천 가지 신랄한 말과 반론을 가진 남자이다. "맥아와 베타 차단제 덕이 크죠." 그가 말한다. "기적의 조합이랍니다. 프랭클린 루스벨트가 고혈압 때문에 몸이 상하지 않았다면 스탈린은 얄타 회담에서 동유럽을 차지하지 못했을 겁니다. 그렇게 생각하지 않아요?"

엘리는 이 말에 분노가 치밀어 오른다. "아니요, 그런 생각은 해본 적이 없어요. 단 한번도요."

마티가 조용히 말한다. "회한은 사람을 산 채로 잡아먹는다고들 하죠." 그런 다음 자기 손을 내려다본다. "하지만 사실, 회한은 사람을 살아 있게 해줘요. 밀고 나갈 힘을 주죠. 그래서 내가 여기 온 겁니다. 사과를 하려고요. 나는 당신에게 상처를 입혔고, 평생 그만큼 후회한 일은 없었어요. 나는 다시 길을 건너갈 수 있는 신호를 계속 기다렸어요. 그러다가 미술관의 연락을 받았고……."

마티는 과거가 손가락 사이로 흘러내리고 있다는 듯, 여전히 손을 내려다본다. 엘리는 그가 가벼운 농담을 하지 않을 때면 그의 눈빛이 여전히 슬프고 어둡다고 생각한다. 그녀는 경솔하고 세속적인 그의 겉모습 아래 조용히 흐르던 생각을 기억해낸다. 마티가 말한다. "게다가 이렇게 오랜 세월이 지난 후에 그림을 다시 보면 좋아할 거라고 생각했어요. 당신이 이 그림에 대해서는 나보다 더 잘 아니까."

엘리는 가짜가 세상에 나왔음을 마티가 모르고 있다는 생각이 들었다. 맥스가 미술관이 처한 당황스러운 상황을 직접 알려주지 않는 한 마티가 어떻게 알겠는가? 엘리는 맥스를 설득하면서 그가 남길 업적과 은퇴에 대한 지루한 이야기를 들은 끝에 직접 레이던에 모작을 가져다주기로 했다. 그림은 내일 아침에 포장될 예정이고 지금은 지하실 창고에서 기다리고 있다. 엘리는 어차피 네덜란드에 가서 조사할 것이 있다고 거짓말을 했다. 그녀는 맥스가 레이던에서 온 물건과 미술관이 처한 곤경에 대해서 마티에게 넌지시 알려주었을 것이라고 생각했었다. 엘리는 맥스가 곤경이라는 표현을 썼을 거라고 확신했다. 그러나 마티의 얼굴에 떠오른 안도의 표정을 보니 자신이 빌려준 그림과 그 대역 때문에 엘리의 인생과 경력이 갈림길에 서 있다는 사실을 모르는 것이 분명하다.

마티가 말한다. "나에게 설명할 기회를 주겠습니까? 자리를 옮길 수 있을까요?" 그가 바짓단을 들어 양말에 생긴 검은 얼룩을 보여준다. "이 이탈리아제 구두 때문에 피를 4리터는 흘린 것 같아요. 빌어먹을 나무로 만든 구두 같다니까요."

"그런 욕을 하기에는 나이가 너무 많지 않나요?"

마티가 여전히 자기 발을 보면서 말도 안 된다는 듯이 손을 흔든다.

엘리가 말한다. "아파 보이네요. 따라오세요."

그녀가 앞장서서 마티를 엘리베이터로 안내하고, 두 사람은 포장 구역과 하역장으로 간다. 엘리가 알기로는 큐의 사무실에 업장

용 비상약품 상자가 있다. 형광등이 깜빡거리다가 켜지자 마티가 회전의자에 살짝 앉는다. 엘리는 별것 아닌 그의 상처를 치료해주지 않기로 하고, 일회용 반창고 몇 개와 진통제 파나돌을 준 다음 팔짱을 낀 채 지켜본다. 마티가 한쪽 다리를 들고 한숨을 쉬면서 신발과 양말을 조심스럽게 벗는다. 피가 나는 뒤꿈치는 마치 강판으로 간 것 같이 보여서 엘리는 자기도 모르게 움찔거린다. 그가 말한다. "반창고를 붙일 수가 없어요." 엘리는 마티가 일부러 아이처럼 애처로운 목소리를 내고 있다고 생각한다.

그녀가 밖으로 나가서 포장 담당자들이 쓰는 간이 부엌에서 종이 타월을 몇 장 가지고 돌아온다. 엘리는 마티에게 타월을 건넨 다음 항생 연고를 찾아서 구급상자를 뒤적인다. 그녀는 뒤꿈치를 닦아내는 마티를 몇 분 동안 지켜보다가 결국 두 손을 들고 그의 앞에 쪼그리고 앉는다. 가까이 다가가도 마티에게서 노인의 냄새가 나지 않는다. 참 이상한 일이다. 그에게서는 숲속을 산책할 때 같은 냄새가, 민트 사탕과 향수와 오래된 여행 가방 같은 냄새가 난다. 그래서 엘리는 당황한다. "내가 해줄게요." 그녀가 성급하게 말한다.

엘리가 마티의 뒤꿈치를 닦아내고 투명한 연고를 부드럽게 문질러 얇게 바르자 약이 붉게 물든다. 뒤꿈치를 제외하면 발이 전반적으로 창백하고, 뭔가 80년 동안 이 행성을 걸어다닌 흔적이 전혀 없다. 못이 박인 부분도, 보기 흉한 발톱도 없다. 엘리는 나이가 들면 발이 망가져서 정형외과에서 권하는 신발을 신을 수밖에 없다고 늘 생각해왔다. 편안한 고치 안에서 살면 이렇게 되는 건지도 모른다. 나이를 모르는 발. 엘리는 짜증이 치밀어오른다. 그녀가 구급상자로 다시 가서 면 거즈 하나를 뜯어서 뒤꿈치에 대고 반창고를 붙인다.

엘리가 마티에게 반대쪽 신발과 양말을 벗으라고 말한다. "인정하지 않을 수 없네요." 그녀가 말한다. "당신 피를 봐도 아무렇지 않아요."

마티의 표정이 밝아진다. 그를 보지 않아도 느낄 수 있다. 엘리가 남은 발도 똑같이 얼른 치료한다.

마티가 반창고 붙인 발을 내려다보며 말한다. "당신한테 한 짓을 생각하면 평생 나를 용서할 수 없었어요. 정말 미안합니다."

사무실의 노골적인 형광등 불빛 때문인지 그의 말이 그녀에게 와 닿는다. 엘리는 얼굴이 갑자기 뜨거워져서 어디를 봐야 할지 모른다.

마티가 말한다. "이 말이 도움이 될지는 모르겠지만, 난 정말 당신을 사랑했어요, 엘리너."

엘리가 무릎 너머로 마티를 당당하게 바라보며 목소리를 떨지 않겠다고 결심한다. "정말 잔인했어요. 난 제이크 앨퍼트와 결혼해서 코네티컷에 주말 별장을 가지게 될 줄 알았죠."

그가 시선을 피하고 사무실에 침묵이 내려앉는다.

결국 마티가 입을 연다. "우선, 내 행동을 조금도 정당화하지 않을게요. 하지만 당신이 알아야 할 건—"

"뭘 알아야 하는데요?" 엘리가 말한다.

"맥락이요."

"이상한 단어 선택이군요."

"내 생각에도 그래요." 그렇지만 그는 말을 계속하기로 마음먹는다. "레이철과 나는 두 번의 유산으로 삐걱거리고 있었고 변호사로서의 내 경력은 그저 그런 정점을 향해 가고 있었죠. 나에게 특허는 시시한 수수께끼였어요, 아무 의미도 없었죠. 내가 물려받은 재산은 변호사로서의 나를 어쩌면 인간으로서의 나까지도 망쳤어요. 법정에 설 일이 없었던 게 다행이죠. 나는 지루하고 불행했고, 아침이 오면 침대에서 몸을 일으킬 이유를 찾고 있었습니다. 그림이 사라지자 내 삶에 맹목적인 초점 같은 게 생겼어요. 나는 분노한 척하면서 다른 사람들을 지루하게 만들 때까지 그 이야기를 했고, 사립 탐정을 고용했고, 당신의 아파트까지 찾아냈어요."

엘리가 침을 삼키며 말한다. "아, 세상에, 그 아파트……."

"그냥 미끼를 던져서 당신과 그 영국인 업자를 경찰에 넘기려고 했지요. 그런데 이상한 일이 벌어졌습니다." 마티가 반창고를 붙인 뒤꿈치에 한 손을 올리고 입을 꾹 다문다.

엘리는 클립보드가 몇 개 걸려 있는 벽들과 초록색 파일 캐비닛을 바라본다. 마티가 울지도 모르겠다는 생각이 들고, 두 사람 모두를 위해서 그런 광경만은 피하고 싶다. 하지만 다시 말을 잇는 마티의 목소리에 갑자기 활기가 넘친다.

그가 말한다. "그때 나는 그림이 자기 육신과 영혼의 연장인 것처럼 말하는, 내게는 너무나 어리고 별난 오스트레일리아 출신의 미술 전문가인 그녀와 사랑에 빠졌을 뿐만 아니라, 내가 기억

할 수 있는 그 어떤 모습보다도 그녀 곁에 있을 때의 나 자신을 더욱 좋아하게 되었지요. 그녀는 나를 들뜨게 만들었어요. 그래서 나는 그녀에게—그리고 새롭고 더 나은 내 자신에게—구애를 했지요, 내 인생이 거기에 달린 것처럼요. 그 어떤 것도 거짓은 아니었어요…….”

마티는 벽을 찬찬히 살피는 엘리의 옆얼굴을 향해 이 모든 말을 쏟아낸다.

그가 계속해서 말한다. “하지만 물론 거짓이 끼어들었고, 결국 암처럼 파고들었지요. 나는 바람을 피운 적이 한번도 없었지만 언제나 전화 한 통만 오면 선을 넘을 것 같은 기분이었어요. 우리는 데이트를 했고, 나는 오만하고 완고했기 때문에 계략을 짰습니다. 정말 정신 나간 계략, 뻔뻔한 계획이었지요. 도대체 내 방 벽에서 그림을 떼어내 훔쳐간 사람들은 도대체 어떤 사람들이었을까요? 그래서 나는 뉴욕 북부로 여행가기로 한 주말에 당신의 위작을 가져갔습니다, 당신이 돌아오면 바로 그 그림이 기다리고 있을 거라고 생각하면서요. 그렇게 폭로할 예정이었죠. 우리가 북부의 그 한심하고 작은 호텔에 갔을 때 당신은 나에게 자신을 내주었죠. 그건 내가 받을 수 있는 것 이상이었어요. 그런데도 나는 밀고 나갔어요……. 그 뒤로 그 일이 나를 계속 따라다녔지요.”

마티가 그녀의 이름이 새겨진 짐을 줄곧 지고 다녔다고 생각하자 이상하게 위안이 된다. 엘리는 자기 혼자만 1950년대라는 호박(琥珀)에 작은 알갱이처럼 갇혀 있다고 상상했었다. 그런데 다른 어떤 것이 그녀를 짓누르는 느낌이 들어서 그에게서 등을 돌리고 큐의 사무실을 서성인다. 그녀가 각종 그래프가 붙은 벽을 올려다 본다. 회한과 배신감 아래에서 갑자기 공허하고 익숙한 수치심이 느껴진다. 그 느낌은 너무나 익숙해서 사실 그것이 항상 뱃속 깊은 구덩이에서 소용돌이치고 있었던 것은 아닐까 생각한다. 엘리는 자신이 마음속으로 위작을 계속 그려왔음을, 그것이 마지막으로 그린 그림이었기에 언제까지나 계속해서 고치고 있었음을 깨닫는다. 그녀는 자기 책상 앞에서도 서베스천과 함께 시골로 드라이브를 갈 때도 그 그림을 불러냈었고—그림은 꿈속 같은 불안정한 빛을 통해 가물거리며 시야에 자리를 잡았다—그리고 그것은 언제나 자신의 주의를 끌었다. 수치심을 느낀 것은 다른 그림을 베꼈기 때문만이 아니라 그녀가 만들어낸 것들 가운데 그것이 영속적인 것에 가장 가까웠기 때문이다. 위조는 엘리가 그림을 넘겼을 때 끝난 것이 아니라 그 이후로도 계속되었다. 호사스러운 교수직, 미술상과의 결혼, 출간과 전시회. 엘리가 한 짓을 누가 알았다면 그런 전리품 중 무엇도 손에 넣지 못했을 것이다. 엘리는 런던의 갤러리나 골동품 가게에 들어갈 때마다 낡은 외교관 가방을 든 게이브리얼을 우연히 만나서 모든 것이 순식간에 사라질 것 같은 느낌을 받았다. 그녀는 큐의 환하고 먼지 한 점 없는 사무실에서 이제야 그 사실을 깨닫는다. 엘리는 그 아름다운 가짜를 쉬지 않고 계속 그려왔던 것이다.

마티가 말한다. "내 삶의 암흑기였어요."

"결혼생활은 계속했나요? 아내가 사실을 전부 알아냈어요?"

"몇 년이나 상담을 받아야 했지만—덴마크제 가죽 가구가 있는 엄격한 프로이트 학파의 상담실이었지요—우리는 위기를 넘겼습니다. 나는 아내의 용서를 절대 당연하게 여기지 않았지만, 아내가 나를 보는 표정에서도 배신감이 절대 사라지지 않았어요. 내말을 믿을지 모르지만, 나는 그후로 아내에게 충실했습니다. 임사(臨死) 체험을 한 것 같았지요. 지나친 표현이 아니라면 영혼의 죽음이라고도 할 수 있겠지요."

"지나친 표현 같네요." 엘리가 말한다. 그런 다음 마음이 조금 누그러져 마티의 옆으로 돌아간다. "이 말이 도움이 될지 모르겠지만, 더 포스의 작품을 그린 것이 제 평생 가장 후회되는 일이었어요. 난 항상 과거를 돌아보면서 금방이라도 무너질 듯한 그 때의 삶이 나를 쫓아오기를 기다렸어요."

두 사람 사이의 분위기가 바뀐다. 서두르는 기색 없이 침묵이 다시 모여든다.

마티가 말한다. "음, 잘 됐네요. 둘 다 후회를 했으니까요. 나는 보상을 하고 싶었어요. 신문에 광고를 내고 보상금을 내건 것은 사과의 뜻이었습니다. 당신에게 그 돈을 주려고 했지요. 당신이 새 출발을 했구나 생각했어요……." 그의 목소리가 점점 작아진다. 그런 다음 마티가 다시 말한다. "떠난 뒤에 어떻게 되었지요?"

"복제화를 그린 후—" 엘리가 말을 고친다. "위작을 그린 후 영국으로 건너갔고, 전 세계에서 법을 가장 잘 지키는 시민이 되었어요. 서류를 꾸며서 세금을 공제받는 전남편을 비난했고, 속도 제한도 절대 어기지 않았죠. 난 빌어먹을 성인처럼 살았어요. 정말 웃기죠."

"결혼했군요."

엘리가 고개를 끄덕인다.

마티가 옅은 미소를 짓는다. "아이는?"

엘리가 고개를 젓는다. "난 아이를 기를 수 있는 사람이 아니었어요." 그녀가 큐의 책상을, 뾰족하게 깎은 연필이 꽂힌 컵들과 진황색의 선적 서류를 본다. 엘리의 마음속에서 무슨 일이 일어나고 있다. "저번에 강의실에서 왜 소동을 피웠죠?"

마티가 싱긋 웃는다. "양모 모자를 쓴 녀석이 자초한 거예요."

"걘 괜찮아요. 고지식한 것뿐이에요."

"당신은 베르메르의 작품이 옛날 연인이라도 되는 것처럼 말하더군요."

"어떤 면에서는 사실 그러니까요."

대화가 다시 머뭇거린다.

마티는 대화의 실마리가 사라졌다고 생각한다. 이제 무슨 할 말이 더 있을까? 수십 년 동안 원한과 회한을 품고 살면서 무덤을 지키듯이 지키고 있다 보면 결국 내려놓은 다음에도 주변에서 머뭇거리면서 다시 덮치려고 기다리는 법이다. 세상이 다시 소음으로 가득 찬다. 마티는 벽에 걸린 시계의 톱니바퀴 돌아가는 소리가 들린다. 그는 빨간색 바늘 같은 초침이 달린 하얀색의 단순한 시계를 항상 좋아했다.

엘리가 말한다. "보여주고 싶은 것이 있어요. 걸을 수 있어요?"

"저 신발은 절대로 다시 안 신을 겁니다."

"음, 그러면 맨발로 가야겠군요."

엘리가 일어서서 벽의 고리에 걸린 큐의 열쇠꾸러미를 꺼낸다. 경비원 외에 미술관의 모든 열쇠를 가진 사람은 큐와 맥스밖에 없다. 엘리가 마티를 창고 쪽으로 안내한다. 그는 절뚝절뚝 뒤따르며 작은 소리로 욕설을 내뱉는다.

"미술관마다 위작이 가득한 창고가 있다는 거 알아요?"

"몰랐군요."

"그것들은 긴 세월에 걸쳐서 들어오죠. 미술관에서는 유증을 받거나 사거든요. 해마다 기술이 더 좋아지면서 미술관의 소장품 중에서 위작이 계속 발견돼요. 몇 년씩 전시했던 그림인 경우가 많아요. 물론 그림을 내리고 비밀에 부치고 싶어하죠."

엘리가 창고 손잡이를 돌려 보더니 다른 열쇠를 꽂는다. 옆에서 마티의 숨소리가 들린다. 잠금장치가 열리고 엘리가 철문을 연다. 창고 안으로 들어가자 알루미늄과 비닐 시트 냄새가 난다.

엘리가 말한다. "모작이 시장으로 유출되어서도 안 되지만 태우는 것도 조금 가혹하게 느껴지죠."

엘리가 스위치를 누르자 지잉 소리가 나며 불이 켜지고 정신없는 방이 보인다. 「숲의 가장자리에서」 복제화가 선반에 놓여 있다. 주변에는 다른 그림들이 있는데, 포장이 된 것도 있고 그렇지 않은 것도 있다. 마네와 줄리언 애시튼, 세잔, 피카소, 브렛 화이틀리의 뛰어난 작품들이다.

마티가 눈을 깜빡이며 말한다. "안경을 호텔에 두고 왔는데. 내 손도 잘 안 보여요. 내가 지금 보고 있는 게 뭐죠?

"내 아름다운 거짓말이죠, 마티. 당신이 친절하게 원작을 직접 가지고 오기 전에 들어왔어요."

마티가 다른 방에서 들리는 소리에 귀를 기울이는 것처럼 고개를 갸웃거린다. 그는 그림을 빌려주기로 결심했을 때 자신의 정확한 의도가 무엇인지는 본인도 몰랐지만, 이런 결말도 하나의 가능성이었던 것 같다. 속죄의 행동이 악의적인 행동이기도 했다는 생각이 든다. 마티는 1959년에 업타운의 식당에서 영국인 딜러를 만난 날을 기억한다. 초라하고 작은 남자는 원작을 가지고 왔지만 모작은 없었다. 그는 신문에 광고가 실린 후 복제화를 태웠다고 말했다. 남자는 종이봉투에 가득 든 재와 캔버스 조각을 보여주었다. 마티가 엘리에 대해서 묻자 오스트레일리아로 돌아갔다고 대답했다. 어쨌든 마티는 모작이 어떻게 되든지 관심이 없었다. 보상금은 엘리에게 주려던 것—속죄의 대가, 그 자신의 죄에 대한 보상—이었지만 옷깃에 빵 부스러기를 묻히고 온 남자가 그를 빤히 바라보고 있었고, 약속을 물릴 수도 없었다. 그가 식당에서 달려나가 이스트 강에 그림을 버릴 수도 있었다. 그래서 마티는 그림을 남자 화장실로 가지고 가서 포장을 벗기고 자세히 살펴보았다. 그가 기억하는 낡은 구리 못이 액자 속에 박혀 있었다. 그런데 그것도 꾸며낸 것이고 그림은 여전히 가짜라면? 마티는 자리로 돌아와서 비고 칸에 보상금이라는 씁쓸하고 아이러니한 단어를 적은 수표를 탁자에 내려놓으면서도 자신의 본능을 의심했다. 멍청한 영국인이 현금이 더 좋다고 말하자 마티가 말했다. "난 도둑놈한테는 현금을 주지 않습니다." 마티가 살짝만 익혀 달라고 주문한 스테이크가 나오기도 전에 모든 일이 끝났다. 그 족제비 같

은 남자와 같이 식사를 하기는 죽어도 싫었기 때문에 혼자서 먹었
던 기억이 난다. 물론 그 남자는 가짜를 가지고 있다가 되팔았고,
과거는 아직도 살아서 현재의 핏줄 속에서 박동하고 있었다.

두 사람은 문 닫은 미술관 식당에 앉아서 커다란 창을 통해 보이
는 울루물루 선착장을 내려다보며 한 시간 동안 이야기를 나눈다.
항구의 검은 물에 회색빛 도는 파란색과 초록색이 떠오르며, 브래
들리스 헤드에서 가든 아일랜드까지 빛의 파편들을 이리저리 비
춘다. 엘리는 모든 지명과 페리의 경로까지 다 안다. 우뚝 솟은
바위와 큰 만과 작은 만에 그녀의 어린 시절이 새겨져 있다. 엘리
는 마티에게 떠나기 전에 동물원과 모스맨의 옛날 집들에 꼭 가봐
야 한다고 말한다. 마티가 전시회에서 본 그림들은 액자에서 흘러
나온 흐릿한 색채들에 불과했다고 고백하자 엘리는 더 포스의 다
른 그림에 대해서, 아이의 장례식 행렬에 대해서 설명해준다. 그
녀는 위작을 가져다주러 아침에 네덜란드로 떠난다고 말한다. 마
티는 그녀에게 많은 질문을 한다. 레이던의 사립 미술관 이름이
무엇인지, 장례식 그림에 정확히 무엇이 그려져 있는지 묻는다.
엘리가 말한다. "그쪽에 가면 좀 알아보려고요. 사라 더 포스가
어떻게 되었는지 알고 싶어요."
　마티가 말한다. "뭔가 알아내면 편지를 써주겠어요?"
　"그럴게요."
　"이메일 말고요. 진짜 편지."
　"종이에 써서 보낼게요."

두 사람은 항구로 이어지는 어둑한 초원을 내다본다.

엘리가 말한다. "내가 사랑에 빠진 건 당신이 처음이었어요."

마티가 숨을 고르고 말한다. "상상이 안 되는군요."

"당신은 나를 어떻게 끌어들여야 하는지 정확히 알고 있었어요."

"나 역시 반했으니까요. 나는 밤마다 당신의 뛰어난 위작을 바라보면서 우리의 다음 만남을 계획했어요. 경매장에서 처음 만났을 때 당신한테 빠졌던 것 같아요. 당신이 그림에 대해서 이야기하는 태도에 말입니다. 구리판 그림 네 점을 산 건 순전히 당신한테 좋은 인상을 주고 싶어서였지요. 돈이 상당히 들었지만, 무엇에 입찰을 하고 있는 건지도 제대로 알지 못했어요."

"그림은 아직 가지고 있어요?"

"물론이죠."

이 말에 엘리가 미소를 지으며 유리창에 비친 그의 모습을 바라본다. 입구 홀 쪽에서 의자를 접는 소리가, 행사가 끝나가는 소리가 들린다.

마티가 말한다. "갑자기 너무 피곤하군요. 이제 이 늙은이는 잠자리에 들 시간이 된 것 같습니다. 시차 때문에 잠을 좀 설치겠지만요."

두 사람은 맨발에 뒤꿈치가 까진 마티가 어떻게 호텔로 돌아갈지 의논한다. 마티는 신발을 절대 다시 신지 않겠다고 말한다.

"어느 호텔이에요?" 엘리가 묻는다.

"전혀 생각이 안 나지만, 가까워요. 어디 호텔 이름이 적힌 열쇠가 있을 겁니다."

엘리가 말한다. "좋은 생각이 있어요. 잠깐만 기다려요, 곧 올 게요."

몇 분 후 엘리가 서비스 데스크에서 휠체어를 하나 밀면서 돌아온다. "타요. 호텔까지 데려다 줄게요."

마티가 굴욕적인 표정을 짓는다. "이 밤중에 그걸 타고 당신 손에 밀려 가는 일은 절대 없을 겁니다. 난 체면이 정확하게 20퍼센트 남아 있는데 그걸 타면 남은 것보다 더 많이 깎이겠군요."

엘리는 퀴즈쇼의 상품이라도 소개하는 것처럼 웃음 띤 얼굴로 손을 멋지게 휘둘러 휠체어를 가리킨다. 그러자 마티가 웃음을 터뜨린다.

"맨발로 갈 겁니다." 그가 말한다.

"이 나라에도 택시는 있어요."

"같이 걸어가요." 마티가 말한다.

두 사람은 신발을 식당의 갈색 종이봉투에 넣고 휠체어는 카운터 옆에 둔다. 입구 홀로 나가 보니 사람들이 많이 줄어서 완고한 저항자들과 술주정뱅이들만 남아 있다. 출장요리 직원들이 작은 접시와 샴페인 잔들을 플라스틱 상자에 넣어 나르고 있다. 뭔가 떠오른 마티가 엘리의 팔꿈치를 부드럽게 잡고 맨발로 걸어간다. 춤을 출 때 정도의 손힘이다. "애초에 그 빌어먹을 그림을 우리 집에서 어떻게 들고 나간 겁니까? 누가 그림을 가져갔지요? 당신 공범은 절대 말해주지 않더군요."

마티의 손은 이제 균형을 잡는다는 핑계로 계속 엘리의 팔꿈치를 잡고 있다. 엘리는 몸이 움찔거리지 않아서, 전기가 오르는 듯한 느낌이 없어서 깜짝 놀란다. 그러나 두 사람 모두 위안을 받는 느낌이다. 엘리는 참 이상하다고 생각하면서 마티의 질문에 대답하려 애쓴다. "슬프게도 난 아무것도 몰라요. 그림이 어떻게 움직였는지 전혀 몰랐어요. 돈을 받고 그림을 그렸을 뿐이에요."

마티가 생각에 잠겨 고개를 숙인다. "당신의 이름과 주소를 알려준 탐정은 1957년 11월에 열렸던 자선협회 만찬 때 고용한 출장요리 회사라고 여겼어요. 그는 그때 그림이 바뀐 것이라고 추측했지만, 증명하지는 못했지요."

전시실 앞 아치 아래에 서 있던 맥스 컬킨스가 다가오는 두 사람을 믿을 수 없다는 눈으로 바라본다. 마티는 맥스의 눈을 통해서 자기들을 바라본다. 턱시도 바짓단을 둘둘 말아올리고 갈색 봉투를 들고서 큐레이터의 팔꿈치를 잡고 맨발로 걸어오는 상류층 노인. 마티가 맥스를 향해 고개를 끄덕인다. 맥스는 나이 지긋한 여성 후원자에게 붙들려 길고 긴 이야기를 듣고 있는 듯하다. 그가 인사를 한다.

마티가 엘리에게 말한다. "잠깐만요, 새로 발견된 더 포스의 작품을 보고 싶어요."

"아무것도 안 보이는 줄 알았는데요."

"당신이 설명해주면 되잖아요."

엘리가 전시실 쪽으로 방향을 바꾸고 두 사람이 아치 밑에서 맥스 컬킨스를 지나친다. 맥스와 후원자가 대화를 멈추고 두 사람을 바라본다. 맥스가 말한다. "괜찮아요, 엘리?"

"드 그루트 씨의 관절염이 도졌대요. 내가 호텔까지 모셔다드리려고요."

마티는 미소를 억누른다. 그는 맥스 컬킨스가 당장이라도 달려와서 꼬치꼬치 캐묻고 싶지만 절룩거리며 조각세공 마루를 가로지르는 두 사람의 모습이 너무나 초현실적이어서 말문이 막혔음을 짐작할 수 있다.

두 사람은 더 포스의 그림이 걸려 있는 곳으로 가서 장례식 풍경 바로 앞에 선다.

잠시 생각에 잠겨 있던 엘리가 말을 시작한다. "장례 행렬인데, 어두운 교회에서 아이가 들어갈 만한 크기의 관이 나오고 있어요. 뭉게구름이 어렴풋이 끼어 있고요. 네덜란드 사람들은 볼켄벨던(wolkenvelden)이라는 말로 이런 하늘을 설명했다는 거 알죠? 구름 들판이라는 뜻이에요. 당신 그림이랑 똑같이 강은 얼어붙어 있어요. 아베르캄프가 그랬던 것처럼 사라 더 포스 역시 겨울과 눈에 집착하게 되었나 봐요. 아이들과 구경꾼들이 장례 행렬을 따라가거나 저 아래 언 강에서 올려다보고 있어요. 하류에 마을이 있지만 연기나 불빛은 없어요. 죽은 듯이 고요해요. 이 그림의 가장 특이한 점은 전체적으로 위에서 내려다본 풍경이라는 거예요."

"무슨 뜻이지요?"

"나무나 높은 집 위에서 내려다보면서 그린 것 같아요. 전체적인 시점이 높은 곳에 있고, 소실점은 얼어붙은 들판 뒤쪽이에요. 날짜는 1637년이라고 적혀 있어요. 학계에서는 사라 더 포스는 그때 이미 죽었을 거라고 생각했었죠. 아니면 적어도 그림을 그만

두었다고요."

마티는 이렇게 말할 뻔한다. "저기, 레이던에 내가 같이 가도 되겠어요? 내가 일등석 표를 사지요. 시골을 돌아다니면서 사라 더 포스의 흔적을 찾아봅시다." 그가 그림을 올려다보며 엘리의 대답을 상상한다. 그녀는 재치 있게, 하지만 명확하게 말할 것이다. "그래봤자 세 시간이면 지겨워지리라는 것을 우리 둘 다 잘 알잖아요."

전시실에 조금 더 있던 두 사람은 정문을 향해 걸어간다. 맥스 컬킨스는 보이지 않고 경비원 몇 명만 남아서 감시하고 있다. 두 사람은 통로와 현관을 지나 거리로 나간다. 그런 다음 아트 갤러리 로드를 따라 시내 쪽을 향한다.

엘리가 말한다. "발 조심해요. 중독자들이 도메인까지 와서 약을 하는 것 같아요. 주삿바늘을 밟을지도 몰라요."

"어쨌든 난 발이 안 보이니까 당신이 밟지 않게 지켜줘야지요." 마티는 아직도 약간 힘을 주며 엘리의 팔꿈치를 잡고 있다.

엘리가 말한다. "엄청난 책임이네요. 호텔 이름 기억났어요?"

마티가 바지 주머니를 뒤져서 열쇠를 찾은 다음 호텔 이름을 읽어달라고 엘리에게 준다. 파크의 쉐라톤 호텔이다.

두 사람이 도메인의 끝에 다다르자 성모 마리아 대성당이 나무 꼭대기 위로 모습을 드러낸다. 두 개의 뾰족탑을 보자 마티는 한번도 가진 적 없는 종교나 신앙이 그리워진다. 그가 엘리에게 말한다. "공원을 가로질러 가도 될까요?" 엘리가 말한다. "관절염에 시달리는 노인과 산책을 하다가 강도를 당하고 싶진 않은데요."

두 사람은 세인트 제임스 역을 지나 엘리자베스 스트리트 쪽으로 좌회전을 한다. 거리는 한산하지만 옷을 두껍게 껴입고 지나가던 몇몇 사람들이 경계하는 눈빛으로 두 사람을 흘끔거린다. 세찬 바람이 부는 8월 밤의 시드니. 쉐라톤 호텔에 도착하자 마티가 마침내 엘리의 팔꿈치를 놔준다.

"여기가 끝이군요." 엘리가 말한다.

마티가 말한다. "바보 같은 말인 건 알지만, 안경을 쓰고 작별인 사를 하고 싶습니다. 오늘 밤 내내 당신은 재스민 향이 나는 경쾌한 소리일 뿐이었거든요."

엘리는 마티에게 방으로 가서 안경을 가져오라고 하고 자신은 여기에서 기다릴까 생각한다. 그러다가 그녀는 마티는 과거의 잘못을 바로잡기 위해서 여기까지 온 80대 노인이라고, 엘리베이터를 탈 일도 이제 몇 번 남지 않았고, 그럴 마음을 먹는다고 해도 호텔 방에서 그녀를 어떻게 할 수도 없는 노인에 불과하다고 결론을 내린다. 세월이 그를 거세한 것은 아니었지만—두 사람 사이에 일종의 고기압 같은 것이 아직도 떠돌고 있었다—그의 힘은 이리저리 움직이느라 한 풀 꺾였다가 갑자기 치솟더니 사라져버렸다.

두 사람은 말없이 엘리베이터를 타고 마티가 묵고 있는 꼭대기 층의 스위트룸으로 간다. 엘리가 당연히 그래야 하는 것 같아서 그의 열쇠로 방문을 연다. 열다섯 살 많은 남자와 결혼했다면 이것이 그녀의 몫이었을까?

마티는 신발이 담긴 종이가방을 들고 서서 안경을 찾아 침실을 둘러본다.

엘리가 말한다. "사실 당신이 와서 기뻐요. 나로서는 뭔가가 정리된 것 같아요."

마티가 멍한 표정으로 텔레비전 쪽을 본다.

엘리가 침대 옆 탁자에 놓인 안경을 발견하고 가져다준다. 마티는 안경을 쓰고 눈을 깜빡이더니 엘리를 한참 동안 바라본다.

그가 말한다. "스물다섯 살에서 하루도 더 나이를 먹지 않은 것 같군요."

"무엇을 준다 해도 20대로는 돌아가진 않을래요."

"당신 탓은 아니지요, 아무렴요. 당신의 60대도 충분히 파란만장한 것 같은데요."

엘리가 스위트룸을 둘러보고 다시 마티를 본다. "모든 걸 용서했다면 거짓말일 거예요."

"거짓말은 하지 맙시다."

"하지만 모든 것이 순리대로 되었어요. 그게 교훈이 아닐까요?"

이 말에 마티가 살짝 웃더니 왼쪽 눈을 깜빡이며 눈물을 흘린다. 그가 말한다. "소란을 피우는 건 이 상황에 맞지 않겠지요. 자, 그럼 잘 가요. 부디 잘 지내요. 당신은 내 인생에서 우연히 만난 아주 멋진 사람입니다."

엘리는 가슴 가득 잔뜩 긴장한 감정이 몰려오며 깜짝 놀란다. 그녀가 말한다. "당신도 잘 지내요."

포옹을 하거나 뺨에 입을 맞춰야 할 것 같은 순간이 오지만, 그것은 곧 지나간다. 두 사람이 천천히 악수를 나눈 다음 엘리가 문으로 돌아선다. 마티가 뒤에서 문을 닫고, 자물쇠를 확인하고, 천천히 침대로 돌아가서 옷을 벗는다. 그는 잠들지 못할 것을 알기에 텔레비전을 켜고 채널을 돌린다. 마침내 마티는 보청기를 꺼서 침대 옆 탁자에 올려놓지만 텔레비전은 그대로 켜둔다. 마티가 이럴 적이면, 그가 탄산수를 한 잔 가지고 방으로 들어가서 침대에 누워 웅얼거리는 텔레비전을 켜둔 채 보청기를 빼면 닐라는 잔소리를 한다. 이렇게 누우면 시간이, 하루가, 한순간으로 압축된다. 정적 속에서 은빛이 도는 푸른빛을 받으며 보내는 오후. 그때 머리가 가장 잘 돌아간다. 과거와 현재가 하나로 응고하여 그가 이해할 수 있는 어떤 것이 된다. 마티는 주머니에 제산제를 넣어 다니는 것처럼 과거를 가지고 다닌다. 당신은 아내를 떠나보내고, 동료와 친구들을 떠나보내고, 회계사와 아파트 수위를 떠나보낸다. 사람의 방광은 더 이상 견디지 못하기 때문에 이제 당신은 오페라도 보러 가지 않는다. 사회생활을 하기 위해서는 면밀한 계획을 세우고 보청기를 손봐야 한다. 몸은 점차 쪼그라들어서 원래 당신이 가지고 있던 스포츠 재킷이 너무 커지고, 당신의 어깨는 옷 안에 숨어 있다는 소문에 불과해지는 것 같다. 이제 당신은 죽음 자체에 대해서 생각하지 않지만 죽음을 기다린다. 죽음은 창 밖에서 안쪽을 엿보는 얼굴이다. 당신은 방이 스무 칸이나 되는 삼층집에 살지만 방을 세 개밖에 쓰지 않고, 나머지 방은 콜레라 병동처럼 출입을 차단한다. 당신은 과거의 폐허 속에서 산다. 주머니에 과거를 넣어 다니면서 당신이 친절하고 상냥하고 재능이 뛰어나고 용감한 사람이었기를 바란다. 그러나 당신은 하찮고

이기적인 사람이었고, 사랑을 할 수 있었는데도 늘 당신이 가진 모든 것을 주지 않았다. 망설였다. 그러모으기만 했다. 당신은 아름다운 것들 속에서 살았다. 당신의 벽에 걸린 그림들, 네덜란드의 강이며 부엌들, 유쾌하게 법석을 떠는 플랑드르의 농부들은 세월이 흐르면서 빛을 잃고 유해한 가스를 내뿜지만 당신을 결핍의 혈통과 연결하는 물건이다. 배를 만들고 은행에 다니며 삶이 점점 줄어드는 가운데 가끔 그림을 올려다보던 선조와 당신을 연결해준다. 그림은 나무처럼 주변의 공기를 들이마셨고 이제 옛 주인들의 원자와 분자를 내뿜는다. 이 그림들은 천 년을 갈 수도 있다. 잠들기 직전의 당신은 이런 생각에 마음이 들뜬다. 레이철은 잠들기 직전의 상태를 수면 겉핥기라고 말하곤 했다. 아니, 당신이 그녀에게 하던 말이었을까? 모든 것을 꺼야 하지만 당신은 그렇게 하지 않는다. 당신은 밤새도록 램프를 켜둔다.

헤임스테더

1649년 겨울 / 2000년 여름

북쪽에서 태풍이 몰려오더니 일주일 내내 눈이 내린다. 초원과 나뭇가지들이 얼음으로 덮인다. 해가 지기 직전에 토마스와 사라는 저택 뒤 그들의 석조 별채의 차가운 창문으로 하얀 세상을 바라본다. 판 스호턴이 은퇴한 후 아픈 누이와 함께 지내려고 위트레흐트로 가자, 토마스가 영지 관리인이 되었다. 그리고 곧―1638년 봄에―토마스와 사라는 결혼을 했고 별채로 거처를 옮겼다. 이제 70대가 된 코르넬리스는 직급(수석집사, 가정부, 하인……)으로 수선 떠는 것을 결코 좋아하지 않았기 때문에 아직도 토마스를 마부라고 부르고 사라를 초빙 화가라고 부른다. 여름이면 사라는 암스테르담과 하를럼에서 휴가를 보내러 온 부잣집 아이들을 대상으로 시점의 원칙이나 꽃과 헛간 그리는 법 따위를 가르친다. 또 겨울이 되면 계단을 귀찮고 힘들어하는 스트레이크 부인을 도와서 일한다. 사라는 식품저장고를 채우고 위층 방을 청소한다. 또 우울증에 빠진 코르넬리스가 샐쭉해져서 차 마시는 방의 난롯가를 떠나지 않을 때면 식사도 가져다준다. 사라는 가끔 소묘는 그렸지만 사실 몇 년 동안 그림 한 점도 완성하지 못했다. 어쩌다 보니 평범하고 단조로운 새 일상이 그녀의 그림을 삼켜버렸다. 사라는 행복하지만—그녀는 누구보다도 가장 먼저 행복하다고 선언할 것이다—끝내지 못한 작품이 주는 긴장감, 그녀가 그린 세상이 다시 그녀를 흘깃거리는 곁눈질이 그립다.

그들은 봄과 여름 내내 바깥에서 지낸다. 토마스는 소풍을 가서 버섯과 이끼를 채집하고 야생화를 꺾거나 강 상류에서 송어 잡는 것을 좋아한다. 수렵 채집은 토마스가 코르넬리스에게 배운 소일거리인데, 사라는 노인이 집밖으로 나오지 않기 때문에 토마스가 더 열심히 하는 것이 아닐까 생각한다. 어느 계절에는 코르넬리스의 지시에 따라 토마스가 온종일 목재를 영지 내 비밀 장소로 옮겼다. 코르넬리스가 토마스에게 동쪽 경계를 지켜볼 초소를 지으라고—이웃들과 경계를 두고 분쟁이 있었다—지시한 일도 있었지만, 그는 그 일 자체를 잊었다. 그래서 그해 6월에 토마스는 초소를 자기 것으로 하여 사라에게 해안가의 모래언덕이 내려다보이는 여름 별장을 짓겠다고 말했다. 날이 따뜻해지고 기분이 내키면 두 사람은 바다가 내려다보이는 높은 절벽 위의 페인트를 칠한 나무 보석상자과 같은 그 단칸 통나무집으로 간다. 사라는 석조 별채와 침대가 주는 안락함이 더 좋지만 토마스의 개척 정신을 즐긴다. 두 사람은 석탄불에 생선을 굽고, 강에서 수영을 하고, 솜뭉치와 양가죽 위에서 잠을 잔다. 토마스가 히스 덤불과 끈적버섯을 깔끔하게 쌓아두면 사라가 그것을 이용해서 털실을 염색한다. 이 진지하지만 소소한 선물들을 보면 카트레인이 떠오른다. 토마스는 나이가 들면서 자꾸 일곱 살짜리 아이가 된다.

가끔 사라는 북해를 내려다보며 스케치북 앞에서 몇 시간씩 보낸다. 벌써 몇 년째 사라를 완전히 사로잡는 주제가 없다. 장례 행렬을 그린 후 몇 가지 야심찬 작품을 떠올리면서 그리고 싶다고 생각한 적도 있었지만, 그런 그림들에 대한 굶주림은 편안하고 만족스러운 일상 속에 가라앉았다. 사라는 스케치를 하면서 얇은 거미줄 같은 구름이나 햇볕이 새하얗게 내리쬐는 하늘 아래 흐릿한 모래 언덕을 그리다보면 가끔 이상하다는 생각이 들기도 한다. 그녀는 그림을 그려야 한다는 생각에 짓눌리지 않아서, 일상이 아무 근심 없는 흘러가는 것에 깜짝 놀란다. 하지만 사라는 온종일 바깥을 돌아다니는 농장의 개처럼 쉽게 잠들고 깊이 잔다. 그녀는 어둠을 고대한다. 어둠이 내리고 사방이 고요해지면 토마스는 어린 시절에 쳤던 엉뚱한 장난이나 배를 타는 삼촌들과 심술궂은 노처녀들의 이야기를 해준다. 여름 별장에 조금이나마 장식적인 것이 있다면 기울어진 지붕널 하나를 떼었다 붙였다 할 수 있다는 점이다. 토마스는 엉성한 침대 위에 있는 지붕널을 떼어내서 밤하늘을 멋지게 여는 것을, 아내에게 직사각형 안에 든 별들과 행성들을 선물하는 것을 좋아한다. 그는 봐요, 내가 당신을 위해서 이것들을 모았어요라고 말하는 것 같다. 그러나 사라는 토마스가 지붕널을 마무리하지 못한 것이 아닐까 생각한다. 그녀는 토마스가 과장해서 들려주는 이야기에, 그가 유일하게 아는 다섯 가지 별자리에 대한 이야기에 귀를 기울이며 서서히 잠이 든다. 사라에게는 이것이 가장 진실된 사랑 같다.

사라는 오두막 창밖으로 덧없는 세상을, 헐벗은 과실수에 딱딱하게 맺힌 얼음 조각들을, 울타리에 맺힌 서리를 바라보면서 더 따뜻한 날이 올 수 없을 것 같다는 생각을 하고 있다. 사라가 안개 낀 유리창과 그 바깥을 멍하니 보고 있는데 토마스가 공상을 방해한다. 그가 사라의 뺨에 입을 맞추고는 날이 잠깐 풀린다고 말한다. 밤에 스케이트를 타요. 토마스의 말은 경이로움으로의 초대처럼 들린다.

엘리는 레이던에서 차를 빌려서 타고 간다. 8월의 네덜란드 풍경에는 칼뱅파 특유의 절제와 대칭이 드러난다. 완벽한 사각형을 그리는 푸른 들판을 둑과 관개수로가 가로지르고, 어디를 보아도 불룩 솟은 부분이 없다. 네덜란드 사람들은 여름이면 시골로 다니면서 일광욕실보다 크지 않은 임시 거처나 캠핑장에서 머무는 것을 좋아한다. 그들은 페리를 타고 바람이 세찬 텍설 섬이나 제일란트의 모래언덕으로 가서 텐트 안에서 맨발로 책을 읽으며 한 달을 보낸다. 혹은 자동차에 트레일러를 연결해서 세상에 종말이 온 것처럼 휴지와 수프 캔을 잔뜩 싣고서 축축한 고국의 바깥으로 나가면 무엇을 발견하게 될까 두려워하며 독일과 프랑스로 간다. 그들은 야생의 것이라면 무엇이든지 살육했던 대담한 17세기에서 벗어나긴 했을까? 그러나 네덜란드인들은 맨발로 자유롭게 돌아다니며 솔직하게 말하고 자연에 푹 빠지기를 간절히 바라고, 매년 별빛 아래 캠프를 떠나는 순례를 시작하고 싶어서 조바심을 낸다. 엘리는 옆자리에 있는 네덜란드 사람과 이런 생각을 나누고 싶지만 그는 분명 기분이 상할 것이다. 그래서 그녀는 대신 정다운 시골 풍경을 내다보며 지난 48시간 동안 얼마나 많은 것이 바뀌었는지, 자신의 삶이 어떻게 다시 형태를 갖추게 되었는지 생각한다. 엘리는 쌀쌀한 겨울 남풍이 해안에 몰아치는 시드니를 떠나왔는데 지금은 푸조 조수석에 헨드릭을 태우고 트렁크에 위작을 싣고 달리고 있다.

밤이 지나자 태풍이 물러나고 옅은 구름 뒤에서 보름달이 뜬다. 토마스가 말굽을 박을 때 사용하는 말뚝에 대고 두 사람의 스케이트 날을 사과도 자를 수 있을 만큼 날카롭게 간다. 사라는 호두와 말린 과일을 챙기고 새끼염소 가죽으로 만든 통에 향신료 섞은 와인을 넣는다. 두 사람이 양모 모자와 장갑, 목도리로 무장하고 스케이트 끈을 어깨에 걸치고 추위 속으로 나가자 입김이 연기처럼 피어오른다. 풍경 깊숙이 자리 잡은 추위는 잎이 다 떨어진 정자 덩굴에 갈라진 밧줄 같은 얼음을 퍼뜨리고 철문 경첩을 뻣뻣하게 만들었다. 사라와 토마스는 마을 폐허에서 몇 킬로미터 떨어진 강의 서쪽 지류를 향해 출발한다. 그곳은 여름이면 토마스가 가장 좋아하는 낚시터로, 깊은 물속에는 바위가 있고 소용돌이가 치는 곳이 있어서 송어들이 자주 모여든다. 숲속을 걸어가니 눈이 장딴지의 절반 높이까지 차오른다. 나무 꼭대기 틈으로 달빛이 깜빡깜빡 움직이며 길을 비춘다. 사라는 눈을 헤치고 걸어가면서 고개를 들어 달과 우윳빛 달무리 때문에 흐릿해진 별들을 흘끔거리며 본다. 그녀는 몇 달 동안 구름 없는 하늘을 보지 못했다는 생각이 들었다.

두 사람은 얼어붙은 강둑으로 내려간다. 눈이 바람에 날려 깨끗해진 부분은 얼음이 두껍고 거의 반투명하다. 군데군데 있는 그런 부분에서는 밤하늘이 뒤틀린 모습으로 비친다. 갈대는 텅 빈 껍데기에 물 위에 떠서 흘러가는 나무처럼 퇴색했다. 가벼운 바람이 불자 빈 갈대가 서걱서걱 소리를 내며 재잘거린다. 토마스가 사라의 어깨에 팔을 두르고 나란히 선다. 사라가 창문처럼 맑은 얼음 속을 들여다보면서 강바닥 진흙 위의 차갑고 탁한 물속에서 흔들리며 의기소침해져 있을 굼뜬 물고기들을 생각한다. 물고기들 눈에는 사라와 토마스가 얼어붙은 강물 렌즈 너머에 서 있는 머리 두 개 달린 괴물처럼 보일지도 모르겠다는 생각이 든다. 얼음이 얼마나 단단한지 시험해보려고 토마스가 중앙에 커다란 바위를 던진다. 만족스러운 텅 소리가 난다. 네덜란드의 어떤 사람들은 얼음의 강도에 따라서 소리를 분류하기도 한다. 기록적인 추위가 맹위를 떨칠 때는 스케이트를 타고 레이던에서 암스테르담까지 몇 시간 만에 간 사람도 있다. 사라와 토마스는 차가운 바위에 앉아서 스케이트를 신고, 향신료 넣은 와인을 마시며 몸을 덥힌다. 사라가 먼저 일어서서 얼음 위로 미끄러져 나간다. 그녀는 뒷짐을 지고 한쪽 다리로 얼음을 차면서 상류로 향한다. 토마스가 사라의 움직임을 흉내 내면서 그녀의 이름을 부르며 따라온다. 사라가 뒤로 돌아서 토마스를 보며 거꾸로 스케이트를 탄다. 신이 나서 얼굴이 달아오른다. "어서 와요, 느린 당나귀." 그녀가 외친다. "난 스케이트를 타고 바다까지 갈 거예요."

헨드릭이 낡은 도로 지도를 보면서 헤임스테더로 가는 길을 알려 준다. 그는 한때 이 지역에는 오래된 장원들과 도시에서 여름을 보내러 온 귀족들로 가득했다고 엘리에게 말한다. "지금은 낡고 오래된 민박집이나 독일 졸부들이 온 친척들과 함께 지낼 수 있는 빌라로 가득하지만요." 헨드릭은 엘리가 도착했을 때 들고 있던 팩스 종이를 아직도 손에 쥐고 있다. 그는 이번 임무의 묘한 공범 이지만 엘리는 그를 향한 감정이 누그러지는 것을 느낀다.

엘리가 레이던의 사립 미술관에 도착했을 때 헨드릭은 팩스 종 이를 당첨된 복권처럼 들고 문 앞에 서 있었다. 엘리는 시드니에 서의 만남을 생각하면서 그가 무심할 것이라고, 심지어는 약간 적대적일지도 모른다고 예상했지만 헨드릭은 뭔가에 사로잡혀서 그녀를 쾌활하고 친절하게 대했다. 그의 말에 따르면 익명의 미국 인이 「숲의 가장자리에서」를 그들이 지불한 돈의 두 배를 내고 사겠다고 제안했다고 한다. 헨드릭이 스위스에 간 관장과 통화를 한 다음 그림 값의 송금이 이루어진 것이 겨우 몇 시간 전의 일이 었다. "그래서 당신이 그림을 돌려주러 오고 있다는 이메일을 받 고 무척 혼란스러웠습니다." 그가 말했다. "하지만 이제 보니 말이 되는군요. 그 미국인이 당신에게 직접 가져다달라고 했나 보군요. 서류 작업을 마무리하고 서명을 받아서 미국으로 그림을 배달하 러 가시려는 것이지요? 관장님은 오늘밤에 돌아오십니다." 제2차 세계 대전 스파이처럼 뚝뚝 끊어지는 말투도, 어울리지 않는 염소

수염과 왼쪽 귀에 달린 귀걸이 네 개도 그대로였지만 자기 영역에 있어서인지 유난히 뻣뻣하고 독선적인 느낌은 들지 않았다. 이제 증명해야 할 것이 없어서인지도 몰랐다. 엘리는 3층짜리 운하 저택에 차려진 미술관으로 들어갔지만 그의 모습에 너무 당황해서 샹들리에도 벽에 걸린 그림도 눈에 들어오지 않았다. 역사적 기록을 보관하는 사람이 무정부주의자 같은 차림으로 부유한 적갈색 저택에서 나오는 나라는 네덜란드밖에 없다. 엘리는 그림을 렌트카 트렁크에 넣어놔도 안전할지 헨드릭에게 물었다. "정면 창문으로 자동차가 보일 겁니다. 제 자전거가 바로 옆에 체인으로 묶여 있어요. 차를 좀 드릴까요?"

그는 엘리에게 창밖을 지켜보라고 말한 다음 차를 타러 갔다. 엘리는 창밖을 보며 이 상황을 이해하려 애썼다. 물론 헨드릭은 전시회가 시작한 지 며칠 지나지도 않았는데 그림을 반환한다니 이상하게 생각했을 것이다. 십 분 후, 그는 찻잔과 잔 받침을 들고 창문 앞을 서성이고 있었다. "판 포르트 씨는 스위스의 낡은 다락방들을 돌아다니고 있어요." 그가 찻잔을 후후 불며 말한다. "손쉬운 사냥감을 찾는 늙고 배고픈 호랑이죠." 그런 이야기를 잠시 나누다가 헨드릭이 무슨 생각이 불쑥 떠올랐는지 자리에서 일어나 흐릿한 회색 팩스 종이를 가지고 돌아왔다. "한밤중에 들어왔는데, 당신 앞으로 되어 있습니다." 그가 마치 메시지를 읽지 않았다는 듯이 종이를 뒤집은 채 엘리에게 건넸다.

이제 모든 문제가 해결되었습니다. 그림을 어떻게 해야 할지는 당신이 잘 알고 있을 거라고 믿어요, 엘리.

당신의 충실한 MdG로부터

엘리는 헨드릭이 이 수수께끼 같은 메시지의 뜻을 전혀 모르지만 MdG가 누구냐고 물을 만큼 멍청한 사람은 아니라는 것을 알 수 있었다. 예술계는 익명성을 존중했고, 그것을 순수성을 나타내는 지표처럼 받들었다. 헨드릭이 말했다. "전시회에서도 철수시키다니, 그 미국 사람은 그 그림을 정말 간절히 원하나 보군요." 그가 혼자 미소를 지었다. "대중이 자기만의 보석을 보는 것이 싫은 건지도 모르죠." 판 포르트는 그림을 반환하라는 이유를 묻지 않았을까? 아니면 그 역시 소유욕이 무척 강한 사람이어서 이 열정적인 미국인과 완벽하게 말이 통한 것일까? 엘리는 차를 마시고 자기 입에서 고백이 흘러나오기를 기다렸다. 그녀는 뉴 사우스 웨일스 미술관의 물성물리학자 헬렌 버치가 작성한 50쪽짜리 분석 보고서를, 렌트카 안에 있는 그림이 20세기에 만들어진 위작임을 확실히 증명할 보고서를 꺼낼 순간을 기다렸다. 비행기를 타고 오는 기나긴 시간 동안 엘리는 헨드릭과 그의 고용주에게 뭐라고 말해야 할지 생각했다. 그녀는 사과를 하고 모든 책임을 질 생각이었다. 엘리는 이 짐을 넘겨주는 보상으로 얼마를 원하는지 물어볼 생각이었다. 그녀는 봉인했지만 아직 보내지 않은 사표에 적힌 말을 그대로 반복할 생각이었다. **결국 저는 시간과 환경, 납과 주석을 섞어서 만든 노란색 안료 때문에 파멸했습니다.** 호화로운 응접실에 내리쬐는 북부의 햇빛 속에 앉아 있으니 이 말이 너무 극적이고 거짓말처럼 느껴졌다. 더욱 진실한 말은 엘리가 더 포스의 그림을 자신의 비뚤어진 재능을 시험하는 장으로 이용했다는 것, 무모하고 외롭고 세상에 화가 났다는 것, 사라 더 포스와 일종의 동질감을 느끼고 싶었다는 것일 터였다. 엘리는 광택제와 그러데이션과 연백층 아래에서 슬픔에 잠겨 있지만 화가로서 발견한 지혜를 나누어주는 사라를 만나고 싶었다. 사라가 낡은 바니시의 안개를 헤치며 아직도 터벅터벅 걸어가고 있는 층을 발견하고 싶었다. 수천 시간 동안 나는 사라의 마음으로, 사라의 손으로 생각하면서 다른 모든 것을 차단하고 싶었습니다. 엘리는 이런 고백이 진실에 더 가깝다고 생각했다. 그러나 그녀의 인생에는 이런 자기성찰을 들어줄 만한 사람이 없었고, 헨드릭은 더더욱 그런 대상이 될 수 없었다. 엘리가 모작을 그린 이유를 그녀 자신 외에 누가 신경 쓰겠는가? 이제 헨드릭과는 상관없는 문제였다. 그와 관장은 등식에서 깔끔하게 제거되었다.

엘리는 갑자기 호텔 방에 혼자 앉아서 마티가 얼마나 어마어마한 일을 했는지 곰곰이 생각해보고 싶었다. 마티는 잉크가 번진 세 줄의 팩스로 모작을 없앴을 뿐 아니라 엘리가 자기 삶을 시작하도록 허락해주었다. 엘리는 죄에서 이렇게 쉽게 벗어나자 두려움이 사라졌지만 동시에 분노도 치밀어올랐다. 그녀는 어느새 사실을 고백하는 대신 「아이의 장례식 행렬이 있는 겨울」의 출처를 묻고 있었다.

헨드릭이 창밖을 보며 말했다. "관장님은 기록을 전부 본인 사무실에 보관합니다. 제가 아는 것은 물려받은 유산 중에서 유화를 한 점씩 팔고 있는 헤임스테더의 미망인에게서 샀다는 것밖에 없어요. 낡은 집을 유지하느라 힘들다든가, 뭐 그렇다고 합니다."

엘리는 창가에서 서성이는 헨드릭을 보면서 그의 야망이 얼마나 클까 생각했다. 그녀가 말했다. "어쩌면 우리 둘이서 더 포스를 연구할 수도 있겠군요. 네덜란드에 머무는 동안 추가 조사를 하려고 해요, 몇 개의 점을 연결할 수 있지 않을까 해서요."

헨드릭이 엘리를 향해 고개를 돌렸다. "그림을 미국으로 가져가야 하지 않나요?"

"며칠 말미가 있어요. 그림은 안전하게 보관해둘 거예요."

헨드릭이 창밖을 내다보았다. "어떤 연구죠?"

엘리가 말했다. "더 포스의 생애에 대해서 몇 가지 기록을 바로잡을 수 있다면 어떨까요? 이제 그녀가 암스테르담 시절 이후에도 그림을 그렸다는 사실이 밝혀졌어요. 알아낼 내용이 더 있을 거예요. 사라 더 포스에 대한 논문을 공동으로 쓸 수 있지 않을까요? 그녀의 인생 마지막 부분을요."

헨드릭이 응접실 반대편에서 그녀를 바라보고, 그의 머리 뒤에서는 햇빛을 받은 운하가 후광처럼 반짝인다. "대부분 당신이 만든 기록이죠." 그가 말했다. "당신은 더 포스를 이용해서 경력을 쌓았지요." 헨드릭이 약간 성마르게 말했지만 엘리는 그가 자리를 비운 관장을 위해서 일하는 것을 생각하니 이해할 수 있었다. 그는 녹슨 자전거를 타고 출근해서 쇠창살에 묶어 놓고 딱히 할 일도 없이 지내면서 공공 미술관이라는 큰 무대로 나갈 때만을 기다리고 있을 것이었다. 공동 논문은 그가 이 거대하고 아무도 오지 않는 사암 미술관에서 나갈 표가 될지도 몰랐다.

"사실이에요." 엘리가 말했다. "하지만 이제 바로잡고 싶어요."
그녀는 용감한 기분이, 무슨 말이든 할 수 있을 듯한 기분이 들었
다. 엘리는 야망으로 가득한 스물여섯 살로 돌아가서 다시 시작하
는 기분이었다. "몇 살이죠?"

"32살이에요."

"아무도 오지 않는 미술관의 큐레이터를 계속 하고 싶어요?"
헨드릭이 찻잔을 비우고 커다란 창밖을 내다보았다.

엘리가 말했다. "세월은 순식간에 지나가요. 내 경력을 줄게요."
그녀는 헨드릭이 숨을 크게 들이마셨다가 내쉬는 뒷모습을 지
켜보았다.

그가 돌아섰을 때 엘리를 바라보고 있는 것은 전혀 다른 사람이
었다. 헨드릭은 얼굴 가득 떠오르는 웃음을 억누르려고 애쓰고
있었다.

"저를 따라 오세요." 그가 이렇게 말한 다음 한 손에는 열쇠 꾸
러미를, 한 손에는 찻잔과 잔 받침을 들고 엘리를 계단으로 안내
했다. 두 사람은 관장의 사무실로 올라갔고 헨드릭이 잠긴 문을
열었다. "관장님은 전부 기록합니다." 그가 말했다. "미술 수집가
의 고양이 이름까지도 기록하지요."

지금, 렌트카를 타고 달리는 엘리가 헨드릭 쪽을 보자 스파르너
강이, 보리수가 띄엄띄엄 서 있고 초록색과 하늘색으로 칠한 선상
가옥이 있는 강둑이 보인다. 헨드릭이 낡은 도로 지도를 보고 길을
안내하며 민박집 진입로가 "대략 300미터 앞에서 나타날 것이라

고" 말한다.

사라가 뒷짐을 지고 길게 활주하며 스케이트를 타자 차가운 공기
가 뺨을 뜨겁게 달구고 스케이트 날에서 숫돌에 칼을 가는 소리가
난다. 그녀는 몇 킬로미터쯤 스케이트를 타고 싶다, 자정까지 이
상쾌한 즐거움에 푹 빠지고 싶다. 강둑의 헐벗은 나무에 붙은 얼
음이 반짝인다, 깜빡이는 별들 대신이다. 밤은 껍질이 그대로 붙
어 있는 것 같다. 그녀가 밤의 속살로 파고든 것 같다. 여기 뼈와
갑옷이 있다. 나무들이 늑재처럼 하늘을 떠받치고 있고, 강은 얼
어붙어서 하늘을 온전히 비추기에는 너무 탁한 거울로 변했다.
하늘과 그녀의 생각을 제외한 모든 것이 휙휙 지나간다. 하늘도
그녀의 생각도 점점 넓어지면서 느릿느릿 시계 방향으로 선회하
는 것 같다. 사라는 그림과 음식과 카트레인을 떠올리고, 생각이
다른 생각으로 이어지면서 바렌트와 토마스에 대해서, 난롯가에
서 뜨개질을 하던 엄마에 대해서, 그릇에 담겨 겨울 빛을 받는
오렌지에 대해서 생각한다. 이 모든 것이 사라의 스케이트 끈에
매달려서 곡선을 그리며 휙 돌아 그녀의 상상을 완벽하게 그려낸
다. 얼음 위에서 사라는 가볍다. 무게가 없는 승객이다.
　토마스는 한참 뒤떨어져서 더 이상 그녀를 부르지는 않지만 가
끔 웃음소리인지, 지쳐서 헉헉대는 소리인지를 내뱉는다. 사라는
폐허된 마을까지 스케이트를 타고 가서, 흐릿이 무슨 소동인가
싶어서 은신처에서 나올 때까지 목청껏 노래를 부르고 싶다고 생
각한다. 순간적으로 그녀는 흐릿은 이미 죽었고, 그녀의 뼈가 얼

어붙은 땅속 자기 아이들과 남편과 이웃들 옆자리에서 하얗게 변하고 있음을 잊는다. 흐릿의 마지막 순간이 다가오자 사람들은 그녀를 영지로 데려왔고 사라가 몇 주일 동안 돌보았다. 흐릿의 죽음은 느린 키질과 같았다. 급하게 닥친 카트레인의 죽음과 너무 달랐다. 사라가 손님방에 가 보면 흐릿은 창문을 열어젖히고 깃털 침대가 아니라 그녀의 생가죽 위에서 자고 있었다. 흐릿은 살았던 방식 그대로, 스파르타인이나 거지처럼 검소하게 죽었다. 사라는 흐릿과 나누던 대화가, 옛 마을에 대한 이야기들이 그립다. 토마스가 아직 보이는지 확인하려고 뒤로 돌자, 강이 굽어지는 곳을 따라 돌면서 날아오르는 거위처럼 양손을 높이 들고 흔드는 토마스의 모습이 보인다. 사라는 웃으면서 뒤로 스케이트를 타고, 그녀가 내쉰 숨이 연기처럼 피어올라 얼굴을 가린다. 그녀는 때때로 모든 감각이 종처럼 날카롭게 울리며 세상이 덧없는 아름다움으로 넘쳐나는 순간이 있다고 생각한다.

순간적으로 사라는 자신이 넘어졌음을 깨닫지 못했다. 얼음 밑의 강물은 펄펄 끓는 물과 같다. 달빛 하늘 대신 하얗게 깨진 둥근 유리 천장이 보인다. 뒤틀린 형태와 소리가 솟아오르는 지하세계. 사라는 숨을 쉬려고 하다가 그때서야 물에 삼켜졌음을 깨닫는다. 사다리를 올라가려는 듯 손이 머리 위의 물을 할퀸다. 몸이 강바닥의 차가운 진흙을 향해 가라앉으면서 모든 것이 흐릿해진다.

사라의 발은 납으로 만든 두 개의 추이고, 그녀의 주머니에는 돌이 가득하다. 그녀는 발을 차보지만 발밑에서는 아무것도 느껴지지 않는다. 토마스의 스케이트가 얼음을 깨뜨리고 긁는 소리가 들린다. 그때 그녀에게 그녀 자신의 목소리가 들리고 마치 그 소리는 웅얼거리는 비명이 아니라 강 아래쪽 어두운 방에서 누가 잠을 자면서 내는 신음 같다. 사라는 그 소리 때문에 겁에 질린다. 그녀는 부글거리는 기포 속에서 퍼져나가는 두려움을 보면서 울퉁불퉁 깨진 얼음 사이로, 저 위로 올라가고 싶다고 생각한다. 뭔가가 그녀의 손에서 깜빡거리는 밤을 잔인하게 빼앗았다. 닿을 수 없을 만큼 멀게만 느껴진다. 시야가 흐릿해지더니 어둠 속에서 죽은 나뭇가지가 나타난다. 기침을 하자 가슴 속에서 강물이 불타오른다. 그리고 모든 것이 느려진다. 사라는 자신의 머리 위에서 우아한 나선형의 물살이 물고기와 부유물을 안고 강 아래로 향하는 것을 본다. 얼음에 박힌 별들이, 자기 나름대로의 별자리를 가진 고요한 두 번째 하늘이 보인다. 저기 토마스가 있다. 긴 나뭇가지를 물속으로 늘어뜨리고 얼음 같은 강물 속으로 자기 머리를 집어넣는다. 서로 다른 두 영토 사이에서 움직이는 그의 목소리가 진동한다.

그 미망인—에딧 젤러르 부인—은 손님을 환대하는 분위기가 전혀 없는 민박집을 운영한다. 그녀의 손님 명부에 적혀 있던 부유한 독일인과 암스테르담 사람들이 실제로 나타나면, 젤러르 부인은 춥고 지나치게 장식된 방들에 손님들을 풀어둔다. 겨울에 배관에 문제가 생기거나 예약이 없을 때면 그림이나 골동품 책상을 판다. 여러 해 동안 그런 식이었다. 골동품은 수리비를 감당하고 관광객들은 자동차의 기름 값과 공공요금을 댄다. 그녀는 수백만 길더 위에 앉아 있지만 현금은 부족한 미망인이다. 엘리는 젤러르 부인의 방을 내주는 방식과 유령처럼 그림이 걸린 자국이 남아 있는 벽들, 그리고 샤워는 짧게 하고 양치질을 할 때는 수도를 잠그라는 부인의 안내, 코팅된 설명서를 보고 미망인의 상황을 파악한다. 젤러르 부인은 유산(遺産)이라는 짐을 지고 있다. 미망인은 두 사람이 묵을 1층 방을 보여준다. 좁고 낡은 방을 보니 엘리는 병실과 요강이 떠오른다. 수납장 위의 세면대, 자수가 놓인 수건, 창밖으로 보이는 초라한 여름 정원.

저녁 식사 시간이 되자 엘리와 헨드릭은 장례식 그림 이야기를 꺼내서 미망인에게 그림을 어떻게 손에 넣었는지, 집안에서 얼마 동안 전해 내려왔는지 등을 예의바르게 묻는다. 젤러르 부인이 저녁 식사로 남은 뿌리 야채 스튜와 훈연 소시지를 내놓자 엘리는 며칠은 지난 듯한 음식을 주면서도 요금을 청구할까 궁금하게 여긴다. 어지러운 부엌이 두 개 있고, 세 사람은 그중 한 군데에서 식사를 한다. 식당은 손님들에게 개방하지 않은 지 오래되었다. 미망인은 불가항력처럼 집안이 차츰 몰락한 이야기를 들려준다. 폐허에 전염병이 돌았고, 아버지가 돌아가시자 가구에 먼지가 앉지 않도록 덮개를 씌웠고, 젤러르 부인과 어머니는 등유나 장작을 살 돈이 없었기 때문에 위층은 항상 춥고 축축했고, 젤러르 부인의 남편이 죽고 아이들도 일을 하러 멀리 떠나자—영국의 은행과 파리의 호텔—젤러르 부인의 기운도 사라졌다.

"소장하고 계신 그림은 어디서 나왔지요?" 엘리가 묻는다.

"아버지 쪽 먼 친척 아저씨에게 받은 것도 있고 아버지가 직접 구매한 것도 있어요. 제2차 세계대전 때 독일 군인들이 몰려와서 약탈했죠. 유서 깊은 가문들은 이웃집이나 낡은 헛간으로 가보를 보내놨지요, 집안 대대로 내려오는 유산을 숨기려고요. 많은 그림들이 사라졌죠."

"저희가 몇 년 전에 산 그림 말인데요." 헨드릭이 네덜란드어로 말한다. "아이의 장례식 풍경이요. 사라 더 포스의 다른 작품도 가지고 계신가요?"

젤러르 부인이 음식을 씹으며 생각한다. "처음 들어보는 이름 같군요."

엘리는 피로가, 시차가 갑자기 몰려드는 느낌이다. "가지고 계신 그림들을 좀 살펴봐도 될까요?"

미망인이 스튜 그릇에서 고개를 든다. "그림들은 전부 흩어져 있어요. 일부는 다락방에 있고 일부는 거실에 있지만, 일부는 어디에 있는지 아무도 모르죠. 그림을 팔 때는 헤임스테더 시내의 변호사가 서류를 만들어 줘요. 언젠가 그 사람이 목록을 작성했을 거예요."

그들은 저녁 식사를 마치고 그림 이야기를 더 이상 하지 않는다. 그릇을 다 치우고 집 안의 불이 반 정도 꺼지자 젤러르 부인이 여분의 수건을 방으로 가져다준다. 수건은 뻣뻣하고 거칠고, 레몬 비슷한 냄새가 난다. 엘리는 고맙다고 인사한 다음 잠자리에 들기 전에 복도에 서서 그녀와 잡담을 나눈다. 갑자기 젤러르 부인이 내일 폐허를 보러갈 거냐고 묻는다. "옛 정착지 쪽 말이에요. 소풍 가기 좋은 곳이죠." 그녀가 말한다. "네덜란드에는 폐허가 많지만 성은 거의 없어요. 네덜란드 사람들은 귀족을 별로 좋아하지 않거든요." 엘리는 네덜란드 사람들이 베아트릭스 여왕을 동경한다고 말하고 싶은 것을 그만두고 부인의 말을 확인한다. "거긴 무슨 폐허죠?"

"옛날 마을이요." 미망인이 말한다.

"그림에 나오는 마을 말인가요?"

젤러르 부인이 고개를 끄덕이지만 갑자기 겁을 내며 경계하는 것 같다. 엘리는 미망인이 치매에 걸린 것은 아닐까, 벌써 몇 번째 생각한다.

헨드릭이 밖으로 나와 대화를 듣다가 네덜란드어로 말한다. "메인 프라우(mijn vrouw)*, 그림에 나온 마을의 폐허인가요? 장례식 행렬 그림에요."

미망인이 말한다. "마을 전체가 거기에 묻혀 있어요. 점심으로 치즈 샌드위치를 싸 줄게요." 그녀가 잘 자라고 인사한 다음 긴 복도를 걸어간다.

사라가 아직 푸르스름한 한밤중에 잠에서 깨자 캄캄하게 부풀어 오른 커다란 집이 그녀를 에워싸고 있다. 그녀는 차 마시는 방의 좁은 깃털 침대에 누워 있고 바로 옆에서 난롯불이 밤색으로 빛난다. 코르넬리스가 우울증을 달래며 동방에서 온 차를 한 잔씩 마시는 곳이다. 사라는 산더미 같은 담요에 깔려 온몸이 펄펄 끓고 있고, 면 보닛 아래의 머리카락은 땀으로 푹 젖었다. 그녀가 자리

_____

* 네덜란드어로 "부인"이라는 뜻.

에서 일어나 앉아 이불을 걷어버리려고 하지만 힘이 빠져서 다시 눕는다. 난로에서 타오르는 불빛과 신문을 접어 무릎에 올려놓고 몸을 숙인 바렌트가 보인다. 사라는 잠시 후에야 곁에 앉아 있는 사람은 토마스이고 이제 다른 시간을, 다른 삶을 살고 있음을 깨닫는다. 사라는 바렌트의 꿈을, 그리고 카트레인을 따라 숲속 동굴로 들어가는 꿈을 꾸었다. 눈을 감자 잔상이 떠오른다. 검은 튤립과 번득이는 얼음. 사라는 다시 일어나 앉아서 창밖에 쌓인 눈을 내다본다. 목이 무척 마르지만 토마스를 깨우고 싶지 않다. 잔잔한 연못에서 같이 헤엄치는 두 사람이 보이고, 곧 두 사람은 말들이 달리는 들판 옆의 강을 걸어서 건너고 있다. 사라가 또 다른 꿈에서 다시 깬다.

아침이 되자 하를럼에서 의사가 불려오고 토마스가 그 옆에 있다. 의사가 두른 앞치마 밑단에 작은 섬 같은 핏자국이 있다. 내 피인가? 사라가 생각한다. 묻고 싶지만 말을 하려면 어마어마한 힘이 필요하다. 사라는 동상에 걸린 발가락과 검게 변한 발톱 밑의 살을 흘깃 본다. 난로 선반에 놓인 유백색의 유리약병이나 과수원에서 눈이 녹으면서 만들어진 웅덩이나 마찬가지로 자기 몸이 아닌 것 같다. 사라가 자기 손을 보고 안도감을 느낀다. 앙상한 분홍색 손가락들만은 내 것이다. 그녀가 책상에 놓인 거위 깃털과 반쯤 쓰다 만 편지를, 코르넬리스가 외국의 친구에게 쓰는 비탄에 가득한 편지 중 하나를 가리킨다. 편지 뒷면에 사라가 이렇게 쓴다. 우리 집으로, 내 침대로 가고 싶어요. 의사는 움직이면 안 된다고 말한다. 하지만 그의 앞치마에 묻은 피가, 그것이 겨울 빛 속에서 심홍색으로 반짝이는 것이 문제이다. 네덜란드 깃발처럼 일어선 사자 모양이다. 사라를 데려갈 밀사들이 출발했다. 그들은 몰약과 모슬린으로 싼 튤립 구근을, 셈퍼르 아우휘스튀스의 딸을 들고 올 것이다.

엘리와 헨드릭은 소풍을 떠나는 사람들답게 방수 담요와 치즈 샌드위치를 싸서 아침 일찍부터 자전거를 타고 폐허에 다녀왔다. 이제 엘리는 액자와 받침대에서 떼어낸 위작을 깃발처럼 세모나게 접어서 배낭에 넣은 다음 폐허로 혼자 되돌아온다. 헨드릭은 그림이 레이던에 안전하게 보관되어 있으며 엘리가 미국으로 가져갈 것이라고 생각한다. 엘리는 사라가 장례식 장면을 그리려고 올라섰던 높은 위치가 어디였는지 발견할 수 있을 것이라고 잠시 생각했었다. 그러나 그들이 발견한 것은 잡석과 벽돌 무더기, 가끔 보이는 굴뚝의 토대, 상인방이나 창틀로 보이는 것들뿐이지 뭔가를 말해주는 것은 없었다. 그러나 이곳은 신성한 땅, 사라가 스쳐갔거나 살았던 곳이다. 공동묘지의 부서진 묘비는 대부분 읽을 수 없고, 날짜와 이름이 새겨진 것들도 있지만 세월 때문에 까맣게 변했다. 이 의식—강가에서 그림을 태우는 것—을 행할 자리를 어쩌면 잘못 찾았을지도 모른다. 엘리는 항상 무신론자였고 믿는 자들의 의식을 믿지 않았다. 하지만 엘리는 사라 더 포스에게 바치는 제물 삼아서 그림을 태운다는 생각에 왠지 마음이 끌렸다. 그녀는 미망인의 부엌 개수대에서 성냥과 라이터 기름을 빌려 왔다. 엘리는 강둑에서 그림을 펼친 다음 라이터 기름으로 흠뻑 적신다. 성냥에 켜자 공기에서 유황의 잔향이 느껴진다. 그림 모서리가 검게 변하면서 동그랗게 말린다. 그녀는 물감 층들이 뒤틀리면서 그림이 벗겨져 가느다란 연기로 변하는 광경을 지켜본다. 물감이 가장 얇은 모서리부터 그림이 까맣게 탄다. 스케이트 타는 사람들이 두른 밝은 노란색 목도리에 불이 붙자 작은 발광체나 유리처럼 화르르 타오르는 것이 보인다. 서서히 타는 그림을 강둑의 풀밭에서 지켜보는 것은 무척 아름답다. 그림이 타오르는 동안 엘리는 이제 자신의 그림을 다시 그릴 수 있을까를 생각한다.

열이 오르고 사흘째가 되자 사라는 손거울과 빗을 가져다달라고 부탁한다. 그런 다음 침대에 일어나 앉아서 손가락 끝으로 한 타래씩 잡고서 길고 검은 머리를 빗는다. 둥근 테 속의 얼굴은 낯선 이의 것이다. 붉게 타오르는 뺨, 바람을 맞은 것처럼 튼 입술, 눈가에 자리 잡은 피로. 사라가 역겨움을 느끼며 거울을 토마스에게 돌려주고 말한다. "캔버스에 사이즈를 바르고 바탕칠하는 법 기억해요?" 목소리가 다시 나왔지만 여전히 낮고 쉰 소리였다. 의사의 말로는 성대가 상했다고 한다. 토마스가 팔짱을 끼고 초조한 눈으로 그녀를 본다. "그걸로 당신을 얻었잖아요. 당연히 기억하죠." 사라가 양손을 들어서 크기를 알려준 다음 따뜻한 흙빛으로 바탕칠을 해달라고 부탁한다. "그림을 그려도 될 만큼 나은 거 맞아요?" 토마스가 묻는다. "의사가 힘든 일은 하지 말라고 했는데."
　사라가 베개에 다시 몸을 기대고 눈을 감는다. "당신을 생각해서 침대에 누워서 그릴게요."

그날 오후, 준비된 캔버스가 침대 옆에 등장한다. 가로 세로 약 30센티미터의 크기이고, 나무 울타리를 잘라서 만든 틀에 고정되어 있다. 바탕칠은 사라가 원했던 것보다 약간 더 어둡지만—따뜻한 점토색이라기보다 적갈색에 가깝다—잘되었다. 속돌로 매끈하고 반반하게 문질렀다. 침대 옆 탁자에 팔레트를 만들 기본 안료가 놓여 있다. 연백, 스몰트, 노란 오커, 남동광 살짝. 사라는 얼마나 오래 잤는지 기억이 나지 않는다. 어느새 토마스가 스프를 쟁반에 받쳐들고 다시 와서 서 있다. "뭘 그릴 거예요?" 그가 묻는다.

사라가 어깨를 으쓱하더니 창밖을 내다본다. 어스름한 햇빛이 언덕 위의 헐벗은 느릅나무에 줄무늬를 만든다. "눈이나 얼음은 안 그릴 거예요."

토마스가 미소를 짓더니 사라의 어깨를 가볍게 만진 다음 그녀가 스프를 먹고 작업을 할 수 있도록 쟁반을 두고 나간다.

사라는 안다. 이것이 마지막 그림이 될 것이다. 그녀는 적당한 주제를 선택해야 한다는 크나큰 부담감에 잠시 압도당한다. 분필로 흐릿한 첫 번째 선을 그리기 전에, 밑그림에 살을 붙여 형태와 비율을 잡아가기 전에, 사라는 지금까지 자신이 그리지 않은 모든 것을 떠올리며 칼로 찌르는 듯한 슬픔을 느낀다. 헛간 서까래에서 빙글빙글 나는 되새들, 정자에서 책을 읽는 코르넬리스, 꽃밭에서 장미 위로 몸을 숙인 토마스, 사과꽃, 나란히 놓인 굴과 호두, 짧은 생이지만 활짝 피어난 카트레인, 라일락 꽃밭에 선 바렌트, 시장의 집시들, 술집에서 밤늦게까지 흥청거리는 사람들……. 모든 작품은 묘사인 동시에 거짓말이다. 우리는 살아 있는 것들을 재배열하고, 빛을 과장하고, 한낮의 태양을 황혼처럼 그린다.

그림을 그리기 시작하자 부드러운 분필 선을 하나 그릴 때마다 회한이 하나씩 지워진다. 손에 힘이 없기 때문에 캔버스 뒷면에 먼저 연습해본다. 사라는 자세를 잡은 다음 캔버스를 뒤집어서 밑그림을 그린다. 그녀는 손과 눈을 다잡고 오후 내내 선과 질감을 색칠한다. 피로가 몰려올 때도 있다. 사라는 물감 층을 말릴 때마다 캔버스를 가슴 위에 펼쳐둔 채로 몇 시간씩 잔다. 한번도 시도해 본 적 없는 것, 진정한 것을 그리고 싶다. 열에 들뜬 꿈에는 블랙베리처럼 까만 눈을 가지고 강바닥을 따라 헤엄치는 물고기들, 위에서 얼음을 긁어대는 토마스의 스케이트, 얼음 창을 통해 보이는 창백한 달이 등장한다. 사라의 피부는 물에 빠졌을 때의 기억으로 타오른다. 가끔 사라는 자신의 신음에 잠을 깬다. 눈을 뜨면 물가로 다시 밀려와 아주 견고하고 선이 곧은 석조 별채를 발견한 기분이다. 사라는 한 시간 더 그림을 그린 다음 오랫동안 창밖을 바라본다. 어느 날 땅거미가 질 무렵 토마스가 커다란 암말을 타고 창가로 다가와서 흰색 다이아몬드 무늬가 박힌 말의 이마 위에서 미소를 짓는다. 사라는 말의 이마에 새겨진 무늬를 별이라고 불렀다는 사실을 기억해낸다. 그녀는 이름들을 기억하고 싶다. 황혼 속에서 그녀를 돌아보는 그를 기억하고 싶다.

엘리가 손전등과 장갑을 들고 꼭대기 층으로 올라간다. 좁은 계단을 오르자 습기가 풍기는 냄새가 마치 살아 있는 생물처럼 느껴진다. 냄새가 목구멍 안쪽에 달라붙자 브루클린의 기억이 뱃속에서부터 떠오른다. 엘리가 최악의 상황을 걱정한다. 바로 여기서—미망인의 주장에 따르면, 나치의 손길을 피해 숨겨둔—그림이 수십 점이나 발견되지만, 복구할 수 없을 정도로 그림이 손상되어 있을까봐 걱정한다. 꼭대기 층에는 신문과 바싹 마른 벌레 사체들이 흩어져 있고, 벽은 거대한 곰팡이 대륙들로 얼룩져 있다. 곰팡이 핀 책과 옷가지가 담긴 상자들, 나무 장난감이 든 상자 하나. 아주 오랫동안 아무도 올라와 보지 않은 것 같다. 엘리는 때가 껴서 불투명해진 북향의 삼단 창문을 향해서 복도를 따라 걸어간다. 바닥에 흩어진 새똥을 보니 비둘기들이 둥지를 틀었던 모양이다. 한쪽 벽에 공간이 파여 있고 작은 나무문이 달려 있다. 엘리가 문을 열고 퀴퀴한 내부에 전등을 비춰 보지만 드러나 있는 전선과 거미줄밖에 없다. 그녀가 다시 복도로 나가서 문을 하나씩 연다. 엘리는 작은 방에서 망가진 여행 가방들을 발견하고 하나씩 열어 보기 시작한다. 노랗게 변색된 1920년대의 흑백 사진들, 가족 휴가 때 찍은 사진과 외국 호텔에서 보낸 엽서가 있다. 공원 동상 옆에 서서 얼굴 가득 미소를 띤 아이들, 북부 해변을 뛰어다니는 아이들. 엘리는 금속 트렁크 안에서 능직 담요로 싼 캔버스 여덟 개를 발견한다. 하나씩 말아서 리본으로 묶어 두었는데, 틀에서 조심스럽게 떼어낸 모서리 부분에는 작은 구멍이 있다. 엘리가 장갑을 꽉 쥐고 담요를 펼친다. 엘리는 캔버스의 모서리를 눌러서 펼 만한 물건을 찾는다. 곧 엘리의 눈앞에 플랑드르, 네덜란드,

영국 그림들이 펼쳐진다. 몇 점은 19세기 그림이지만 1600년대 그림도 있다. 그중 하나의 붓놀림과 빛이 유난히 익숙하게 느껴진다. 젊은 여인이 이젤 앞에 앉아 있지만 관찰자를 바라보고 있다. 밝은 표정의 젊은 얼굴이다. 보닛 아래로 검은 머리를 묶었고 턱 밑에는 넓고 둥근 레이스 깃이 펼쳐져 있다. 붓놀림이 거칠고 여자의 자세는 편안하지만—팔꿈치를 의자에 올리고 한 손으로는 붓을 깃털펜처럼 잡고 있다—격식을 차린 옷차림이다. 작업 중인 화가였다면 절대 진홍색 벨벳 드레스에 높은 깃을 달고 그림을 그리지 않을 것이다. 그녀는 뭔가 중요한 일 때문에 옷을 차려 입은 것이 분명하다. 왼손으로 나무 팔레트와 붓 열두 개, 천 조각을 들고 있다. 그녀의 옆에 있는 이젤에는 반쯤 그린 그림이 놓여 있다. 말에 탄 젊은 남자가 납틀 창을 통해서 안을 들여다보고 있는데, 기울어진 북부의 햇빛이 그의 머리 주변에서 후광처럼 빛난다. 그는 허공을 떠서 캔버스 밖으로, 또 화가의 작업실로 빛을 비추고 있는 것 같다. 그녀는 아직 젊지만, 왼쪽 아랫부분에 적힌 날짜는 1649년이다. 그녀는 스무 살로 돌아가서 다시 시작한다. 문을 열고 들어가는 우리를 바라보며 무슨 말을 할 것처럼 그녀의 입술은 벌려져 있다.

감사의 말

17세기 네덜란드 여성화가들에 대한 전문 지식으로 큰 도움을 준 프리마 폭스 호프리터 교수, 미술 복원과 보존의 기술적인 면에 대한 통찰을 제공해준 캐나다 국립 미술관 보존과장 스티븐 그리트, 내가 꾸며낸 이야기를 면밀하게 검토해준 뛰어난 모작 화가 켄 페레니에게 특별한 감사 인사를 드린다.

모작을 만드는 기법은 인터뷰와 3권의 책에서 가져왔는데, 바로 톰 키팅, 제럴딘 노먼, 프랭크 노먼의 『위작의 제작 과정(*The Fake's Progress*)』, 켄 페레니의 『캐비엣 엠프토르(*Caveat Emptor*)』, 그리고 가장 중요했던 에릭 헤번의 『모작 화가를 위한 안내서(*The Art Forger's Handbook*)』였다. 허드슨 강의 밤낚시 장면이 포함된 장을 쓸 때는 「뉴요커」에 실린 조지프 미첼의 에세이 「항구의 바닥(The Bottom of Harbor)」의 뱀장어, 난파선, 갑각류, 조개 보호관에 관한 내용을 빌려 썼다. 제1부에 등장하는 '비트족을 빌려가세요' 광고는 1960년대에 「빌리지 보이스(*The Village Voice*)」에 실린 프레드 맥데러의 실제 광고에서 가져왔다.

지혜로 나를 인도해준 고(故) 웬디 웨일, 나를 격려하며 전문가로서의 솜씨를 발휘해준 에이전트 에밀리 폴랜드와 개비 네어에게 깊은 감사를 전한다. 신뢰와 통찰을 제공한 나의 편집자들 새러 크리턴과 제인 팰프레이먼에게, 그리고 책을 처음 읽어준 독자들—캐런 올슨, S. 커크 월시, 마이클 파커, 제임스 매그너슨—에게도 감사 인사를 전한다. 뉴저지 에지워터에 갔을 때 나의 기사이자 투어 가이드, 점심식사 상대가 되어준 제러미 폴릿에게도 큰 감사의 마음을 전한다.

마지막으로 항상 나를 믿어주고 책을 쓸 시간을 내도록 도와준 아내 에밀리와 나의 두 딸 미카일라와 젬마에게 크나큰 감사의 마음을 보낸다.

역자 후기

한때 존재했다는 사실 외에는 아무것도 알려진 것이 없는 사람이나 물건만큼 우리의 상상력을 자극하는 것이 또 있을까? 이 책은 그런 상상에서 출발한다. 작가 도미닉 스미스는 회화의 황금기를 누렸던 17세기 네덜란드에 실존했던, 기록에는 남아 있지만 작품은 전해지지 않는 여성화가 사라 판 발베르헌(Sarah van Baalbergen)을 바탕으로 여러 여성들의 실제 삶을 엮어 사라 더 포스라는 가상의 인물을 만들었다. 경제, 문화 등 모든 면에서 최고의 풍요를 누리던 사회였지만, 재능을 마음껏 발휘하기 힘들었던 여성화가인 주인공이 하나뿐인 딸을 비롯한 많은 것들을 잃었지만, 그림을 통해서 상실을 받아들이고 그것을 극복해가는 이야기 하나만으로도 흥미로운 소설 한 권을 엮기에 충분하게 느껴진다.

그러나 작가는 여기에서 그치지 않고 현대의 여성화가이자 미술사가인 엘리를 등장시킨다. 엘리가 암울했던 자신의 젊은 시절에 아슬아슬한 위작 범죄에 가담하는 이야기와 인생의 만년에 자신에게 돌아온 젊은 시절의 그림자와 맞닥뜨리는 이야기가 17세기 여성화가 사라 더 포스의 이야기와 갈래갈래 교차되어 엮이면서 소설은 더욱 다양한 결을 가지며 풍성해진다. 사라 더 포스와 젊은 시절의 엘리, 만년의 엘리는 각기 다른 시대, 다른 상황에 처해 있지만 그들의 불안과 고민, 아픔은 여러 가지 농담의 같은 색깔처럼 비슷하다. 두 사람의 삶은 시대의 한계, 성차별적인 제도에 맞선 여성으로서의 한계, 경제적 한계, 불안한 자아, 잘못된 선택에 차례차례 부딪쳐 예상하지 못한 방향으로 굴절되어 나아가지만 결국 그림을 통해서, 또한 얽힌 과거의 매듭을 정리함으로써 평온을 되찾는다.

이러한 불안과 회한, 평온을 가장 잘 드러내는 것이 소설 속에서 묘사된 그림이다. 특히 소설의 중심에 놓인 작품이자 사라 더 포스가 그릴 때의 마음과 엘리가 모사하는 과정, 두 사람이 그 그림에 대해서 느끼는 감정이 세밀하고 반복적으로 등장하는 「숲의 가장자리에서」라는 그림을 글을 통해서 짐작할 수밖에 없다는 사실이 아쉽지만 작가는 그 차분하고 쓸쓸하고 안타까운 분위기를 생생하게 표현한다. 300년이라는 긴 시간으로 단절된 두 여성의 삶에서 가장 의미심장했던 한 점의 그림과 마침표와도 같은 또 한 점의 그림은 예술 작품이 시간을 초월해서 우리에게 말을 걸고 우리의 삶에 중요한 역할을 한다는 것이 무슨 의미인지 그어떤 미술사 책보다 더 절실하게 보여준다.

『사라 더 포스의 마지막 그림(The Last Painting of Sara de Vos)』이 12개국이 넘는 나라에 소개되면서 각종 언론의 주목을 받은 도미닉 스미스는 오스트레일리아 태생의 미국 작가로, 지금까지 장편 소설 네 편을 발표했다. 이야기꾼으로서의 재능을 높이 평가받는 그에게는 아직 하지 못한 이야기가 더 많을 것이기에 그의 차분하고 섬세한 글을 만날 기회가 앞으로는 더 많아지리라고 기대해본다.

2017년 가을
역자